《马巨文集》2

刺客列传
秦 乱 纪

〔美〕马巨 著

台海出版社

图书在版编目（CIP）数据

刺客列传；秦乱纪/（美）马巨著·—北京：台海出版社，2017.5

ISBN 978-7-5168-1435-2

Ⅰ. ①刺… Ⅱ. ①马… Ⅲ. ①侠义小说—小说集—美国—现代

Ⅳ. ①I712.45

中国版本图书馆 CIP 数据核字（2017）第 133306 号

刺客列传·秦乱纪

著　　者：（美）马巨

责任编辑：王　萍　　　　　　　　　　装帧设计：罗　洪

版式设计：匠心永恒图文制作有限公司　　责任印制：蔡　旭

出版发行：台海出版社

地　　址：北京市东城区景山东街 20 号，邮政编码：100009

电　　话：010-64041652（发行，邮购）

传　　真：010-84045799（总编室）

网　　址：www. taimeng. org. cn/thcbs/default. htm

E-mail：thcbs@ 126. com

经　　销：全国各地新华书店

印　　刷：三河市信达兴印刷有限公司

本书如有破损、缺页、装订错误，请与本社联系调换

开　　本：710×1000　1/16

字　　数：352 千字　　　　　　　　　印　　张：20.25

版　　次：2023 年 4 月第 4 次印刷

书　　号：ISBN 978-7-5168-1435-2

定　　价：70.00 元

《马巨文集》序

5月22日，对于马巨来说，时间就永远定格在这一天，他最后望了一眼车窗外的世界，从此，他与这个世界就永别了；而我们，则是永别了这位作家。

没有人想到马巨会成为一位作家，甚至他自己。他原先不过是在网上发表小说的部分章节自娱自乐，没想到极受欢迎，从此一发不可止。我们可以想到马巨写经史，毕竟家学渊源，父亲马宗霍是书法家和经学家，章太炎的亲授弟子，中国文史馆馆员，著有《书林藻鉴》《墨子训诂》等书；当然马巨更可能写IT业，因为他后半生一直就在IT业内混生活；但是写小说么，羚羊挂角，无迹可寻。

马巨的性格也不像一个作家。我们印象中的作家，似乎是相貌淳厚，五官柔媚，说出的话模棱两可，句句真理；表达的观点玄而又玄，左右逢源。但是马巨不是这样，他的性格倔强，表达自己观点时言辞犀利，甚至有些咄咄逼人，让初次见面的人大为不爽，接触多了之后，才知道那是马巨说话的方式，而不是他为人的方式，他做人忠厚，待人热情，很替别人着想，不计较利益得失。因此，马巨这种性格不但不像作家，其实也不适合这个社会，现代的很多人都是说话冠冕堂皇，做事斤斤计较，听其言不观其行，犹如孔孟再生，听其言而观其行，不知何人所生。马巨的性格既然与此相反，作品中对人性的剖析也就刀刀见血。

时至今日，我们仍不清楚马巨写作的目的。一个只在网上发表作品的人，看来是无意去获得什么诺贝尔文学奖，提供自家墙皮让仰慕者收藏；也不会是要创造什么"马学"，用多种外文表述一个绰号以显示自己博学；马巨的写作就是有感而发，如鲠在喉，不吐不快。因此，对于小说的写作风格，读者可以见仁见智，但是对于小说中的史料取舍，读者就不必太认真，小说是古代，人性可穿越，马巨写的是人性。在他看来，古今中外，人性并无很大差异，古代未必比现代淳朴，现代也未必比古代进步。以现代的人心揣测古代，十中八九；把古代的事件放在现代，也大同小异。总之，人物的穿越或无可能，人性的本质却一脉相承。

马巨的历史小说，会让很多读者对于中国古代的美好臆想为之幻灭。近年来，某些吹捧"大帝"的系列小说或是歌颂"明主"的电视剧大为泛滥，让没有读过历史的老百姓真以为中国古代曾经存在过这样载歌载舞的时期，其实那不过是某些人沿袭古代文人的终南捷径，手挥五弦，目送飞鸿，意在言外。在马巨看来，只要是专制政体，就不会存在什么"明主"，只要是权力没有束缚，掌权者就可以为所欲为。一个小女子开辆豪车都可以在大街上撒野，一个君主掌握着无上的权力会有什么顾忌？所谓"明主"，只是在尚未掌握权力时，做个姿态说些动听的话，忽悠老百姓和知识分子，树立"明主"的形象以便攫取政权。一旦权力到手，本性立现，如同山大王打劫之前，豪言壮语激励部下，抢劫之后，无非也就是坐地分赃。"原来一场貌似惊天动地的宫廷政变，其实也不过就是如土匪的打家劫舍，最终目的无非是谋财害命而已"（《玄武门实录》）。很多历史记叙对君主不乏溢美之词，没别的，正如三国时陈琳在《为袁绍檄豫州》中大骂曹操全家一样，所谓"矢在弦上，不可不发"。天威难测，怎么写不由自己做主；胜王败寇，赢的人说了算。那所谓的士大夫的气节呢？士可杀而不可辱，或许在春秋时期还有些痕迹，那时各国纷争，知识分子周游列国，唯才是用，也不存在什么爱国之说。到了战国时期，只剩下几个大国，人才的出路窄了，人才的下场已经不太好看了，孙膑受刖，吴起去国，商鞅灭族，白起自尽，士可杀也可辱。秦一统天下，人才就只有一个出路，学成文武艺，货与帝王家。水不流则腐，人才不能流动，人才就难免成为奴才。如果说，秦一统天下之前，士可杀而不可辱是知识分子的最高境界；那么，秦一统天下之后，士可辱而不可杀就是知识分子的最低要求。从此君臣关系如同主仆，什么"礼贤下士""君臣相得"，不过是彼此作秀，相互利用。"奴才要是不以为能蒙骗主子，一准跳槽，主子要是不以为能操纵奴才，一准叫奴才滚蛋，双方都自以为得计，方能如此融洽相安。"（《刺客列传·专诸篇》）。古今中外的人性一如既往，看看现在大公司的上下级关系，就知道马巨的小说其实很实用。

那是细雨濛濛的夜晚。天很黑，酒很凉。我们喝着威士忌闲聊天下，他感叹说在美国找不到人和他聊这些，我笑着说在中国我也找不到人和我聊这些，不觉半瓶威士忌已尽，我要再开一瓶威士忌，他止住我说，从云南回来再打开，慢慢聊一个晚上。然后……，然后就是他在云南翻车的噩耗。我赶到香格里拉给他清洗遗体，看到他孤零零躺在冰冷的水泥台上，悲恸在心中一点一点凝固，你说好回来后再饮威士忌畅谈呢？容音犹在，如今阴阳两隔，竟成永诀。

马巨生前的计划是写系列的历史小说，不幸的是，天不佑人，计划在5月22日这天嘎然而止；所幸的是，已经写好的作品可以出版，让读者能够暗自体味马巨对人性的分析，以及小说中的悬念，语言的俏皮。因此，《马巨文集》的出版，既是对马巨的纪念，也是让读者欣赏到另一类的历史小说。

念天地之悠悠，独怆然而涕下。睹书思人，情难自已，是为序。

马奕

目　录

曹沫篇

《刺客列传·曹沫》

"曹沫者，鲁人也，以勇力事鲁庄公。"

司马迁：《史记·刺客列传》

引 子

据史学家们的考证，这一年是管仲辅佐齐桓公称霸诸侯2700周年。这一年的国际汉学年会之所以选择在淄博举行，就是因为如今的淄博正是春秋时代齐国的都城临淄。不过，以我之见，那会议十分无聊。何以言之？首先，在会上宣读的论文十之八九是有关孔子与儒学，与管仲、齐桓公的称霸诸侯了不相涉。此外，会议虽然在中国召开，而论文却要用英文发表。为什么呢？因为举办单位认为既是国际学术会议，就得与国际接轨。我因对管仲情有独钟，时常暗自猜想：如果作为华夏文明代表人物的不是孔丘而是管仲，如果两千年来中国读书人所熟读的不是《论语》而是《管子》，如今的中国在与国际接轨的时候还会需要使用英文么？我以为肯定不会。

会议的最后一日，我找了个借口缺席，吃过早餐就直奔瓦官寺而去。临淄的瓦官寺虽然是座古刹，却像五十年前北京的隆福寺一样，早已与佛教绝缘。寺庙内外早先都是些做古书、古董生意的铺子和地摊，后来瓦官寺拆了，古书、古董生意遭到禁止。再后来，瓦官寺原址上盖起了新商场，真假古董生意也都死灰复燃。不过，复兴后的古董买卖并不都在瓦官寺旧址。虽然如此，古董行内的人却依然笼统地以瓦官寺相称，这却不是因为数典不忘祖，也不是因为期望老字号带来新希望，而是因为复兴的古董生意的一部分是地下的生意，地址不便公开。地下的生意是什么意思？造假？走私？造假兼走私？传说不一，既不敢尽信，也不敢尽不信。数年前一个东北老乡拼凑了一片带翅膀的恐龙"化石"，令大洋彼岸一批古生物学权威欣喜若狂，以为是发现了始祖鸟由恐龙演化而来的铁证，又是发新闻，又是写论文，忙得不亦乐乎，忙乎了好几年才知道上了那东北老乡的当！那片假化石是怎么"偷渡"到大洋彼岸去的？据说源头正在这有名无实的瓦官寺。老实说，我这次之所以忙里偷闲、不远千里从大洋彼岸飞来，真正的目的并不是参加那我并不感兴趣的汉学国际年会，只是为了一睹淄博瓦官寺古董市场的神秘风采。

瓦官寺古董市场既然是个秘密之所在，当然不是谁都找得着的地方。我是怎么找着的？那当然也是秘密，不便在此公开。简言之，我受行家指点来到一家表面上做杂货生意的铺子，被人领着穿过铺子后面的库房，顺着木楼梯上到库房顶上的阁楼。阁楼没有窗，不过绝不阴森恐怖，不仅因为有日光灯照明，也因为有老板的满脸堆笑。阁楼里布置得同普通的文物商店没什么两样，墙壁上挂满字画，不是木版水印的，就是假的；玻璃柜台里摆满了玉器、印章。我对玉器是外行，真假不辨，也不感兴趣，索性一眼都不看。印章不是鸡血就是田黄，方方光彩夺目，虽然明知是合成的赝品，还是不禁停下脚步看了几眼。

老板是个精明人，赶忙凑过来说："您一看就是内行，这些人工合成的东西不是卖给您这种人的。"

我笑了笑说："那你有什么卖给我？"

老板笑而不答，从兜里摸出一串钥匙，挑出一把，把柜台下的暗屉打开，取出一个深蓝描金缎盒。缎子灰尘扑扑，四角都磨破了，外加几个虫眼儿，可见在做旧上还真下了真功夫。老板小心翼翼地把盒盖翻开，从盒里倒扣出一方鸡血来，色泽润滑，纹理有致。

"您看，"老板说，"这才是真货。"

我从老板手中把印章接过来，略一端详，交还给老板说："你玻璃柜子里的是人工合成的假货，你抽屉里藏的也是人工合成的假货。"

老板一脸惊讶不堪的样子，说："怎么可能！"顿了一顿，见我没有反应，就又接着说道："不过，您是内行，我不同您争。您倒是给句话，您来这儿到底想踅摸点儿什么？"

我说："我对竹简、木牍这类有字儿的东西最感兴趣，你有？"

老板翻眼对我看了一看，说："您不是这儿的人吧？"

"你说呢？"我反问。

"我看您是美国来的？"老板试探着问。

我说："看我穿得土，对吧？"

老板说："哪儿的话！这两天不是有个什么国际学术会议么？您一看就是打那边来开会的专家。"

我说："打那边来的，你没说错。不过，我可不是什么专家，也不是来开会的。"

老板有点儿惊愕，不知怎么接话茬。我说："不是专家不是正好被你蒙吗？"

老板说："瞧您说的！蒙人的事我哪会？再说，像您这样的主儿，谁敢呀？"

我说："咱就别废话了，你到底有货还是没货？"

老板听了，赶紧堆下笑脸，说："您还真有运气，这类东西多少年没见过了，昨日赶巧来了一批竹简。"

"什么来路？"我问。

"您一准儿听说过仲父堆吧？"老板说。

我点点头。所谓仲父堆，相传是管仲的陵墓。可传说往往不可靠。比如说长沙的马王堆吧，传说是五代十国时楚王马殷的陵墓，所以才叫马王堆。结果挖开来才发现原来是西汉轪侯利氏的坟茔，不仅是张冠李戴，而且差了一千多年。

老板说："就是那儿来的。"

我问："最近有人盗墓了？"

老板说："这墓八百年前早就被人盗过了。要不，怎么一点儿金银珠宝都没剩下，光剩下些竹简呢？"

我问："竹简虽然不是金银珠宝，也应当在文物局、考古所一类的地方，怎么会在你这儿？"

老板说："是施工的民工发现的，当作垃圾搁在一边，碰巧叫识货的主儿撞上了，白手捡了便宜。东西既不是我的，也不在我这儿，不过我这儿有照片。您要是有兴趣，东西我可以帮您给找来。"

我说："那就麻烦你先把照片拿来看看。"

老板不好意思地笑了一笑，说："我说有照片，其实是幻灯片。这儿不方便看，您得跟我去地下室。再说，这幻灯片也不能白看，您多少得……"

老板把话打住，用手指做出个点钞票的动作。我递上五张十块的票子，老板见了，嗤之以鼻。我添加了一张一百元的，说："你先给我看几张，要是我觉得有意思，想多看，再议价，怎么样？"

一小时后，我从那铺子出来，手里捏着个纸盒子，钱包里少了一千块钱。一千块钱换一盒幻灯片？不错。要是假的呢？我相信我的眼力。况且，我同老板签了张契约，明日他带我去看竹简原件，如果老板不能履行契约，我退幻灯片，老板退钱。这条件好像不错，对吧？结果却错了。究竟出了什么错？

第二天我按预先约好的时间再去那家店铺的时候，正好赶上老板从铺子里出来，手上戴着手铐，后面跟着俩警察。

"怎么啦？"我悄声问路边看热闹的一老头儿。

"还能是怎么啦？涉嫌走私文物！"老头儿大声嚷，大概是因为自己耳朵有点儿聋，唯恐我听不见。

我无心在淄博久留，匆匆赶回北京。次日，揣着一颗惊喜与失望的心情登上返回美国的班机。为何失望？不言而喻，当然是因为与竹简原件失之交臂。为何惊喜？因为那些竹简竟然是管仲自己写的回忆录，其中所记大都是些不曾见诸史册的秘密，能不令人惊喜？

也许出于体力的劳顿，也许出于心境的疲乏，登机不久我就昏昏入睡。可是飞机擦过北极圈的时候，我却莫名其妙地醒了。机内灯光昏暗，一飞机的乘客都还沉浸在睡乡之中。我把机窗上的挡阳板往上推了一推，侧首一望：机外一片漆黑，一天的星斗都不知去向。我的心在深邃的黑暗之中徘徊、徜徉，不知不觉地追随着管仲的回忆录飘入遥远的春秋时代……

1

那一晚灯芯爆花的时候，我正在写日记。人说灯芯爆花是喜兆，我不信。喜从何来？准是有人在灯芯草里挽了狗尾草。鲁人说齐人多诈，我身为齐人，对这种说法本来自然是嗤之以鼻。可自从跟随公子纠到鲁国避难以来，却不得不对这种态度重新反省。在齐国卖不出去的假货，统统都卖到鲁国来了，能不是因为齐人多诈么？几天前我不该贪小便宜，买了这捆从齐国进口的灯芯草。结果怎么样……

有人在门上敲了两下，打断了我的思路。深更半夜的，谁还会找上门来？我拔开门闩，立刻有点儿后悔。门外站着公子纠，不等我请，他就冲进来，差点儿没把我撞一跟头。不过，这并不说明公子纠没有教养、不懂礼貌，只说明我跟公子纠的关系。礼貌应不应当讲？应当如何讲？并非像一般人以为的那样一成不变。关系不同，讲法自然就不一样。公子纠是我的主子，我是公子纠的臣子，只因这一字之差，他可以对我颐指气使；我呢？充其量只能不卑不亢。嗨！其实，所谓不卑不亢，难道还不是句自我安慰的话？要是能亢，谁还会想得到卑呢！

不过，我后悔，不是因为这些，这些是无可避免的，谁叫我不生于诸侯之家呢！我后悔，是因为起身太快了，不假思索，没想着把书案上的竹简收起来。虽然我的日记里并没有什么见不得人的秘密，不过，既然是日记嘛，总是有些不便让外人，尤其是不便让主子看见的内容。我正后悔的时候，公子纠径直走到书案对面的便榻上坐下，连眼神都没往书案这边瞟一下，可见我这后悔十足的多余，没做贼就心虚，真是！这么一想，我又后悔了，后悔刚才不该后悔。

"那该死的家伙终于死了！"公子纠还没坐稳就说出这么一句话，说罢捧腹大笑。公子纠有个圆滚滚的大肚子，每逢大笑必然双手捧住，因为不捧，根本笑不动。公子纠嘴里的"那个该死的家伙"，指的是齐君诸儿。诸儿是公子纠的同父异母长兄，也是公子纠之所以逃到鲁国来避难的原因。不过，公子纠之所以逃，却并非是因为他同诸儿之间有什么私人过节、私人恩怨。诸儿不仅昏淫，而且残暴，动辄杀人。你不逃，脑袋搬了家都不明白是怎么回事。事实上，外逃避难的远不止公子纠一个，比如，公子小白逃往莒国，公子去疾逃往郑国，公子称逃往卫国。总之，但凡有地方去的，差不多都跑了。什么叫有地方去？就是有人肯收留你。比如说吧，公子纠之所以投奔鲁国，是因为他既是鲁国先君鲁桓公的表弟，又是现任鲁君的亲舅舅。换言之，公子王孙虽然生长于钟鸣鼎食之家，落难的时候，也同平常百姓差不多，除了投亲靠友之外，别无其他途径可走。我说"差不多"，没说"一样"，因为毕竟还是有点儿不同。有什么不同？平常百姓人家逃难，能一个人逃脱就不错了。公子王孙逃难就不同了，除了妻室儿女，还能带着一套顾问班子。比如说我管仲吧，我之所以也逃到鲁国来，不是瞎凑热闹，是因为我是公子纠的顾问。顾问的职责自然是备问，不过，有时候却也得发问。比如今晚公子纠带来诸儿的死讯，来得突然，来得完全没有先兆，我就不能不先问个明白。

"真的？怎么死的？"我问，虽然我没有大笑，也没有一个大肚子可以捧，却也忍不住兴奋万分，以至于说话的声音都有点儿颤悠悠的。这说明我喜怒不形于色的修养还很不到家，想到这一点，我就咳嗽一声，极力想把自己镇定下来。

"怎么死的？公孙无知把他宰了！"

公孙无知？我听了不免一惊。公孙无知是公子夷年之子，公子夷年是齐僖公的同母弟。两兄弟情同手足，公子夷年早死，齐僖公把公孙无知收养在宫中，视同己出，饮食起居服饰，都让他同太子诸儿一个级别。诸儿与公孙无知打架，挨骂的总是诸儿。因此，诸儿从小就对公孙无知怀恨在心，登基伊始就找碴儿整他。可等别人都跑光了，他却仍然留在齐国不走。我原来还以为这公孙无知不该名字取坏了，当真成了无知的白痴，连逃命都不懂，万没料到他竟然这么有出息，比谁都有种！

"你这消息是公孙无知派人来告诉你的？"兴奋之余，我没忘了问这句要紧的话。

公子纠不屑地摇一摇头，连一个字的回答都懒得给。显然，我觉得至关重要的这句话，在他公子纠听来只是句多余的废话。我沉默不语，方才那股兴奋的劲头彻底消失了。

"你怎么好像不怎么高兴？"公子纠问。

我盯了公子纠一眼，心里想：跟着你这脑筋不够使唤的主子，叫我怎么能高兴？当然，我不能这么说，我得点醒他。其实，我甚至也不该这么想，主子的脑筋要是够使唤，还要我这顾问干什么？于是我说："该死的死了，我怎能不高兴。我不过有点儿担心。"

"该死的死了，还有什么可担心的?"公子纠反问。

"公孙无知既然不派人来跟你联系，看来他是没有接你回去的意思了?"公子纠既然点不醒，我只好直说。

公子纠又不屑地摇一摇头，不以为然地说："诸儿是老大，我是老二。诸儿既然已经死了，这国君的位子自然该轮到我。他不接我回去，还能接谁?"

"他要是自己想当呢?"我说。

"他自己?"公子纠一脸的惊讶，好像以为自己听错了。"他凭什么呀?'父死子继，兄终弟及'。他既不是国君之子，又不是国君之弟，他凭什么呀!"

他凭什么? 就凭他这杀诸儿的胆量与本事呗! 你有这胆量和本事? 你要是有这胆量和本事还跑到鲁国来避难? 再说，不错，他爹不是国君，只不过是国君之弟，但他爷难道也不是国君? 你以为就你是当国君的种?

当然，这些话儿我也是只能想，不能说。我要是口没遮拦，怎么想就怎么说，那我就当真是无知的白痴了，还怎么当顾问? 不过，当顾问的，不能沉默不语，总得说出点什么来。可我应当说什么呢? 结果是我什么也没说，因为我什么也用不着说。正当我犹犹豫豫，不知该怎么措辞的时候，公子纠已经踌躇满志地站起身来，拍拍屁股，扬长而去，把我一人撂在房里，让房门敞开着。

我关上门，重新回到书案前坐下，正巧碰上灯芯又在爆花。究竟是喜兆，是凶兆，还是什么兆头都不是? 只因为买了一捆齐国的进口货? 我对着灯芯发了一会儿愣，然后想起日记还没写完。刚才写到哪儿? 拿起竹简一看，最后一行写的是"我今日又同曹沫比了一场剑，我又输了"。我一连用两个"又"字，因为这不是我第一次同曹沫比剑，也不是我第一次输给他，这是第十次比，也是第十次输。平心而论，曹沫的剑术的确高明。不过，如果我打起精神来对付他，我不相信我会输得这么惨。我为什么不打起精神来对付他? 因为我同他比剑的目的就是输，不是赢，甚至也不是打成平手。曹沫是那种赢得起、输不起的人。你让他输，他会视你为仇寇，恨之入骨。你让他赢，他会引你为同道，披肝沥胆。别以为这种人是小人，这种人比那些既输不起，也赢不起的人要好对付多了。谁都知道什么叫"输不起"，用不着我多费口舌，什么叫"赢不起"呢? 有些人赢了以后便得意忘形、趾高气扬，不把输家当人，这种人就赢不起。当然，我有意输给曹沫，并不仅仅是因为曹沫输不起、赢得起，而是因为我有意与他深相交结，所以我要阿其所好。所谓有意与他深相交结，当然只是冠冕堂皇的面子话。说白了，就是想巴结他。为什么我要巴结曹沫？因为曹沫是鲁君的左右手，鲁君对他言听计从，宠信无比。无论是目前在鲁国避难，还是将来回齐国，你说要是能交上曹沫这么一个朋友，能不是有百利而无一害么？

比剑过后，一同走出校场大门的时候，我提醒曹沫说：这是我第十次输给他。曹沫听了，激动非常，说他从来没见过像我这样诚实的人，说如果换了别人，已经输了十一次，甚至十二次，也会想方设法赖成九次，甚至七次、八次。激动之余，他先拉我到春满楼喝酒，然后又拉我到留春苑泡妞，都是他付的账。我没同他争，连"谢"字都没说一个。像曹沫这样的人，你要是抢着付账，他会认为你看不起他；你要是说谢，他会认为你见外，都由他做主，他就会把你当成知己。

如果我说我对喝酒没什么兴趣，那是半真半假。如果我说我对泡妞也没兴趣，那是彻头彻尾的假话。不过，我既然是陪同曹沫一起去的，心意自然是既不在酒，也不在妞，只在奉陪而已。心意既然不在酒，在春满楼喝的是绿焙，还是黄醪？居然想不起来了，不足为奇。心意既然也不在妞，在留春苑泡的是夏云，还是秋雨？居然也想不起来了，也不足为奇。既然两样都忘了，我只好在竹简上加上"一同去春满楼及留春苑"十个字，就草草结束日记，搁笔吹灯，解衣就寝。

我向来是倒头就着，这一夜却莫明其妙，辗转反侧，久久不能入睡。以理推之，这应当是因为公子纠带来的齐君的死讯，可在脑海中翻腾的，却是我同曹沫初次相识的情景。那一天我也是先去春满楼喝酒，然后去留春苑泡妞。也许，就是因为这种巧合？不过，那天我陪的不是曹沫，是公子纠。陪公子纠是例行公事，不用在"陪"字上费精神。在春满楼公子纠喝的是黄醪，我喝的是绿焙，这我记得很清楚。公子纠喝得酩酊大醉，出门的时候步履蹒跚，要不是我扶着，他不仅一准儿会摔倒，而且一准儿会摔倒了爬不起来。可他不肯打道回府，执意要去留春苑，这都怪春满楼的老板献殷勤，告诉公子纠说留春苑新来个小姐，不仅有倾城之色，而且棋道高超，专与嫖客赌棋。嫖客输了，罚金十镒，小姐输了，免费奉陪。奉陪什么？老板不说，只打个哈哈，令人遐想不已。公子纠是个色迷兼棋迷，听了这话，如何还能按捺得住？谁知到了留春苑，却遭鸨母挡驾，说小姐正在楼上包间里陪着曹大夫，请公子纠改日预约好了再来。公子纠本不是个没脾气的人，况且喝多了，听了这话，勃然大怒，一掌把鸨母推开，冲着楼上高声大喊：什么曹大夫？草大夫？有种的给我滚出来！一连喊了三声，终于有个人不紧不慢地走下楼来，向公子纠拱手施礼，似笑非笑地说：我说是谁敢这么胡闹，原来竟是公子纠！我听说过曹沫的名字，只是没有见过其人。虽然我从来没想象过他长什么模样，可见了他还是不免一惊，因为他长得过于斯文，完全没有好勇斗狠的神气。不过，从他嘴里说出的话却不留余地，显见他是个有进无退的人，与他在外的名声相符。

也许是受了曹沫的话的刺激，也许只是凑巧，总之，公子纠忽然清醒了，至少清醒了八九分。我怎么知道他至少清醒了八九分？因为他两腿站直了，不再用我搀扶。有时候，醒了比醉着好；有时候，醉了比醒着好。公子纠这时候如果还醉着，就不会觉得有什么难堪，有什么下不了台，残局就可以由我来收拾。可他偏偏醒了，既然醒了，听了曹沫那样的话，除去拔剑之外，已经别无选择。士可杀不可辱嘛！更何况公子王孙又是士中之士，岂能忍辱偷生？我是不同意这种观点的，我的看法是：忍辱偷生而终于一无所成那才是可耻，如果忍辱偷生的结果是成就一番大事业，忍辱偷生又有何不可？可我算什么东西？一个落难公子的顾问。我的看法难道能左右世人的舆论？说出去只怕会见笑，连落难公子的顾问都当不成了。所以，我从来没有把我这看法同别人说过，只有一个人例外，那就是鲍叔。我没把鲍叔当做别人，因为鲍叔是名副其实的知己。鲍叔是什么人物？可惜也同我一样，只是个落难公子的顾问。不过，他跟的不是公子纠，是公子小白，这是我的主意。临逃离齐国之前，我对鲍叔说：诸儿昏淫残暴，早晚不得好死，死后公子纠与公子小白成为齐君的机会最大，你我两人一人跟一个，不怕往后没有出头的日子。

公子纠的剑已经有一半出了鞘，曹沫却视若无睹，不动声色，可我看见他左肩膀跳动了一下，这时候我才注意到他的剑挂在右边腰下，原来他是个左撇子！未出手前肩先跳，说明出手的功夫还练得不到家，我的剑术师傅这么说过。不过，我师傅自己也办不到，可见这说法也许只是个说法，绝不能凭这说法就小觑曹沫的剑法，更何况他有鲁国第一剑客的名声在外。浪得虚名的人不是没有，名下无虚的例子毕竟更多。我得赶快想出点儿招来才行，不然，一旦两人的剑都出了鞘，这局面就不好收拾了。

就在公子纠的剑尖要出鞘又还没出鞘的那一刹那，我忽然想起我那铜钱正好带在身上，我赶紧一把紧紧抓住公子纠的胳臂，硬把他的剑压回剑鞘。我感觉出公子纠并未尽力反抗，可见他的酒这时候可能已经醒了十分，并不想闹事。曹沫一言不发，也没有露出半点鄙夷或者不屑的神情，这说明他也不想把事情搞大。我知道我劝解的机会成熟了，于是迈前一步，站到公子纠与曹沫之间，把我那铜钱摸出来，往空中抛了一把，干笑一声，说：两位都是贵人，何必为一个小女人动气？这样吧，这铜钱掉下来的时候，要是正面朝上呢，曹大夫请留步。要是反面朝上呢，那就是我们公子的运气，说罢，不由他两人分说，立即把铜钱抛到空中，用手接了，摊开手掌来向他两人一亮：朝上的是正面。公子纠恨恨地瞪了曹沫一眼，扭转身，拂袖而去。曹沫本来想笑，笑容还没展开却变成了惊讶。为什么？因为我把我那铜钱在手掌上翻了个边儿，让他看清楚那铜钱的另一边不是反面，也是正面。

第二天曹沫登门造访，问我那铜钱是怎么回事。我说：曹大夫是鲁君的左手，公子纠是鲁君的舅舅，都是一家人，何必伤了和气？我成心拿他是个左撇子开玩笑，故意只说"左手"，没说"左右手"。曹沫也许是听话不留意，也许是虽然留意了却并不在意，或者装做不在意，总之，他没理会这玩笑，只说：这我还不懂？我想知道的是：你为什么不帮他而帮我？我说：我什么时候帮你了？我听说那小妞儿的棋道高明得很，开张以来还从来没输过。我不过是有意让你去输，免得我们公子花那冤枉钱。你老实说，你是不是输了？曹沫不答，却说：你这分明是胡搅蛮缠嘛！不答就是默认，于是我取笑说：人嘛，得有点儿自知之明。比如说你吧，你只应当找那小妞儿去比剑，找我来下棋。如此你就能万无一失。曹沫一笑说：怎么？你自认你的棋臭？我说：你要这么想也行。不过，那不是我的本意。曹沫没再笑，他终于听出了我的弦外之音，虽然反应慢了点儿，毕竟不是傻帽儿。这就更加促进了我结交曹沫的决心。有人好同傻帽儿结交，以为能占尽便宜。其实不然，除非你自己也傻得够可以，否则，彼此之间没法儿交流。既然不能交流，如何能控制？既然不能控制，又如何能占便宜？棋道里流行一句"棋高一着，缚手缚脚"的话。为什么不说"两着"、"三着"，只说"一着"，就是同一个道理。

曹沫对我的两手各盯一眼，说：很好！你敢小觑我的剑法，很好！我不知道他为什么要说"很好"，而且不是只说一遍，是说两遍，可我知道他为什么要盯我的两只手。但凡练剑而不会运气的，手背上都会隆起三条青筋，只会剑法而不会运气，剑法不可能上乘。曹沫之所以盯我的手，就是想看看我会不会运气。一般人往往只想着盯人的右手而忽略了左手，曹沫之所以既盯我的右手，又盯我的左手，也许是因为他比一般人心细，也许只因为他是个左撇子。我说：曹大夫是鲁国第一剑客，我哪敢小觑？只是诚心诚意想讨教一招两式而已。曹沫说：很好！今日正好得闲，那咱这就去校场？他又说一声"很好"，于是我悟出"很好"不过是曹沫的语赘，并没有什么实际意义。据说但凡有语赘的人，思维都不敏捷。这话看来不错，曹沫听话反应不够快，不正好是个证明么？

齐人比武，真刀真剑。虽然是点到即止，皮肉之伤在所难免，意外丧命的也不是绝无仅有。鲁人比武，钝刀钝剑。所谓钝刀钝剑，就是还没开过刃的刀剑，绝对要不了人的性命。人说"齐人险恶，鲁人敦厚"。我身为齐人，对这说法自然也是嗤之以鼻。可鲁人比武，舍真刀真剑而取钝刀钝剑，难道不是对这说法极好的证明么？我从教场的刀剑架上取下一把钝剑时，不免这么想了一想。曹沫口喊一声"承让"，打断我的思绪，举头看时，他已经出手。看来，所谓的鲁人敦厚，也不过如此，口里喊一声"承让"，就不由分说，自己把先手给占了，曹沫使的那一招唤做"散余霞"，表面看起来平淡无奇，骨子里却隐含无限杀机，因为接下来的一招，可以是"风卷残云"、"石破天惊"，可以是"拨草寻蛇"、"把火烧山"，也可以是"猛枭扑鼠"、"饿虎擒狼"，如此等等，不一而足，视师承流派而定。曹沫的剑法师承哪一流派？我一无所知，所以我就使出一招"满庭霜"。"满庭霜"是我师傅的得意之作，专为对付"散余霞"而设计。据师傅说，无论对手出于什么流派，面对"满庭霜"，下一招一准攻不出来，只有退守的份儿。我师傅怎么想得出这么一个绝招儿？因为我师傅自己什么师承也没有，自称"杂家"。人说学剑而拜在杂家门下，博杂不专，难臻上乘。这说法也许对，也许不对，我都不放在心上，因为我从来没有成为剑术名家的野心，只想开开眼界，各流各派都尝试尝试而已。为什么没有成为剑术名家的野心？还是那句话：人得有自知之明。我自知不是当剑客的料，如果有朝一日我能出人头地，绝不会是靠我手上的剑。靠什么呢？靠我的见识与众不同。我的见识是什么样的见识？我的见识是思想流派中的杂家，融会贯通各流各派之见，取其精华，去其糟粕，自成一家之言，就像我的剑术师傅之为剑术杂家一样。

曹沫见我使出"满庭霜"来化解他的"散余霞"，眼神一惊，失口喊了声"很好！"这回他说的这"很好"，是语赘？还是实有所指？我没工夫琢磨，因为他虽然退了一步、守了一招，接下来却攻势不绝，如大江东去、雪山下崩、泥石横流、乱云飞渡。我使尽浑身解数，接了他三十招，渐渐力怯。正想跳出圈子认输，却觑着他的一处破绽，我知道他是故意卖个破绽让我中计，我应当怎么应付呢？如果我在这时候跳出圈子认输，曹沫会怎么想？他也许以为我水平太低，连这么个破绽都看不出来。也许以为我高深莫测，看透了他故卖破绽却假做不知。无论是前一个"也许"，还是后一个"也许"，结果都不如一剑往破绽中实实在在刺去，按照曹沫设计的法子输了为妙。这么一想，我就实实在在往那破绽中刺下一剑。那一剑当然是刺空了，而且当然是刺空了之后还有更加糟糕的后果：我左胸上挨了一剑。虽然用的是钝剑，曹沫仍然手下留情，点到即止。回家后我脱下衣服一看，左胸上只留下小枣那么大的一块青紫。

曹沫抢占先手时毫不留情，赢了的时候却手下留情，这就让我看出曹沫是个输不起却赢得起的人。这种人我自信罩得住，也值得交。于是，我就继续同曹沫往来，继续同曹沫比剑，继续输给他。每输一次，我同他的交情也就更深一层。等到我输给他七八次的时候，我们之间已经无话不谈了。真的无话不谈了么？至少，曹沫以为如此。我没有点醒他，因为我并不是他的顾问。

那天晚上我大概想到这里的时候就睡着了，因为第二天早晨醒来的时候，只记得这些。我不是自己醒的，是被人唤醒的。我说"早晨醒来"，那其实只是我刚醒时的幻觉。因为我向来总是在早晨醒，我就以为但凡我醒来的时候就是早晨。可那一天，我其实是中午才醒，那是当我走到院子里，看见太阳高照时才发觉的。这发觉令我吃了一惊，这一惊令我回想起头天晚上的那些回想，也令我回想起公子纠带来的那消息，于是我就猜到了公子纠之所以遣人来叫我去见他，一定与那消息有关，也一定是有了什么不利的新消息。否则，公子纠难道还不会自己兴冲冲来找我，就像昨天晚上那样？

我走进公子纠的客厅的时候，公子纠正在同召忽说话。召忽是公子纠的另一个顾问，也是我的朋友，是我把召忽推荐给公子纠的。看见我进来，公子纠没好气地说：怎么这半天才来！我没开口，主子生气的时候，最好的应对就是沉默，这诀窍是我换了三个主子之后才琢磨出来的，也许是因为我笨，也许是因为我运气不好，没遇着聪明的主子。总之，当我跟上公子纠的时候，我已经懂得了这诀窍，所以我没像前三回那样被主子辞退。公子纠又训斥了我几句，我仍然一声不吭。事实上，我也不可能做出回应，因为公子纠究竟说了些什么，恰似西风贯马耳，我根本没听进去，我只是装出一副洗耳恭听的样子而已。气头上的话有什么可听的？听进去了，只会干扰正常的思维，成事不足，败事有余。

公子纠终于冷静下来，咳嗽一声，清清嗓子。召忽趁机告诉我：公孙无知已经自立为新的齐君。这事儿虽在我的意料之中，仍令我一惊，我没想到公孙无知行事这般果断、迅速。

"你说咱该怎么办?"公子纠问我。

我没有立即回答,表面上是在思考,其实是在观察。观察什么呢?观察公子纠的神情,看看他是真的没有主意才发问呢,还是已经有了主意只是缺乏信心。公子纠不是个有耐心的人,看我没有立即开口的意思,就扭头问召忽:"你说鲁君肯出兵帮咱打回去么?"

"鲁君好像不是那种好管闲事的人。"召忽说。

"怎么是闲事?"公子纠说,"我一旦当了齐君,自然会有所回报。"

"齐大鲁小,齐强鲁弱。即使鲁君肯,这事恐怕也难成,除非齐国发生内乱,这样,咱才能乘虚而入。"

"你的意思呢?"公子纠扭过头来问我。显然,召忽的说法并不中他之意。

"我同意召忽的说法。"我说,"不过,我以为咱不一定非得等内乱发生。"

我说到这儿,故意把话打住,公子纠与召忽一同瞪着我,显然都没听明白我的意思。我让他们瞪了一会儿,然后才接着说:"咱难道不可以自己搞出点儿乱子来?"

2

　　公子纠恨公孙无知，这是可以肯定的。这世上谁最恨公孙无知？不是公子纠，这也是可以肯定的。是鲁桓公夫人姜姬，还是齐大夫雍廪？那就不敢肯定了。每个人都可以有几种不同的身份。比如说姜姬吧，出嫁之前是齐僖公之女，出嫁之后是鲁桓公夫人，然后是鲁君之母，再往后是鲁桓公的未亡人，这都没有什么特别的。不过，姜姬既是齐君诸儿的异母妹，又是诸儿的情人；既是鲁君的生母，又有鲁君杀父之仇，这就有些特别了。据知悉内幕的人说，姜姬早在出嫁之前就同诸儿私通。鲁桓公要是知悉这内幕，还会娶姜姬为夫人么？大概会照娶不误。为什么这么说？理由有三。其一，齐鲁世代通婚，早成惯例。私通之说属于没有切实凭据的流言，鲁桓公很难据此而拒绝这门婚事。其二，姜姬是个出名的风骚美女，英雄难过美人关，更何况鲁桓公碌碌平庸，并不是什么英雄！其三，诸侯的异母子女偷鸡摸狗的勾当屡见不鲜，并不是什么了不起的丑闻。再说，女人一经出嫁外邦，过去的情缘肉欲大都不了了之，并不酿成什么后患。鲁桓公的错，并不错在当年娶了姜姬，而是错在十五年后带着姜姬一同去齐国访问。诸儿与姜姬一别十五年，重新相见之下，居然旧情复炽，竟然大胆偷欢。鲁桓公近在咫尺，如何能瞒得过？既然知道了，又怎能不勃然大怒。姜姬挨了一顿痛骂，转向诸儿哭诉。诸儿在告别宴会上把鲁桓公灌醉，吩咐公子彭生抱鲁桓公上车时暗中将鲁桓公勒死，对外谎称鲁桓公心脏病突发，抢救不及而亡。姜姬从此留在齐国长住，公然与诸儿出双入对。公孙无知杀了姜姬的情夫，姜姬能不恨之入骨？

　　雍廪之所以恨公孙无知，也是因为男女的勾当。简言之，公孙无知偷了雍廪的老婆。不过，不像诸儿与姜姬的关系，这是件不为外人所知的秘密。不只是不为外人所知，甚至连雍廪也一无所知，至少，公孙无知与雍廪的老婆对此深信不疑。一个保守得这么严密的秘密，我怎么会知道？是曹沫告诉我的。曹沫为什么会告诉我？因为曹沫觉得他与我之间应当无话不谈。曹沫又从何得知？曹沫早年不得意之时，一度在齐国混过，干过杀手这一行，又恰好与雍廪相识。雍廪其实早已发觉老婆与公孙无知有染，假装不知，暗中请托曹沫替他把公孙无知干掉。老婆被人偷了，居然还能发觉，发觉了居然还能装糊涂，这说明雍廪并不糊涂。至少，比鲁桓公要聪明多了。不过，以为如今已经身居大夫之职的曹沫还肯替人当杀手，说明雍廪的聪明也有限得很。曹沫把这秘密告诉我的时候，我就同曹沫一起笑过雍廪傻。

不过，那是一个月以前，现在是一个月以后。我没有预知未来的能耐，没想到三十天内竟然会出现这么大的变化。当时的公孙无知什么也不是，多少人，包括我自己在内，都把他看成是诸儿砧板上的一块肉，只有听任诸儿宰割的份儿，谁能料到他如今竟成了一国之主！杀一个什么也不是的家伙，能有什么刺激？没有。杀一个什么也不是的家伙，能有什么利益？也没有。杀一国之主呢？能有比这更大的刺激么？没有。能有比这更大的利益么？也没有。有没有刺激，那是对曹沫而言。有没有利益，那是对鲁君而言。先刺杀公孙无知，然后再护送公子纠回齐、扶持公子纠当齐君，鲁君能从中得些什么好处？好处为数不多，只有两件，分量却很重，重得令人难以拒绝。哪两件？其一，齐鲁边境全线朝齐国那边推进三百里。其二，齐鲁之间签订攻守同盟条约。我怎么知道得这么清楚？因为这两件都是我替公子纠拟定的。无论是刺杀公孙无知还是护送公子纠回齐，曹沫都将是主角。充当这样的主角不止有刺激，而且有功劳。当然，那是说如果成功的话。

"你说这事儿能成吗？"曹沫问我。

曹沫为什么问我？因为我在同曹沫的交往中，不仅让他知道他的剑法比我高明，也让他知道我的心计比他高明。朋友关系其实也是一种买卖关系。你什么都不如人，人家不会愿意交你这个朋友；你什么都比人强，人家也不会愿意交你这个朋友。有买有卖，才能有来有往。这事儿如果成了，我是获利者之一，这是明摆着的事，曹沫当然不会不明白。既然如此，回答他这问题时最忌讳的，就是不假思索，张口便说"一准成"，"错不了"一类信心十足的话。我要是这么说，即使说的是实话，也很难令曹沫信服。他或者会以为我是利令智昏，或者会以为我是不顾他曹沫的得失，只捡好听的哄他。于是，我就先做了一番深思的样子，然后问了一个预先想好的问题。"预先"两字是关键，问题要是临时想出来的，很可能不深刻。不深刻，就与"一番深思"不吻合；不吻合，就可能让人看出你是在做戏。

"你当初是怎么回复雍廪的？"我问。

乍听之下，我这问题与曹沫的问话毫不相干。貌似毫不相干，这就必然是深思之后的结果。曹沫听了，半晌不语。当然，这不是因为他忘记了他是怎么回的话，是因为他在琢磨我为什么要问这个问题。我不动声色地瞪着他，更让他觉得我的问题高深莫测。

"我根本没有回复他。"半晌之后，曹沫终于说。

他一老一实地回答，没有反问什么别的问题，这说明他并没有琢磨出来我为什么要问。他的回答在我的意料之中，因为他当时把那事儿告诉我的时候，说话的语气就透露出他根本没把那事儿当成一件正经事儿。

"很好。"我只说这么两个字，没作解释，我想叫他再琢磨琢磨。

"什么意思？"曹沫没有再琢磨，立即反问。这说明他已经失去自信，不想再浪费时间了。

"你如果已经答复过他，你一定是拒绝了。对吧？"

曹沫点头。

"既经拒绝之后再去找他，说愿意干。你总得做点儿解释吧？"

曹沫又点点头。

"这解释是不是很难做？解释做不好，人家就会猜疑。凡事让人猜疑，就难有成功的把握了。"

听了这话，曹沫没有再点头，不过，这并不是说他不同意。他笑了一笑，说："说得好。你这说法正是'以退为进'，对吧？"

曹沫新近从我这儿借了姜太公的《阴符》去读。《阴符》一书是姜太公对种种权谋诡计的归纳和总结，其中第十三计是"以退为进"。曹沫想必刚刚读到那儿，所以立刻想显示一下他的心得。

"什么意思？"我装傻。

"你装什么傻呀！你的意思难道不是说：既然我还没有回答他，我就用不着做解释。既然用不着做解释，他就不会怀疑。既然他不会怀疑，咱就一定能成功。对吧？"

曹沫这推理有点儿毛病，不过，这并不说明他傻，只说明他很一般，因为很多人在推理时都犯这毛病。我当然没有去点破这毛病，这毛病正是我希望看到的结果，所以我就兴高采烈地说："可不是嘛！你还真行！多少人读《阴符》，读一辈子都读不懂，你是一看就通！"

曹沫笑了一笑，笑得得意，也笑得克制，他不是那种得意忘形的人，他没有因为听了我这句吹捧就忘了他还有问题要问。

"雍廪是一个月前派人来找我的，现在才答复，是不是晚了？"曹沫问。

"晚是晚了点儿。"我说，"不过，这并不难找借口敷衍。比如，你可以含含糊糊地说你不巧挺忙。"

"含含糊糊？"曹沫瞪着我。显然，他不明白我用这四个字的用意。

"有时候，话要说得明白，不明白，人家不信。有时候，话要说得含糊，

不含糊，人家不信。你是鲁君的左右手，办的事情大都牵涉鲁国的机密。雍
廪是齐国大夫，是外人，你能把你办的事情一清二楚地说给外人听？所以，
你越说得含糊，他就越相信你说的是实话。"

曹沫想了一想，说："不错，有道理。说得好！那这事儿就这么定了？"

我说："别急，咱不是还没谈好价钱吗？"

"雍廪开的价是黄金百镒，白璧两双。"

"你打算接受这价？"

曹沫点头，说："这价钱够可以的了。"

我摇头一笑，说："加倍！"

"加倍？什么意思？难道你也想要一份儿？"

"这买卖你本来不屑于做，也不敢做，因为有失大夫的身份。如今却成
了鲁君交下来的任务，光明正大。这转机是谁造就的？是我！我难道不该得
一份儿？不过，看在你我交情的份儿上，我分文不取。"

"那你为什么要加倍？"

"做买卖是不是应当公平交易？"

曹沫点头。

"公孙无知如今既为一国之君，想杀他，难度是不是大了？"

"不错。"

"难度大了是不是应当加价？如果你不加价，你是不是有些傻？你曹沫
有傻的名声在外吗？不是没有嘛！既然没有，你又不加价，雍廪会怎么想？
他会不会怀疑你也想杀公孙无知，正好利用他雍廪提供的机会？如果他这么
设想，他会怎么办？他很可能会找齐国的大臣商量。对吧？这么一商量，咱
的计划能被人家猜出来么？也许会，也许不会。不过，咱不能在这上赌。万
一被人猜出来，事情就不好办了。"我说。

"为什么？"曹沫问。

"因为齐国大臣之中最有势力的是高奚，这高奚呢，偏偏是公子小白的
朋友。他要是知道了咱的计划，还不会通知公子小白同公子纠来争这国君之
位？所以嘛……"

说到这，我故意打个磕巴，给曹沫一个插嘴的机会。

曹沫没有令我失望，他抓住这个机会插嘴说："所以我必须让雍廪深信
我只是因为贪财才肯做这买卖的，对吧？"

我站起身来，拍拍曹沫的肩膀，说："走！咱去春满楼喝几杯，你做
东！"

我毫不客气地叫曹沫做东，因为我刚刚替他挣了黄金百镒、白璧两双，如果我不让他请客，他心里会不舒服。

曹沫是个真正的酒徒。真正的酒徒是什么意思？不好喝酒的，不能喝酒的，酒量不大的，都不是酒徒。既然不是酒徒，当然也就不可能是真正的酒徒。好喝酒的，能喝酒的，酒量大的，不能不称之为酒徒，但不见得是真正的酒徒。好喝、能喝，既有海量，又能适可而止、从不喝醉，这样的酒徒才是真正的酒徒。真正的酒徒还有一个特点，那就是喝到不喝的时候，心情最舒畅。什么时候头脑最清醒？根据我的经验，不是情急的时候，是心情最舒畅的时候。以曹沫与我那天去喝酒为例，我们一边喝，一边探讨刺杀公孙无知的细节，等到曹沫以为一切都已经讨论过了，再没有什么可说了的时候，他的酒还没喝完。他就开始讲他未发迹以前干过的那些勾当，包括在齐鲁边境走私、在齐国当杀手等等。他说这些勾当虽然不光彩，但他并不后悔，因为他不择手段挣钱，不是因为自己贪，只是因为家有老母要供养。我说因为家有老母，我也干过些不怎么光彩的事情。曹沫搁下酒杯，白我一眼说：我就不信你也干过走私、杀人的勾当。我说：不光彩的事情多了，何必是走私与杀人。曹沫说：举个例子。我说：临阵逃脱算不算？临阵逃脱？曹沫一边反问，一边摇头，好像临阵脱逃比当杀手还要不光彩。能当杀手说明心狠，临阵脱逃说明胆怯。心狠与胆怯，孰优孰劣？大多数的人宁取心狠而舍胆怯，曹沫属于大多数，我属于一小撮。我说：不错，临阵脱逃。而且不是一次，是三次。最后一次就发生在三年前。曹沫说：三年前？三年前齐国纠集鲁、宋、陈、蔡四国一起伐卫，你说的就是那一次？我说：不错。曹沫听了，哈哈一笑，说：说来倒巧了，我就是靠的那一仗发的迹！那一仗本来应当赢得轻松，没料到鲁君的战车不巧陷在泥里，三、四辆卫国的战车趁机冲过来，要不是我奋力拼杀，连伤卫国三员猛将，鲁君的性命难保。这件事我不止一次听别人说过，不过，从曹沫口中听来，还是第一回。曹沫不是个喜欢吹嘘的人，那一天他说出这话来，也许是因为我凑巧提起那一仗我当了逃兵，也许是因为他喝得差不多了，放松了警惕。放松了警惕？不错。得意的事情，深藏心中，不轻易说出来，那并不是件容易的事儿，不警惕办不到。

当然，把这话说出来，虽然同心情舒畅不无关系，却与头脑清醒不沾边际。说这话的时候，曹沫还不够清醒，因为他还在喝酒，只是喝得差不多了。当曹沫喝完最后一杯酒的时候，他把胡子擦干净，然后沉默不语。我呢，静静地奉陪。那时候，外面正下着小雨，雨滴从屋檐滴下，滴在走廊的地板上，"嘀嗒"有声，好像是计时的刻漏。曹沫这时候在想些什么，我不知道。我自己什么也没想，只是在暗暗数着雨滴，或者只是以为我在暗暗数着雨滴。我这么说，绝不是故弄玄虚，我的确是以为我在数，可是又经常忘记我究竟数到哪儿了，结果只好又从"一"开始。在我不知道是第几次不知道是数到哪儿的时候，曹沫忽然打破寂静，说：万一公孙无知不再去雍廪家，你说我该怎么办？我等他问这句话等了很久了，我当然早就可以问他，不过，我决定等他来问我。如果他想不起问这问题，他的聪明程度只能算是中下。如果他真是中下之资，我以后同他打交道就得加倍小心，不聪明的人常常会干傻事，不加倍小心，说不定就会被连累进去一块儿遭殃。曹沫终于在头脑最清醒的时候想起这问题，虽然有点儿令我失望，毕竟比根本想不起来令我放心多了。这时候我才明白我刚才之所以数雨滴，之所以数不清雨滴，并不是因为无聊或者心不在焉，而是因为多少有点儿紧张，唯恐曹沫不够聪明。

"问得好！"我说，真诚地笑了一笑。

曹沫没有说话，他等我继续往下说。

"公孙无知要是不去雍廪家，这事儿就算了。"我说。

曹沫听了一愣，显然，我的回答出乎他的意料之外。

"不算了，你还能怎么样？别忘了你只答应雍廪去杀一个奸夫，没答应替他去行刺齐君。"

曹沫说："这区别我懂。我只是没想到你会说算了，更没想到你会说得这么痛快。"

"你以为我应当怎么说？"

曹沫不直接回答，却反问道："算了。你同公子纠的计划不就泡汤了么？"

"不算了，难道就不会泡汤？"

"什么意思？你以为我只配躲在床底下捉奸，没胆量去宫里行刺？"

"我不仅相信你有这胆量，而且也相信你有这本事。不过，我不相信你得手之后还能逃得出来。"

听了这话，曹沫没有立刻回答，隔了一会儿，方才说："你以为我没有死的勇气？"

显然，经过一番琢磨之后，他不得不同意我的判断，他知道他逃不出来，只有一条死路可走。

"我也相信你有勇气死。不过，你死了并无济于事，他们会认出你是谁，只要你的身份暴露了，不仅公子纠的诸侯梦难成，恐怕连带鲁国都会遭殃。"

听了这话，曹沫也没有立即反应，也是隔了一会儿方才说："人说'利令智昏'，这话怎么在你身上不灵了?"

我说："这都亏了你。"

"都亏了我?"曹沫不敢置信地反问。

"可不。"我说，"如果你不把我当成知己，我就不会替你着想。如果我不替你着想，我就会心存侥幸，让你去冒险行刺，结果也就难逃'利令智昏'的下场，不仅自己一无所获，还让你白搭进一条命。"

3

公孙无知没有因为当了国君就不再去偷雍廪的老婆，也没有改变去的日子，还是初一与十五，因为这两天雍廪要在宫里值夜班，不能回家。不过，去的方式发生了些许变化。以前公孙无知总是一等到天黑就从雍府后花园的侧门溜进去，天亮以前才从同一个侧门里溜出来，如今是深更半夜才去，半个时辰就出来。毕竟，身份不同了，不便在别人老婆的家里久留。以前公孙无知总是一个人去，一个人回；如今是带着两个护卫去，带着两个护卫回。护卫一直跟到雍廪老婆寝室门外，一直在门外守着。毕竟，身份不同了，偷的时候也不能不防备被偷，偷人的也要防备被人偷袭。这两个消息都是雍廪的亲信在回话时告诉曹沫的。第一个消息是好消息，证实我那"搞出点儿乱子来"的计划的确可行。第二个消息不能算好，但也不能算太坏，因为这消息至少证明我提出的加价要求不是无端的勒索，杀公孙无知的难度的确变大了，雍廪因此也同意了新的价钱。不过，雍廪不同意曹沫提出的计划，他要求曹沫在后花园里把公孙无知和两个护卫一起干掉，把死人扔到后花园外，把现场清理干净，还要求曹沫把公孙无知身上最值钱的东西拿走，造成劫杀的假象。

曹沫把这些消息转告我的时候，我们两人站在泗水的河滩上，四顾荒凉，渺无人烟。太阳刚从一片云里钻出来，又一头扎进另一片云里去。河岸上的垂柳好像已经发芽，又好像还没有。从河面吹来的风，既透出一丝凉意，也透出一丝温柔。这种日子究竟是春初，还是冬末？说不好，大概得视人的心情而定。可那一日我的心情偏偏很一般，一般得不知道那一日究竟应当算是春初还是冬末。这日子不是谁选的，事情恰好在这会儿发生，不由得人做主。这地点是曹沫选的，他说他喜欢荒凉，因为荒凉让他清醒。显然，他并没有发觉他喝够了酒的时候最清醒。我也喜欢荒凉，所以欣然同意曹沫的选择，不过，不是因为荒凉让我清醒，我随时随地都是清醒的，用不着荒凉帮忙。我之所以喜欢荒凉，纯粹在于欣赏荒凉本身的气质。荒凉本身的气质是什么气质？原始、朴素、无际无涯，让你感受到人的渺小，或者不如说感受到人文的渺小。这是我当时的感受，现在回想起来，我想这也许是因为我当时一事无成，所以内心有一种潜在的藐视功业的意识？

"你说公孙无知去偷女人的时候，身上还会带什么值钱的东西么？"曹沫转告完毕之后，这么问我。

"你没注意到公子纠脖子上总挂着一把玉锁？"

"什么意思？难道公孙无知的脖子上也会挂一把玉锁？"

"不错。但凡齐国的公子公孙都得在脖子上挂一把玉锁，据说这是姜太公定下的规矩，说如此就能辟邪去祸逢凶化吉。"

"姜太公那么聪明的人怎么会定下这种莫名其妙的规矩！"曹沫摇头一笑。

"看来你得找个帮手才成了。"我没理会曹沫的评论，这规矩是不是姜太公定的无关紧要。

曹沫没有开腔。我看得出他有点儿不高兴，以为我小觑了他的本事。于是，我解释道：公孙无知的那两个护卫当然不会是你的对手，我只不过是有些担心你来不及一口气干掉三个人。万一走掉一个，不就不好办了么？再说，清理现场等等，有个帮手不也快得多么？夜长梦多，越快越好。我嘴上虽然这么说，其实心里并不这么想。至少，不完全这么想。公孙无知如今既然已经贵为一国之主，他的随身护卫的武功绝不会稀松平常。以一对一，曹沫也许不会有问题。以一对二呢？那就难了。听了我这话，曹沫将了一下胡须，然后说：不错。不过，这帮手必须是个绝对信得过的人。说完这句话，他又伸手去将胡须，显然是一时想不出合适的人选来。我其实早就想好了谁去合适，不过，我不想让曹沫自愧思维鲁钝，所以我就先附和了一句：说得好！这人得绝对可靠。然后也一将胡须，做沉思之状。一阵沉默过后，曹沫像是问我，又像是自言自语地说：什么样的人能绝对可靠呢？

"已经知情的人最可靠。"我趁机接过话说，"况且，这事儿本来就是知道的人越少越好。"

曹沫听了，略微一愣，反问道："什么意思？难道你想自己去不成？"

"不错。除你我之外，知情的人只有三个。鲁君与公子纠不能去，自不在话下，召忽的功夫不如我，所以我是唯一合适的人选。"

曹沫瞪着我，一脸的狐疑。我知道他在想什么，在他的心目中，但凡当顾问的都是些只肯动嘴不肯动手的人。不过，我却装做会错了意，问道："怎么？你不放心我的功夫？"

"你的剑术嘛，还可以。不过，剑太长，不派用场。干这种偷袭的勾当，最好用匕首。不知匕首这玩意儿，你可在行？"

呵！没想到他还真有点儿担心我的功夫，会错意的竟然是我！不过，我没有生气。我又没有什么第一剑客的名声在外，不存在被人小觑的问题。况且，剑是最流行的兵器，上自天子诸侯，下至寻常百姓人家，几乎没有人不佩剑，也几乎没有人不会使剑，区别只在剑术的高低。匕首就不同了，会玩的人不多，精于此道的就更少，往往只有像曹沫这种在刀刃上讨过饭吃的人。所以，曹沫的担心并不是没有理由的。

"这件事，你是主角，我是配角。"我说，"主角得用匕首，不错。至于配角嘛，既用不着剑，也用不着匕首，只需一张弓，一壶箭。"

剑虽然长，毕竟只需一只手，弓箭得两手并用才能施展，还得外加一壶箭。用剑，他曹沫都嫌不方便了，可我还偏偏说什么用弓箭，这不是自讨没趣么？我不是自讨没趣的人，我这么说，自然有我的道理。曹沫又瞪着眼睛看了我一回，想必是没听明白我的道理。不过，他没有问，却扭过头去看河滩。他当然不是去欣赏河滩的荒凉，不过是想凭借河滩的荒凉寻找灵感，以便猜出我这么说究竟有什么玄机。河水浊而不清，流波缓而不急，一群水鸟在河上盘旋，翅膀张而不动，像是断了线的风筝，随风飘荡，忽然间好像是得了什么号令，一齐收起翅膀扎入水中，像是暗器高手掷出的飞镖。水鸟再从水里钻出来的时候，有的嘴上叼着鱼，有的一无所获。是技术，是运气，还是二者兼而有之？我正这么瞎琢磨的时候，曹沫终于琢磨出了我说用弓箭的意思。

他说："你意思是说，你藏在树上或者墙上放暗箭？"

"不错。后花园的侧门通常窄小，他们三个人不可能一同进门，必然是鱼贯而入。走在最前面的想必是公孙无知，你藏身门边，只等他踏进门就用匕首往他胸口捅。你捅匕首的同时，我一箭射倒走在最后面的、想必还在门外的护卫，这样咱们一下子就了结了两个，对吧？这时候，走在中间的护卫，也许已经进了门，也许是一只脚在门里，另一只脚还在门外。看见公孙无知倒下了，他也许会冲前搏命，那就是你的事儿了，也许会转身逃命，那就再看我射箭的本事了。怎么样？"

"很好。"曹沫略微想了一想，说，"这设想和对策都很好。"

"要不要考核一下我射箭的本事？"

"我相信你不会拿这正经事儿开玩笑，考核是用不着的了。不过，射一射也无妨，免得到时候手生。"

手生？这当然只是个借口，曹沫其实是不怎么放心，这在我的意料之中，因为他从来没有看我射过箭。我从马车里拿起弓箭回到河滩的时候，那群水鸟还在重复盘旋和下扎的游戏。游戏？可不！俗话说："人生如戏。"依此类推，鸟生不也是如戏么？还有一句俗话，说什么"人为财死，鸟为食亡"，不正是拿人生比鸟生么？

"你要我怎么射？射个'天花乱坠'如何？"我一边说，一边从箭壶里抽出五只羽箭，一把攥在手中，把弓拉开来，对空试了一试。

"天花乱坠？"曹沫不懂我说什么。也许他于射箭不在行，所以听不懂这一行的行话；也许我说的这句行话只是齐国流行的行话，不是鲁国流行的行话。不过，他懂不懂也无所谓，反正他即使原本不懂，立刻也就会懂了，因为我并没有等他回答，就在他问这话的时候，我已经接连射出五箭。等到四只水鸟带箭跌落水中的时候，鸟群惊散了。不过，我的第五只羽箭并没有虚发，想逃的水鸟有一只没来得及逃脱。

曹沫见了，喝一声彩，说："好一个'天花乱坠'！你有这本事，怎么不早露一手！"

我说："咱俩还不是一样，都不好炫耀，你不是也没露过使匕首的本事么？"

曹沫听了，并不答话，伸手解下腰带上的雁翎，反手一甩，雁翎破空有声，在空中划一个半圆，又重新回到曹沫手中。不少人喜欢在腰带上系一根雁翎做装饰，我以为曹沫腰带上之所以总是系一根雁翎，也无非是这意思。显然，我看走了眼，曹沫腰带上的雁翎绝不寻常。即使无风，寻常的雁翎也只能在空中漂浮，哪能如匕首一般来去如飞，况且那一日河滩上的风还不小。看清楚了吗？曹沫问。看清楚了什么？雁翎，还是手法？我不假思索失口喊了声：雁翎刀？鲍叔和召忽都说我老谋深算，我不怎么喜欢听这句恭维话，可我不能否认我很少失口。这回我失口了，因为我大吃一惊。为什么大吃一惊？因为我根本就不怎么相信雁翎刀的存在。况且，即使当真存在，那雁翎刀不是早就沉埋地下了么？怎么会出现在曹沫之手？我希望曹沫摇头否认，可是他没有，只是迫不及待地把雁翎刀收起，好像后悔方才不该让那刀露了相。

"你慌什么？"我说，"好像这刀是贼赃似的！"

"还真让你猜中了，这刀还当真就是贼赃。"

"这么说，除了充当杀手和走私，你还干过盗墓的勾当？"

曹沫摇头否认。

"难道你这雁翎刀不是游闲公子的那一把？"我问。

所谓游闲公子，并不是公子纠、公子小白这般货真价实的公子，不过是江湖大盗雁翎刀主的别号。雁翎刀主当然也只是个别号，并不是真名实姓。同一个人而有两个不同的别号并不稀奇，稀奇的是虽有两个别号而没有名姓。也许这人当真来历不明，所以没有真名实姓。也许这人故意隐姓埋名，所以虽有真名实姓而不为外人所知。究竟如何，无从考核。更稀奇的是，这人平生只做两种案：或者是杀人而不劫财，或者是劫财而不杀人。杀什么样的人？劫谁的财？为什么杀？为什么劫？都令人琢磨不透。不过，有一点却清楚得很：杀人而不劫财的时候，这人自称雁翎刀主；劫财而不杀人的时候，这人自称游闲公子。说这人自称，其实有点儿不妥，因为这人作案的时候从不开口，作案之后则照例从容不迫地留下一方竹制的名刺。杀人而不劫财的时候，名刺上写的是"雁翎刀主"，劫财而不杀人的时候，名刺上写是"游闲公子"。没人愿意同被杀发生联想，所以没人敢称这人为雁翎刀主，只敢称这人为游闲公子。即使在这人死了多年早已不再能杀人之后，依然如此。这人死后，据说下葬于泰山之阳的青陵。按一般规矩，只有天子或诸侯的坟墓才配称之为陵，可是没人敢把这人当做一般人看待，生前没人敢，死后也没人敢。于是，这人的坟，就被人尊称之为"青陵"。"青"，意思是长青不老，因为这人自入道到入土，横行江湖五十年，从没遭逢过敌手。凭什么横行？凭一把雁翎刀？那是傻话。有刀，得会使，有刀法，得有刀供驱使。刀与刀法，二者不可缺一。也许是因为这世上聪明的人少、傻的人多，也许是因为雁翎刀法已经失传不可复得，总之，很少听人谈起雁翎刀法，却时时听到人议论雁翎刀，好像只要有谁得了那把刀，就也能像雁翎刀主一样横行江湖似的。

"笑话！"曹沫对我的问话嗤之以鼻，"天下还能有第二把雁翎刀吗？"

"游闲公子的雁翎刀不是陪葬青陵了么？你要是没盗过墓，这贼赃怎么会在你手上？"

曹沫没有直接回答我的问题，却说出下面这么一段往事：

那是五年前，我当时正在齐鲁边境夹谷走私。有一天一个同我做过几趟买卖的熟客叫做壶生的领来一个生人，说那人有一件东西想托我搀在走私货物中带往临淄。那人把货递过来，是一个半尺来长、三寸左右宽的包裹。我拿在手上掂量一下，轻得令我吃了一惊，绝不可能是黄金白玉，多少有点儿诧异。我问那人到了临淄把东西交给谁。那人说他五天以后正午时分在临淄望云楼等我。我说：你既然自己也去临淄，这东西为什么还要托我带？那人说：听说你是武功高手，东西带在自己身上哪有交给你稳当？我说：这么说，你这东西想必是件值钱的宝贝了！那人显然是个生意老手，立刻听出我的言外之意，爽快地说：你平常收取多少钱？我加倍。我说了个数目，具体是多少我记不清了，不过，肯定比平常真正收取的价钱高出很多。你别笑我奸猾，做生意的规矩，照例漫天要价，等着对方就地还钱。不料那人二话没说，立即解囊，按照走私行当的规矩预付了定金，这么轻易就发一笔小财，出乎我的意料。我拍拍那人的肩膀说：果然是件值钱的东西，你就不怕我给拐跑了？那人冷笑一声，说：拐？谅你也不敢！一边说，一边捋起左袖，让我看到他左腕内侧刺着一枝兰花。我立刻后悔了。兰花帮是齐鲁一带最有势力的走私帮派，谁也得罪不起，包括我在内。不过，我后悔，不是因为得罪不起，我只是开玩笑，绝对无心拐带那人的东西。我后悔，是因为我怀疑这里面有什么圈套。像我这种做零散走私生意的人，委托兰花帮代为走货，既合乎情理，也时有所闻。反过来呢，那就是既不合情理，也从来没听说过的了，我能不怀疑嘛！可怀疑有什么用？做走私生意凭的全是一个"信"字，接了定金就是接了这趟买卖。再想推辞，除非你是想金盆洗手，不再在这一行里讨饭吃。

曹沫说到这儿，停下话来，眉眼之间透出一丝得意，也透出一丝感慨。我猜他之所以停，之所以笑，一定是在想：如果当时早知有今日，一准会金盆洗手。不过，我什么也没说，只是静静地等着。曹沫瞟我一眼，见我没有插嘴的意思，就又接着说：

上路之前，我有好几次都想把那包裹拆开来看看里面究竟是什么东西，可是我终于忍住了，或者说终于没敢这么做。包裹的包皮有封漆，封漆上有个相当复杂的图案，拆开了，肯定不能还原。走私这一行有那么几条不成文的规矩，不经货主允许不得拆包是其中之一。违犯了这一条，也是绝对不可能再在这一行里混饭吃。我那趟生意，从齐国过来时贩的是私盐，从鲁国回齐国去时带的是织锦。我把那包裹塞在一包织锦里，一路上格外小心谨慎。岂料一路无话，比哪趟买卖都顺畅。我早一天到达临淄，先把织锦交付了。次日正午进了望云楼，按照那人的吩咐，在二楼找个临窗的席位坐了。久等那人不来，只好先点了些酒菜独自品尝。说是品尝，其实只是做些品尝的样子，心里头如十五个吊桶打水，七上八下，哪有品尝的兴致？酒喝过三巡，菜吃下四碟，仍旧不见那人踪影。我觉得有点儿不对头，决定不再等。起身下楼的时候，四下张望了一下，也许是出于无意，也许是心存发现那人的侥幸。我没看见那人，却看见雍廪独自一人坐在尽头靠窗的角落里，脸朝窗外。我没心思同他打招呼，正想转身下楼，却不料他恰好扭过头来，与我打个照面。我两人都约略迟疑了一下，又不约而同地挥手招呼，他起身走过来问我：怎么一个人？我说：刚在附近送走一批货，趁便过来吃午饭。我没必要在雍廪面前隐瞒走私的勾当。事实上，我走私的第一批货，就是在这望云楼交付给雍廪的。不过，我不想把那人托带东西的事情告诉任何人，所以我就这么胡乱地应付他。你在这里接货？我问他。他嘻嘻哈哈地说：接谁的货？接你的货？你如今生意做大了，还记得关照我？我没心思同他废话，我也看得出他其实也没心思同我瞎聊，结果自然是很快就分了手。

　　依据走私这行当的惯例，收货人不如约收货，货物就归走货人所有。可是一想起那人左腕上刺的那枝兰花，我就打定主意把那东西原封不动带回去交还给那人。没想到等我回到夹谷的时候，那人已经死了。怎么会死了？我问壶生。壶生说：被人在脖子上切了一刀还能不死？同什么人动手来着？我问。壶生摇头说：那人本来是打算在你走后第二天启程去临淄的，岂料就在你走的那天当晚在客栈被人杀了。房间里翻箱倒柜，连地板都被撬开过，该不是寻找托我带走的那东西吧？听了这话，我这么想。壶生接着说：我一直为你捏一把汗，怕你在途中遭逢不测，现在你人回来了就好了。显然，壶生也是这么猜想。人回来了就好吗？但愿如此，可我不敢这么相信。壶生也未必就敢这么相信，不过这么说说罢了，既为给我壮胆，也为给他自己壮胆。有人向你打听过那件东西的下落没有？我问壶生。壶生摇头，反问我：那东西还在你手上？我也摇头，说：我在临淄没见着那人，就知道准是出了什么事儿，我怎么还敢把那东西留在身边惹祸！那你把那东西怎么了？壶生追问。扔了呗！我说，难道还敢卖了不成？壶生说：那就好！那就好！

　　回到下处，我匆匆把那包裹拿出来，剔开封漆，解开包皮，看见里面是一个犀牛皮匣子。那犀牛皮匣子显然有些年头了，皮面上本来有个压制的图案，已经磨损得不可辨认。匣子里面盛的究竟是什么东西？用不着我说，你当然已经猜到了。没过几天，有人来告诉我说壶生失踪了。在走私这行当里混饭吃的人大都神出鬼没，忽然失踪本来并不稀奇，可我立刻有种不祥的预感：该不是死了吧？果不其然。三天后，有人在玉米地里发现了壶生的尸体，也是被人在脖子上切了一刀。那时我已经接了趟去临淄的生意，本来是想歇一两天再走的，听了壶生的死讯，我决定当晚就离开夹谷……。

　　曹沫说到这儿，把话顿住，打了个冷战，大概是因为天上忽然飘下几点雨来。我抬头一望，这才发觉太阳早已不知去向，一层厚黑的雨云正从河对岸缓缓地向这边蔓延开来。我觉得有点儿凉，于是提议去春满楼喝几杯。曹沫说：你这主意正中下怀。我知道他这话是由衷之言，因为他穿得比我还少。我说：虽然正中贵怀，这回却得让我做东。为什么？曹沫问。因为你说的这段往事值钱得很，我说。曹沫听了一笑，不是会心地微笑，是夸张地、做作地大笑，说明他其实并没有听懂我的意思，也说明荒凉并不能使他头脑清醒。

4

我同曹沫走进春满楼的时候，正碰上召忽搀扶着公子纠从楼上下来。公子纠显然又喝醉了，看见我同曹沫在一起，指着我的鼻子骂道：我同召忽找你不着，原来你又跟那臭……他原本准是想说：原来你又跟那臭小子在一起。下面的话没说出口，不是因为他忽然醒悟了，明白不该当着曹沫的面说出那话来，是因为召忽用块手帕捂住了他的嘴。别说话！小心呛着！召忽一边说，一边急急忙忙把公子纠从曹沫与我身旁拖过去。自从那次在留春苑与曹沫发生争执，公子纠对曹沫一直耿耿于怀，背后总是用"那臭小子"指曹沫。召忽与我劝过他不知道多少次，跟他说：曹沫是鲁君的宠臣，咱如今寄人篱下，得罪这人不起，他不听。跟他说：小不忍则乱大谋，君子不与小人计较等等，他也不听。有一回我私下问召忽：我把你推荐给这么个主子，万一将来耽误了你的前程，你该不会恨我吧？召忽说：生死有命，富贵在天，我怎么会恨你？再说，公子纠虽然不是完人，这世上又有谁是完人？我曾经跟过四个主子，这你是知道的，老实说，只有公子纠把我当个人物，令我有知遇之感。我说：听你这口气，你是跟定公子纠了？召忽不答，反问我：听你这口气，你是又想换主儿了？我也不答，只叹了口气。我同召忽的性格不同，我不满足于知遇感，我需要成就感。公子纠能给我机会成就大事么？我时常怀疑。不过，我不是那种为人谋而不忠的人，一日为公子纠之臣，一日我会替他尽力，绝不会有二心。至于将来是否会投奔别的主子，那是将来的事儿，现在没工夫操那份心，我现在应当操心的只有一件事：刺杀公孙无知。

同公子纠在春满楼的不期而遇，不仅仅是打乱了我的思绪，当然也打乱了曹沫的思绪。我同曹沫在酒楼的包间里坐下来，喝了半天闷酒，竟然没再接着谈起曹沫在河滩上没说完的那件往事，好像两人都把那事情忘了似的。曹沫是不是还有兴趣接着说，我不敢肯定。至于我自己，我当然是要追究到底。其实，从一开始起，我就对雍廪找曹沫杀公孙无知这件事心存疑惑：雍廪为什么偏要雇曹沫？难道在齐国就找不到个杀手？不过，我没有把这疑惑对曹沫说，自己也没有仔细去想。一开始是因为这事与我无关，曹沫也没有接这买卖的意思，犯不着操这份心。后来呢？后来嘛，说穿了，是唯恐行刺公孙无知的计划因为这样的疑虑而搁浅，多少有些利令智昏的意思，不是么？可曹沫说起的那段往事改变了我的态度，让我觉得刺杀公孙无知的计划肯定会出问题，既然已经知道肯定会出问题还不设法解开疑团，那就不是多少有些利令智昏的意思，而是当真利令智昏了。我是那样的人吗？当然不是，所以我一定会追究到底。

雨下得不怎么大，也不怎么小，恰好能让人既听到雨滴的声音，也听到雨声之外的无声。夹杂雨声的无声，格外令人觉得寂寞的存在。忍耐寂寞也是一种本事，一般人以为好说话的人难耐寂寞，那其实是一种误解。好说话的人，即使没机会开口，心里边也在自言自语，所以，虽然外表寂寞，内心却并无寂寞之感。自己不好说话而好听别人说话的人，才会真的感受到寂寞难耐。我是好说话的人，曹沫是自己不好说话却好听别人说话的人，于是，终于打破寂寞的是曹沫而不是我。

"想什么呢？"曹沫这么问我。

"我在等你说那趟走私的结果。"我说。

"嗨！还能有什么结果？没什么结果。"曹沫说，"我在临淄把货交了，没敢再回夹谷，跑到曲阜来，恰好赶上征兵，我把名字改了，投在军中，从此与江湖上的人事绝缘。"

"你改了名字？"

"不错。"

"那雍廪怎么发现你的？"

"去年九月我出使齐国，在临淄与他不期而遇。他见了我大为惊喜地说：'我道谁是鲁国的新贵曹大夫？原来就是你！还拉着我到望云楼喝了个痛快。"

"原来如此。"我觉得心中的疑团渐渐有了头绪，不禁暗喜。不过，我没有把笑意展示出来，而是不动声色地继续盘问："这雁翎刀没给你惹过麻烦？"

"这刀我一直深藏不露，直到当了大夫才拿出来挂在腰带上。当大夫的十之八九用雁翎做腰饰，所以，从来不曾引起任何人的疑心。今日是头一回亮相，将来要是有了麻烦，我就唯你是问。"

"你出使齐国的时候，你佩戴这雁翎刀没有？"

曹沫想了一想，说："想不起来了。"

"你敢肯定没有别人知道这刀在你手上？"我问。

"除你我之外，知道这刀在我手上的人都死了。"

"你猜那托你带刀的人为什么会被杀？"

"这刀肯定是从青陵偷出来的，盗墓的事儿，一个人办不来，须得有同伙，那人准是想独吞，所以同伙不饶他。"

曹沫不假思索便给了我这么个答复。显然，这问题他自己已经反复思考过多次了。这推理并无破绽，不过，这只是几种可能中的一种。比如说，那人也可能只是个负责送货的人，盗墓的事儿走漏了风声，有别人觊觎这雁翎刀，以为还在那人手上，所以那人遭了殃。不过，究竟怎样并不重要。因为无论如何，有三点是可以肯定的。其一，那人知道刀在手上会有风险，所以把刀托付给曹沫。其二，壶生的介入，已被追踪雁翎刀的人探知，所以，壶生也没能逃过被杀的命运。其三，对那人而言，那刀并不是刀，只是件货，收货人必然在临淄，否则，那人就不会叫曹沫把刀送往临淄了。至于壶生在被杀之前是否透露出刀在曹沫手上，这一点却不敢肯定。也许壶生没有，所以没人来找曹沫的麻烦。也许壶生透露了，只因曹沫当时走得快，尔后又隐退江湖，改换名字藏身军营，所以至今躲过了麻烦。

"你觉得那日在临淄望云楼碰见雍廪纯属巧合？"我问。

这一回曹沫没有立即回答，显然，对于这个问题，他并没有反复琢磨过。一阵沉默过后，曹沫问："你以为雍廪那天是在那儿等这雁翎刀？"

我点头。

"理由呢？"

"咱当时笑话雍廪找你去杀公孙无知多少有些傻，"我说，"现在看来犯傻的可能不是他，是咱自己。"

"你的意思难道是说：他雍廪的目的其实在这把雁翎刀？"

"一箭双雕。"我说，"他想杀公孙无知，这不假。不过，他同时也想夺回这雁翎刀。"

"夺回？"曹沫反问。

"不错。如果他就是那收货人，他当然认为这刀本该是他的。"

"怎么夺？难道他想等我杀了公孙无知之后再杀我不成？我看他还没那本事！"曹沫说，一副不敢置信的样子。

"他不需要自己动手。在宫里值夜班的大夫有权动用京城的卫戍部队，他可以预先把部队在他家后花园外埋伏好，只等你杀了公孙无知，就把你当做杀人犯抓起来。"

曹沫听了我的话，吃了一惊。他想不到这一层，并不足以为怪，他虽然在齐国混过，只是在江湖上混，从来不曾涉足朝廷，无从得知这些朝廷的规矩。

"那依你这么说，咱去了岂不是自投罗网？"曹沫问。

"有备则无患。"我说。

"怎么个准备法？雍廪能调用临淄的卫戍，咱不能也把曲阜的卫戍调去同他一决雌雄吧？"

曹沫这么说，当然是讲笑话。不过，不是一般的笑话，是在完全没辙时用来藏拙的笑话。别人说这种笑话的时候，你不能当笑话听，更不能回报以耻笑。对曹沫这种只能赢、不能输的人，尤其不能。于是，我就装出一副沉思的样子，让曹沫觉得我在把他的笑话当做一个或许可行的方案认真研究。曹沫小心翼翼地提起酒壶斟酒，唯恐打搅了我的思绪，我也趁机斟满一杯，慢慢地喝完了，然后才摇一摇头，说："不成。人带多了，没法儿去。人带少了，于事无补，还是就咱俩去，不过，千万不可让雍廪知道你有我这么个帮手。"

"这就是你所谓的'有备无患'的'备'？"曹沫反问。

"不错。"我说，"不过，只是一部分。"

"剩下的部分呢？"

"我在临淄再去找一个帮手。"

"就一个？"

"不错，就一个。"

"什么人手段这么高？"

"这人什么手段也没有。"我说。

曹沫不再问，只顾喝酒。也许他已经猜到了我说的是谁，所以无须再问；也许他以为我只是开玩笑，所以不屑于问。无论是前一个"也许"，还是后一个"也许"，都说明曹沫沉得住气，果然是块当杀手的料。

"我先走一步，十五日晚酉时三刻我在雅集客栈的客房里等你。"我一边说，一边站起身来。

雅集客栈是我在临淄的下榻之处，也是曹沫在临淄的下榻之处。选择同一个客栈落脚，是我的主意。如此既方便联络，也容易避人耳目，即使有人跟踪，也只能跟到客栈大厅为止，总不能跟到客房里来吧？十五日夜半是动手的时刻，所以，我与曹沫必须在那之前见一面，以便交换情报、商定细节。

曹沫点头，我走出包间，反手带关身后的房门。

我是十四日黄昏时刻抵达临淄的，当晚我就去见了鲁桓公的未亡人姜姬。姜姬的岁数究竟是多少？我不清楚。不过，以理推之，少说也该是四十出头了吧，因为鲁君已经过了二十六岁，可姜姬依然风姿绰约，神采飞扬，令我惊叹不已。我先递上公子纠的亲笔信，这封信是我起草的，除去几句普通的寒暄，别无它话，万一落在别人手上，绝不会露出半点可疑的痕迹来。姜姬看过，搁在一边，淡然一笑说：纠弟有事求我？姜姬与公子纠是同母姊弟，据公子纠说，姊弟两人的关系本来极其亲密，后来因为诸儿的缘故渐渐地疏远了，公子纠逃离临淄的时候，没有去向姜姬辞行，逃到鲁国之后，也没有再同姜姬通过消息。不过，我从姜姬问话的语调中听得出，姜姬对公子纠并无责怪之意。我点了点头，却并不开口。姜姬又淡然一笑，漫不经意把身边的两个使女支开，然后说道：现在可以说了吧？

　　怎么说呢？我离开曲阜前，公子纠向我吩咐了一套说辞，大意是说公子纠派我来替姜姬报仇雪恨，希望姜姬尽力相助。这说法并不高明，不过，既然出自公子纠之口，我原本以为也可以入于姜姬之耳，毕竟是亲姊弟嘛，智商情商应当不相上下。可我一见到姜姬，就立刻感觉到完全不是那么回事。姜姬一举手、一投足、一颦一笑，无不灵气逼人，与公子纠的迟钝傲慢，判若天渊。如果我照搬公子纠的话，姜姬肯定会暗笑我是个十足的傻瓜。聪明人大都不愿意同傻瓜合作，因为聪明人不相信傻瓜能把事情办成，我要是被姜姬看成傻瓜，她说不定就会借故推脱不管，如此岂不是坏了大事？

　　这么一想，我就赶紧咳嗽一声，把自己镇定下来，然后直言不讳地说："不错。公子纠想当齐君，不杀公孙无知，他当不成。没有夫人的帮忙，即使杀了公孙无知，他也可能当不成。"

　　说到这儿，我把话顿住，既给姜姬一个问话的机会，也给我自己一个观察姜姬反应的机会。姜姬不动声色，也没有插嘴的意思，好像这些话都在她的意料之中。于是，我只好把刺杀公孙无知的计划，连带雁翎刀的来龙去脉全盘托出。不过，我还是保留了一点儿。是什么呢？我没有说我想请姜姬怎么帮忙。聪明人喜欢按自己的计划办事，不大愿意听别人的安排，所以，我决定把怎么帮忙这一节留给姜姬来说。等我把话全部说完了，姜姬并没有立刻接话，只是静静地看着我，好像是给我一个补充的机会。我又咳嗽一声，这回不是为了镇静自己，是为了掩盖自己的局促不安。姜姬看在眼里，这才开口说：你的计划周全，对雍廪的怀疑也很合理，如果我猜得不错，你来找我，无非是想求我帮你安排一条脱身之计？我点头。姜姬接着说道：雍府后花园的侧门在朱雀坊夹道，侧门往西大约五十步，对面有一条叫做曲巷的斜街，雍廪如果埋伏人马，很可能就会选择这条斜街。从侧门往东第三个十字路口左转是庆云坊，庆云坊是客栈集中之地，夜半时分街边经常停有马车，我预先把马车停在路口边等着，绝不会引人怀疑。我的马车座位下是个衣箱，可以藏得下一个人，雍廪认识曹沫，所以这衣箱得留给曹沫。我会先把车夫打发走，你呢，你就权充车夫。雍廪如果追上来，你就从容不迫地把车停了，不必开口，只需指给他看车顶上插的锦旗，旗上有一只金线绣成的凤鸟，他认得这锦旗，绝不敢造次。如果他还要盘问，你也不必理会，由我来对付他。

姜姬说到这儿，把话停下来，并没有征求我的意见，只是略微笑了一笑，我明白她这是告诉我：正事已经谈完了。于是，我就站起身来告辞。姜姬说：出门的时候，别忘了看一看门外旗杆上的锦旗，与我马车上的锦旗是同一个图案，明日晚上可别匆匆忙忙上错了车！我又谢了一遍，扭转身，正要出门，却被姜姬唤住。我转过身来，看见姜姬面呈一副欲言又止的样子，与方才镇定安详的神态判若两人。于是不禁问道：夫人难道还有什么吩咐？姜姬犹疑了片刻，终于开口说：同儿可好？姜姬所说的"同儿"，就是鲁君。鲁君的生日与鲁桓公相同，所以以"同"为名，据说是出自姜姬之意。自从鲁桓公在齐国死于非命，姜姬留齐不归，母子两人反目成仇，不通音信已经将近十年了。我临离开曲阜时，鲁君也托我带了一封信给姜姬，不过再三叮嘱我说，如果姜姬不问起他，这信也就不必转交了，姜姬既然见问，我就赶紧把那封信从怀里掏出来，双手捧上，说：托夫人的福，鲁君健康得很，这刺杀公孙无知的计划，鲁君也是参与人。说罢，我又向姜姬行长揖之礼，然后转身退出门外。当我走下台阶的时候，我仿佛觉得身后隐约传来女人啜泣的声音。像姜姬那样的女人，也会哭吗？我不敢相信。也许，我听到的只不过是我的想象。

第二天，我在雍府周围转了一圈，看到了那条叫做曲巷的斜街。也在雍府后花园侧门旁边相中了一棵硕大的圆柏，枝叶茂密，是个绝好的藏身之处。我还从侧门步行到庆云坊，心中数了一数，大约一百步。曹沫与我出了侧门，即使立刻有人从曲巷追出来，也应当有足够的时间跑到庆云坊口，跳上姜姬的马车。唯一令人担忧的是中箭，好在是在夜晚，沿街又有树，风险应当不大。看完了，我回到客栈，蒙头大睡，晚上有事，白天以养精蓄锐为宜。

大约酉时下半的时候，曹沫进了我的客房。我把我白天的观察结果和昨晚与姜姬的会面讲给他听。讲完了，我问他：你觉得怎样？躲在衣箱里的滋味一定好受不了。曹沫没有回答我的问题，只是开了这么句玩笑。

　　"雍廪那边没什么新情况吧？"我问。

　　曹沫摇头，笑道："他好像对我只身前来吃了一惊，问我：就你一人？你对付得了三个？我故意夸下海口说：别说是三个，就是三十个人也没问题！"

　　"没人跟踪你吧？"

　　"没有。不过，待会儿咱出去的时候，一定得小心，说不定会有人在门外盯梢。"

　　既然没有人跟踪，怎么会有人在门外盯梢呢？我没问。或者，曹沫担心雍廪在雅集客栈有线人；或者，雍廪问曹沫在哪儿下榻，曹沫一老一实告诉他了。如果属于后一个"或者"，绝不说明曹沫傻，恰恰说明曹沫有经验。临淄是雍廪的地盘，在人家的地盘里被盘问，最好的防御就是实话实说。总之，曹沫是跑江湖的老手，对于应当怎么处理这类事情知道得绝对不比我少。问多了，会让他笑我嫩。

　　说完正经事，时间还早。曹沫说，他宁可早去，在雍府后花园的花厅里去等着。说罢，他就走了。我不能像曹沫那样大模大样地在雍府的后花园藏身，只有在客栈里等着。过了亥时，我才离开客栈，先是沿街步行，确定没有人跟踪，然后才叫了一辆马车，吩咐车夫把车拉到庆云坊。下车之后在坊里遛了一趟，快要走出庆云坊南口的时候，一辆插着金凤锦旗的豪华马车从后面跑过来，在坊口的路边停了。

　　那一晚，有云，云还挺厚，也很低，空气湿得好像已经在下雨。朱雀坊夹道两边都是大宅的高墙，墙上一共不过两三扇门，不是侧门就是后门，都是供园丁、厨工等勤杂工匠用的。白天也难得见到几个人影，晚间更是静悄悄的，可我走进夹道的时候并没有听见自己的脚步声，那是因为我特地穿了双软底靴，脚步又踩得格外轻。我不想惊动曲巷里的人，那当然是说，如果里边果真埋伏有人的话。但愿没有，可我不敢相信没有。我爬上早上看中的那棵圆柏，坐稳了，把弓从背上取下来，伸头向花园中一望，看见曹沫已经藏在侧门背后。所谓"人算不如天算"，但愿今晚的事儿别出什么差错才好。我心中这么一想，手心不觉冒出冷汗来。

　　三更刚刚敲过，三条人影闪入朱雀坊夹道，公孙无知来得还挺准时。我从衣袋里摸出一块小石子儿，扔到曹沫脚下，曹沫向我挥了挥手，表示他已经知道了。接下来的事态同我事先的设想几乎完全相同：走在最前面的人刚刚踏进侧门就被曹沫一刀捅倒；我在同时射出一箭，还在门外的那一个应弦而倒；走在中间的那一个前脚已经进了门，后脚还在门外，我看不出那人究竟是打算往前冲还是向后退，因为曹沫的动作比那人快，在那人还没来得及反应之前，曹沫的雁翎刀已经穿透了那人的咽喉。我从树上跳下来，曹沫指着第一个进门的问我：是公孙无知吗？我俯身提起衣领一看，不错，正是公孙无知。一个有胆识杀齐侯诸儿的人，不能不说是个英雄，却因为偷一个女人而断送了自己的性命，真所谓英雄难过美人关！我不禁摇头，发一声叹息。曹沫没有摇头，也没有叹息，他先飞起一脚，把倒在门中央的护卫踢到街上，然后又把公孙无知拖出门外，临把公孙无知撂下之前，还没忘记揪下公孙无知脖子上的玉锁。

这时候，曲巷那边隐约传来一阵骚动，曹沫与我拔腿便跑。曹沫跑得比我快，等我跑到庆云坊口的时候，曹沫已经钻进了姜姬的马车。我跳上车夫的位置，正要挥鞭策马，雍廪驾一辆战车追过来，挡住了路口。我用马鞭往车顶上一指，喝道：什么人这么大胆！难道不认识那锦旗？雍廪朝锦旗瞟了一眼，一笑说：那旗我当然认识，不过，我倒想知道车上究竟是谁？我遵照姜姬的吩咐，两眼翻白，双手交叉，只做没听见。雍廪冷笑一声说：怎么不说？你以为你不说，我就不敢……不敢什么呢？他没有说出来。为什么没有说出来？因为就在这时候，他听见了另一声冷笑，一个女人的冷笑。姜姬拨开车窗的窗帘，露出脸来说：车上究竟是谁？问得好！我的车上，除了我，还能有谁？雍廪双手抱拳，向姜姬鞠了一躬，毕恭毕敬地说：不知是夫人，雍廪冒犯了。姜姬又发一声冷笑，说：哈！我道是谁？原来是雍大夫！既然知道是冒犯了，还不让开！雍廪不敢分辩，急忙忙把战车驱到前边。姜姬见了，喊一声"走"。权充车夫的我，于是乎抄起缰绳，挥鞭打马，把马车赶出了庆云坊。

5

　　曹沫与我在姜姬府上躲了一夜，本以为第二日还得劳姜姬的大驾才能出得了临淄城，没想到第二日临淄城里乱得一塌糊涂，连正常的秩序都没人管，更谈不上封城门、挨家挨户搜查这类特别行动了。这情形我其实是应该料到的，公孙无知杀诸儿固然是大快人心，自己急忙忙就篡夺国君之位则毕竟是不得人心，况且国君的位子也还没坐稳。俗话说：树倒猢狲散。公孙无知这棵树，根本还没树起来；猢狲，也还没来得及投靠，这么一死，其凄凉与混乱，怎么会不比树倒猢狲散还有过之无不及呢？我没料到这一点，说明我的料事能力还很不到家，至少是还不到杂家应有的份儿，这么一想，我就不禁流露出一丝懊丧。曹沫见了，疑惑不解。怎么了？事情不是顺利结束了么？你怎么好像反倒有点儿不高兴？他这么问我。我这人没有向别人坦白心思的习惯，我不想把我为什么懊丧的原因告诉任何人，于是我就装出一副老谋深算的样子说：事情结束了吗？我看还只不过是开始。开始太顺利，结果往往不利。我当时这么说，其实只是敷衍曹沫，谁知竟让我说中了，令曹沫误以为我料事如神。

　　每逢混乱发生的时候，想浑水摸鱼的，如果恰在混乱中，自然会留下不走；如果本来不在混乱中，大都会趁机从外面钻进来；至于担心被别人当鱼摸了的，当然会仓惶出走，唯恐不及。所以，十六日那一天，临淄城的八个城门，无论是出是进，都是人潮涌涌。曹沫与我是从淄川门出去的，淄川门是座水门，出入都得乘船。我们在太平桥码头包了条小船，船出淄川门洞的时候，迎面冲过来一条大船，四个撑篙的，一个个大模大样，根本没把我们这小船放在眼里，差点儿把我们这小船撞翻。曹沫破口骂了句"该死！"我懒得同船工费口水，只抬头朝那船望了一眼。一个头缠丝巾、手捉麈尾的人恰好从船舱里钻出来，令我大吃一惊，因为那人竟是鲍叔！鲍叔怎么不在莒国陪同公子小白，却在这时候跑到临淄来凑热闹？难道他也是来浑水摸鱼的？

　　"怎么可能？"曹沫不信，他说，"从莒国到临淄，少说也得三天，鲍叔绝不可能是因为听到公孙无知的死讯而赶来的。"

　　"如果他像咱一样，预先知道公孙无知会在昨晚死呢？"

"他怎么可能像咱一样？雍廪怎么可能把谋杀公孙无知的计划告诉他？"

"如果雍廪把谋杀公孙无知的计划透露给了别人，而那别人又恰好是公子小白的朋友，鲍叔之来，难道不就可以是奉命而来的么？"

"你是说高奚？"

"不错。我想雍廪原来是不会把这件事情透露给任何人的，不过，后来情况变了，公孙无知变成了国君，没有大臣的支持，雍廪可能没有刺杀公孙无知的胆量。"

"他为什么放着别的大臣不找，偏会去找高奚？"

"这我就不知道了，只是这么猜想而已。也许，他同高奚有交情。也许，他并没有找高奚，是他找的那个'别人'把话传给了高奚。谁知道呢？"

乘船比乘车舒服，我们本来是计划顺着水路多走一程的，既然撞见了鲍叔，没敢再贪舒适，即时改变主意，船出临淄不到十里就下船登岸，改乘马车，日夜兼程赶回曲阜。

回到曲阜后的第三天，鲁君在听贤馆召集了一次紧急会议，出席会议的除鲁君与我之外，还有公子纠、召忽与曹沫。这会是应我的催促召开的，所以鲁君叫我首先发言。我说：我觉得咱的动作太慢了，不抓紧，准让公子小白抢了先手，他在齐国有内应，让他先到临淄，事情就不好办了。鲁君扭头问曹沫：兵马已经准备就绪了吗？曹沫说：大致不差。曹沫这话令我失望，不过，并没有令我吃惊。这三天里我天天都找点儿借口去见曹沫，目的就是在看他如何调兵遣将、筹粮备草。曹沫办事过于认真、过于仔细，事无巨细都要亲自过问，这样的人办事绝不可能效率高，因为在这样的人手下干活的人，绝不会积极主动。我把我的担忧告诉了召忽，召忽说：你既然看出了他的毛病，怎么也不劝劝他？我说：想法不对头，或者计划疏忽，劝说也许能行。曹沫这毛病在性格，俗话说：江山易改，本性难移，这哪是劝得了的事儿！

"什么时候可以启程？我觉得咱得把日子确定下来。"我催促鲁君。

鲁君不直接回答我，还是问曹沫："你说呢？"

曹沫说："就差粮草还没有备齐，什么时候粮草备齐了，什么时候就可以动身。"

"一天？两天？总要给个具体日子吧？"我追问。

曹沫还没回答，一个使者匆匆从外面进来，凑在鲁君耳边悄悄地说了几句话，然后又匆匆退出去。公子纠、召忽、曹沫与我，四个人有六只眼都盯着鲁君，只有我的一双眼在冷眼旁观。鲁君却偏偏转过头来冲我说：还真让你说中了！公子纠听了一惊，急切地问：管仲说中了什么？难道小白已经动身了？鲁君点点头，好像还要说什么，却被曹沫插嘴道：那咱明日一早就走！公子纠与召忽随声附和，我没吱声。鲁君却说：且慢！兵法：三军未动，粮草先行。你刚才不是说粮草还没备齐么？仓促启程，未见其利！曹沫说：兵法说的是万全之策，如今恐怕是顾不得那么多了，粮草不够也得走！等公子纠当了齐侯，还怕不能调拨齐国的军饷给鲁军用？曹沫这话不能算错，不过包含一个极大的风险：要是公子纠当不成齐侯呢？让鲁军去喝西北风？不过，我没把这风险指出来，事到如今，也只有铤而走险这一条路可走。当然，铤而走险也可以走得更有技巧，并不必是一味鲁莽。

"你的意思呢？"鲁君这回居然没有听信曹沫的话，转过头来问我。显然，鲁君不仅也看出了风险，而且并不想冒这风险。鲁与齐斗，负多胜少，鲁君的胆怯，不难理解。

我说："就算咱明日一早就走，恐怕已经来不及了。"

"可不是嘛！"召忽说："从莒到临淄，比从曲阜到临淄距离略近。公子小白既然已经启程了，咱还怎么可能在他之前赶到临淄？"

"日夜兼程也不行吗？"公子纠问。

"公子小白难道就不会日夜兼程？"说这话的是曹沫，曹沫说完，还不屑地一笑。每逢公子纠在场，曹沫的思维都显得格外清晰，只要公子纠说错话，他一准能挑出毛病来。显然，那次留春苑之争，不仅在公子纠心里留下了心病，也在曹沫心里留下了心病，只是症状不同而已。

"怎么办？管仲！"片刻沉默过后，公子纠问我，"公孙无知是咱干掉的，咱总不能眼睁睁看着小白白捡便宜吧？"

"办法嘛，倒是有。"我说，"不过，……"

我把话顿住，让他们四个人都盯着我，我不是故弄玄虚，只是为了提高我的话的入听度。什么叫入听度？没听说过吧？这词儿是我自创的，意思是：说出去的话被人家听进去的程度。说的话要是被人当成耳边风，那自然是白说；让人左耳朵听进去，右耳朵听出来，那也是等于白说。让人听了，言必信、计必从，那才是真正叫人听进去了。话说得过于缓，听的人以为你自己尚且犹疑不决，如何能令人必信必从？话说得过于急，听的人来不及反应，也难得令人必信必从。所以，话要说得不急不缓，说到紧要关头顿一顿，正是不急不缓之术。

顿过了，我咳嗽一声，清清嗓子，接着说道："不过，咱得兵分两路。

曹大夫率大军护送公子纠沿驿道直奔临淄，我领轻骑十人取小路去拦截公子小白，拖他一程，替曹大夫、公子纠一行争取时间。我现在立刻就走，曹大夫与公子纠最好也能连夜起程，天明恐怕就来不及了。"

"好！好办法！"公子纠听了，笑逐颜开。

曹沫说："办法是不错，不过，你领十骑人马，就能拦得住公子小白？难道你以为莒国不会派人护送他？"

我还没来得及回答，召忽抢先道："所谓拦截拖延，当然只是个婉转的说法。如果我猜得不错，管仲一定是想在公子小白之前赶到石荟坞埋伏，等公子小白到时，放冷箭将他射死。"

"你是这么计划的么？"鲁君问我。

我本来是不想把这计划说出来的，不过，召忽既然点破了，我还怎么隐瞒？只得点点头。

鲁君说："既然如此，公子纠与曹大夫一行还何必这么着急？等粮草齐备了再走不迟嘛。"

我本来不想把我的想法说出来，就是担心鲁君会这么想，果不其然！我白了召忽一眼，召忽醒悟了自己的多嘴，慌忙说道："这恐怕不妥，谁知道管仲会不会失手，让公子小白走脱了？"

鲁君笑道："管仲箭术高明得很，怎么会失手？不过，你既然放心不下，这样吧，叫曹大夫再多带几个射手同管仲一起去。反正石荟坞不远，一来回也不过就两天，到时候粮草也齐备了，正好赶趟。"

鲁君说完就站起身来，意思再明白不过：他已经拿定这主意了，不必再废话。

石荟坞是由莒去临淄的必经之地。所谓"坞"，其实并不是人工修建的船坞，乃是一道天然石壁，据说因为看起来有点儿像船坞，所以被人称之为"坞"。"石荟"又是什么意思呢？难道是因为石壁表面有茯苓般的裂纹？没人知道。行人路过石荟坞的时候，绝对无心去仔细观看石壁是否有裂纹，更别说有什么样的裂纹了。因为石荟坞那地方道路狭窄、崎岖、曲扭，一不留神就会跌落万丈深沟，摔个粉身碎骨。石壁的尽头是个急转弯，转过弯后，地势豁然开朗，路两边密密麻麻清一色赤松树，是个埋伏人马的好地方。

我同曹沫赶到石荟坞的时候，东方已经泛白，天淡无云，树静无风，既是赶路的好天气，也是放冷箭的好天气。曹沫领着射手刚刚在赤松林中藏好，就听到阵阵马蹄声由远而近。我登上石壁一看，但见一大队人马，打着齐、莒两国的旗号，正是公子小白一行。我先从背上取下弓来，然后又从箭壶里抽出五只羽箭，一一在身前的石板上排列好，再举头看时，公子小白的车队正好进入了我的射程。我接连三次举起弓箭，却又接连三次不得不放下弓箭，因为公子小白的车夹在四、五辆战车的中间，战车上的卫兵或执画戟，或执旌旗，画戟与旌旗时不时挡住我的视线，令我瞄准不了。眼睁睁地看着公子小白的车队出了我的射程，我并没有着急，因为我相信公子小白会掉转回头，不仅会回头，而且回头时必然是一车当先，目标暴露无遗。我为什么会这么自信？因为公子小白的车队出了我的射程就恰好进了曹沫所领的射手的射程。曹沫一声令下，三十名射手乱箭齐发。我听见有人喊了声"不好！有埋伏。快退！"声音挺熟，可能出自鲍叔之口。紧接着，我看见公子小白掉转车头，看见本来尾随其后的战车一一向两边散开，腾出一条道来。我举弓，搭箭，将带箭的弓弦拉满，公子小白恰好闯进我的视野。我轻轻松开右手的五指，羽箭脱弦、破空，不偏不倚，正中公子小白左胸。公子小白向前扑倒，倒下的时候，嘴里还吐出一口鲜血，这都在我的意料之中。我同时还听到一声清脆的声音，这却出乎我的意料之外。那是什么声音？我没来得及细想，因为我看见鲍叔驱车追过来，跳上公子小白的车。然后，他的身躯就挡住了我的视线，我没再能看到公子小白，只听到鲍叔连喊了三声"主公！""主公！""主公！"声音越来越凄厉，最后一声显然充满绝望的恐惧。我听了心中一紧，替鲍叔感到难过。何必呢？我不是同你说过：咱俩一人跟一个，不愁日后没有出头的日子么？公子小白，公子纠，谁当上齐侯还不是一样？

公子小白的车队从路上消失了，消失得无影无踪，好像从来没有存在过。如果不是地上留下斑斑血迹，刚才发生的一切也好像并没有发生过。血迹从公子小白中箭的地方开始，顺着车队逃走的轨迹延伸。延伸到什么地方停止呢？不知道。曹沫同我一起追踪了两三里，没有看到尽头。我们决定回头，因为我们已经满意了。满意了什么？公子小白既然流了这么多血，还能不死么？

我们于次日午后赶回曲阜，傍晚的时候细作从莒来，说莒君已经为公子小白发丧。公子纠闻讯大喜，立即借鲁君的迎宾馆大宴宾客，直搞到快天亮才散席，第二天几乎整日沉醉不醒，醒了又急忙忙赴鲁君为他而设的告别宴会，又是直搞到将近天明才回府歇息。不过，第三日没有沉醉一整天。不是因为醉得不厉害，是因为潜伏在齐国的细作飞鸽传书，带来了一个惊人的消息，不得不把他唤醒。什么惊人的消息？公子小白没有死，不仅没有死，而且已经到了临淄，不仅已经到了临淄，而且已经在高傒等人的拥戴之下登基称侯。

怎么可能？肯定是搞错了！公子纠不肯置信。可能吗？不大可能吧？曹沫不敢置信。怎么搞的？你真的失手了？召忽问我。我又去问谁呢？除了鲍叔，我还能问谁？鲍叔说：你那一箭射过去的时候，公子小白的马车恰好颠簸了一下，把公子小白挂在胸前的玉锁颠到左边。你那箭头不偏不倚，正中玉锁的锁孔，被锁孔卡住了，只有半寸来长的一截透过锁孔射入公子小白的左胸，只碰到肋骨，没够着心脏。我说：我亲眼看见公子小白口吐鲜血。鲍叔说：不错，那是让你那一箭给震的。那地上的血迹呢？地上的血迹嘛，有几滴是公子小白的。只有几滴？不错。只有几滴，剩下的是马血。马血？是你在马屁股上刺了一剑？鲍叔点头。那发丧之举呢？当然是你的诡计了？我像傻瓜一样追问。鲍叔又点头，并且得意一笑。

当然，我同鲍叔的这段问答并不发生在当时。当时鲍叔并不在场，无从问起，我只有对着公子纠的面指天发誓，说我绝对射中了公子小白，而且追踪了两三里，幸亏有曹沫同去，可以替我作证，否则，公子纠、鲁君，甚至召忽，都可能以为是我暗中勾结公子小白、弄虚作假。不过，这"幸亏"，是对我个人而言。证明我的清白，并无济于改变公子小白已经抢了先手的事实。怎么办呢？公子纠自然是主张打回去，他已然做了一场当国君的梦，他不能让梦就这么醒了。鲁君有点儿犹豫，问曹沫道：你说呢？曹沫说：主公昨日在宴会上不是已经当着诸侯使臣的面宣布鲁国即将出兵护送公子纠回齐了么？如果咱就这么撒手不管了，岂不是让诸侯看笑话？曹沫是要面子的人，要面子的人看问题，首先从别人会怎么想怎么看出发。鲁君捻着颔下沉思半晌，终于点点头。事情就这么拍板了，没人征求我的意见，我也没好意思主动献策。事实上，即使有人问我，我也拿不出任何更好的主意来。一些自作聪明的人喜欢侈谈什么失败是成功之母。其实，失败之能成为成功之母的机会恐怕只有千分之一，剩下的千分之九百九十九的失败都只是失败、无法挽回的失败、一败涂地的失败、一失足成千古恨的失败。

次日一早，曹沫、公子纠、召忽一行浩浩荡荡出了曲阜东门，我没有同行，只送到城门口。不是我找了什么借口临阵脱逃，是公子纠不叫我去。曹沫临出城门时，问我要不要他去向公子纠说情。我说：不必了，他现在正在气头上，谁说都不会有用，你去说尤其不成。曹沫说：这人也太小心眼儿了！我说：嗨！当主子的少有不心眼儿小的。曹沫说：那倒也不尽然，比如说鲁君吧，为人就宽厚得很，我没少犯错，鲁君从不斤斤计较。我说：你救过鲁君的命，鲁君自然对你另眼相看。再说，你犯的都是些什么错？不都是些鸡毛蒜皮的小事么？你什么时候犯个大错看看！曹沫说：咱不说这些了。说说你打算怎么办吧？我说：我还能有什么打算？只有走着瞧呗。曹沫说：你还不趁早开遛，还等着公子纠回来整你？我说：公子纠这次去，要是顺利呢，就不会回来，也不会想着整我，因为我并没有坏他的大事。要是不顺利呢？曹沫问。不顺利？不顺利那他还怎么回得来？曹沫听了一愣，说：有这么严重么？我说：怎么？你不信？赌什么？我这句话说到半截的时候，进军的号角响了，震耳欲聋。曹沫匆匆登车，向我挥挥手就走了，也许根本没听见我说的是什么。我本来还想嘱咐他千万小心，不可冒进，没来得及说出口，他当然更不可能听见了。

往后的事情，齐、鲁两国的国史都有详细的记载，用不着我多费笔墨。简言之，曹沫轻敌冒进，结果中了埋伏，陷入进退两难的困境。消息传来，鲁君一筹莫展。过了两天，齐国遣使者来曲阜，向鲁君递交一封齐侯的亲笔书信。这封信是鲍叔起草的，内容大致是说：公子纠是齐侯的兄弟，齐侯不忍亲自动手，请鲁公代劳，赐公子纠死。管仲是齐侯的仇人，齐侯必欲手刃之而后快，请鲁公将管仲押送回齐。如果鲁公不愿或者不能把这两件事情办好，入侵齐国的鲁军必然全军覆没，休怪齐侯言之不预。我是个微不足道的人，怎么处置我，鲁君漠不关心，自然是一口应承了。至于杀公子纠嘛，鲁君略有难色，因为这会令他在诸侯间丢尽面子。不过，面子毕竟只是面子，不是里子。鲁君虽然是个要面子的人，也只是个要面子的人，不是个死要面子的人。于是，鲁君略一迟疑，也就应承了。

三日后，押送我的囚车在去临淄的路上与曹沫所率领的残兵败将不期而遇。我知道公子纠已经不在人世了，不过，还是不禁问：公子纠呢？曹沫叹了口气说：我一直以为他是个脓包，没料到他竟能视死如归，还当真是个人物！能视死如归不容易，这我知道，因为我扪心自问，我就做不到。可是，能视死如归就当真是个人物么？这我就不能不有所怀疑了。公子纠死后，能够留名史册么？也许能，因为他毕竟是诸儿死后齐国公子公孙抢班夺权斗争的参与者之一，把他忽略了，历史的记载就不完整。不过，他充其量只是个配角，是个被史官一笔带过的失败者，当这么一个小人物，能有什么意义？我没心思同曹沫探讨这问题，也知道曹沫没心思同我探讨这问题，于是，我问：召忽呢？曹沫听了，又摇头一叹，说：鲁君的谕旨里没提召忽的名字，所以我叫他自寻生路，可是他不肯，从容不迫地拔剑自刎了。我其实已经猜到了召忽会这么做，可听了曹沫的话，心里头还是不能不为之一酸。我说：

我当初真不该把召忽推荐给公子纠，让他白白地赔了性命。曹沫说：召忽虽然死了，倒也死得痛快。说到这里，曹沫顿了一顿，似乎还想说什么，却终于没有说出口，只是两眼发直地看着我。我知道曹沫是在替我担心，担心公子小白不会让我这么轻易死。公子小白想叫我怎么死呢？是车裂，是油烹，还是叫我求死不得、求生不能？

6

　　野心与雄心，究竟有没有区别？我以为没有。史册与舆论，照例都是以成败论英雄，成功者的野心，就被吹捧为雄心；失败者的雄心，就被贬低为野心，如此而已。公子小白原本既没有野心，也没有雄心，只有平常人的平常心，用他自己的话来说，酒够醇，脸够细，女人够风骚，他就心满意足了。他的成为齐侯，纯粹出于凑巧。他凑巧是高奚的朋友，高奚凑巧是雍廪的朋友，否则，他根本不可能预先得知公孙无知会死的秘密，也就根本不可能同公子纠相争。我那一箭射过去的时候，他的马车凑巧颠簸了一下，他胸前挂着的玉锁凑巧卡住了箭头，否则，他早就魂飞魄散了，还争什么？

　　公子小白是个流亡公子的时候，有没有野心无所谓，有没有雄心也无所谓，至少，对我来说是如此。可他一旦成为齐侯，大权在握，可以叫人生，可以叫人死，如果还是只有平常人的平常心，那就可怕得很了，至少，对我来说是如此。为什么呢？平常人好记小过、不忘小恨。我虽然没要得了他的命，毕竟不仅让他吐了口鲜血，而且还在他胸口上留下一块永恒的疤痕，他要是还是只有平常人的平常心，他能放过我么？据他后来说，怎么处置我，他本来的确有点儿拿不定主意。不是在叫我死还是不死上拿不定主意，是在叫我怎么死上拿不定主意。是车裂，是油烹，还是玩点儿什么别的新花招？后来却拿定了主意叫我不死，因为他忽然起了野心。野心？不错，这是齐侯的原话，不是我的歪曲。他用这两个字，也许只是开玩笑，也许像我一样，看透了野心与雄心并无差别，怎么说都无所谓，所以他就选取了这个低姿态的说法。我喜欢同姿态低的人打交道，如果齐侯夸夸其谈，说什么请我协助他成就他的雄心壮志，我说不定会一口谢绝。齐侯怎么会忽然起了野心？据齐侯说，野心是鲍叔挑起的。鲍叔矢口否认，说齐侯的野心得之于天意。天有意吗？我不知道。况且，就算有吧，必然高深莫测，既非我所能知，也非我所敢知。所以，我宁可相信齐侯的说法。齐侯是这么说的：

　　我问鲍叔："怎么弄死管仲最解气？"

　　鲍叔说："那得看你是满足于当个寻常的诸侯呢，还是想当个名垂史册的诸侯？"

我说："笑话！只要身为诸侯，哪有不名垂史册的？"

鲍叔说："寻常的诸侯，不过是个纪年的符号，那也叫名垂史册？"

"什么意思？"

"你看咱齐国先君除太公以外，有谁在国史上留下过什么惊天动地可歌可泣的事迹？不就是留下'某侯元年立'，'某侯某年卒'这么两句话么？不是纪年的符号又是什么？"

我听了大笑说："经你这么一点破，还真是那么回事！不过，怎么才能不寻常？难道去造反，篡夺天子之位？"

鲍叔说："如今天子名存实亡，就算当个天子，也没什么意思，不如替天行道，称霸诸侯。"

我问："慢着！你这话说得远了去了，这同怎么弄死管仲有什么关系？"

鲍叔说："用高奚为将，用我鲍叔为相，你就可以稳稳当当地做个普通寻常的齐君。想要替天行道，称霸诸侯嘛，那就非得用管仲为执政不可。"

我听了又大笑，笑完了我说："鲍叔！我知道你同管仲交情不浅，所以拿这些话来哄我。别说我不信非得用管仲才能称霸，就算这话不假，无奈我偏偏没这称霸诸侯的野心。"

鲍叔说："天意不可违，违天意者天罚之。"

"天意？什么天意？"我不仅大笑，而且撇了撇嘴。

鲍叔说："齐国公子公孙个个胸前挂一把玉锁，难道不是太公的遗命？"

"相传如此，我看并不可靠。要是挂一把玉锁真能辟邪去祸、逢凶化吉，诸儿、无知、纠儿怎么一个个都不得好死？"

鲍叔说："所以才说是天意嘛，救不了别人的命，偏偏能救你的命！"

我说："就算是天意又怎么样？天意叫我不死，并不等于叫管仲不死。"

鲍叔说："天意既然叫你不死，而你却不忍常人之恨，用常人之心诛杀管仲，心甘情愿做个庸碌无为的诸侯，这难道不是糟蹋天意？"

"庸碌无为"四个字听了令我动气，我说："谁说我心甘情愿做个庸碌无为的诸侯？我就做个名垂史册的诸侯让你看一看！"

鲍叔反问我："你知道怎么做？"

我想了一想，还真不知道怎么做，于是说："你不是说用管仲就行了么？"

是天意也罢，是经不住鲍叔的挑逗也罢，总之，齐侯忽然起了野心，因野心的冲动而决定免我一死，不仅免我一死，而且恭请我为齐国的执政。我深谢了他的免死，对于执政的事儿嘛，我推辞了。我说：我管仲即使官居执政，无奈两袖清风，临淄内外富室豪门数以千计，怎么会把我这穷光蛋放在眼里？看不起我管仲不要紧，看不起齐国的执政，如何能够令行禁止？我这话，既说的是事实，也是尝试尝试姜太公的"以退为进"之计。齐侯说：这有何难！从今以后临淄市场税收三分之一归朝廷，三分之二归执政，如何？齐侯如此大方，令我大吃一惊，不过，我并没有立即接受，而是继续推辞说：我管仲即使腰缠万贯，无奈出身寒微，与齐侯非亲非故，朝廷上下公子公孙、世家大族比比皆是，这帮人如何会听从我管仲的调度？齐侯说：这也不难。当即收起笑容，正正经经对我拜了三拜，并且改口称我为"仲父"。施展"以退为进"之计的要诀在于适可而止，再推辞，那就不是"以退为进"，而是"有退无进"了。于是，我管仲就由阶下之囚摇身一变而贵极人臣、富可敌国。消息传开，齐国上下为之哗然，外邦诸侯为之瞠目结舌。我是赢家，自不在话下。不过，赢家并不只有我一家，齐侯当然也是赢家，而且是更大的赢家。一个以贪杯好色、庸碌懒散而著称的公子哥儿，摇身一变而为礼贤下士、宽宏大度的诸侯，能不是更大的赢家么？

有赢家，不一定就非得有输家，可是，偏偏有人自以为是输家。这人不是鲍叔，这在我的意料之中。这人也不是高奚，这令我对高奚刮目相看。这人竟是曹沫，这多少令我感到意外。如果他与我同处一国，他自以为是输家，那还说得过去。如今是我在齐，他在鲁，正当如井水不犯河水，何必这么较劲呢？可曹沫不仅自以为是输家，他还迫使鲁君也不得不自认是输家。他对鲁君说：齐侯当初对主公说什么要手刃管仲而后快，如今却把管仲捧得比天还高，这不分明是要出主公的丑，让各国诸侯看主公的笑话么？鲁君是那种心中有闷气，本来忍得住，一经被人挑开，就碍于面子不得不发作的人。于是鲁君说：早就想出这口怨气了，只是恐怕师出无名，所以才忍到如今。为出一口怨气就想兴师动众？不错。小民百姓出口怨气，也许是拔剑，也许是动手，也许只是破口大骂而已。诸侯出口怨气嘛，自然就是兴师动众了。曹沫说：怎么会无名？惩罚诈骗，端正视听，讨回公道，不都是恰如其分的名目么？

鲁君于是任命曹沫为将，大举侵齐，结果三战三败。鲁君不得已，遣曹沫为特使，来临淄见齐侯，请求割地议和。齐侯问我的意思，我说：齐大鲁小，齐强鲁弱。以大欺小、以强凌弱，恐怕会招致非议，得不偿失。况且齐鲁世代通婚，本是兄弟之邦，不如不受割地之请，却请鲁君与邹、莒、滕、徐等邻国诸侯一起与会柯邑，在会上把齐国先君侵吞鲁国的土地都还给鲁国，换取鲁国认咱齐国为盟主，树立一个亲善睦邻的榜样。邹、莒、滕、徐等国诸侯见了，必然望风效仿，也尊齐国为盟主。如此这般，霸业就有了基础。齐侯说：这结盟的想法不错。至于归还土地嘛，我看还得从长计议。齐侯所谓从长计议，当然只是个借口，其实就是拒绝了。不肯归还土地就想人家尊你为盟主？就算人家同意了，那也是万不得已，绝不会心悦诚服，那样的盟主，不当也罢。当了，不是打下称霸的基础，是种下覆灭的祸种。我退朝回府，闷坐书房，不禁发一声叹息。人嘛，难免贪心，或是贪利，或是贪名。这都不要紧，只是不能名利双收，总得有个取舍。否则，到头来肯定是名也留不住，利也留不住。为区区方圆几百里土地的税收就把称霸诸侯、留名千古的机会给错过了，在我看来是绝对不值。我叫书童把挂在墙上的琴给取下来，放到我身前的几案上。我的演奏技巧并不高，会弹的曲子也很有限。不过，每逢心绪不畅的时候，我总喜欢弹上一两曲，以自娱、以解闷。我刚刚在席前坐稳，还没来得及举手，司客进来禀告说：曹沫求见。我问：客人自称曹沫，还是你把他的特使与大夫的头衔给省了？司客说：主公吩咐过：客人怎么自称，就怎么通报，卑职怎么敢擅自更改？我说：很好。快去把客人请到书房来。

"很好"这两个字，既是对司客的打赏，也是对我自己内心的揭示。曹沫肯来见我，这已经很好，肯以私人的身份来见，那当然就更好，这说明曹沫还没有因为自认是输家就不再视我为朋友，而我呢，恰好正想要以老朋友的身份与他相见。曹沫进来的时候，我略微吃了一惊。相别不过一年，曹沫竟然有些发福了，虽然还说不上大腹便便，猿臂蜂腰的身段早已不留痕迹。我说：怎么？你不练功了？我知道曹沫有每日早起练功的习惯，这习惯也是曹沫虽然早过中年却依然能身材矫健的原因。曹沫摇头一叹，说：不错，我想通了。想通了？我不是很明白曹沫这话的意思，不过，我没有问，我知道他是心里憋不住话的人，用不着问，他自己就会说出来。果不其然，曹沫只是略微顿了一顿就接着说道：练来练去，练出个第一剑客的身段又有什么用，还不就是所谓的匹夫之勇？如今我曹沫早已不干走私、杀人的勾当，要的不再是匹夫之勇。

我相信曹沫说的是由衷之言，也掂量得出曹沫说这话时的心情有多沉重。接连三次为将，接连三次失败，再自信的人，也不能再自信。他这话也正好给我一个切入正题的机会，于是我就不再废话，直截了当地问："既然不想当第一剑客了，当个第一刺客怎么样？"

"刺客？"曹沫反问，"你是说杀手？"

刺客这词儿是我当时灵机一动即刻编造的，曹沫不怎么明白，不足为奇。我略微斟酌了一下，解释说："刺客嘛，同杀手差不多。"

曹沫打断我的话，笑了一笑，说："这你就外行了，杀手怎么还能排出个第一、第二？杀手不仅是暗中杀人，而且也都是隐名埋姓的！"

我也笑了一笑，说："我怎么不知道？别把我当外行，咱俩不是一起干过一趟杀手的买卖么？所以我只说差不多，没说一样嘛。"

曹沫说："那你倒说出个怎么不一样来？"

"杀手为什么要在暗中杀人？又为什么要隐名埋姓？因为杀手的目的在挣钱。只有保守秘密，才能不断绝财路。刺客就不同了，刺客的目的在出名。"

我的话又被曹沫打断，他用问话的语气说："所以刺客要在光天化日之众目睽睽之下杀人？"

"不错。"我说，"不过还不够。"

曹沫想了一想，说："还得杀个大人物，对吧？"

我点头。

曹沫犹豫了片刻，问："你想叫我去杀谁？"

我说："你先别问我想叫你去杀谁，你先问问你自己：你愿意承当做刺客的后果么？"

"后果？什么后果？"曹沫没耐心思索，立刻反问我。

我说："刺客既然是要在光天化日众目睽睽之下杀个大人物，无论成功与失败，自己都难逃一死，这一点你可想到了？"

曹沫听了一愣，显然他并没有往这上头想。愣过之后，曹沫只是淡然一笑，并没有接话，可见当他明白了刺客得靠杀身才能成名这一点之后，已经不再有当刺客的兴趣。

"别担心，即使你想死，我都不会让你去死。"

"什么意思？那你还问我想不想当第一刺客干什么？"

"我只想叫你去演一场刺杀齐侯的戏。当然，只有你我知道那是戏，所以一旦上演，你依然会以天下第一刺客的身份垂名千古。"

"这戏怎么演？人死了岂能复生？"

"既然说是演戏，当然就不是当真杀人，只不过是做个杀人的姿态。"

"只做个杀人的姿态那也能叫刺客？"

"以我如今在齐国的地位和权势，我叫齐国的史官在齐国国史上称你为刺客，应当不成问题吧？"

显然，曹沫同意我的看法，于是，他换了话题，问道："你不会只是为了让我出名就安排这么一场戏吧？"

我笑道："你还真聪明，当然不是了。我还要你把齐国先君侵吞鲁国的土地都给拿回去！"

"什么条件？"曹沫不动声色地问，不愧是个走私道上的老手，相信什么事情都可能发生，只看是什么条件。

"鲁国带头尊奉齐国为盟主。你说鲁君会肯吗？"

"我想不会有问题，鲁君是个讲究实际的人，反正鲁国当不成盟主，能够收回失土也算是替先祖争光了。不过，我不怎么明白为什么要我去插一手，演那么一场行刺的把戏。难道是因为齐侯不肯归还土地，所以你叫我去逼他就范？"

"不错。"

"哈！我还没看出来，你居然胆大包天，竟然敢于欺君！"

"这怎么叫'欺君'？这叫做'君可与乐成，不可与共始'。"

曹沫听了大笑，说："言之有理。不过，你难道就不怕我假戏真做？一刀把你的主子给砍了，那你就不只是犯了欺君之罪，而且是犯了弑君之罪了！"

我摇头说："你怎么会去干那种傻事！"

"不就是当个真刺客么，怎么就傻了？"曹沫问。

"原因有三。"我说，"第一，你杀了齐侯，你自己必定得死，你有死的决心吗？你不是没有嘛！"

曹沫笑了一笑，算是默认了，于是，我接着说："第二，你杀了齐侯，不仅你活不了，鲁君也必死无疑。即使你自己有死的决心，你绝不会忍心看见鲁君因此而搭上一条命，对吧？"

曹沫依然不答，只问了句："第三呢？"

"第三嘛，你杀了齐侯，不仅你自己得死，不仅鲁君得搭上一条命，而且鲁国的失土也绝对不可能收回，你也并不会因此而更加出名。所以假戏真做，那是有三失而无一得。这种赔本的买卖谁会去做？只有傻帽才会，你是傻帽吗？"

说罢，我哈哈大笑。曹沫没有跟着我笑，却问："你有成功的把握？"

我对曹沫上下打量一番，说："你别问我，这得看你。你的功夫要是没了，那就成不了。如果你还有上次杀公孙无知的那手段，何愁不能成功？"

曹沫犹疑了片刻，然后站起身来，说："那这场戏咱就演定了！"

我说："你先别急着走。咱去望云楼喝几杯，顺便把细节商量妥当。"

戏场在柯邑的迎宾馆正厅，日子是八月十五，戏是正午差一刻的时候开始的。那时候，齐侯作为主人，已经在厅前走廊上恭候客人。鲁君作为主客，首先拾级而上。徐君不曾来，邹、莒、滕三小诸侯依次跟在鲁君之后。每位诸侯都由一名大夫陪同。陪同鲁君的，不用说自然是曹沫。曹沫那日披一袭猩红丝袍，腰下挂一把长剑，剑鞘包金，在猩红丝袍的衬托之下格外抢眼。曹沫刚刚登上走廊，站在廊边的司仪大喝一声："解剑！"两个锦衣护卫应声奔到曹沫面前，曹沫好像大吃一惊，忿忿然瞪了护卫两眼方才慢腾腾把剑解下来。我立在齐侯身后，看见曹沫的表演可圈可点，心中不禁暗笑。

五位诸侯依次各就宾主之席，接着钟鼓齐鸣，随后是一曲排箫与笙的合奏。乐声停下来之后，齐侯起身离席，走到厅子中央。鲁、邹、莒、滕四国诸侯见了，知道齐侯要致欢迎词，纷纷起立。曹沫假做搀扶鲁君，向前跨了一步。没人留意，也没人觉得有必要留意。刀剑不是都解下来了么，还有什么可担心的？所谓没有人，当然是除我之外，我不仅留意到了，而且也有些担心。担心什么？担心曹沫失手。如果曹沫不能一出手就得手，那他面临的只有死路一条，谁也不可能出面救他，包括我在内。这一点，那一日我在望云楼对曹沫反复交代清楚了。万一曹沫失手了，他曹沫死而无憾，也绝不会怪我。这一点，那一日曹沫在望云楼也再三对我讲明了。不过，我知道话虽这么说，曹沫绝不会真的死而无憾，我也绝不可能对他的死真的问心无愧。这么一想，我忽然产生一种冲动，想要制止曹沫出手。不过已经晚了，就在这冲动产生的那一刹那，曹沫出手了。他手上虽然没有剑，却依旧用了一招石破天惊，那既是最凶狠的剑式，也是他最擅长的剑式。我同齐侯比过剑，齐侯不是我的对手。如果曹沫手上有剑，齐侯绝对接不下这一招。不过，曹沫手上既然没有剑，如果齐侯能及时拔出剑来，曹沫的手臂能不被砍下来么？我没工夫细想，也没有必要去细想，因为结局已经在一瞬间完成了。齐侯不仅及时拔出了宝剑，而且及时砍下了一剑。不过，齐侯那一剑砍空了，不是砍错了地方，是曹沫及时收回了手臂，不仅及时收回了手臂，而且还在收臂的同时甩出了衣袖，不是女人请安时的那种甩法，没有那么潇洒、那么飘逸，曹沫甩出的衣袖像一股绳，或者不如说更像一条蛇，衣袖不仅缠住了齐侯的剑，而且缠住了齐侯的手腕，但见衣袖一抖，齐侯"啊哟"一声，剑脱了手，身子一个踉跄，正好跌入曹沫怀中。曹沫闪开身，伸出右手，一把从背后揪住齐侯的衣领，左手从腰间抽出那雁翎来，架在齐侯喉咙之上，厅上顿时一片混乱一片喧哗。雍廪率领立在台阶之下的卫队匆匆奔上厅来，看见曹沫手中握着那雁翎，大惊失色地喊了声："雁翎刀！"这三个字一出口，厅上顿时鸦雀无声。一厅子的人好像都被人点了穴道，一个个呆若木鸡。

曹沫踌躇满志地笑了一笑，说："不错。雁翎刀！算你识货。都把刀剑给我慢慢地放到地上，然后一个个给我慢慢地退下台阶去。否则，我将被迫不利于齐侯！"

曹沫说罢，略微放松了右手，给齐侯一个喘息的机会，齐侯接连咳嗽三两声，勉强吐出"还不照办"四个字。

等雍廪领着卫队退下之后，我对曹沫说："你虽然手握雁翎刀，只可惜你并不是雁翎刀主，这里也不是江湖，你以为你有了这把雁翎刀就能胡作非为了么？"

曹沫说："笑话！我曹某是胡作非为的人么？"

"那你究竟想干什么？"

"讨个公道。"

"讨个公道？"我说。"那倒巧了。今日齐侯请鲁、邹、莒、滕四位诸侯来，意思正是要请四国与齐国结盟，一同维护公道。"

曹沫冷笑一声说："齐人也知道什么叫公道？"

我说："你别欺人太甚。你倒说说看，什么叫公道？"

曹沫说："齐人要是还知道什么叫公道，怎么不归还侵吞鲁国的领土？"

我听了假做一惊，说："怎么这么巧？要不是你窜出来捣乱，把刀架在齐侯脖子上，齐侯这会儿恐怕早已把归还鲁国失土的声明当众宣读了。"

曹沫也假做一惊，说："什么？宣读归还鲁国失土的声明？休要哄我！"

我说："这么大的事情我怎么敢哄你？你不信，你问齐侯。"

曹沫把雁翎刀从齐侯脖子上移开一寸，气势汹汹地问齐侯："管仲说的可是真话？"

齐侯与我交换了一下眼色，然后点点头说道："千真万确！"

这场戏是怎么收场的？齐国国史有如下记载：鲁刺客曹沫挟持齐侯，请与鲁君歃血为誓，归还鲁国失土，齐侯处之泰然，欣然应允。鲁、邹、莒、滕四诸侯深感齐侯舍利取义、大公无私之德，心悦诚服，共推齐国为盟主。这记载虽然忽略了细节，基本属实。齐侯受了一场虚惊，唉声叹气地在床上躺了好几天。外面对曹沫劫持齐侯一事的看法不尽相同。有人相信齐侯确实本有归还鲁国领土的意思，有人认为那显然是被曹沫逼出来的结果。不过，无论是持哪种观点的人，都佩服齐侯临危不乱的气度和重诺守信的品质。于是，没隔多久，徐、卫、陈、许、蔡、燕等国就相继遣使来临淄，请求加盟，齐侯于是不再唉声叹气，打起精神，兴高采烈地做起盟主来。

至于曹沫呢，回到鲁国之后，名声大噪，不仅鲁国人把他视为英雄，外邦诸侯卿相也都佩服他的勇气与胆量，争相与他结识。面对这暴起的名誉，曹沫本人却似乎不怎么感兴趣。我怎么会知道？因为曹沫在那期间给我来过一封信，信中绝口不谈挟持齐侯的壮举和功绩，却写下这么一段话：

少时一贫如洗，怎么能挣钱竟然成了唯一的奋斗目标。俗话说：饥不择食，慌不择路。穷慌了，什么都干，甚至连走私与杀人这类君子不齿的勾当也干，不仅肯干，而且干起来还居然问心无愧。后来无意中获得雁翎刀，原以为是飞来鸿福，岂料化作一场隐祸。不敢再在江湖上混，不得已而藏身军营。本以为从此沉沦士伍，再无出头之日。岂料又因祸得福，从无名小卒一旦而为三军之帅。于是，折矢誓志：事君以忠、报国以功。又岂料事与愿违，三战三败，丧师辱国。正以为山穷水尽、无地自容之际，却又忽然时来运转……真所谓：命不由人，运不由己！不知究竟是人生如梦呢？还是梦如人生？

看完曹沫的信，心中感到点儿什么，也许是愁，也许只是闷。信步走出大门，险些儿与鲍叔撞个正着。我说：曹沫可能要隐退了。你说什么？鲍叔睁大眼睛问。他当然不是没听清楚我说的是什么，只不过是不相信他清清楚楚听见的话。鲍叔属于急流勇进那一类，他不能理解曹沫的心境，不足为奇。你不信？我反问。鲍叔摇摇头。咱赌什么？鲍叔又摇摇头。我笑了，我知道他之所以不肯赌，不是因为担心他自己输，是因为担心我输，他就是这样的朋友。半个月后，消息从鲁国传来：说曹沫坚请辞职，鲁君再三挽留不住，只好听他去了。他去了哪儿？没人知道，包括我在内。他为什么要隐退？也没人知道，不过，这当然并不包括我在内。至少，我自以为如此。我知道曹沫是个赢得起的人，不能急流勇退，还怎么能算得上赢得起呢？

曹沫隐退之后大约过了半年，有个陌生人在我的门房里留下一个包裹。我拿在手上掂量了一下，轻得很，肯定不是想走我的门路的人送来的金玉珠宝。我把包裹的封皮解开，里面又是一层封皮。不过，这一层封皮不是麻布，是绢。绢上有四个字，"物归原主"。我没有再打开这一层封皮，因为我已经知道这里面的东西是什么。我没法按照曹沫的意思去"物归原主"，因为雍廪不巧在一个月前就病故了。不过，我也并没有把那雁翎刀据为己有，而是亲自把它送回了青陵。雁翎刀的真正主人难道不是雁翎刀主么？这才是真正的物归原主，对吧？

专诸篇

《刺客列传·专诸》

"专诸者，吴堂邑人也。……伍子胥知公子光之欲杀吴王僚……乃进专诸于公子光。"

司马迁：《史记·刺客列传》

1

公子光背山面水，独自凭栏远眺。面前湖光明媚，恰似公子光的脸；背后树色阴沉，正如公子光的心境。男人本以为公子光活得怡然潇洒，因为男人只看得见公子光的脸。女人知道公子光在发愁，却并不因为女人看得见公子光的心。公子光有一件瞒不过女人的秘密，有这种秘密的男人一定在发愁，女人对这一点深信不疑。公子光有多少女人？公子光从来没数过，也从来没有想去数过，名副其实不计其数。对于自己的女人，公子光只清楚一件事：她们没有一个是他的对手。过去没有一个是，如今还是没有一个是。只不过过去招架不住的是女人，如今招架不住的是他自己。他忽然不行了，这就是他公子光的秘密！至少，公子光的女人这么想。

据说男人对于身体上任何部位变得软弱无力都会引以为耻，对于那话儿的力不从心更是讳莫如深，不仅讳莫如深，而且一筹莫展。既然一筹莫展，却如何还能笑得出来？公子光脸上的笑，乃是为了掩盖心中的那份愁。至少，公子光的女人这么想。据说秘密让一个女人得知，难免不胫而走；秘密让一群女人得知，必然不翼而飞。公子光的女人既然名副其实不计其数，公子光的秘密如何守得住！笑得比湖光更加明媚十倍也无济于事。于是，公子光心中为何而愁，脸上为何而笑，便都成了众所周知的秘密，连只看得见公子光的脸的男人，也都以为看穿了公子光的心。据说秘密既已众所周知，却仍然堪称秘密，是因为外人虽已洞悉一切，当事人却还蒙在鼓里，依旧当作秘密，守口如瓶唯恐不严。凡事皆有例外，公子光恰好是个例外。没人把已经众所周知的秘密转告给他，但他不傻，在察言观色方面尤其精明。外人自以为看透了公子光的心，见着公子光时不免心中窃喜，窃喜之时冷不防敞开了自己的胸襟，让公子光觑个正着。于是，当真蒙在鼓里的就不是他公子光，而是自以为洞悉一切的外人。

据说男人最怕女人将这秘密泄露出去，也最恨女人将这秘密泄露出去。公子光的女人把公子光的这秘密给泄露了，公子光却非但没有生气，反而松了口气。公子光一向对女人格外宽容，不过，公子光之所以不曾因此而生气，却与他对女人格外宽容并无关系。经公子光的女人泄露出去的秘密，就恰好掩盖了公子光的另一个秘密，另一个要命的秘密。要命的秘密得以借此而保全，公子光能不松一口气？

公子光既然能供养得起不计其数的女人，活在庭院深深、雕梁画栋的环境之中自不在话下，活在金玉满堂、钟鸣鼎食的环境之中也自不在话下。活得这般富贵，活得如此风光，却愁得以至于拿女人无可奈何，个中秘密绝对不可以告人，也自不在话下。秘密之所以绝对不可告人，或者因为醒龊之至，一经披露，无地自容；或者因为隐含杀机，一旦走漏，难逃一死。无地自容并不等于自己非得死，恼羞成怒之时，把知情的人都给杀了，也是一条出路。公子光的秘密，属于难逃一死的那一种。秘密守住了，也许可以要别人的命；秘密泄露了，必定要自己的命。

公子光在太湖之滨凭栏远眺之时，恰好过了三十一周岁；杀机，却已经隐伏了三十四个春秋。三十四年前，吴王梦寿寿终正寝，身后留下四个儿子：长子诸樊，次子余祭，三子夷末，少子季札。兄弟四人，个个都外有英武之姿，内有贤能之实。梦寿却偏爱少子，一心想把王位传给季札，只是碍于"立长不立贤"的传统，没好意思把这意思说出口来。不过，梦寿虽然不曾说破，诸樊却早已心领神会。梦寿安葬既毕，诸樊不肯接班，一定要把王位让给季札。季札再三推辞，诸樊再三坚持，结果，季札不得已，逃亡外邦；诸樊不得已，登基为王。诸樊在位十三年，临终留下"兄终弟及"的遗训，指定余祭为传人，意在最终传位给季札，不言而喻。当时公子光十岁，虽然已经懂得身为吴王诸樊的长子，这王位本当由他继承，毕竟幼稚天真，不知人间有"发愁"二字。

余祭在位十有七年，遇刺身亡，临死前遵照诸樊"兄终弟及"的既定方针，令夷末继位称王。当时公子光二十有七，正当四肢发达、头脑简单的青春期，对女人的欲望重，对权力的欲望轻，乐得在女人堆中打滚，不知这世上除女人之外尚有令人发愁之事。况且，"兄终弟及"的既定方针，只能到季札而止。季札死后，还能不回到"父死子继"的传统么？不管眼下由谁称王，在公子光心中，这"父死子继"的"父"，只能是他的生父吴王诸樊，这"父死子继"的"子"，因而也就非他公子光莫属。既然称王只是个早晚的事，何愁之有？

夷末在位四年，好端端突然得了急症，慌忙遣使者召季札，岂料季札重施故技，再次出走。使者寻季札不着，匆匆赶回王宫之时，夷末已经奄奄一息，听罢使者的回报，喉骨略一颤动，便化作黄泉之客。夷末说的究竟是什么？使者位卑，不敢置喙。丞相年耄，听不真切。除去使者与丞相，当时只有夷末的夫人姜姬在场。姜姬一口咬定：夷末说的是两个字。两个什么字？"传子。"季札既然在逃，国家又不可一日无君，除去"传子"之外，实在也别无他策。于是，没有人怀疑姜姬的说法。至于"传子"之"子"，究竟指谁？姜姬说，这"传子"二字既然出自夷末之口，自然是夷末之子无可置疑。夷末有子三人，长子僚，次子掩余，少子烛庸，都是姜姬所生。朝廷大臣于是顺从姜姬的意旨，拥立夷末长子僚为吴国的新君。

消息传来之时，公子光也恰好如今日一般，在太湖之滨凭栏远眺。不过，那一日不是独自一人，而是左拥右抱。左胳膊搂着的是蔡姬，右腿上坐着的是郑姬。蔡姬是蔡君灵侯之女，娇艳丰满；郑姬是郑相子产之女，聪明灵秀。蔡姬之母灵侯夫人是出名的大美人，也是出名的风流种，嫁给灵侯之时，灵侯还只是太子。儿媳妇叫公公蔡景侯看上了，口下垂涎三尺，心中死灰复燃，打发儿子出使外邦，自己上了儿媳妇的床。儿子闻讯大怒，一气之下，潜回蔡国，杀了老子自立为蔡君。古人行文，有条不紊，章法谨严，不像白话这般粗俗，不说什么"儿子"、"老子"；以子杀父、以臣杀君，也不用"杀"字而另用一"弒"字。比如，《左传》于这段风流艳史的结局，就记作"太子弒景侯"。《左传》是官方的国史，不得不慎重，不得不考虑影响，点到即止，五个字就够了。《左传》之外，另有流言，说蔡姬其实是蔡景侯之女；又有蜚语，说蔡姬其实与蔡侯父子皆无瓜葛。流言蜚语虽然不是空穴来风，为真为伪，却也无从鉴定。不过，无论蔡姬是谁留下的种，身为蔡灵侯夫人之女却无可置疑，不仅模样长得同她妈如出一辙，连风骚的劲儿也不差半点。为了娶蔡姬这风骚美人，公子光没少破费，黄金白玉三番五次孝敬未来的岳父岳母自不在话下，连蔡侯左右亲信也都一一买通。公子光自以为稳操胜券，到蔡国晋见蔡侯之时，方才发现应蔡侯之请而来的，除他之外，尚有齐国的公子虔、晋国的公子谈、宋国的公子无咎。这时公子光才恍然大悟：天下之大，舍得为风骚美人破费的，岂止他公子光一人而已！四公子分据客席，面面相觑，心不在焉听蔡侯说些无关痛痒的废话，回到宾馆，一个个恨得咬牙切齿。次日一早，公子光得了中选的喜讯，大喜之余，并没有忘记再额外使钱打听个中内幕：原来昨日在蔡宫晋见蔡侯之时，蔡姬立在锦障之后偷窥，谁中选都是她蔡姬自己的主意。于是，蔡姬之所以深得公子光之宠，除去美，除去俏，除去风骚之外，又多了一层红颜知己的意思。

女人经常抱怨男人花心，可是据男人分析，应该抱怨的，其实是女人自己生得花。比如说郑姬吧，眉眼口鼻、胸腰臀腿，分明与蔡姬一一各别，可让男人见了，同样不能不呆若木鸡、血脉偾张。郑姬不仅美、俏，也风骚，而且才智过人。郑姬何以能美色出众？众说纷纭，莫衷一是。或以为善于取精华去糟粕所致，因为其母其父，都不过中人之姿。至于郑姬何以能才智过人，则众口一词，都说是得乃父之真传，无可置疑。郑国弱小，夹在晋楚两强之间，依附晋国，难免楚祸；投靠楚国，不免晋侵。可是自从子产为郑国之相，不仅晋楚两国先后退还侵吞郑国的土地，其余各国也都争相与郑交欢，唯恐落后。四方诸侯卿相好像同子产攀不上朋友，就如女人没有入时的衣裳一般，只好家中闷坐，没脸出外见人。子产凭什么有这么大的魅力？蠢人说凭一张能言善辩的嘴，聪明人知道嘴不过是发声的工具，才智低下的人即使有一百张嘴也白搭，嘴越多，越令人觉得聒噪。于是，聪明人盛赞子产德才兼备、贤能无匹。更聪明的人就更有说辞，比如鲁国孔丘，称道子产之余，更把子产的施政手段总结为"惠而不费"四个字。所谓"惠而不费"，意思是说，既能施惠于人，又无须自己破费。说得更通俗些，就是无本万利的意思。点铁成金也还要铁作成本，充其量只能说是一本万利。可见这惠而不费，比点铁成金还不知道要高明多少倍！有这本事的人，古往今来数不数得出第二个？孔某人自叹办不到，其他人还敢怎么说可想而知！子产不仅内政外交都是高手，而且有知人之鉴，其准确度据说是万无一失。公子光二十五岁那一年，随叔父季札出使郑国，礼节性地拜见过子产。相见之时，双方只不过拱手施礼，并不曾相交一言，次日子产却托季札传过话来，说是愿以小女相许。不言而喻，子产是把他公子光当个人物看待了。公子光一向自视甚高，从来不曾怀疑自己是个人物，听了季札传来的话，还是不能不喜形于色，只差没有手舞足蹈，在叔父面前失态。知悉这段内幕的人，于是也就明白：郑姬之所以特别受公子光之宠，也同蔡姬一样，另有知己这一层因素。虽说这"知己"不来自郑姬本身，不能说是红颜知己，其价值之高，却又远出红颜知己之上。

公子光正与两个美人打情骂俏得欢，听了公子僚即位为吴王的消息，心头不禁涌出一股酸溜溜的凉气，仿佛大嚼红烧狮子头嚼得正津津有味之时，忽然发现狮子头里竟然藏着一只绿头苍蝇。不过，那凉气却不奔喉头，而是往下，直奔小腹。公子光松开搂着女人的手，捂着小肚子，双眉紧锁，失口喊一声："不好！"两个女人识趣，一齐跳下。

蔡姬道："准是方才午膳时吃坏了鱼生。"蔡姬一边说，一边伸手紧一紧发髻上的金钗。蔡姬说话多凭直觉，怎么想就怎么说。

郑姬道："我也吃了好几片，怎么就没事？"说罢，举起手来，整一整鬓角。郑姬很少先开口，往往是等别人说出话后，寻找漏洞予以抨击。

公子光没心思听女人斗嘴，也来不及看女人搔首弄姿，急急忙忙奔出滨湖的水榭，一头钻进盥洗间，马桶还没坐稳，就如连珠炮发，似翻江倒海。公子光左手捏着鼻子，右手在小肚子上一通猛搓猛揉，唯恐祸水残留，遗下无穷后患。如此折腾半天，肚子总算回归平静。公子光有洁癖，马桶坐完一定要洗澡。水泻过后，屁股难免溅脏，更是既用澡豆，又加香料，叫使女换了三四回水方才罢手。

等公子光冲洗完毕，换过衣服再回到水榭时，两个女人早已走了。女人大都缺乏等人的耐性，女人越漂亮，等人的耐性也就越差。公子光对女人的脾气了如指掌，蔡姬和郑姬都不见了，并不令他觉得意外，令公子光略吃一惊的是，黑臀居然还没走。黑臀就是方才进来传递消息的舍人，所谓舍人，就是在府内过夜的随从。不过，公子光既然是贵族，身为贵族随从的黑臀也大小是个官，正式的级别名称是家臣，以别于在诸侯朝廷上当官的朝臣。黑臀姓什么，史册不曾记录，只好暂时空缺，以待史学大家考证过后填补。不过，有一点则无须学者考证而后知，那就是黑臀之所以叫"黑臀"，只因为屁股上有一块黑色的胎记，别无深意可言。公子光那年代的人，即使是公子王孙，也多一份纯朴，少一股俗气，不把随从、跟班等等常在左右侍候的下人改名叫什么"富安"、"来发"、"得福"等等。黑臀跟着公子光出侯门入王宫，呼过来唤过去，谁也不觉得这名字有伤大雅。

公子光问黑臀：怎么还不走？黑臀说：话还没传完，所以还不敢走。公子光问：还有什么话？黑臀说吴王僚要召见公子光。公子光听了，发一声冷笑，反问道：召见？黑臀点头，说吴王僚的使者用的就是这个词儿，他黑臀不曾改动。公子光听了，又想发一声冷笑，却终于没有发，因为他忽然想起了一个人说过的一句话。一个什么人？他想不起来了，只记得那句话是："没有报复人的意思，而令人怀疑有，笨！有报复人的意思而让人知道，悬！"他公子光有报复吴王僚的意思吗？好像有，但脑海中的图像并不怎么清晰，朦胧依稀，也许只是个幻觉。就算有吧，找谁商量，怎么下手，完全没有谱儿，早早地把这意思泄露了，还不是笨得要命，悬得要命？这么一想，公子光就把冷笑换成了微笑，问道：使者没说什么时候召见？黑臀说：就是现在，使者还在客厅里等着他黑臀去回话。公子光想：这家伙登基伊始就迫不及待地摆谱儿，简直……心中这么一想，嘴上不禁吐出"混账"两个字来。骂的是谁？他心里清楚。不骂出来，憋气。既然骂出来了，又赶紧打一句掩护道：怎么不早说！不补这一句，心虚。黑臀以为公子光当真骂他，慌忙认错不迭，心中却不服气，暗自埋怨道：早说？你自己刚才急着去干什么来着？难道就忘记了？谁是混账？是你还是我？公子光白一眼黑臀，早将黑臀的心思看个通明透亮，心中窃喜道：幸亏这黑臀是个蠢货，要不然岂不是已经露了马脚。于是又换出一副微笑的嘴脸道：知错就好，下不为例，还不快去回复使者，说我这就去。说罢，将手一挥。黑臀见了，拱手谢恩，转过身来，面呈得意之色，以为又糊弄了主子一回。奴才要是不以为能蒙骗主子，一准跳槽。主子要是不以为能操纵奴才，一准叫奴才滚蛋。双方都自以为得计，方能如此融洽相安。

　　吴王僚其实并不怎么想见公子光，至少不这么急着想见。昨日他还是公子僚的时候，曾同公子光一起在妓院里搂着妓女喝酒喝得烂醉如泥。狎妓醉酒的记忆犹新，今日就召见公子光，叫他如何装得出一副神圣威严的面孔？叫吴王僚急着召见公子光，是母后姜姬的主张。不立即召见公子光，早早把君臣的名分定下来，你这王位如何坐得稳？姜姬如此教训吴王僚。父死子继，天经地义，我这王位难道不是我老爸留给我的？同他公子光有何干系？吴王僚如此分辩。姜姬听了，发一声冷笑，丢下"蠢才"两字，径自转入屏风之后，懒得再同她的蠢儿子啰嗦。

　　其实，吴王僚并不太蠢，至少不如他妈以为的那么蠢。他之所以不怎么想见公子光，狎妓醉酒云云，固然不是假话，却也不完全是实话，真正的原因是他对自己继承王位的合理性欠缺信心，因而羞于相见。他说他的王位是他爸给的，与公子光毫不相干，并非因为傻得对此深信不疑。恰恰相反，他不过是希望听到附和的声音，好借以壮胆。"蠢才"两字显然不是他所希望听到的声音，他于是问公子掩余与公子烛庸有什么想法。掩余与烛庸并不见得比吴王僚更聪明，不过，毕竟是局外人，所以在这局棋上都显得比吴王僚更有主意。掩余说：晚见自然不如早见，拖久了，夜长梦多。吴王僚问：夜长梦多是什么意思？难道公子光要篡夺我的王位不成？烛庸听了大笑道：你的王位？只怕在他公子光心目中，是你篡夺了他的王位。烛庸笑得同他妈一样尖酸刻薄，吴王僚见了心中极不自在，皱了皱眉头，问道：你的意思难道是叫我平白无故把他给杀了？烛庸说：我可没叫你乱杀人。不过，就算把他平白无故给杀了也没什么了不起。掩余听了摇头道：不成。至少现在还不成。烛庸问：为什么不成？掩余说：别忘了季叔还在，公子不害、公子弃疾也难说没有不服的心思。杀了公子光，难免引起季叔与公子不害、公子弃疾的疑嫉。公子光虽然是心腹之患，季叔却更是得罪不起。掩余说的"季叔"，就是季札，公子不害、公子弃疾是季札的两个儿子。吴王僚问：那依你的意思应当怎么办？掩余说：控制人吗，无非是施恩与施威两手，你不妨恩威并施，看他如何反应再想下一步棋该怎么走。

公子光对吴宫并不陌生。岂止是并不陌生而已，应当说是了如指掌方才妥切。公子光是吴宫里生、吴宫里长，十岁那一年才搬出，尔后经常出出入入，几乎同出入自己的府第没什么两样。不过，公子光那日去见吴王僚，却走错了路。不是公子光找不着吴宫，是公子光把车赶到公子僚的府第门口方才醒悟找错了门，方才醒悟他要去见的已经不是公子僚，而是吴王僚。这"醒悟"令公子光笑，不是傲然的冷笑，不是淡然的微笑，不是欣然的大笑，是苦笑，是无可奈何的苦笑。吴宫还是三十年前的吴宫，也还是昨日的吴宫，可公子光却突然觉得吴宫变了样：宫墙变得更高，宫门变得更厚，宫树变得更加阴森。他在宫门口下车，有些犹豫是该进还是不该进，或者，更确切地说，是在犹豫该怎么进，因为他心里明白进是非进不可的，并没有选择的余地。他犹犹豫豫地跨进宫门，不知是什么人喊了句什么他没听懂的话，一阵金属碰撞的声音"嚓"、"嚓"、"嚓"，由近而远。公子光慌忙举头看时，但见两行卫士夹道而立，左行执斧，右行执钺，从门口一直排到殿前石阶之下。显然，卫士听得懂公子光没听懂的那句喊话，一个个把手中斧钺交叉高举，"嚓"、"嚓"、"嚓"碰得一片节奏有序的响声。这场面公子光不是没见过，三年前他出使楚国，楚灵王就摆出这阵势吓唬他。他当时暗中诅咒：凡是想吓唬他公子光的都不得好死。结果，不出半年，楚灵王果然死于非命。眼前这阵势令公子光回想起那段往事，嘴角不禁微露笑意。不过，笑意尚未展开，就早已换成严肃敬畏的神情。你不是想吓唬我吗？好，我就给你看一副诚恐诚惶的样子。样子装好了，公子光咳嗽一声，提醒负责引见的谒者：他公子光已经准备就绪。谒者起步，公子光亦步亦趋，钻过斧钺交叉形成的拱门，行到殿前阶下。

吴王僚疾步迎了出来，满脸堆笑。公子光见了，不禁一惊，因为他原以为吴王僚会高坐王位，冷若冰霜，叫他明白今日的吴王僚早已不是昨日的公子僚。望见殿下斧钺交叉夹道，吴王僚好像也吃了一惊，换成一副凶相，对谒者吼道：混账！怎么这般不懂事！叫卫士举什么斧钺！那是吓唬外国使臣的勾当。公子光是什么人？公子光难道是外人！骂过谒者，吴王僚又堆下笑脸来，请公子光上殿。公子光一边上台阶一边想：这小子居然懂得恩威并施，我差点儿小瞧他。我还真得小心点儿，看他还会玩些什么新花招。

公子光紧跟在吴王僚身后跨进殿门，正欲举目张望，却早有两个打扮得花枝招展的宫女迎上前来，把他拽到左上方站好。吴国当时的风俗以左为上，左上方是最尊贵的客席，照例是留给外邦诸侯的。公子光想：你既然这般捧我，我也就不故作谦虚，倒看你这场戏怎么收场。听凭两个宫女搀扶着，慢条斯理抬起头来向对面一看，但见对面毕恭毕敬立着两个人，一个是公子掩余，另一个是公子烛庸。吴王僚在王位上坐定，干咳了一声，往左右两边各瞟了一眼，说道：季叔执意不肯承继王位，先王不得已，留下遗命，令我接班，我不敢违拗先王之命，只好勉为其难。无奈能力不足，所以登基伊始，就急忙把自己兄弟请来，共商治国之大计。说到此，吴王僚把话打住，又干咳了一声，往左右两边各瞟了一眼。公子掩余与公子烛庸作洗耳恭听状，公子光默不作声，面无表情，一双手藏在左右两边的宫女身后，却没闲着。吴王僚看在眼里，只作没看见，接着说：我本来想把国之大事全权委托给公子光，无奈现任丞相是先王留下的旧臣，不好马上打发他走路，所以公子光得委屈一下，先就任没有名目的上卿之职，地位与丞相相等，俸禄也不在丞相之下。至于职权范围吗，暂时还没有具体安排，就算是给我当顾问吧。反正丞相业已老耄，退休之日，屈指可数，等丞相卸任，这丞相之位自然就是你公子光的。公子光听到这儿，觉得应当发言表示感谢了，赶紧咳嗽一声。吴王僚会意，把话停了，等公子光开口。公子光说他生性懒散，又不会办事，整日只喜欢搂着女人看湖水，吴王僚为他作的安排正中下怀。至于日后接丞相的班嘛，恐怕不能胜任，不过，反正那是以后的事，他也就不必急着推辞不干。

吴王僚听罢，喜形于色，说有他公子光肯撑腰，还怕自己当不好国君吗？说罢，双掌一拍，早有一名谒者趋前接旨。吴王僚吩咐谒者：公子光喜欢太湖风水，立即传下令去，但凡公子光后园临湖一眼能看到的水面，都划入公子光的私家园林，一切闲杂船只不得入内，如今在这区域内居住的渔民一律迁出，以免打搅公子光凭栏赏景的兴致。谒者唯唯，拱手退下。公子光谢过吴王僚，问道：公子掩余与公子烛庸呢？你要是不也给他们点好处，叫我都不好意思领你这份情了。吴王僚一笑道：他们两人不识风雅，把整个一太湖都赏给他们，也不会满意，我只能叫他们干些俗事。掩余从小就喜欢耍弄刀剑，至今别无他好，我就顺他的意思，任命他为司马。烛庸小时候忒淘，如今长大了，却忒喜欢规矩，我也顺从他的意思，任命他为司寇。公子光心中暗骂道：呸！好一个顺从他的意思！一个出任司马，掌军事；一个出任司寇，掌刑事。枪杆子、刀把子都叫自己的弟兄抓住了，你倒是计划得周全得很呀！这么想着，不禁举目，对吴王僚另眼相看。吴王僚也恰好注视公子光，四目相对，公子光觉着别扭，就又在两个宫女腰下边搞点小动作，两个宫女都忍住了笑，却都忍不住扭腰。吴王僚见了笑道：你要是喜欢她们……话不说完，只伸手一摆，作一相送的姿势。公子光顺水推舟，搂着两个宫女转身就往外走。这场威恩并施的戏，就这么轻松结束。

公子光搂着两个宫女走下石头台阶的时候，听见吴王僚说：看他急的，连说一声谢都忘了！公子光听了，心中暗笑。不是嘲笑，不是苦笑，是得意的暗笑。得意，因为他对自己的表演感觉良好。公子光下了石头台阶之后，吴王僚还在说话，那话超出了他的听觉范围。公子光没听到，不过，史册有记载。据史册的记载，公子光走后，吴王僚问：这小子当真只对女人有兴趣？烛庸说：这家伙搞女人绝对有一手，你看那两个宫女，跟着他走的时候，一脸的乐不可支！不过，你说他只对女人有兴趣却看走了眼。他不辞那未来丞相之职，显见他也是个官迷。掩余说：是官迷才叫好。不是，反倒叫人担心。吴王僚说：此话怎讲？掩余说：想当丞相，不就说明他的野心止于位极人臣么？吴王僚点头一笑。

当日夜晚，公子光在锦帐之中把蔡姬剥得一丝不挂，耳际却忽然响起吴王僚说的那句话：看他急的，连说一声谢都忘了！当时他听到这句话，心中暗笑，现在回想起这句话，却怎么也笑不出来。我得意什么？骗得他以为我只对女人有兴趣就足以得意？我下午才同那两个宫女热火朝天地干过一场，现在又来蔡姬这里混战，这不是说明我真的只对女人有兴趣么？就算不是，就算我当真骗了吴王僚，那又怎么样？他还不是当他的国君，我还不是得向他俯首称臣？我有什么可得意的？……不成！我得把他干了！我早晚得把这小子干了！我得把他篡夺的王位给夺回来！我早晚得把这小子篡夺的王位给夺回来！公子光这么想着的时候，睁开眼睛一看时，吓了一跳：那话儿竟已萎靡不振。你怎么啦？蔡姬一声喊，把公子光从神游带回现实，心中一惊，那话儿越发干瘪，如同明日黄花，任凭蔡姬使尽浑身解数，再也鲜艳不起来。准是午膳时吃坏了鱼生！蔡姬联想起当日午后公子光捂着小肚子，口喊"不好"的那情景，说了这么一句。该死的鱼生！公子光捡了台阶，破口骂一句，赶紧起身，胡乱披了衣裳，逃出蔡姬的绣房，惶惶然如丧家之犬。

从此之后，公子光就成了虽屡败而屡战，亦屡战而屡败的常败将军。直到某一天，索性挂起免战牌，敬女人而远之，养成了独自凭栏的嗜好。

2

那一日，公子光独自凭栏远眺：水天相接，茫茫无际，几只鸥鸟时远时近、时高时低，随风飘扬，沉浮于水天之间。公子光看了一回，不禁叹道：我要是只鸟，倒也自在！话音刚落，却见一只鸥鸟一头栽入水中。公子光吃了一惊，还以为是看花了眼时，又有一只鸥鸟跌落湖中。其余的鸥鸟受惊，一哄而散。有一只不够警觉，或者说不够幸运，没有走脱。这一回公子光看清楚了：鸥鸟是被弹丸打落的。谁发的弹丸？岸上除了自己，别无他人。就算有，他府中上下谁也没这本事。水里呢？水天相接之际，隐隐约约出现一个黑点。一条船？公子光没来得及看清，那黑点在水波之中闪烁一下就忽然不见，仿佛是个幽灵。就算是一条船吧，谁能在那么远的船上把弹丸射到这边来，而且射得这么准？公子光是个玩弹弓的高手，他不相信有人能办得到，因为他自己不成。不过，虽说不信，却也不能不将信将疑，因为他亲眼所见如此。

于是公子光喊一声：黑臀！没人应，他又喊一声，声调更 高、更尖。这一回，有了反应，他听到了黑臀的脚步声由远而近。其实，公子光喊第一声的时候，黑臀早就听见了，他却故意等到公子光喊第二声时才走出来，好让公子光以为他方才并不在附近，因为根据他的揣摩，公子光独自凭栏的时候，不愿意附近有人。等黑臀的脚步声近了，公子光道：方才我看见湖上有一条船，你去打听一下，看是什么人，竟敢擅自闯入这里来。公子光说话的时候没有回头，黑臀应声退下的时候，公子光也没有回头，眼睛一直盯着湖面，希望再次看见那个幽灵般的黑点。黑点却始终没有再出现，夕阳西下，水天一色，赤红如血。

第三日傍晚，黑臀呈上如下报告："专诸，棠邑人，捕鱼为业，好弓矢，独来独往，不与人交。"这二十个字写在两方竹简之上，字迹工整，一丝不苟。除去女人，公子光对别的事情都喜欢有案可稽。黑臀善于体会领导意图，即使是公子光随口吩咐的事情，也必定中规中矩地记录备案。打听了两日，就打听来这么几句话？公子光看完黑臀呈送的报告，摇头丢下这么一句不满意的问话。黑臀分辩说：为这几句话，他已经费尽九牛二虎之力。公子光说：有什么难？向左邻右舍问一问都能知道得比这多。黑臀说：难正难在这人没有左邻右舍。公子光道：笑话！像我这种人没有左邻右舍还差不多，他一个寻常百姓人家，怎能没有左邻右舍？难道他的宅第也有园林数顷、湖水一泓不成？黑臀说：这专诸哪能同主公相比，专诸名副其实身无立锥之地。名副其实身无立锥之地是什么意思？公子光不解。黑臀说：专诸以船为家，随波逐流，胡乱在湾汊里泊船过夜。

公子光听了略一思量，道：既然如此，那么，你打听到这么几句话就不是什么不容易，而且是极不可靠的了。这么一个神出鬼没的家伙，谁能断定他是棠邑人？谁又能断定他就是前日在湖上的那个人？黑臀说：消息是从湖滨一家酒店打听来的，专诸常去那儿喝酒。前日晚间专诸醉后自言自语，说他玩弹弓的功夫日见退步，夕阳西下的时候在湖上只发了三颗弹丸就不得不罢手。店伙计好奇，问道：这怎么就叫退步？专诸说：他以往可以连发五颗弹丸，如今只射出三丸，鸥鸟就惊散了，可见手法慢了。这不叫退步，难道还能叫进步？至于专诸的籍贯嘛，因为那伙计自己是棠邑人，所以能从专诸的口音里听出来。公子光听了黑臀的解释，半晌不回话。黑臀讨好地问：专诸既然擅闯湖区，要不要派人去把他抓来问罪？公子光鼻子里哼了一声，反问道：派人去把他抓来？派谁去？派你去？你有能耐去抓这样的能人？

黑臀自信不能，没敢接话。不过，并非人人都有自知之明。一个无星无月、有云有风的夜晚，一伙人趁黑偷偷摸上了专诸的船。不是公子光派去的人，也不是因为专诸擅闯了公子光的湖区。次日一早，一个遛狗的人在专诸昨夜泊船之处经过时闻到一股血腥。狗的鼻子比人的灵，嗅到血腥的时候，狗早已窜过没腰的芦苇，对着一棵倾倒在水面的垂柳不停吠叫。柳树下横竖俯卧着五具死尸，半在泥滩、半在浅水，专诸的船不见了，专诸的人也不见了。湖水平静，雾气蒸腾，天地无声，好像什么都不曾发生。那遛狗的人走到柳树跟前，顺手折下一条一寸左右粗细的柳枝，用柳枝将尸体一一挑翻过来，又用柳枝一一挑起死人的下巴来细看：五个死人，一个死法，都是齐喉处多了一条红线。什么线？锋刃切开的线。刀的锋刃？剑的锋刃？说不好，好像是刀，也好像是剑，但比寻常的刀剑都要薄，都要轻灵。薄，一般人也许能看得出。轻灵，就不是一般人能看得出来的了。那遛狗的人不是一般的人，那般轻易就折断一条一寸粗细的柳枝，一般人办不到。把尸体翻转过来，不看别处，专看喉咙，一般人也不会这么做。那人显然不是来遛狗的。那狗一身纯黑，两耳高耸，四腿细长，与湖畔渔樵人家豢养的黄毛杂种也显然不是一路货。

那人撇下柳条，发一声惊叹道：果然是鱼肠！叹息的声音刚落，那狗扭转了头，却没有叫，那人见了一惊，慌忙转过身来，看见十数步外立着一个女人，一个漂亮的女人。这女人没有蔡姬与郑姬那般贵妇气息，却绝对不平庸，不平常，不平淡，也绝对不平易，别具一种凌人的盛气，令人透不过气，尤其令男人透不过气。漂亮的女人原本不止大家闺秀与小家碧玉两种，只不过因为文人骚客一时才尽辞穷，于是如此草草一分为二。

"你怎么也来了？"遛狗的男人说。显然，他认识这女人。

"你多说了一个字。"女人说，语气略带调侃。

"多说了一个什么字？"

"你多说了一个'也'字，自作聪明，以为我来这儿的目的同你一样。"

"谁来这儿，也都是为了鱼肠，别说是你我，就连这五个死人，也都是为鱼肠而来。"

"是么？"女人的语调转变为明显的嘲弄，"鱼肚、鱼鳍、鱼唇，都是美味，也许值得一争，不过也绝不值得为之一死。至于鱼肠么，只配喂猫喂狗，怎么会有人为鱼肠而舍得一死？"

"越人欧冶子锻造宝剑五把，厚而宽的叫'巨阙'，薄而长的叫'湛庐'，尖端分岔的叫'胜邪'，从头到尾、厚薄宽窄相等的叫'纯钩'，最后锻就的第五把叫'鱼肠'。潇潇子号称博闻多见，怎么会不知道我范通说的'鱼肠'，指的就是欧冶子锻造的那第五把宝剑？"

被范通称做潇潇子的女人不经意地笑了一笑，说："你自称范通，我看倒不如叫饭桶。欧冶子锻造的那五把宝剑都献给了越王，越王又转送给了吴王樊诸。樊诸临终遗命，以巨阙陪葬，湛庐、胜邪、纯钩、鱼肠则分赐三弟余祭、夷末、季札与长子光。余祭与夷末死时又分别以湛庐与胜邪陪葬，如今留在人间的只有纯钩与鱼肠两剑，鱼肠剑既在公子光之手，怎么会在这荒野水滨？"

范通被潇潇子戏称为"饭桶"，心中极其不悦，忘记了"男不与女斗"这句聪明话，反唇相讥道："公子光手中有什么鱼肠？他有的不过是个残破的赝品！潇潇子怎么连这秘闻都不知道？"

潇潇子道："道听途说的无稽之谈，到你嘴里就都成了'秘闻'。"说罢，又笑了一笑，笑得不再那么不经意，有了几分认真的意思。

女人认真了都难缠，漂亮的女人认真了更难缠，像潇潇子这种漂亮的女人认真了，又比一般的漂亮女人认真时更加难缠至少十倍。不只是因为潇潇子比一般的漂亮女人更漂亮，而且因为潇潇子有功夫。功夫有多高？没人知道，但凡见过她出手的，都已经成了死人。不过，这并不意味着潇潇子打遍天下无敌手，只说明潇潇子善于知己知彼，打不过的，她一概以媚取胜。所谓以媚取胜，并不是说以媚力杀人，不过是说以媚力让人不得不把她当朋友。范通不是饭桶，他明白潇潇子从来没有要他这个朋友的意思，他不想惹麻烦，于是认认真真地说出了下面这段话，以图证明他所获悉的秘闻，不是空穴来风：

专诸不姓"专"，"专"字左边得加个"鱼"旁，加个"鱼"旁也并不是他的真姓。这人只不过在开玩笑，意思是说：我从今以后是个捕鱼专业户了。一般人不认识左"鱼"右"专"那个字，就省写作"专"，这人懒得同一般人认真，也就随人把"鱼"旁给省了，于是那玩笑的意思也就没什么人知道了。这人的真名也不是"诸"，"诸"是复数的意思，天子诸侯称孤道寡，这人就故意用复数做个假名，隐含与天子诸侯分庭抗礼之意。这人也不见得是棠邑人，只因说话有点儿棠邑口音，别人误以为他是棠邑人，他便顺水推舟，冒认了这个籍贯。

这人究竟是谁？说出来也许会让你吃一惊。先别急着问这人是谁，先想想吴王余祭是怎么死的？想起来了吧？是被刺客刺死的。刺客是什么人？是个越人。越人怎么有机会接近吴王？那也是个秘密。是秘密就表示至少有两种说法，官方的说法必定记录在案，却必定不真，否则，所谓的秘密，就不是什么秘密了。传闻呢？也不见得都实在，有些只是捕风捉影。不过，如果你有内线，你听到的传闻就必定比官方记录在案的说法更加可靠。据吴国国史的记载，那越人本是个俘虏，因为精通造船术，吴王余祭不仅免他一死，而且让他负责监造王舟。吴王余祭去造船工地视察，那人趁机将余祭刺死。这说法至少有四点可疑：第一，吴人造船的技术比越人高，参与造王舟的工匠又都是百里挑一的高手。一个普通越国俘虏，怎么会胜任监造之职？第二，越国君臣不都是傻瓜，怎么会让一个有能力、有资格充任王舟监造的人去当兵打仗？第三，如果说这人故意深藏不露，那么，吴王又怎么会知道他有这等本事？第四，如果说他为免死而说出他的本事来，吴王不仅免了他的死，而且还提拔他为王舟监造，他应当感激涕零才是，怎么会去刺杀吴王？

既然有这四点可疑，你是不是以为吴国的诸侯卿相都是傻瓜，连编造谎话的本事都没有？你要是这么想，你就不仅错了，而且是大错而特错！怎么会错？因为吴国国史记录的都是实话。假话可以编得无懈可击，实话却反倒不成。假话要是编得不合理，谁信？实话有事实为证，即使不合理，也不由得人不信。那刺客是个越国俘虏，免死为王舟监造，这事实不仅在案发前早有文献记录，而且也有抓住他的士兵、管理俘虏的官吏、造船场地的工匠等等一系列人证。要是没有这些人证，吴国的史官说不定会屈服于朝廷的压力，篡改事实，编造出一段更能令人信服的故事来也未可知。吴国的诸侯卿相不是因为傻，实在是因为没办法才不得不如此实话实说。

你心里也许在暗自窃笑道：这小子方才还在说官方的记录必定不真，怎么又说吴国国史记录的都是实话？你要是这么想，你就是混搅了"真"与"实"的概念。实话实说不等于有一说一，有二说二，有什么就说什么。但凡没有人证、物证的事情，吴国国史一概阙如。把没法隐瞒的都公布于众，把能够隐瞒的都忽略不提，既说了实话，又隐瞒了真相，这办法比编造谎话其实要高明得多。编造难免不露马脚，不说，你拿我有什么办法？所以，不要小看了吴国的诸侯卿相，你要是以为他们傻，你就比他们更傻。隐瞒了什么呢？你不傻，你当然已经猜到了被隐瞒下来的事情必定与鱼肠有关，哦，我是说鱼肠剑。

有什么相关？你不信？那是因为你误信传言，以为那鱼肠剑还在公子光手中。其实，吴王诸樊只把湛庐、胜邪与纯钧分赐余祭、夷末与季札，却并没有把鱼肠赐给公子光。巨阙、湛庐、胜邪、纯钧四剑，不仅镂刻精美、造型瑰丽，而且光彩夺目、寒气逼人。诸樊舍不得用巨阙为自己陪葬。余祭、夷末与季札又如何舍得湛庐、胜邪、纯钧为自己陪葬？鱼肠却不同，虽与巨阙、湛庐、胜邪、纯钧四剑一同锻造，其实并不是剑，更不是富丽堂皇的宝剑，只不过是一把普通实用的匕首。说鱼肠普通，因为形状简陋、朴素，没有雕刻花纹；说鱼肠实用，则不仅因为它短薄柔韧，可以藏入衣袖，而且因为它锋利无比削铁如泥。诸樊预料湛庐、胜邪、纯钧早晚会同巨阙一样随主人入土，所以临终遗命，令鱼肠作为吴王的传世宝。谁继承王位，鱼肠归谁，随身佩戴，以备万一。

至于吴王余祭既然有锋利无比的鱼肠在手，怎么会死于刺客之手？这就是外人不知、史册不载的秘密了。据我听到的内幕消息，那刺客手中不过一把切瓜的短刀，与余祭手中的鱼肠相碰，一折两段的居然不是那把切瓜的短刀而是鱼肠！这简直匪夷所思，余祭不敢置信，竟然忘了躲闪，眼睁睁看着那把切瓜的短刀刺穿自己的咽喉。夷末即位之后，把那枚一折两段的鱼肠交给公子光，叫他看个究竟。为什么交给公子光？因为除去樊诸与余祭，只有他见过真的鱼肠。不消说，公子光一看之下就知道真的鱼肠已经被人换走了。鱼肠与余祭形影不离，睡觉时都搁在枕边，谁能办得成这调包的勾当？女人！只有同余祭上床的女人才能有这种机会。根据惯例，天子、诸侯都有一本起居注，专门记录何年何月何日何时，同哪个女人有过一腿。余祭每隔三四天照例把鱼肠从剑鞘里抽出来看一看、擦一擦，他为人极其谨慎，如果鱼肠已经被调包，他绝不会看不出来。这调包的事，必定发生在余祭遇刺前十日之内。既然如此，翻开余祭的起居注查一查，找出嫌疑犯，有何难哉！夷末当时想必也是这么想，他叫人把余祭的起居注取来，亲自审阅。岂料不查则已，一查惊人，原来余祭竟然经年不近女色！断了这条线索，如何寻查，谁也拿不出个办法来。谁也拿不出个好办法的时候，就会有人出馊的主意，最馊的主意就是保密。于是夷末下令，严禁走漏鱼肠被人调包的消息，暗中着人在江湖上探访鱼肠的下落。一晃三四年，鱼肠没找着，秘密却泄露了。半年前，真的鱼肠突然出现江湖……

范通说到这儿的时候，被潇潇子打断了。潇潇子说：慢着！你方才不是说除去樊诸与余祭，只有公子光见过真的鱼肠剑么？既然如此，就算有人拿出真的鱼肠剑来给人看，江湖上又怎么会有人分辨得出真假？范通说：你可真是会讲笑话，像鱼肠这种稀世之宝，有谁会拿出来给人瞧！潇潇子说：你这么说我就更不明白了。范通说：没想到潇潇子这么水灵的人儿也会有糊涂的时候。范通的语调，透着一股轻薄味儿。潇潇子听了，心中极其不悦，嘴上却只说：我要是不糊涂，怎能显出你聪明！这话要是从男人嘴里吐出来的，范通必定知道是句挖苦话，因而必定会生气，可潇潇子偏偏是女人，偏偏是个漂亮得令男人透不过气的女人，于是，范通非但没有生气，反而飘飘然得意忘形，捧腹大笑。笑过之后，用手往湖滩上的尸体一指，说：是从伤口上看出来的，你瞧，那么细、那么窄的切缝，除了鱼肠，什么刀剑能切得出！

潇潇子摇头一笑道：我还以为你范通当真聪明过人，原来不过是痴人说梦！你连鱼肠剑是什么模样也没见过，竟然敢凭伤口断定杀人的凶器是鱼肠剑！范通听潇潇子这么说，一跟头从云端里摔到地上，悻悻地说：信不信由你，反正有人信。潇潇子问：谁信？范通说：信的人多得很，这五个死人要是不信，又怎么会死？潇潇子说：你是说这五个人是为来看鱼肠剑而死的？范通说：笑话！怎么会是为了看，当然是为了抢！潇潇子白了范通一眼，道：这么说，你也是为了抢鱼肠剑而来，只不过因为晚来一步，所以才捡回一条小命。范通道：这话只合回赠给你自己。我范通有自知之明，不会如此自讨没趣，我不过是受人之托，前来验尸的。潇潇子听了大笑：受人之托！看你说得多好听。不付重金，谁托得起你范通？你怎么不一老一实，说是受人之雇呢？范通说：你爱怎么说都行，我怎么说，却由不得你。潇潇子问：这五个人是你的雇主派来送死的？范通道：这种事情我从来不打听，是这人派遣的也好，不是也好，反正我只管验尸。潇潇子说：你回去报告你的雇主，说这五人果然死在鱼肠剑之下，你的雇主就会深信不疑？范通说：他信也好，不信也好，也同我范通没有关系。受人之托，为人尽力，如此而已。

潇潇子点头道：范通号称包打听，果然名不虚传。我也想请你打听一件事，不知你肯不肯尽力？范通不信，掉头一笑，说：开什么玩笑！潇潇子将下左右手腕上的金镯子，放在左手手掌之上，往前一伸，说：就算我在说笑话，金子难道也是玩笑？范通见了金镯子，收起笑容，眼睛一亮，问：什么事？潇潇子说：只要你告诉我，谁托你来验尸，这对镯子就姓范了。范通听了，眼神不再发光，叹口气道：原来如此！我就知道潇潇子的钱是不好赚的。潇潇子说：怎么啦？难道你连你的雇主是谁都不知道？这么容易赚的钱还说不容易？范通说：你装什么傻？你又不是不知道干我这行的规矩：雇主的名姓是绝对不能透露的，更何况这回是这雇主！潇潇子说：怎么？这人厉害？你不敢？

范通不答。潇潇子见了，把金镯子重新戴回手腕，双袖一抖，两手顿时各自多了一把短刀。原来潇潇子的衣袖里也藏着刀，虽然不是鱼肠，也令范通吃了一惊，说：怎么？想动武逼我？潇潇子嫣然一笑，说：何必说得那么难听？我不过是想看看你是怕这雇主呢，还是更怕我？潇潇子的笑，本可以笑得令范通心醉，可是有那两把明晃晃的尖刀在手，范通的心就不能醉了。什么事不好商量？何必这么性急？范通一边说，一边后撤。却不料一个跟跄，跌倒在地，不仅心死了，连人也死了。那狗见了，往前一窜，却不料也是一个跟跄，跌倒在地，追随它的主子而去。人与狗，都是中箭身亡。

潇潇子没有转身，也没有惊呼，她知道那人如果也要她的命，她已经与范通以及那条狗在黄泉相见了。她也明白：在这种情况下，最好的保命法子不是动如狡兔，而是静如处子。潇潇子虽然早已不是处子，却很会装处子。在男人面前会，在杀手面前更会，所以潇潇子才会活到那一天还没有死，活过了那一天也还没有死。杀范通的人走了，潇潇子却还没有走，虽然眼前这结局并非她所料，也不是她想看到的，她与范通不同，潇潇子不是来验尸的，是来收尸的。她认为即使没人雇她，她也会来。为什么？因为她对他产生了兴趣。他是谁？那不见踪迹的专诸。她是专诸的什么人？什么人也不是。专诸根本不认识她，也许根本不知道她的存在。想到这一点，潇潇子不由得叹了口气，也不由得发了一会儿愣。气叹完了，愣发完了，还是没有忘记收尸。

所谓收尸，其实也说不上是收尸，不过是从草地上拾起范通扔下的柳条，把那五具死尸从湖滩一一挑下湖水。一群淡水虎头鲨一拥而上，不再会有人能够看得见死人齐喉处的那条致命的红线了。看见那红线的人越多，相信专诸有鱼肠剑的人也就越多，相信专诸有鱼肠剑的人越多，专诸也就越危险。这是潇潇子的推理，这推理似乎无懈可击。危险意味着死，她不想看见专诸死，谁都得死，死是人的归宿，专诸是人，不可能不死。这她知道，她只是不想看到他现在就死。范通的尸体，她没有碰。范通绝对不是专诸杀的，范通必定死在范通的雇主之手，因为他怕范通把他的名字说出来，所以杀人灭口。专诸绝对不会雇人来刺探自己，所以杀范通的绝对不会是专诸。这也是潇潇子的推理，这推理是否也无懈可击无关紧要。总之，在潇潇子心目中，范通绝不是专诸杀的。既然如此，她潇潇子不想多管闲事，扔下柳条，拍拍手，一走了之。

三十里外，太湖拐了个小弯，湾汊里系着一条草篷船，船上没有人。三十步外有一排东倒西歪的草屋，称之为一排其实并不怎么合适，因为不直不齐，歪歪扭扭，顺着湖汊的不规则曲线展开。一缕炊烟在屋顶上飘散，一面酒旗在屋檐下晃悠。酒店里有人，不止一个人，其中包括那船的主人。太湖各湾汊里的酒店老板、伙计，以及经常泡在这些酒店里的客人和妓女，都认识那船的主人。说认识，也许有些过分，他们并不知道他的底细，那是说如果那人确有底细的话。不过，也不能说不认识，他们都知道他叫专诸，也都知道他是个捕鱼的高手。

捕鱼高手是什么意思？在这些湾汊的酒店里喝酒的常客大都同专诸一样，也以打鱼为生。在外人看来，他们自己个个都是捕鱼高手。说专诸是高手的人，既然自己都是高手，可见专诸之为高手，必有极不寻常之处。怎么个不寻常？专诸钓鱼既不用鱼竿，也不用鱼钩，只用一根渔线。无钩、无竿，怎么钓？用手将渔线往水中一甩，然后将渔线一提，必定提出一条鱼来。要有多大的力度，方才能把软软的渔线像标枪一样扎破水面，扎入水下，扎破鱼唇，再在鱼口拐个弯儿，把鱼钓出水面来？也有人不服气，说：哪是什么神？不过专诸的渔线特别罢了。不错，专诸的渔线不是一般的渔线，专诸的渔线是琴匠用来做琴弦的牛筋绳，说得更确切些，是那种牛筋绳的四分之一粗细。细到那份儿上，切肉快过刀，不小心让那线拉了手指头，必定拉出一丝红线，血染的红线，就像那五具死尸齐喉处的红线一样红、一样细。专诸并不吝啬他的渔线，谁问他要，他都给。可是他的渔线到了别人手中，却只能拉破手，钓不了鱼。所以，不服气的人少，服气的人多。但凡不服气的，让专诸的渔线拉过手后，也都服气了。

你们有谁知道什么是鱼肠？那一日，专诸在那酒店里喝多了，问出这么个怪问题。喝多了吗？那是别人的误会，专诸其实是在反复琢磨、百思不得其解之后方才提出这个问题的，绝非酒后的胡言乱语。问题怪吗？极不寻常，不只是一般的怪，而且是出奇的怪，怪得一酒店的人都停下了本来的动作，一齐看着他发呆。最终是酒店老板打破寂寞，他毕竟是老板，与众不同。他说：什么是鱼肠？不就是喂狗喂猫的料吗？此言一出，大伙儿跟着一同附和，有的用嘴，有的用手，有的用脚。用嘴的，哈哈大笑；用手的，敲桌子；用脚的，踩地板；把本来冷冷清清的小酒店搞得热烈非常。妓女们笑得最开心，热烈的气氛往往是生意的前奏。其中一个最骚的妓女肆无忌惮地向专诸频送秋波，不是因为专诸给她们带来了生意，是因为专诸令她心跳，像杯中的酒。喜欢谈吐风雅的女人不会看上专诸，喜欢眉目清秀的女人也不会看上专诸。专诸木讷寡言、粗犷冷峭，只有玩腻了风流倜傥小生的女人才会看得上他。

等笑闹的声音渐渐地淡了，专诸说："我也是这么说，可是他们不信。"

"他们？他们是谁？"有一个善于谈吐的酒客反问。

"我怎么知道他们是谁？都是生人。"

"你同我们都不怎么说话，怎么偏爱同陌生人套交情？"

"又不是我找他们，是他们找我。"

"找你？总不是问你买鱼肠吧？"这句话又引起一阵哄笑。

"还就让你说对了。不过，不是买，是要。"专诸认真地说，对哄笑不予理会。

"你没狗没猫的，留着鱼肠反正没用，给他们不就成了？"

"我也以为这么着就能打发他们走路，可是他们不干，一个个亮出家伙来，说什么'交出鱼肠来，饶你一命'。"

"那你怎么办？"

"他们一来总是四五个，我又没地方跑，还能怎么办？"

"你把他们都给宰了？"一个客人问。

"这还用问？不宰了，他还能在这儿同你说话？"说这话的是酒店老板。

"不是宰了，只是了结了。"专诸说。

"什么意思？宰了和了结还有什么两样？"老板反问。

"我身边从来不带刀，拿什么宰？"

"你还用得着刀？你的手比刀还快。"说这话的是个鱼贩子，他不止一次看见专诸徒手剖鱼，不是一般的鱼，是鲨鱼与鳄鱼。

"鱼是死的，这些人是活的，而且手上有刀有剑，我用手砍过去，还不是把我自己的手给砍下来？"专诸说。

"那你拿什么了结他们？弹弓？"

"外行！弹弓只能打远，怎么派得上用场？"酒店老板奚落地笑。

"那你说是用什么？"被奚落的人反问。

"你问我干什么？你怎么不去问他？"

这老板果然不比寻常，眼看没辙的时候又找出辙来。一酒店的人于是又都睁大眼睛盯着专诸，等他回话。那种聚精会神，同那五个死人没死之前的那一刹那盯着专诸，等他出手时的神情相差无多。

"我只好用渔线。"专诸说，一副轻描淡写的样子，不是装出来，是真的，专诸这人不大会显示激动。

"渔线？渔线怎么杀人？"

"钓鱼的时候，把渔线往鱼嘴里甩。既然不是钓鱼，换个地方不就成了。"

"换个地方？换个什么地方？"

"往喉咙上甩。"专诸说。

专诸这话一出口，一酒店的人都被镇住，方才热闹的酒店顿时鸦雀无声。

3

专诸在鸦雀无声的时候静静地走出酒店，站在那条说不上是街道的泥土小路上对湖汊望了一望。不久，草篷船里就有了人。除了专诸，还有一个驼背的老者。专诸吃了一惊，脸上却没有吃惊的样子，专诸是那种喜怒不形于色的人。他吃惊，不是因为看见船里多了个人，这种场合他遇见得多了，早已不能引起神经的兴奋。他吃惊，是因为这老者的眼神令他透不过气。

"你也是来要鱼肠的?"专诸问。

"你有?"老者反问。

专诸点头。老者似乎不怎么信，追问道："你当真有那鱼肠?"

专诸又点一点头，等着老者说"拿鱼肠来，饶你一命"。可是老者并没有这么说，不仅没有这么说，反而好像有点儿失望。不过失望一眨眼的工夫就让微笑代替了，要不是专诸善于察言观色，那失望压根儿就没存在过，就连善于察言观色的专诸，也都怀疑那失望是不是自己的幻觉。

"我家里没猫没狗的，要鱼肠有什么用?"老者淡淡地说，语调近乎调侃。

专诸觉得胸腔里的心怦然一跳，这回答完全出乎他的意料。这老家伙必定是个高手，深藏不露，专诸心中这么想着，嘴上胡乱应付道："这么说，你是找错地方了，我这儿的鱼都卖完了，只剩下鱼肠。"

"谁说我要买鱼?"老者又笑了一笑。

专诸不答，等着老者说下去。老者却也不再说话，只盯着专诸的眼睛看，好像在打赌看谁能不先开口。一阵风起，从湖上吹过来，草篷船晃了一晃。专诸终于先开口，他受不了那老者的注视。

"你既不买鱼，又不要鱼肠，你上这儿来干什么?"专诸问。

"买渡。"老者说。

"买渡?"

"不错。"

"可惜我的船不是摆渡的船，我的人也不是摆渡的人。"

"可是我的钱却偏偏是摆渡的钱。"老者的衣袖一晃，手里多了一锭赤金，一副有钱能使鬼推磨的样子。

专诸穷，但不缺钱，卖鱼所得足够他买醉，除此之外，并无使钱之处。钱对他没有诱惑力，但这老者对他有诱惑力。买渡只是个幌子，当真要的还不是那要命的鱼肠？这老者与先前来的那些人不同，说不定正是幕后的主使。老天赐我这良机，好让我有机会打听出那鱼肠究竟是什么宝贝，又究竟同我有什么关系。

专诸这么想着，就装出一副见钱眼开的样子，笑道："要去哪儿？"

"哪儿都成，越远越好，这地方令我闷得发慌。"老者说，一边把手上的金子递过来，好像惟恐专诸反口。

专诸白了老者一眼，心想：这老家伙怎么好像并不够老练？地方还没想好就想骗人上钩，还是狡猾得出奇，令我琢磨不透？口中却打趣道："怎么一个老人家，说起话来倒像个逃婚的小妞儿？"

老者扑哧一笑，笑得天真无邪，道："你这人看着老实，怎么心眼儿也歪得很。"

"人不可貌相嘛！"专诸又白了老者一眼，心想：这老家伙果然奸诈，居然能笑得无忧无虑，同孩子一般。

"你这话是说我呢？还是说你自己？"老者问。

专诸不答，从老者手中接过金锭，扔到舱里，把缆绳解了，草篷船一摇一晃，离岸而去。

"你我都是人，能有多少区别？"老者见专诸不答，自我解嘲般搭讪了这么一句。

能有多少区别？区别大了！你想哄谁？你是为那要命的鱼肠而来，我是为把这离奇古怪的事儿弄个水落石出而同你周旋。等会儿你我之间，就会有一个活，有一个死。死的喂鱼，活的……专诸想到这儿，忽然没了词儿。他本来不过只是想：活的继续打鱼。但这想法还没有传送出来就变了，变成了：活着就为了打鱼？你看人家公子光，整个一太湖就是他的后院，他打鱼吗？那才叫活！专诸不知道公子光的秘密，也想象不出公子光会发愁。在专诸的想象中，公子光的生活之中只有阳光，没有阴霾。专诸之所以会时不时想起公子光，是因为专诸本来不是名副其实身无立锥之地，他本来在看得见公子光后院的湖滨有一个小院，虽然很小，也很破旧，毕竟能够立锥。后来街道办事处的人拿出钱来买，价钱还不低。是谁发了精神病？出这样的价钱要他那又小又破的茅草房？真的？干什么用？给公子光买个清静！

那年头也有街道办事处？不错，虽然不叫这名字，办的事儿是一样的。从史册上抄下那古名来谁也看不懂，何必呢？总之，专诸成了拆迁户。别的拆迁户都到公子光的后院看不着的地方另起炉灶，只有专诸从此成了水上流动人口。不仅从此成了水上流动人口，也从此自称专诸。"专"字本有"鱼"旁，黑臀打听的消息还真准。至于"诸"字是不是范通说的那意思，那就不知道了。这次拆迁让专诸整个儿换了个人，他不再满足于打鱼、卖鱼、吃鱼的生涯。虽然他的生活外表仍然是打鱼、卖鱼、吃鱼，他的内心不再平静。酒比以前喝得多了，而且不再是为了痛快，是为了消愁。真的在发愁？不错，他专诸也对女人敬而远之了，同公子光一样，能不是在发愁么？愁什么呢？他说不清，不是不敢说，这一点，与公子光就不一样了。依稀仿佛之中，他想要活出个名堂来。什么名堂？完全没有谱儿。怎么才能活出个名堂来？更没谱儿。正因为没谱儿，所以才愁。这一点，却又与公子光没什么区别。

为什么别的拆迁户没有因拆迁而引发这么一段愁绪？那时候没人听说过"基因"，即使听说过，也很难断定专诸的基因与别的拆迁户是否不同。为什么？因为专诸的来历不清，不只是别人搞不清，连他自己也搞不清。在他的记忆中，没有父母兄弟姊妹，没有叔伯姑舅，没有……用不着再多数，总之是六亲不认。不是他不认，是没人认他。在他的记忆中，只有一个凶神恶煞的老头子。不是人长得凶，也不是对人都凶，只是对专诸从没有和颜悦色，他是那凶神恶煞的老头子抚养成人的。三岁或者四岁的时候，他有一回叫那凶神恶煞的老头子"爹"，老头子给他一个大嘴巴，骂道：混账！谁是你爹！他想了一想，改口叫"爷"，又挨了一结实的大嘴巴，不再有下文，连"混账"两字都省了。在他的记忆中，他同那老头子之间的交流永远是单向的，他接受老头子的吩咐，挨老头子的打骂，如此而已。他根本不用称呼那老头子，既不让他叫"爹"，也不让他叫"爷"，倒也并不增添任何不方便。那老头子怎么称呼他呢？起先一直叫他"小杂种"，后来改口叫他"喂"。"喂"这种叫法，他没有听多久，不是老头子又改了口，是老头子改口叫他"喂"后没多久就死了。

老头子死得很突然。那一天，专诸照例在湖上用弹弓打鸟、用渔线钓鱼，这是老头子吩咐他每天必做的事情之一，风雨无阻。另一件是晚上在院子里用手掌劈沙。劈沙？不错，不是劈石头、劈砖头，是劈沙。沙柔，石头、砖头刚，能劈柔，何患不能劈刚？这是老头子对他下达的最高指示。白天的事没做好，挨打。晚上的事做得不到家，也挨打。他从什么时候开始做这两件事？他不知道。谁要是问他，他会觉得这问题莫名其妙。对他来说，弹鸟、钓鱼与劈沙，与生俱来。那一天，夕阳西下的时候，他照例回家，心中略有一丝忧虑。不是怕挨打，他已经有一年多没挨过打了，不是因为老头子的脾气好了，是因为他这一年来弹鸟、钓鱼与劈沙都中规中矩。中什么规？中什么矩？自然是老头子定下的规矩。比如钓鱼，钓什么鱼，钓多少条鱼，老头子都有规定。不许用鱼竿与鱼钩并不在规定之列，不是允许用，是用不着规定他就知道不许用。至于弹鸟，一天给十发弹丸，至少得打下三只鸥、三只鹈、三只鸬、三只鹄。那年代太湖水鸟种类繁多、数量充沛，一天打下十二只鸟来不过如从九头牛上拔下一根毛，不会有负责环保的官吏来干涉。不过，虽然没人来干涉，你也得有打得下来的本事。十发弹丸怎能打下十二只鸟？十发十中都不成呀！专诸也这么问过一次，结果挨了一大嘴巴，外加一句：蠢才！十发十中还能叫本事？没叫你发发都一石二鸟已经是便宜你了。老头子为什么叫他练这种功夫？专诸一直想问，却又一直没敢问，暗自发誓有一天发发都一石二鸟时一定去问个明白。

　　那一天他运气好，居然用十发弹丸打下二十只鸟，兴奋之余，忧虑油然而生：是讨得个答案呢，还是挨一嘴巴？结果都不是，白忧虑了一场。他回家时，老头子已经死了。双腿盘坐蒲团，双掌分摊在膝，头背靠墙，两眼似张似闭。他从来没见过老头子有这么安详，只可惜断了气，他的疑问是得不到答案的了。他生平第一次掉了几滴眼泪，至少他这么想。小时候挨打哭过没有？他记不清了。就算哭过，那泪水与感情无关。这回他掉泪，不是因为答案不会有着落了，是因为老头子死了。难道他居然对老头子有了感情？他没有时间去想。他有更重要的事情要想知道：这老头子是谁？他自己又是谁？他去问左邻右舍，人人都嗤之以鼻：你来问我，我去问谁？你跟他难道不是一家人？

　　问来问去也不是一点结果都没有，至少他知道了老头子是外地来的，在本地问不出个结果。老头子的来历既不明，自己的身世如何，更无从问津，只好作罢。可是有一件事情，不是说作罢就能作罢。老头子在时，虽然叫他打鱼、打鸟，却纯粹是为了练功夫，今日打来的，明日就叫他送回湖里去喂鱼。吃喝家用的钱从哪儿来，他从来没想过。如今老头子死了，他才忽然想到要有钱才能过日子。老头子一定有钱藏在什么地方，可是他翻箱倒柜，把三间草房里里外外、上上下下都翻遍了，连一个铜子儿也没找着，更别说金玉珠宝了。不过，也不是什么都没找着。在老头子的衣柜里，他找着一个半寸见方的青铜玺，玺钮是个兽头，头上有两只角，可能是牛头，也可能是羊头，说不好。玺面刻着两个字，无奈他都不认识。老头子教过他认字，为数不多，大约一千左右，这两个字不巧正在他的认识范围以外。他没拿这青铜玺去问左邻右舍，他知道他们都是目不识丁的白丁。这青铜玺变卖不出什么钱，不过他喜欢那玺钮的造型，他找根牛筋绳穿起来挂在脖子上，把它当成了他的首饰。没找着钱，他只好每日仍去湖上，不是再去练功夫，是去打鱼卖。鸟儿没人要，他只是偶尔打着玩。于是，从老头子死去的那日起，他就成了打鱼专业户。劈沙不仅不能换成钱，而且无聊之极，他本来已经完全停了不再练。有一天却忽然发现他可以徒手剖鱼，越是别人拿刀都剖不好的鱼，他就越顺手，比如鲨鱼与鳄鱼，这难道不是劈沙劈出来的功夫？老头子的最高指示还真有些灵。这么一想，他又继续练。不过，没有老头子的监督，他三天两头偷懒，不能再如以前那么卖力。人嘛，天生就是贱货，不挨打挨骂就必然偷懒，他给自己找了这么一个台阶下。

自从他成了水上流动人口，心中虽然不快，日子倒也过得太平，直到有一晚碰到两个打劫的人。他从酒店出来，刚刚踏上草篷船，船舱里跳出两条黑衣蒙面汉，各执一把朴刀。那晚无星无月，黑衣显得越发黑，朴刀显得越发亮。凉风从湖面吹来，带着一股鱼腥。那两条汉子没说"拿鱼肠来，饶你一命"，说的是"拿钱来，饶你一命"。专诸如果有钱，也许就给了，他从来没同人动过手，并不知道自己有多大的功夫。更何况他手上无刀无剑，叫他拿什么跟人动手？可是不巧，他那天卖鱼所得，都变成了肚子里的酒食，身上、船上分文无存，他又不善说谎，一老一实说了声"没有"。两条汉子听了，各自大骂一声"混账"，两把明晃晃的快刀一齐砍来。专诸躲过了，想起腰包里备用的渔线，慌忙摸出来，顺手一甩，反手一勾，一来一去，不偏不倚，正好切断两条汉子的喉管。两条汉子没来得及吃惊，就前仆后继。专诸自己倒是大吃一惊，他没想到自己原来本事这么大，大得可以轻而易举就把活人变成死人。他不如潇潇子心细，没有想到收尸，撇下两具死尸不管，跳上草篷船，以为可以一走了之。没想到死人也可能传递消息，渔线切开的伤口，让范通那一类的内行看了，可以看出薄、可以看出轻灵、可以看出那凶器原来竟然是吴王暗中遣人寻访的鱼肠剑！

一个月后，专诸又来到那个湖汉喝酒，他发现被人跟踪，他以为又有人想要他的钱，结果什么都没发生，不仅那晚什么都没发生，而且一连两三个月都相安无事。可正当他要彻底忘记这事儿的时候，有人来向他索取鱼肠了。来的不是一般的打劫汉，武功要高得多，兵器也五花八门，有长有短、有明有暗。专诸呢？以不变应万变，照例用渔线直取喉咙那一招。半年多来，死在他这一招之下的人有多少？专诸从来没想去数过，就像公子光不数女人一样，没这份儿心思。每杀一次人，他只想一件事：自己什么时候被杀？被谁杀？

那一日，当他看到那驼背的老者，他的心往下沉。克星终于来了，他想。他为什么这么想？因为那老者的眼神令他心绪缭乱、魂不守舍。心绪缭乱还怎么杀人？魂不守舍难道不正是死亡的前兆？可是他不想死，不想在还没弄明白怎么叫活出个名堂之前就死。他解缆、撑船，眼睛四下张望，眼神却不曾离开过那老者的双手一瞬。杀人总得动手吧？我倒要看看你怎么出手，死也要死个明白。那老者似乎看透了他的心思，船离岸没多久，就把一双手藏在背后。也许这只是专诸的猜测，不少人都有背手的习惯，与看透别人的心思无关，与藏不藏也无关。不巧，有这种习惯的人大都是养尊处优的人，而专诸恰恰没见过养尊处优的人。他见惯的人都是干活的，手难得闲，得闲时也不知道该把手往哪儿放，经常是把两个手掌紧攥在一起，把指关节捏得咯咯响。老者显然不是那号人，他背着手靠着船篷，望着专诸撑船，一副逸然潇洒的样子，令专诸感受到一种格外的不自在。

待船行到四望一片水，水外只见天的时候，专诸问："总得说个地方吧？不能只在水里头转？"

老者回答说："只在水里头转是你说的。我不是说了越远越好吗？"

专诸说："越远越好也要是个地方。"

老者说："最远的地方难道不就是对岸？怎么不是个地方？"

"对岸？"专诸反问，露出些许轻蔑的神情。

"怎么？不敢去？"老者嘲笑，似乎是针对专诸的轻蔑。

"怎么不敢？"年轻人好胜，专诸不能例外，"那要明天才能到，船上没吃没喝，也没地方睡，怎么去得了？"

老者听了，又一笑，不再是嘲笑，是得意的笑，笑罢，挥手往船舱里一指，说："有鱼、有肉、有酒，怎么能说是没吃没喝？这舱里明明有一个铺位，怎能说是没地方睡？"

专诸顺老者手指的方向看去，方才发现船舱里多了两个漆黑描金食盒。食盒是为盛鱼、盛肉、盛酒用的，这不错，但未尝不可以藏刀、藏剑。

"怎么，不信？要不要我把盖子掀开让你看个明白？"这一回，老者分明是看透了专诸的心思。

专诸说："谁说不信？不过，只有一个窄铺位，怎能睡得下两个人？"

老者说："总得有一个人撑船，哪能两人一齐睡？"

专诸说："说得好，只是不知道该谁睡？是你？还是我？"

老者说："你还真会讲笑话，做生意的规矩，照例是出钱的不出力，出力的不出钱。你既收了我的钱，难道还能叫我撑船，让你睡觉？"

专诸说："自然不会叫你撑船，不过，人困了就得睡，你不怕我打瞌睡时失手，把船撑翻？"

老者笑道："船翻了，你我一同葬身鱼腹，这种吃亏的事儿你怎么会做？"

专诸也笑，说："一同死了，还能分得出谁占便宜，谁吃亏？"

老者又笑道："吃亏的当然是你！我活了这把年纪，早就活够了。你呢？年纪轻轻且不说，连自己是谁都没弄清楚，就这么死了难道不是可惜得很？"

专诸还想跟着笑，可是怎么也笑不出来。老者的话刺中了他的要害，就像他用渔线切断别人的咽喉一样，又准又狠。不过，毕竟有一点不同，他毕竟没有死。快要淹死的人，连稻草都会当作救命符。专诸也不能例外，他气愤地说："笑话！我专诸行不改姓，坐不更名，我怎么不知道我是谁？"

老者不再笑，只摇头一叹，说："何必自欺欺人！"

人的要害只有一处，既然已经刺中，再接着往里捅，那是低手过招。老者不是低手，一句"何必自欺欺人！"就像把已经刺中要害的剑从要害里拔出来，让对手把鲜血如何从要害慢慢流淌出来看个一清二白。

"你究竟是谁？"半晌之后，专诸问。他以为除此之外，他已经无话可说。

老者却说："我是谁无关紧要。你怎么不问我是什么人？是你的敌人？还是你的朋友？"

"我从来没有朋友。"

"所谓从来，说的是过去。从来没有的，从今以后就难道也不能有？凡事都有第一回嘛。我同你结个忘年之交，你看怎么样？"

"为什么？为那鱼肠吗？"

"你当真有那鱼肠？"

这句话，老者已经问过一次，一问再问，可见一心一意于此。专诸终于又能笑了，至少，他猜中了老者来找他的目的，可以算是赢了一个回合，没有输得一败涂地。

看见专诸笑而不答，老者说："你想不想活得平安无事？"

"这还用问？谁想招惹麻烦？"

"你把鱼肠交出来，我担保从此不会再有人来找你的麻烦。"老者说，态度好像认真得很。

"交出来？凭什么交出来？就凭你这句话？"

老者点头，态度依然认真。专诸又笑了，笑得前仰后合，笑够了，说："俗话说：亲兄弟，明算账。你究竟是我的什么人，我还不知道，就权当你是个朋友吧，也比不上亲兄弟。我把鱼肠交出来，你总得拿点什么来交换吧？"

专诸的话音未落，砰然一声响，一只羽箭破空而来，不偏不倚，正好扎在专诸脚尖前的船板上，箭杆上拴着条丝巾。老者好像吃了一惊，撇下专诸不管，慌忙扭头一望，一条快船乘风逐浪而来。专诸趁老者扭头之际，弯腰伸手，把丝巾一扯，扯断了，拿在手上一看，只见那丝巾上写着十个小字，写的是："留玺不留命，留命不留玺。"字迹之尾，另有一个鲜红印记，好像是一朵花，又好像是一片云。专诸看毕，老者正好回过头来。专诸把丝巾在老者面前一晃，说："不是要我交出鱼肠来的么？怎么又换成了玺？"

老者脸上略呈一丝惊慌，失口道："果然是赤云帮！"

专诸没听说过什么赤云帮，不过，他从老者脸上的惊慌之色，猜出这帮人同老者并非一伙，心中略微松了口气，嘴上却故意装傻道："你慌什么？这什么'赤云帮'的，难道不是你请来的帮凶？"

老者摇头，无可奈何地一笑，道："我请来的帮手？实不相瞒，这帮人是冲着我来的，与你本不相干。不过，你我既然同在一条船，少不得要同舟共济。"

专诸问："什么意思？你难道想叫我做你的挡箭牌不成？"

老者又摇头一笑。摇头是一样的，笑却不再是无可奈何的笑，是调侃的笑。一边笑一边说："当然不成。挡箭牌是死的，我要的是活帮手。"

专诸说："哈！你想得倒是挺美，我凭什么要帮你？"

老者说："因为赤云帮杀人，从不留下活口。除非你想死，否则，你只有帮我这一条路可走。"

专诸说："这解释好像不错，其实却不对。"

老者问："有什么不对？"

专诸说："这丝巾分明写着'留命不留玺'，你把那玺交出来，不就免了一死？"

老者说："别说那玺我没带在身上，就算带在身上，我也绝不会交出来。所以，人是一定要杀的，只看是谁杀谁？"

专诸听了大笑道："原来如此！方才你还在劝我交出鱼肠来，怎么你自己就舍不得一个什么玺？"

老者随口应了声"没闲工夫同你斗嘴"，转身一跃，跳过船篷，在船的另一头站定。那艘快船恰好闯过来，打横了，挡住专诸草篷船的去路。快船头上站着一条汉子，背负一张弓，腰下挂着箭壶，左右两手各持一把流星锤。后坐四个操桨的，一齐撤下桨，各持刀剑，跳将起来。

　　持流星锤的汉子瞟一眼老者，又瞟一眼专诸，冷笑道："应当是一男一女，怎么成了一老一少？"

　　老者应声道："这么说，你是找错人了。"

　　那汉子又发一声冷笑，说："笑话！赤云帮的消息是从来不错的。你就是潇潇子，你以为你戴上假发，贴张假面，装成个驼子，别人就认你不出了？"

　　潇潇子？潇潇子是什么人？是这个老家伙？怎么又应该是个女人？专诸正在纳闷，冷不防听见老者说："你管谁是潇潇子干什么？你也不看看你要找的东西在谁身上？"

　　五双眼光迅速从老者与专诸身上一扫而过，然后停留在专诸的脖子上。专诸本来想破口大骂那老者无赖，却被五双眼睛盯得发毛，于是改了口，冲赤云帮的五条汉子喊道："我看你们不该叫什么'赤云帮'，叫'吃屎帮'还差不多。你们怎么就轻信这老家伙的胡说八道，以为我脖子上的玺就是你们要找的玺？"

　　那持流星锤的汉子听了这话，打个哈哈，道："一个撑船摆渡的，居然敢于如此口出狂言，想必是会些花拳绣腿，就不知天高地厚，以为可以跑江湖了。老五！还不去教训教训他！"

　　站在最右边的汉子应声一纵，跳上专诸的船，人还没到，剑已先到。专诸看准剑的走势，往左一闪，恰好躲过。也许老五的剑法本来就不怎么高明，也许老五过于轻敌，不过，原因已经不重要了。总之，老五这一剑刺得过于实在。老五一剑刺空之时，专诸劈下了一掌，劈得也很实在，但是没有落空。老五的命没了，躯体还在，不仅还在，而且还没有静止。先是向后跌倒，然后是从中一分为二，最后是化作两片落入水中，溅起两堆浪花。剩下的六个活人，五个都惊呆了。潇潇子不止一次替专诸收尸，却从来不曾见过这样的尸体，因为专诸从来不曾徒手杀人。这一回，他本来也想用渔线，但是老五的动作太快，他只来得及撤下手中的篙，来不及去兜里取渔线，只好徒手切下一掌。凡事都有第一回嘛，还真让潇潇子说对了。专诸虽然是第一回徒手杀人，但他自己没有吃惊，因为他徒手剖过鲨鱼与鳄鱼，对象虽然不同，结局却是一般无二。赤云帮的四条汉子都见过这样的尸体，他们吃惊，是因为不敢相信眼前这个撑船摆渡的年轻人能有这样的本事。

"你是掌门的什么人？"赤云帮的四条汉子异口同声地问。

掌门是什么？什么是掌门？专诸听不懂这样的话，他虽然日日夜夜在江湖上跑，却不是个跑江湖的。掌门就是头儿，头儿就是掌门。潇潇子看出专诸听不懂，这么替他解释。专诸听了就更糊涂了：赤云帮是什么东西我都不知道，赤云帮的头儿能同我有什么关系？

"掌门的柔掌从来只传掌门的传人，你要不是掌门的传人，你怎么能会这柔掌？"赤云帮的四条汉子又异口同声地问。

这问题令专诸回想起那死了的老头子说过的话：能劈柔，何患不能劈刚？想起这句话，专诸本想说：我那柔掌是家传的。可是这话还没出口，又想起他叫那老头子"爹"和"爷"时挨的那两个大嘴巴，非爹非爷，能说是一家人么？于是，到了嘴边的话又愣给噎下去了，换成了一句：什么柔掌不柔掌的！我这掌法叫刚掌。以刚克柔，专门对付你们掌门的柔掌。不信？谁敢来试试？听了这话，四条汉子一齐打个冷战，亲眼看见老五是怎么死的，还有谁敢来以身试专诸的刚掌？

不敢？那你们还不走？难道还想要抢他脖子上的玺？说这话的是潇潇子，她从嘴里吐出个竹簧，还原成女声，伸手在头顶一掀，掀去白发，露出青丝。又在下巴一揭，揭去苍老的面具，显出潇潇子的本来面目。两肩一抖，背上的驼子没了，原来是一副苗条的身材！在场的六个活人，又有五个惊呆了。不过，这一回惊呆的都是男人。他们惊得发呆，不是因为老头儿忽然变成了美女。他们惊得发呆，是因为她的出现令他们都想到了死。不是好勇斗狠导致的死，不是贪财好色导致的死，是心甘情愿的死，是视死如归的死。潇潇子自己没有吃惊，甚至也没有得意，男人的这种眼神她见得多了，早已习以为常。

她只是不耐烦地冲着赤云帮的四条汉子挥一挥手，说："怎么？还不走？还非得等老娘动手？"

那四条汉子当真就这么乖乖儿地走了，比听老娘的话还要乖过至少十倍。

4

赤云帮的四条汉子走远了，湖上又回到了四望一片水，水外只见天的二人世界，不过，不再是一老一少的二人世界，是一男一女的二人世界。天际飘来一阵凉风，吹下一湖烟雨。茫茫烟雨之中，潇潇子从容不迫地宽衣解带，一丝不挂地在船板上躺下。专诸见了，头脑嗡然一响，停止了思维，忘记了一切，包括那因为想活出个名堂来而产生的愁绪。无忧无虑的专诸，恢复了男人的正常功能，令潇潇子感受到久违了的满足。也许专诸的确比别的男人更能，也许是专诸久经抑制，一旦暴发，所以特别能，也许只是因为专诸是她渴望已久的男人，所以用不着专诸花费多少力气攻坚，她自己就融化了她自己。这些，潇潇子都没有去想，她是懂得享受的人，懂得享受的人只享受结果，并无兴趣追究原因。不过，凡事都有终结，再好的享受也不能例外。几番云雨过后，专诸与潇潇子都心力俱竭，双双赤条条仰卧在船板上动弹不得，任凭风吹雨打，像两条退潮时没来得及走脱的鱼。

专诸但愿他就这么死了，一了百了。可惜，人不是朝生暮死的虫。人生不如愿的事儿偏多，不是偏少。想死的，死不了；求长生不老的，却偏偏死了。不知道躺了多久，专诸的心先活过来，接着躯体也恢复了知觉，两膝弓起，双手伸到脑后。潇潇子也许恰好在此时复苏，也许早就清醒了，只是在静静地养精蓄锐，等待时机。看见专诸有了动静，她大声吐了口气，专诸起身下到船舱，穿了衣裤出来，扔给潇潇子一条毯子。潇潇子会心地一笑，跳将起来，用毯子把自己裹紧。她感到极其得意，为什么得意？没有一个男人能不是她手下败将，身为一个百战百胜的女人，能不得意么？

与潇潇子相反，专诸好像有点儿失意，没精打彩地下了船舱，盘腿坐下。不过，专诸的失意与潇潇子的得意绝对无关，他甚至并没有觉察到潇潇子的得意。男人在干完那事之后，都有些魂不附体，尤其是彻底地干完一场之后，更是如此。不懂事的女人往往因此而生气，以为是受了冷落。潇潇子不是那种不懂事的女人，她是那种极懂事的女人。于是，她跟着下了船舱，打开漆红描金的食盒，拿出鱼，拿出肉，拿出酒来，笑盈盈地送到专诸面前。

"你究竟是谁？"吃了鱼，吃了肉，喝了酒，专诸恢复了思考的兴趣。

"我潇潇子就是潇潇子，行不改姓，坐不更名，同你专诸一样。"

潇潇子说罢，本来想笑，可是还没笑出口，笑意就在嘴边凝固了，变成了疑惑和惊喜。她发现专诸脖子上挂着的那颗青铜玺，还真有些像她从赤云帮偷走的那一颗：玺钮都是一个兽头，头上都有两只角，似羊非羊、似牛非牛。先前她哄赤云帮那五条汉子的时候，只是见机而作，其实并不曾留意那玺是什么样子。方才她同专诸在船板上扭在一起翻过来、滚过去，要死要活的时候，这颗青铜玺与她之间几乎没有距离，不过，那时她灵魂出窍、心不在焉，对那青铜玺视而不见。现在她与专诸面对面促膝而坐，安详而妩媚地望着她的俘虏，她忽然有了这样的发现。

"你能不能把这玺摘下来让我看一看？"她问。

专诸立刻照做了，人都给她了，还在乎什么玺？潇潇子把玺拿在手掌仔细把玩了一回，交还给专诸，说："我原来还疑心那说法不见得可靠，现在看来是八九不离十了。"

专诸接过玺，挂回脖子，问："什么说法？"

潇潇子不答，却一连反问道："你这玺难道也是偷来的？就算这玺是偷来的，那柔掌难道也偷得来？"

专诸沉默不语，他想说：什么柔掌？我不是说过那掌法叫刚掌么？但他没有说出口，潇潇子的眼神令他明白：想哄骗她潇潇子，徒自取辱而已。

"你既不否认，那就是默认了。"

"默认了什么？"专诸真的没听懂，他在潇潇子面前也不敢不懂装懂。

"这玺也许假，也许真。我不是玺印鉴赏专家，不敢妄下断语。不过，你那柔掌绝对不假。假的柔掌也许也能杀人，但绝不可能令人那样地死。你既会柔掌，又把这青铜玺挂在脖子上当宝贝，连干那事儿的时候都不肯摘下来，我看这玺也假不了。"

"什么假不假？"专诸还是不明白。

"看来你还当真一无所知，怎么可能？"潇潇子不敢置信般摇一摇头，"除非……"

"除非怎样？"

"除非徐无鬼虽然教你练功，却并没有告诉你他是谁。他也并没有把这玺传给你，他不过是死了，你莫明其妙地得了这玺。"

听了这话，专诸不由得一惊，怎么潇潇子好像亲眼看见一切？徐无鬼是谁？他问。徐无鬼就是赤云帮的掌门，潇潇子这么回答。徐无鬼长得什么模样？他又问。潇潇子听了一笑，说：你问我？我还正想问你呢！你跟他过了这么多日子，难道没有见过他？专诸说：我当然见过他，我不过是想核实一下他就是徐无鬼，徐无鬼就是他。专诸这话说得有些不清不楚，不过，潇潇子却听得明白。她知道专诸所说的那个"他"，就是把专诸抚养成人的那个老头子。她说：这就难了。专诸问：有什么难？潇潇子说：徐无鬼从不以真像示外人，据说见过他的真面目的人至多只有三个：他老婆，早就死了。他女儿，据说也死了多年了，如果你所说的那个"他"，真是徐无鬼，那么，你就是那第三个，也是唯一还活着的一个。你同谁去核实？专诸听了这话，半晌不语。半晌之后，问道：赤云帮是干什么的？潇潇子说，赤云帮嘛，是个秘密帮会，本是展跖属下的一个派系，展跖死后，南下吴楚，经常在太湖、长江一带行劫。

展跖是什么人？专诸问。鼎鼎大名的江湖巨盗，展禽的同胞弟兄。展禽又是谁？鼎鼎大名的鲁国大夫，三执鲁国之政。不仅内政外交是个能人，而且还有坐怀不乱的能耐。什么叫坐怀不乱？打个比方吧，像我刚才那样脱得赤条条一丝不挂，不过不是躺在船板上，是坐到他膝盖上，他能有本事把我撵走。这就叫坐怀不乱？敢情他不是个真男人。笑话！他怎么不是真男人！他的女人多得去了，他的能耐在于能够自我控制。你以为人人都像你，见了脱光衣服的女人，除去脱光自己的衣服之外，就不会做别的？潇潇子说完，放肆地笑；专诸听罢，羞红了脸。女人是事前害羞，男人是事后害臊，否则，怎么说男女有别呢？

等潇潇子放肆地笑完了，专诸换个话题说：这展跖既然是贵族出身，怎么好端端放着卿大夫不当，却去做强盗？潇潇子笑道：这就是所谓人各有志嘛。再说，你可千万不能因为展跖做了强盗就小觑他。当年他展跖手下兵车百乘、士卒千人，横行于淮泗之间，所向无敌。诸侯公卿望风披靡，至今提起他的名字依然丧胆。你想他活着的时候，活得有多风光！听了潇潇子这话，专诸想：原来这世界上还有这么一种活法，我怎么就没有想到过！公子光的风光日子靠的是出身，展跖的风光日子靠的是本事。我专诸虽然没有出身，本事不也还有些么？这么一想，于是就问：你看我是不是也可以做强盗？潇潇子装模作样地对专诸端详一番，然后说：当个小盗嘛，我看你是没问题。至于像展跖那样的大盗，那我就不知道了。专诸说：怎么？你觉得我的本事不够大？刚才你看我那一掌劈下，难道不也吃了一惊么？潇潇子摇头道：不是这意思。杀人，你绝对一流，连展跖也不一定比你高明，可那只是匹夫之勇。当大盗，要的是另一种本事。

另一种本事是什么本事？当强盗难道不就是杀人？专诸不以潇潇子的话

为然，心中这么想，虽然嘴上不曾分辩。潇潇子看透他的心思，笑道：你听说过"盗亦有道"这句话吗？没听说过吧？这话就是展跖说的。展跖把当强盗的"道"，归结为五个字。五个什么字？第一个字是圣，所谓圣，就是能预知宝藏之所在。第二个字是勇，所谓勇，就是前进的时候，自己当先冒险，让别人在后头跟着。第三个字是义，所谓义，就是撤退的时候，让别人先跑，自己殿后。第四个字是智，所谓智，就是能正确判断成功的机会，不能成的事绝对不做。第五个字是仁，所谓仁，就是分赃均匀，绝对不多吃多占。这五个字，你能做到几个？一个？两个？充其量也就俩吧？怎么样？想当大盗，不像你想的那么容易吧？

专诸听了，沉默不语，只顾喝闷酒。潇潇子懂得怎么调理男人：不能叫男人气焰嚣张，更不能叫男人垂头丧气。气焰嚣张的男人，干那事儿缺乏情趣；垂头丧气的男人，那事儿根本就干不成了。于是她拍拍专诸的肩膀，往专诸嘴里喂一块鱼，安抚道：不是说你不能，能够做到既勇又义的人，这世上能有几个？你已经很不简单了。真能办得到圣、勇、义、智、仁这五个字的，古往今来，大概也就展跖一人。要不，怎么展跖一死，他手下的人就四分五裂、土崩瓦解了呢？徐无鬼靠那柔掌的功夫，有那么一百条汉子跟他，不也就是个小强盗头儿吗？连长得什么模样都不敢让人知道，哪能同展跖比？人家展跖可是同诸侯分庭抗礼呀！专诸把那鱼片吞下口，问：徐无鬼手下真有一百来条汉子？潇潇子说：差不多吧。多一个少一个又有什么相干？专诸说：我的意思是说，如果徐无鬼手下真有那么多人，徐无鬼就不可能是他了。潇潇子问：为什么就不可能？专诸说：他从来不出门，也从来没人来找过他，怎么可能指使一百来人打劫？潇潇子说：这你就是只知其一，不知其二了。专诸听了这话，并不追问，他知道潇潇子还会有下文。果不其然，潇潇子仰头倾杯，将杯中酒一饮而尽，放下杯，说出这么一席话：

徐无鬼二十五年前突然失踪。为什么失踪？因为女儿跑了。徐无鬼的老婆夏姬，据说美艳风骚无比，可惜芳年早逝，身后留下一女，小名馨儿。徐无鬼以后虽然有过不知道多少女人，却从来不曾再娶。有人说是因为忘不了夏姬，有人说是因为馨儿不肯。究竟如何？既无从得知，也无关紧要。不过，徐无鬼溺爱馨儿，对馨儿百依百顺却是有目共睹，无可置疑。徐无鬼既然对馨儿如此溺爱，馨儿为什么会跑？因为徐无鬼有一样不依馨儿，馨儿看中的男人徐无鬼看不中，结果馨儿就跟那男人私奔了。徐无鬼知道了又急又气，撇下赤云帮不管，只顾去追馨儿。谁知这一去就杳无音信，从此没有再回到赤云帮。

　　至于徐无鬼究竟找着了馨儿没有，说法不一。有人说在太湖某个弯汊里看见他同馨儿一起 出入。有人信，有人不信。不信的说，谁也没见过徐无鬼的真面目，怎么就能确定是他？信的人说，虽然没人能认出徐无鬼，可馨儿从来没戴过面具，不难被人认出。同馨儿在一起的那男人看上去比馨儿大三十来岁，长得又有些相像，不是徐无鬼，还能是谁？同馨儿一起私奔的男人呢？有人说被徐无鬼吓跑了，有人说被徐无鬼给杀了，真假难说。总之，从此没人再见过那男人。后来又有传闻，说馨儿诞下一个男儿，自己却因难产死了。这说法也是有人信，有人不信。信的人说，有人看见徐无鬼带同一个男婴住在某个湖汊里，深居简出，行踪诡秘，馨儿却再也没人看见过了。不信的人说，有人去那湖汊里探访过，只见到一座空草房，并无人烟。再往后，又有人看见一个老者带同一个小伙子一起住在另一个湾汊里，关系不同寻常。那小伙子白天在湖上钓鱼、打鸟，晚上在院子里练功夫。练的什么功夫，没人见过，只听见"扑哧"、"扑哧"响，懂行的说大概是在练什么掌功。于是有人猜测：那老者就是徐无鬼，至于那小伙子嘛，不是馨儿之子，还能是谁？

　　潇潇子说到这儿，把话打住，两眼瞪着专诸问道：这钓鱼、打鸟、练掌功的事儿，听起来似曾相识？是吧？这叫专诸怎么回答呢？说不是吧，那是撒谎。不要说专诸只不过是打鱼专业户，就算是骗子专业户，面对潇潇子那一双勾魂眼，说实话恐怕都会舌头打结，更别说是谎话了。说是吧，一想起叫那老家伙"爹"和"爷"时挨的那两个大嘴巴，一个"是"字就愣是吐不出来。潇潇子善解人意，看出专诸左右为难，于是又夹起一块鱼塞到专诸嘴里，笑道：你的掌功我是亲眼见过的，你靠打鱼吃饭，会钓鱼自然不在话下，就是不知道你会不会打鸟。说来也真巧，潇潇子的话音还未曾落定，一群鸥鸟"嘎"、"嘎"、"嘎"，从草篷船上掠过。专诸慌忙吞下鱼片，从舱板下抄起弹弓、弹丸，窜出船舱，连发三丸，打下四只鸥鸟，三只落入水中，一只掉在船上。男人偏好在女人面前逞能，哪怕那能耐隐含着秘密也在所不惜，专诸也不例外。

　　潇潇子跟着走出船舱，拍手喝一声彩，道："好一个一石二鸟！这打鸟的功夫显然不止是练过，而且必然是经过高手指点。"

　　专诸把弹弓扔到舱里，说："你想知道的都知道了，该我问你一句话了。"

　　潇潇子说："一句什么话？"

专诸说："你不是要我交出鱼肠来的么？你怎么好像忘了？"

潇潇子听了一笑，说："你不说时，我还当真忘了。"

当真忘了？你想哄谁？专诸心中暗笑，你是为那鱼肠而来，说起徐无鬼，不过因为碰巧看见那青铜玺而引发，你怎么会忘记那鱼肠？让我来逗你一逗。专诸心中这么想着，嘴上于是就说："我本来是想把鱼肠交给你的，你既然忘了，那就算了。"

潇潇子又笑了一笑说："哟！你还真会讲笑话。你要是本想交出来，怎么会就这样算了？自然是舍不得，瞎找台阶下。其实，你既然练就了柔掌，又有这一石二鸟的绝活儿，你还要鱼肠干什么？你把鱼肠交出来，让那些废物去争个你死我活，你在一边看热闹，多轻松！多自在！何必留着那鱼肠，惹火烧身？"

潇潇子的话令专诸略微一怔，他早已猜出那要命的鱼肠绝不真是鱼的肠子，准是件宝贝。不过，他没想到那鱼肠同功夫有关。他没心思再逗乐子，坦白地说："其实我没有。我要是真有，我早就给他们了，我真的并不想因那鱼肠而杀那么多人。可是，他们偏不信，逼得我走投无路。"

专诸的话，也许说完了，也许还没有，只是打个顿。不管究竟如何，潇潇子趁机插入，说："他们逼得你走投无路，所以你就只好用鱼肠把他们杀了？这就是所谓真的没有鱼肠？"说罢，撇嘴一笑。

冷嘲热讽的笑，笑得专诸浑身不自在，急忙分辩道："怎么是拿鱼肠把他们杀了？鱼肠怎么能杀人？"

潇潇子善于察言观色，尤其善于察男人的言、观男人的色。从专诸说这话时的眼神，她断定专诸并不是在说谎，不过，她为人慎重，并不轻易相信自己的判断。于是，她故意夸张地大笑，笑够了之后说："你就别再装傻了！你当然知道那所谓的鱼肠，并不是鱼的肠子，是一把叫做鱼肠的剑，更确切地说，是把叫做鱼肠的匕首。"

匕首？专诸吃了一惊。不错，锋利无比的匕首。潇潇子一字一板地肯定。专诸摇头，说他头一回听见这说法，压根儿没见过那匕首，更别说有那把匕首了。那你拿什么杀人？你骗不了我，我见过那些尸首，没有一个是柔掌劈死的，致命伤一概是喉咙被鱼肠切开。专诸又摇头，说：是渔线，不是鱼肠。渔线？渔线怎么杀人？这一回是潇潇子吃了一惊。你不信？不信，我杀给你看。杀谁？你可别拿我当靶子！潇潇子笑。潇潇子的笑声未落，一条鳄鱼浮出水面。同鸥鸟的飞过不同，鳄鱼的出现算不上是巧合，是三只掉在水中的死鸟招来的。专诸见了，不慌不忙从衣袋里摸出根渔线来，只等那鳄鱼仰头叼起一只死鸟的一刹那，把渔线一甩，不偏不倚，正好把那鳄鱼齐颈切开一条红线，那种潇潇子不止一次看见过的红线。鳄鱼的生命力比人强，没有无声无息地落入水底，而是拼命地挣扎。不过，挣扎的后果只是溅起水花，白里透红的水花，并无济于死里逃生。血腥招来一条淡水虎头鲨，那鲨鱼如果有思维能力，一定以为捡了一顿便宜饭，万万不会料到自己会同那鳄鱼一样，落得个鱼为食亡的下场。看见专诸用渔线连杀一鳄一鲨，而且杀得那么轻松、杀得那么容易，潇潇子目瞪口呆，忘了拍手，也忘了喝彩，甚至忘了自己是女人，一身的女人味儿都不见了。不过，潇潇子的失魂失魄只有一刹那，在那一刹那间，专诸的眼睛盯着那鲨鱼，看那鲨鱼怎么挣扎。等他抬起头来看潇潇子时，潇潇子已经复原为男人心甘情愿为之生、为之死的女人。

"这回你信了吧？"专诸说。

"我信了有什么用？我又不想要那鱼肠，你得让那些想要那鱼肠的人信，否则，你的麻烦会没完没了。也许有一天你会棋逢对手，两败俱伤。或者更糟糕，被人给杀了，扔到湖里去喂鱼。"潇潇子说，口气有些伤感。

专诸本来想反问：那些人？你难道不是那些人之一？可是潇潇子的伤感口吻令他感动，于是，他的问话就变成了：你知道那些人是什么人？潇潇子没有直截了当地回答专诸的问话，她先把鱼肠剑的来龙去脉细说了一遍，然后说：那些人嘛，应当说是两拨人。一拨是吴王暗中派遣的，任务是令鱼肠剑物归原主，还原为吴王的传世之宝。另一拨是江湖上的强人，一个个都想据鱼肠剑为己有。专诸说：原来如此。一拨已经够麻烦的了，更何况是两拨，这叫我怎么办才好呢？潇潇子说：依我看，只有躲起来。专诸问：上哪儿去躲？我不停地换地方过夜，这些人照样找上船来。潇潇子说：只换地方当然是不行，你怎么不学学徐无鬼，也把面孔换一换？专诸说：还是你聪明，我怎么就没想到这一招？潇潇子说：这也叫聪明？如果这就叫聪明，那我就是蠢了。专诸听了，莫明其妙，两眼发傻。潇潇子见了笑道：傻瓜！你还得去买把普通的剑，不能再用渔线杀人。否则，天天换个面孔恐怕也无济于事。专诸叹口气说：可不是么？我怎么就没想到这一层！还有什么要做的没有？潇潇子笑而不答，弯下腰，从船板上拾起那只死鸟，使劲往远处一扔，死鸟"扑通"落入湖中之时，裹在潇潇子身上的毯子无声无息地滑下。专诸不是展跖，做不到圣勇义智仁那五个字；也不是展禽，做不到坐怀不乱这四个字，他把赤条条的潇潇子一把抱起，走下船舱。雨早已停息，烟早已消散，船不知于何时早已漂进一个荒野的湾汊。东边天际，青云点点似墨；

西边天际，赤云片片如火。黄昏的凉风吹来，草篷船缓缓荡入芦花丛里。

专诸醒过来的时候，以为自己在做梦。疏淡的晨曦，透过草篷的缝隙，撒在他脸上，提醒他梦已经醒了。单身过惯了的人，都特别警觉。专诸不例外，醒过来的他感觉到不对头。不是多了什么，是少了什么。一丝凉风穿过船舱，吹动一股幽香。他伸手一摸，少了个人！潇潇子走了。他不假思索跳将起来，窜出船舱四下一望，天光下并无潇潇子的影子，这在他的意料之中。不过，他还是觉得有些不对头，还少了什么？他伸手在脖子上一摸，只是少了那个青铜玺。潇潇子究竟是什么人？贼？专诸无可奈何地伸个懒腰，打个哈欠，回到船舱，冷不防脚下踩着个硬东西，不由得"啊哟"一声，弯腰拾起来借着晨曦一看，竟然是一双金镯子，用那根穿青铜玺的牛筋绳穿着，用意十分明显：以镯换玺。潇潇子究竟是什么人？

专诸躺在狭窄的船舱里纳闷的时候，潇潇子躺在宽大的浴池里洗澡。像公子光一样，潇潇子也有洁癖，尤其在干完那种事之后，她总是要把浑身上下、里里外外洗刷个一干二净，唯恐身上残留男人的气息。在她唤使女换第三次洗澡水的时候，使女告诉她：公子光已经来了，在客厅里等她。来了？来得这么早？我还得再泡一泡。叫他进来吧，反正他也不是外人。不是外人？不是外人是什么意思？那使女是潇潇子的贴身亲信，她明白她的意思：但凡同潇潇子一起泡过澡的男人都不是外人。公子光以前常来这儿泡澡，如今也不少来，不过，只在客厅里坐着说话，不再进来泡澡。怎么变了？有一回，使女忍不住问。成了废物，潇潇子说，说完了吃吃地笑。

废物走进潇潇子的浴室，用艺术家鉴赏作品的眼光打量潇潇子。你如愿以偿了？如愿？如什么愿？你早就看上了那专诸，你以为你瞒得过我？怎么？你吃醋了？酸溜溜的！我吃醋？笑话！我吃哪门子醋？说正经话之前，两人如此逗笑了一回。公子光的确没有吃醋，如今就是蔡姬、郑姬跟别人搞上了，他也无话可说，谁叫他自己不争气呢！潇潇子既不是他的夫人，也不是他的如夫人，不要说是现在他不行了，就是过去他还行得很的时候，他也并不是潇潇子的男人，不过是潇潇子的男人之一。潇潇子有多少男人？他不知道，就像他不知道自己有多少女人一样。不过，他知道那数目一定多得足够令他酸得死得过去活不过来。这是说，如果他吃醋的话，所以他懂得不吃潇潇子的醋。不过，虽然如此，他却信得过她，当然是指那种事之外的别的事。男女之间，除了那种事儿，也还能有别的事儿。不错。像公子光这种有身份的人，别的事儿还多得很。比如，打听专诸的底细就是其中之一。潇潇子为什么肯替公子光办事？而且办得牢靠，办得忠心耿耿？公子光出手大方，金镯子、玉钏子，大把地送，潇潇子并不缺钱，不过，即使是不缺钱的女人也喜欢出手大方的男人。

此外，或者说更为重要的是，公子光毕竟是个公子，货真价实的公子，不是什么浪荡公子、花花公子等等徒有其名的公子哥儿。哪个女人不喜欢自己的男人有货真价实的身份？所以，如今公子光虽然干那事儿不行了，仍旧是潇潇子的朋友，而且不是一般的朋友，是引以为荣的朋友。替朋友办事，潇潇子一向忠心耿耿、不遗余力，所以，但凡有事情要办的人，都愿意同潇潇子交朋友。不言而喻，那所谓的事情，当然不是指换盆洗澡水这种事儿，是那些换成别人大都干不来的事儿。别的不说，就说这打听专诸底细的事儿吧，黑臀只打听到二十个字，潇潇子打听到的，足够写一本书。

逗笑过后，公子光与潇潇子开始说正经话。都说了些什么正经话？潇潇子告诉公子光，专诸十之八九就是徐无鬼的外孙，即使不是，也无关紧要。你想要知道的不就是专诸武功究竟有多高吗？我敢担保，绝对一流。即使徐无鬼还活着，也不见得是他的对手。他到底有没有鱼肠？公子光问。潇潇子说没有，她以为这答案会令公子光失望。不料公子光听了，竟然喜形于色，追问道：当真没有？潇潇子点头。公子光见了也点头，一边自言自语道：没有就好！没有就好！潇潇子问：没有就好是什么意思？你叫我打听专诸的底细，难道就是要证实他没有鱼肠剑？公子光说：这么说固然不全对，但也差不多，反正我不想同有鱼肠剑的人有任何瓜葛。否则，别人说是我偷走了鱼肠剑，致先王余祭于死地，我就是跳下太湖也洗不清了。潇潇子笑道：你敢跳下太湖？我看你连跳下这浴池都不敢。公子光苦笑了一下，无可奈何地说：咱说正经话，不开玩笑成不成？不要欺人太甚嘛！潇潇子忍住笑，说：好！说正经的，你是打算要同专诸有点儿瓜葛了？要不要我去牵线？公子光略一犹豫，摇头说：我还没有想好。顿了一顿，又道：我知道你为打听这专诸的底细，没少费力气，也没少破费，我在客厅里留了一双玉璧，你要是喜欢就留着自己玩，不喜欢呢，就拿去卖了，反正也值不了多少钱。

公子光走了，潇潇子觉得水有点儿凉，也许真的是水凉了，也许不过是她自己有点儿心灰意冷。她不相信公子光说"我还没想好"，说的是句实话。她疑心公子光之所以这么说，是因为对她不够信任，唯恐她知道得太多。替朋友热心办事，却落得个不受信任的下场，难免心灰意冷。心灰意冷的时候往往想到钱，人情不够温暖，钱就显得格外热。潇潇子出了浴池，穿戴整齐，疾步走入客厅。她本想去看看公子光留下的那双玉璧究竟值多少钱，她知道公子光会说话，说不值多少，其实就是说价值不菲。不过，她还是急着去验证一下，眼见为实嘛！却不料客厅里已经有个人在等着她，既能进到客厅，又能阻止使女进去通报，这人自然也不是外人。不是外人的人，并非都同潇潇子一起泡过澡。这人就没有，这人是她爷。她叫他爷，这个自然。外人叫他鱼伯，这就得费点儿解释了，因为他并不姓鱼。爷！咱姓什么？潇潇子记得小时候曾经问过她爷。她爷叹口气说：豹死留皮，人死留名。死后不能垂名史册，有姓无姓，又有什么关系？潇潇子问：爷死后难道不能垂名史册？她爷又叹口气说：难呀！你看人家展爷，干了那么大一番事业，死后却被人称之为"盗跖"，要不是他有个亲哥哥展禽三次为鲁国的执政，后世的人还能知道他姓展吗？潇潇子没有再问，她知道她爷原本不过是展爷手下的一个不大不小的头目，不可与展爷相提并论。她也没有去问她爹或者她妈，因为她没爹没妈，只有这么一个爷。

她爷既然不姓鱼，为什么听任别人以鱼伯相称？因为他对于鱼，无所不知，无所不能。别人叫不出名字的鱼，他叫得出，别人打不着的鱼，他打得着，别人不会做的鱼，他会做，别人也会做的鱼，他做得更好。凭这本事，展跖死后他流亡到太湖，隐姓埋名，开了间烹饪学校，专教做鱼。那时候这世界不以人满为患，又没有工业污染，江河湖海的鱼类能上宴席、为佳肴者，不下数十百种，每一种他都能做出不下十种吃法，而且种种皆能令人既食之，三月不知肉味。于是，鱼伯之名，不胫而走，上自天子诸侯，下至卿相大夫，几乎没有不把自己的厨师送来，拜在他的门下，请他调教如何做鱼的。鱼伯的日子，于是风光得令渔樵畎亩的小民百姓羡慕得垂涎三尺。只有潇潇子知道，在她爷爷心目中，这种风光如粪土！如鼠壤！也只有潇潇子知道，他爷爷在暗中联络展爷的旧下属，企图恢复展爷那横行天下的旧业。开门授徒，以烹饪为己任，只是个幌子。

鱼伯这么干，风险不小，让官方知道了，是要杀头的。为了潇潇子的安全起见，鱼伯教她练就四十九招追风双刀，虽不敢说打遍天下无敌手，在一流高手手下逃生绰绰有余。又在她十七岁那一年叫她用潇潇子这名字搬出去自立门户，彻底同鱼伯划清界限。谁知一晃五年，潇潇子只顾在江湖上行走，男人没少搞，却并不肯择婿而嫁。鱼伯从小把她宠惯了，拿她无可奈何，也只好由她去了。这回公子光托潇潇子打听专诸的底细，潇潇子先来问她爷。她爷消息灵通，早已风闻专诸与徐无鬼的关系，除去提供这条线索外，并叫她如有机会趁便把赤云帮的掌门玺盗来。赤云帮的人不识徐无鬼的真面目，只认这掌门玺。有了这掌门玺，就不愁不能将赤云帮收编为己有，一旦将赤云帮收编为己有，那横行天下的大计，不就是进了一大步么？鱼伯说这几句话的时候，激动得嗓音直抖。鱼伯的兴奋感染了潇潇子，她决计要把那掌门玺搞到手，不让她爷失望。一个月前她扮成个卖菜的老太婆，混进赤云帮的水寨，不仅证实了徐无鬼一去不曾返回的流言，而且顺手牵羊，偷回一玺。不料鱼伯看过之后摇头，说那只是掌管钱粮的钱粮玺，不是掌门玺。潇潇子听了不免丧气，鱼伯少不得说了一番革命尚未成功，同志仍须努力之类的话以相勉励。

潇潇子知道她爷这么一早跑来，准是想知道她昨夜是不是得手了，于是慢慢地从裙摆的暗兜里摸出个锦囊，慢慢地把锦囊解开，又慢慢地从锦囊里掏出昨夜从专诸脖子上偷来的青铜玺。她懂得慢的效应，慢工不仅出细货，也让人格外惊喜。鱼伯接过，眯起眼睛看了又看，终于将玺一把攥在掌中，吐出一个"好"字。潇潇子说：爷！这里没有外人，你把面具摘下来，让我看看你，再不让我看，我都要忘记你的模样了。以往潇潇子这么求鱼伯，鱼伯照例不理，只当没听见。这回鱼伯正在兴头上，不假思索，说一声好，就把一副苍老不堪的面具揭下。鱼伯不揭则已，一揭之下，潇潇子不禁倒抽一口凉气：苍老不堪的面具下的真面目，比苍老不堪的面具还要苍老。最为明显的变化是眼睛，在潇潇子的记忆之中，她爷本有一对双眼皮的大眼睛，如今眼皮皱巴巴下垂了，变成了一副单眼皮的小三角眼儿。眼是面貌之神，眼睛变了，整个人走了样儿。潇潇子心中涌上无限凄凉之感，忍不住要掉眼泪。鱼伯仍旧沉浸在兴奋之中，没有注意到潇潇子的失态。等他把注意力从赤云帮的掌门玺移开时，潇潇子已经转身从屏风后退下，只让他看到一个背影。鱼伯无心追究潇潇子的失礼，戴上面具，攥着赤云帮的掌门玺，兴冲冲地走了。

5

专诸失踪了，找鱼肠剑的两拨人一致得出这么一个结论。寻找鱼肠剑的那两拨人走了，失踪了的专诸却还在原地晃悠。他不仅换了副面孔，不仅在腰绦上挂了一把普通寻常的剑，而且也换了衣服，换了船。衣裳是潇潇子送的，船也是潇潇子送的。潇潇子不仅送衣、送船、送酒食，也没少送钱，更没少投怀送抱。公子光的日子也不过如此吧？公子光当然更有钱，也更有势，但他的女人能有潇潇子这么令人销魂么？专诸这么想，他不知道公子光的底细，也不知道潇潇子的底细。可他这么想也并没有想多久，潇洒兼销魂的日子并不如他想象中那么容易消受。以前是隔三间五就有人找上船来找麻烦，如今麻烦走了，回想起来就成了刺激。如今没那刺激，日子渐渐乏味。此外，潇潇子在不知不觉中成了他的主子，不来的时候叫他等，空等；来了，对他颐指气使，仿佛那个把他抚养成人的老头子复活了。往日单身生活的孤独，回想起来就成了自由。如今没那自由，心情渐渐忧郁。

这一日，夕阳西下，片片火烧云化做堆堆青泥。专诸料定潇潇子不会来了，换上件粗布衣裳，把剑挂了，下了船，信步顺着湖畔小径走，不觉来到一家小酒店，多日不曾来、往日惯常来的一家小酒店。酒店里的老板、伙计、客人、妓女还都是些熟悉的面孔，他却成了生人。他推门进去的时候，酒店里的客人都扭过头来看他，他不自在，人家也不自在。老板与伙计是做生意的人，做生意的人讲究的是一回生二回熟，不同一般人一般见识，赶紧堆下笑脸，把他让到角落里的一副座席。妓女也是生意人，有几个懂得生熟通吃的立即抛过媚眼儿来。这酒店只有一、两种酒，只有三、四种下酒的菜。他叫了以往惯常叫的酒，点了以往惯常点的菜，酒菜上席却都变了滋味，难以下咽。看着其他的客人喝同样的酒，吃同样的菜，津津有味，方才醒悟：变了的是他的口味，并不是酒店里的酒菜。这"醒悟"令他感到一丝惊喜，他终于与一般小民百姓不同了。也令他感到一丝惶惑，因为这"不同"，靠的是一个女人对他的青睐。靠男人吃饭的女人担心失宠，靠女人吃饭的男人除去担心失宠，还多一份惭愧。女人吃男人，天经地义；男人吃女人，没出息。不是么？

不知道是因为酒菜不合口味，还是因为心绪不畅，或是因为二者兼而有之，专诸没在酒店坐多久。他走出酒店时，夜色刚刚降临。湖畔荒村的夜色，无非是几点渔火，天晴时外加一天星斗，月中时再添一轮明月。这一晚适逢月中，月亮正圆。不过，有云，也有风。云不少，风挺急，月亮在云间奔走，天幕时明时暗，渔火在芦叶荻花丛中闪烁，扑朔迷离。专诸没有文人骚客的气质，自然景观本不应当影响他的心情，但他居然走错了路。他本来是想回船上去的，出门应当右转，却信步向左。走了将近一里许，方才发觉方向错了，正要回头的时候，听见前面黑暗中忽然传来喊叫。

专诸停步，侧耳一听，仿佛是"把剑留下，饶你一命！"他下意识地伸手摸摸腰下的剑，还好，剑还在，该不是要我这把剑吧？谁要这把破剑？又不是鱼肠，他想。果然不是。一个人从黑暗中跑过来，步履蹒跚，手上倒提着一把剑，闪闪发光，端的是一把宝剑！月亮从云中奔出，月光在那人脸上划过，脸色惨白、凄凉，透出几分悲愤，透出几分正直。三条汉子从黑暗中追出，月光恰好被云藏起，专诸看不清三条汉子的脸，只感到一股凶狠的杀气。那人步履蹒跚地跑到专诸跟前的时候一个踉跄跌倒，三条汉子追上来，突然发现专诸，大概是因为吃了一惊，一起煞住脚。其中一个呵斥道：什么人敢来碍老爷的事儿！专诸不答，拔出剑来反问道：我这儿也有一把剑，你们要不要？三条汉子不由得把目光聚集在专诸的剑上，一把普通寻常的剑，在黑暗中并不闪闪发光。方才发话的那汉子看了一眼，发一声冷笑，说：你这剑也配称剑？在老爷眼中不过一块破铜烂铁！专诸说：就算是破铜烂铁吧，却照样能杀人。杀人？那汉子反问，你能杀……他也许是想说：你能杀谁？或者：你能杀我？但那"谁"字或者"我"字并没说出口，不是他不想说，是他已经没有思维能力了，那把被他称之为破铜烂铁的剑已经刺进了他的喉管。剩下的两条汉子不傻，但是已经晚了。在倒下之前，喉咙上也多了点东西，一个不该有的洞。

专诸失踪了。这一回，得出这结论的是潇潇子。在专诸杀死那三条汉子的次日傍晚，潇潇子上了她送给专诸的船。她立刻感觉到不对头：船上只有女人的气息，她潇潇子自己的气息。她带来两个漆黑描金食盒，食盒里有酒，有肉，也有鱼，像她第一次登上专诸的草篷船。那一日恰好是一年前的今日。女人喜欢回味过去，对这种事念念不忘。男人喜欢展望未来，往往把这种事的价值忽略了。专诸并非有意挑选这日子失踪，如果不是前一晚发生那件意外，这时候他大概会同潇潇子在一起，分享这酒，分享这肉，分享这鱼。前一晚究竟发生了什么事？除去杀死三条汉子，他还结识了一个人。那人当时已经一天没吃饭，否则，那三条汉子也许根本没有机会死在专诸的剑下，虽然也会死。专诸救了那人，那人令专诸对未来有了一种新的希望。一个快要饿死的人，能给专诸什么希望？那人要是饿死了，或者死在那三条汉子的剑下，史册上就会少掉两个名字。可那人没有那么死，于是，史册上就多了两个名字，一个是伍员，字子胥，后人多称之为伍子胥，因为《史记》有伍子胥传。另一个就是专诸，"专"字没有"鱼"旁，也因为《史记》是这么记载的。

与专诸不同，伍子胥不仅来历清晰，而且来头不小。即使史册上少了伍子胥这个人，也不会遗漏他的先祖伍举。如今知道伍举的人可能已经不多了，但听说过"一鸣惊人"这成语的人大概还有不少。"一鸣惊人"这四个字不是伍举说的，不过，这四个字之所以成为成语，却同他伍举脱不了干系。早在公子光、专诸、伍子胥这帮人问世之前，楚太子熊侣即位为楚王，史称楚庄王。楚庄王即位之后，三年不出号令，日夜沉迷酒色。三年之后某一日，忽然心血来潮，下令国中：有敢进谏者，杀无赦。令下次日，大夫伍举求见。楚庄王左拥右抱，坐于钟鼓之间，问伍举：你没见到那命令？伍举说：我又不是来进谏的，不过来打听个事儿。楚庄王说：什么事？伍举说：山上有只鸟，三年不飞，三年不鸣，敢问大王那是只什么鸟？楚庄王听了大笑，说：那鸟儿不飞则已，一飞冲天；不鸣则已，一鸣惊人。从此戒酒、戒色，奋发图强，任用伍举为政，称霸中原，问鼎周室。"一鸣惊人"四个字于是乎流传人间，以至于今，越两千年仍然为人所津津乐道。

伍子胥的父亲伍奢，官居太子太傅。傅，就是师傅的意思。太子有师傅二人，正部级的称太傅，副部级的称少傅。太子太傅、太子少傅虽然级别不低，却都不是执政掌权的官，日后太子登基为王，前途也许不可限量，眼前却是个冷板凳。伍奢为太子太傅的时候，任少傅的人姓费，名无忌。这费无忌是个急功近利之徒，冷板凳叫他受不了。四年前楚王叫他去秦国替太子相亲，费无忌看见秦公主色美，又猜楚王是个好色之徒，心中于是冒出个跳下冷板凳的计策。回报楚王时费无忌说：秦女是个绝色，大王何不自己娶做夫人，另外替太子找个妞？楚王果然好色，欣然肯首。从此，费无忌就卸下太子少傅之任，成了楚王的宠臣。费无忌心知因此而得罪太子不浅，一旦太子即位，自己难得有好日子过，搞不好会难逃一死，于是在楚王面前进谗言，说太子因楚王夺了他老婆而心怀怨恨，留在身边恐有不测。楚王设身处地一想：谁能不因此而心怀怨恨？幸亏费无忌提醒我，否则，变生肘腋，如何提防？于是问费无忌：你既想到这一层，必定已经想好了对策？费无忌说：楚宋之间的要塞城父恰好缺守将，大王何不遣太子去镇守城父？楚王又欣然肯首。太子去城父不久，费无忌又进谗言，说太子里通外国，大有谋反之意，不如赐死，以绝后患。楚王说：事关重大，没有证据，焉可造次？费无忌说：想要取证，有何难哉？把太子太傅伍奢叫回来一问便知。

楚王依费无忌之计召见伍奢，要伍奢证成太子之罪。伍奢不肯，费无忌对伍奢说：太子早晚是死路一条，你揭发，不愁无赏，你不干，枉自送了自己的性命。伍奢说：尽忠而死，何乐而不为？我只是替楚国的命运担心。楚王问：此话怎讲？伍奢说：臣有两个儿子，都是不世的英才，大王杀了臣，他们二人必然会为臣报仇，楚国从此哪能还有安宁之日？楚王说：这有何难？寡人命你修书一封，将他两人叫来，他两人若来，寡人免你父子一死，不来，杀无赦。如此不就免了后患？伍奢说：臣敢不遵命？不过，长子伍尚为人忠厚，想必会听臣的吩咐，少子伍员桀骜不驯，恐怕不会听命。

楚王不信伍奢之言，一面遣人刺杀太子，一面遣使者持伍奢的书信召伍尚与伍员。太子预先得了消息，潜逃宋国。使者赶到伍奢府上之时，兄弟二人正在下棋。伍尚下棋，慎重沉着；伍员下棋，铤而走险，一局棋正下得难分难解之时，司客呈上使者持来伍奢的书信。伍尚看毕，声色不动，递给伍员。伍员看罢，推局而起，说：这自然是个圈套！你我应召而去，岂止救不了家父，还得搭上你我两条性命。伍尚说：这话固然不错。不过，家父既然有书信来叫你我去救他一死，你我如果不去，日后又不能替家父报仇，岂不是徒徒留下一个不孝的罪名？伍员说：你怎么就知道日后不能报仇？伍尚说：报仇与就死，哪样难？伍员略一思量，说：报仇难。伍尚淡然一笑，说：不谋而合，我也是这么想。为兄的扪心自问，才干不如你老弟，我就不同你争，把难的让给你，我去做那容易的。

兄弟两人当下挥泪作别，伍尚出前厅见使者，伍员负弓仗剑从后门走脱。楚王将伍奢、伍尚一同处斩，伍子胥侥幸逃到宋国，与太子相会。不久，宋国内乱，伍子胥又与楚太子一同逃到郑国。郑国善待楚太子，楚太子却背着伍子胥与晋国暗中勾结，谋图占据郑国，以郑国为基地反攻楚国。那时执郑国之政的正是子产，楚太子初出茅庐，哪是子产的对手？自然是落得个身败名裂的下场。伍子胥虽然不参与阴谋，毕竟不安，于是决意投奔吴国。当时自郑去吴，非得路过楚境不可。伍子胥一路遭楚人追杀，九死一生，潜入吴国境内之时，身无分文，沿途乞讨，苦不堪言。那一日，乞讨不着，不得已挂出草标，想要变卖那传家的宝剑，岂料招来三个识货的强盗，倘若不是遇见专诸，早已化作强人剑下冤魂。

专诸杀了那三个强人，把伍子胥扛回船上，以酒肉相款待。看看伍子胥精力恢复了，专诸说：你是什么人，我不敢说。不过，自信对刀剑还不算外行，你既有这么一把宝剑，想必来历非同寻常。伍子胥于是把自己的身世与经历，细细说了一回。专诸听了，将信将疑。伍子胥说：你是吴国人，不知道楚国的事情不足为怪。公子光是谁，你总该知道吧？专诸不答，却反问道：你认识公子光？伍子胥点头，说：数年前公子光出使楚国，曾经特别枉道见访，只要能见到公子光，你我就有希望了。专诸听了，淡然一笑，说：你出身名门望族，又同公子光有过一面之缘，你见到公子光，飞黄腾达自不在话下。我不过一介草民，来历不明，身世不清，我能有什么希望？伍子胥说，你是我的救命恩人，没有你，我还不早已死了！还分什么彼此？从今往后，我的就是你的，有富贵，同享受。再说，你有这一身本事，只差没人推荐，我把你推荐给公子光，你自己难道还不能干出番光宗耀祖的事业来？哪还要靠我？

专诸不知道自己的祖宗是谁，对于光宗耀祖的说法没有兴趣。不过，他倒是的确想干出一番惊天动地的事业来垂名史册，不想把他那杀人的本事白白浪费在杀几个区区小贼的身上。我的本事真那么有用？专诸问，他想起潇潇子说过，他那本事只是匹夫之勇，成不了大事。伍子胥仿佛看透了专诸的心思，说：也许有人嘲笑你的本事只是匹夫之勇，这种人不懂得用人之道。会用人的，不要说是有你这样本事的人，就是鸡鸣狗盗之徒，也能令他们办成大事。公子光是会用人的人么？专诸问。如果他不是，伍子胥笑道，我会冒着九死一生的风险来投奔他？专诸听了，心下琢磨道：这人说话，条理分明，一针见血，想必靠得住。退一步说，即使他这话不可靠，靠男人吃饭总比靠女人强，况且我于这男人有恩，不能算是白吃。于是拿定主意，对伍子胥说：既然如此，事不宜迟，今夜你先在我船上歇了，明日一早你我就去找公子光。

潇潇子独自一人在船上喝闷酒的时候，公子光进了郑姬的绣房。"怎么？那蟋蟀汤真的见效了？"郑姬见公子光这时分摸进绣房来，不免一丝惊喜。据说蟋蟀有壮阳之效，既然郑姬这么问，可见这"据说"由来已久。

公子光尴尬地笑了一笑，说："好像有点儿，不过还不成。我来是要同你商量件事儿。"

郑姬失望地叹口气道："什么事儿要同我来商量？"

公子光说："伍子胥来了。"

郑姬不答，对着铜镜，偏着头，用手理理金钗，等着公子光说下去。懂得如何调理男人的女人显然不止潇潇子一个，郑姬也是个中高手，她知道如果不端起点儿架子来，男人只会把女人的话当做耳旁风。

　　公子光说："我听说你爹对这人赞不绝口，所以上次出使楚国的时候，特别去拜访过他。如今他来投靠我，你想我应当怎么办？"

　　郑姬撇嘴一笑，说："投靠你？别那么不自量力了！他伍子胥一心一意要灭楚国、报父仇，你能替他办得了？他不过是想通过你投靠吴王罢了。"

　　郑姬这话，让公子听了不怎么顺耳。他有点儿生气地说："你犯不着这么挑剔字眼儿，反正他现在投靠的是我，不是吴王。我要是不引见他，他见不见得着吴王还难说！"

　　郑姬说："你不引见？他伍子胥可是有贤能的名声在外，你难道不怕别人说你妒忌贤能？"

　　公子光说："妒忌贤能？笑话！你就知道他伍子胥有贤能的名声在外，难道就不知道我有礼贤下士的名声在外？我不想引见他，不过是想把他留给我自己，同妒忌贤能风马牛不相及！"

　　"你自己？"郑姬又撇嘴一笑，"你以为他这种人会满足于做你的家臣？"

　　"家臣？当然不是家臣。"公子光也笑了一笑，不过没有撇嘴。他认为撇嘴是女人的坏毛病，男人绝对不可以效仿。

　　郑姬问："不是家臣还能是什么？"

　　郑姬这一问令公子光一惊，心中暗道：我怎么嘴上这么没遮拦，险些儿说漏了嘴！慌忙支吾道："伍子胥这种人才，哪能用做家臣！我只是想拜他做个师傅，遇到疑难的时候，好有个人讨教。"

　　郑姬白了公子光一眼，不以为然地说："他现在大仇在身，哪有心思当你的顾问？你要是不及时引见他，他早晚会找别人引见，那时候你就会多了个对手！"

　　公子光听了，捧起郑姬的脸，对着郑姬的嘴亲了一亲，连声说："有眼光！有眼光！不虚此行！不虚此行！"

　　人的致命弱点之一，在于经不起捧，聪明如郑姬也在所不免。经公子光这么一捧，郑姬不觉飘飘然，把应当摆摆谱儿那一招忘得一干二净，不待公子光发问，就自己主动献策说："你不仅要引见他，还得预先做好引见他之后的准备。"

　　"什么准备？"公子光见郑姬中了他的圈套，就越发装傻。

　　郑姬说："他见了吴王，自然会请求吴王起兵侵楚，你能不预先防着点儿？"

公子光继续装傻，说："他请求吴王侵楚，同我有什么相干？"

这一回，他装傻装过了头，被郑姬识破。郑姬发一声冷笑，说："你装什么傻？吴王早已有心侵楚，可能经不住伍子胥这一求。吴王要是拿定主意侵楚，极可能叫你去打头阵。赢了，是他吴王的福气，输了，是你公子光的霉气，怎能说同你不相干？"

"那依你说，我该怎么办？"公子光问，这回不是装傻，他的确没有主意，否则，就不会来找郑姬。

"你难道不会说：侵楚的时机还不成熟，伍子胥一心一意要替他父亲报仇，咱吴国犯得上同他一样发傻吗？"郑姬说。

公子光听了，半晌之后，方才慢条斯理地问："我要是这么劝阻吴王，伍子胥难道不会恨我？"

郑姬略一犹豫，说："伍子胥是个明白人，我爹不会看错。"

"你这话是什么意思？"公子光问。

"什么意思？"郑姬反问。反问过后又自己回答说："意思就是说伍子胥会猜得透你的心思。"

我的心思？郑姬这话又令公子光吃了一惊。心中暗想：难道我的心思早已叫郑姬看透？郑姬看出公子神色慌张，淡然一笑，说："看你紧张的！我不过是说，他伍子胥会知道你只是想把他留给你自己用，没有别的意思。"

公子光趁机顺水推舟，说："可不是么！能有什么别的意思？"

公子光按照郑姬的主意，没过一两日就把伍子胥带去见吴王僚。伍子胥果然力劝吴王僚兴师灭楚，吴王僚果然心动，皆如郑姬所料。不过，吴王僚没有马上召公子光去打头阵，见过伍子胥之后，他先把公子掩余、公子烛庸召来，问道：伍子胥劝我兴师灭楚，你两人意下如何？掩余说：在边境搞点儿小动作，蚕食一两座城邑，我举双手赞成。至于大举入侵嘛，我看还得慎重，千万不可造次。吴王僚说：理由呢？掩余没来得及开口，烛庸抢先道：理由？这还用问！不是明摆着吗？楚国地方数千里，带甲数十万。想要一朝灭之，谈何容易！吴王僚不悦，白一眼烛庸，说：你急什么？我不是还没问你吗？等我问的时候你再开腔还来得及。烛庸说：好！好！算我没说。说罢，抬头看天花板，掩余见了，笑了一笑，正要启齿，却又被吴王僚抢了先。吴王僚说：依我之见，国之强弱兴衰，在德不在兵。楚王昏庸残暴，纵有地方数千里、带甲数十万，难道不是外强中干？吴王僚这几句话，句句针对烛庸的话而发，显然并没有把烛庸的话算做没有说。

吴王僚说完，咳嗽一声，等着掩余与烛庸的反应。不料，二人都不作声。吴王僚只好自己反问：难道不是？反问完了，用眼睛向掩余与烛庸一扫。这一回，掩余有了反应，他扭头看烛庸，见烛庸仍然盯着天花板，没有抢着开口的意思，于是不紧不慢地说出这么几句话：楚王同太子抢媳妇，虽然庸，却还不到昏的地步，至少比蔡景侯与儿媳妇通奸高明多了。楚王杀伍奢父子不以罪，虽然残，但所杀不多，也就两个人，也还谈不上暴，至少不能与楚灵王的滥杀无辜相提并论。总之，楚王虽然无道，却还没到众叛亲离、军心瓦解的地步。吴王僚听了，想反驳，又想不出什么好理由，于是冲着烛庸说：喂！你的意思呢？该你说话了，你又偏偏不开口。烛庸仍旧望着天花板，说：我的意思已经说过了。你怎么不把公子光叫来，听听他怎么说？吴王僚说：我已经遣使者叫他去了，不过想在他来之前，先听听你两人的意思。掩余听了，一笑说：你两人什么时候都成了公子光的信徒？烛庸也一笑：我看你还真有些呆！听听他说什么，并不等于言听计从照他说的去做。掩余说：伍子胥是公子光引见的，他难道还不是同伍子胥一个鼻孔出气？他会说什么，还用得着问吗？吴王僚正想回话，使者上殿，禀告公子光已经到了。

　　公子光登上殿堂，看见公子掩余与公子烛庸，笑道：哈！你两人先来了。看来这先锋之任是轮不到我了？吴王僚说：你瞎说些什么呀？什么先锋、殿后的，谁说要打仗了？公子光一脸诧异，说：伍子胥难道没有劝你去灭楚国？吴王僚鼻子里哼了一声，说：伍子胥是谁？难道他是天子不成？他说什么，我就得听？公子光笑道：天子的话，如今有哪个诸侯肯听？不过，如果我没猜错的话，你不是早就有意灭楚吗？如今得了伍子胥这么个内应，怎么会不拿定兴师的主意？烛庸说：伍子胥算什么内应？不要说他在楚国时既不领兵，也不执政，如今他在逃，他能帮得上什么忙？公子光说：说得好！我也是这么想。可是伍子胥回去对我说，吴王对他极其赏识，说什么得他这内应，何患不能灭楚！可见你我的想法，并不合主公之意。烛庸听了，扭头问吴王僚：你真这么对伍子胥说过？吴王僚说：伍子胥虽然在逃，毕竟深谙楚国国情，况且楚国上下都知道伍奢、伍尚死得冤枉，如果叫他去打头阵，以报仇雪恨为名，必然能够势如破竹，怎么就不能视之为内应？公子光说：烛庸一贯同我唱反调，这次却与我不谋而合。我不认为伍子胥能帮上什么忙，搞不好还会帮倒忙。此话怎讲？问这话的不是吴王僚，是沉默了好半天的掩余。伍子胥是你推荐来的，你怎么好像在拆他的台？

　　公子光笑了一笑，说：实不相瞒，引见伍子胥，我至少有七八分私心。

听见公子光这么说，掩余略微一怔。烛庸却在暗笑：引见伍子胥，你有七八分私心？你什么时候不是全心全意地替你自己打算？吴王僚问：什么私心？你倒说给我听听看。公子光说：伍子胥有贤能的名声在外，他求我引见，我要是不肯，你难道不会怪我嫉贤妒能？吴王僚说：你难道不相信他有真本事？公子光说：也许有，也许没有，一时还看不出来。不过，我想他报仇之心过切，难免利令智昏，把楚国说得不堪一击。我不是说咱灭不了楚国，也不是说咱不能用伍子胥，我的意思不过是说，时机还不成熟，咱要有耐心等。吴王僚听了，略一思量，说：你这话倒也不错。你们俩怎么想？吴王僚口中的"你们俩"，自然是指公子掩余与公子烛庸。烛庸装做没听见，掩余说：我两人的想法刚才不是已经说过了么？吴王僚问：没有什么改变？没有什么新想法？公子掩余与公子烛庸都没有开腔的意思，于是吴王僚转头问公子光：那你说我应当怎样处置伍子胥？先给他个闲职供养着再说？公子光略一思量，说：这主意不错。不过，主公给他个闲职，他可能会错意，如果他当真会错意，反而不美，不如我先养他作个闲客，等到灭楚的时机成熟时，主公再提拔他不迟。吴王僚点点头，说：这主意不错。那么……吴王僚还没说完，烛庸插嘴说：这主意是不错，只是不知道你是有七八分私心呢？还是全是私心？公子光笑了一笑，道：就算是公私兼顾吧！

6

　　公子光打道回府，含含糊糊地对伍子胥说：吴王僚虽然十分欣赏伍子胥的灭楚之计，却一时还拿不定主意，然后就把伍子胥与专诸安顿在湖滨一座唤做闲闲园的庄园里，吩咐黑臀每日以好酒、好菜相款待，每夜遣美女相奉陪。伍子胥只接受酒菜的款待，谢绝美女的奉陪，说他对天发过誓，一日父兄之仇不报，一日不近女色。专诸听伍子胥这么说，不想给伍子胥以好色的印象，于是也支支吾吾地推辞。黑臀问：张先生难道也对天发过什么誓？该不是嫌弃我主人遣来的女人不够漂亮吧？

　　张先生？张先生是谁？张先生就是专诸。伍子胥叫专诸冒充与他一起从郑国逃来的同伴，化名张武。专诸不解，问为什么要如此说谎。伍子胥笑了一笑，说：这不叫说谎，这叫策略。策略？专诸问：策略与说谎有什么不同？伍子胥想了一想，说：这么说吧，说谎是傻瓜的策略，策略是高人的说谎。专诸听了，老实地一笑，说：原来不过是一回事。伍子胥摇头，说：怎么是一回事？当然不是一回事！傻瓜胸无成策，临时捏造故事，企图掩盖已经暴露的事实，往往欲盖弥彰，所以只配叫做说谎。高人预测未来的需要，事先准备好说辞，把一切可能的漏洞都堵好，令人无从生疑，这才叫做策略。专诸听了，心想：果然不同，这么简单的道理，我怎么就不曾想到？潇潇子笑话我是匹夫之勇，看来还真不错。这伍子胥还真是个高人，他说连鸡鸣狗盗之徒也能成大事，该不是预先安排好哄我的说辞吧？这么一想，不禁对伍子胥盯了一眼。

　　高人也有会错意的时候，伍子胥误以为专诸这么盯着他，是想问为什么要用这策略去对付公子光，于是，不等专诸开口，他就说：这回你我去见公子光，我要是把你作为我的从人介绍给他，一来对不起你这救命恩人，二来往后也不好把你推荐给他。如果我说你是朋友或者同伴，他势必要问你的来历。你的来历离奇不明，如果实话实说，他多半不信，反倒会以为你我在骗他。如果编造来历哄他，得让他查不出破绽来。你如果说是本地人，你哄得了他公子光？不出半日，他就能把你编造的谎话给捅穿了。所以你得说是与我一起从郑国来的，叫他无从查起。原来如此！专诸听了这番话，又不禁打量一眼伍子胥。这回伍子胥没有会错意，他知道专诸是在欣赏他的策略。于是，他拍一拍专诸的肩膀，说：对付公子光这种能人，不能不用点儿心思。你见着他以后，凡事也都得小心谨慎，这样才会得他赏识。

傻瓜根本不可能变成高人自不在话下，专诸虽然不傻，也不可能在数日之内变成高人。他谢绝美女奉陪的时候，就没能预先想到黑臀会这么追问。仓惶之下，他只有说：岂敢！岂敢！不过心中愁闷，没这份情绪。黑臀对伍子胥与专诸各瞟一眼，心中暗笑：一个说对天发过誓，一个说没这份情绪，该不是同公子光一样有了毛病吧？心中这么想着，嘴上不禁开句玩笑说：没想到两位贵客同我家主人一样，都是清心寡欲的高人。不是高人的黑臀，丢下这句玩笑走了。不是高人的专诸，只当玩笑听了，漫不经意。是高人的伍子胥，却在琢磨：公子光一向有好色的名声在外，据说后房姬妾不下百人，怎么会成了清心寡欲的高人？难道……伍子胥的确对天发过那样的誓言不假，不过，他之所以能寡欲，却绝非因为心清。心事沉重，忧郁成疾才是真正的原因，而那所谓的"疾"，不是别的什么病痛，恰好是那话儿欲举不能。难道他公子光的心事也这么沉重，沉重得以致不能负荷？我伍员有杀父、杀兄之仇在身，他公子光有什么？

你在琢磨什么？不是高人的人，也有看准的时候，专诸看出伍子胥在走神，好奇地问。伍子胥不答，却反问道：你说公子光能快活么？公子光能不快活？吴王僚把半个太湖都赏给他了，他还能不快活？专诸觉得伍子胥这话问得怪。如果他公子光以为这太湖本当是该由他自己拿来打赏别人的，他能快活么？伍子胥又问。专诸摇头，不过，不是表示"不能"，只是表示他不懂。他不懂，因为他不过一介草民，既不知道公子光是吴王诸樊的长子，也不知道吴王诸樊传弟不传子的缘由。伍子胥把这些事情告诉他，然后问：换成是你，你能快活吗？专诸半晌说不出话，这种事情对他来说，太大，太遥远，太陌生。半晌之后，他摇摇头，说：大概很难。他只是这么猜想，他实在想象不出有机会当国君是什么滋味，更想象不出本当有机会当国君却又失之交臂是什么滋味。但这猜想不笨，至少深得伍子胥赏识。伍子胥听了，点点头，说：英雄所见略同。

专诸听了这话，先是一喜，接着是一忧。喜从何来？因为伍子胥称他英雄。虽然他知道伍子胥不过顺口这么一说，还是不由得不喜。忧又从何而来？投奔一个不快活的人能有好结局么？他问。这就是他为什么忧，他自以为他这忧虑理由充分，却不料伍子胥淡然一笑，说：至少比投奔快活的人好。此话怎讲？专诸心里这么想，嘴上却不曾这么问。他不想让伍子胥觉得他太笨，藏拙的最好办法就是少问，可是他的眼神却已经告诉伍子胥，伍子胥的话，他没听懂。于是伍子胥说：快活的人，你很难让他更快活。不快活的人，你让他快活了，他难道会拒绝你的请求？哈！这么简单的推理，我怎么又没有想到？专诸暗自骂自己笨得该死。可是沉默片刻之后，他又想到一个新问题，禁不住又问：你能让公子光快活？他猜想伍子胥一定会说"能"，他之所以问，只是想亲口听见伍子胥这么说，好让他放下一百个心。他万没料到伍子胥摇了摇头。怎么？他问，不敢置信。伍子胥说：我恐怕不成。不过，你能。你不能？我能？专诸反问。不错。伍子胥说。此话怎讲？这一回，专诸不是只在心里这么想，他直接了当用嘴问。现在不便说，因为我还不敢肯定，到时候我自然会告诉你，伍子胥说，说罢一笑，坦诚的笑，没有丝毫诡秘的意思，令专诸只好住口，不便追问。

专诸与伍子胥在闲闲园闲居，不知不觉间过了将近三旬，公子光不曾露过一面。那时正逢盛夏，昼长夜短，伍子胥每日只在临湖一座亭子里打发时光，朝夕凭栏远眺，其余的时间或者抚琴，或者敲磬，或者独自摆棋。凭栏的时候，专诸陪着说些闲话，琴、磬、棋，专诸都不会，当了二十多天听众与观众，忽然想起潇潇子，可是跑到他泊船的湾岔里一看，哪里还有那船的踪影？被人偷走了？被潇潇子撑走了？无从打听，潇潇子住在哪？也是无从打听，只好死了找潇潇子的心。那一日，呆在闲闲园里实在无聊，问黑臀要了条船，去湖里游荡，顺便打了几只鸟，钓了几条鱼，拿回来，自己下厨，换换口味。伍子胥吃了，大为赞赏，说：你这手段不仅比闲闲园的厨师高明不知道多少倍，就连诸侯的厨师也未必赶得上你。专诸说：你说我的手段比这儿的厨师高明，我信。你说就连诸侯的厨师也未必赶得上我，我就不敢相信了。伍子胥说：我这人从来不瞎捧场，晋、宋、郑、楚朝廷的宴会，我都没少去过，吃的是排场，是气派，并不是口味。专诸说：就算你说的不错，有这样的手段，充其量也不过是给诸侯当厨师，能有什么出息？伍子胥说：你可别小看了厨师这职位，齐桓公晚年最亲信的大臣易牙，不就是厨师出身么！专诸说：听说齐桓公死后，齐国大乱，正因为亲信易牙的缘故，可见厨师毕竟成不了大事。伍子胥笑道：你这话从哪听来？专诸本来对诸侯公卿之事一无所知，这一年来被潇潇子泡上了，从潇潇子口中听到不少。

怎么？专诸问，难道这话不真？伍子胥说：倒不是事实失真，只是推理荒唐。专诸说：此话怎讲？伍子胥说：易牙究竟是贤能还是奸坏，人各一词，并无实据。就算易牙当真无德无能，这与他是厨师出身又有何关系？听说过伊尹吧？专诸点头，伊尹其人其事，他也是从潇潇子那儿听来的。当时心中想：没想到跟潇潇子混上这么一年，居然大有收获，否则，我在伍子胥眼中还不真是个如假包换的草包？潇潇子既然同他说起过这么多诸侯公卿的事儿，怎么偏偏没提起过公子光？这想法也在专诸脑海中一闪，不过，他没时间细想，伍子胥的话打断了他的思维。伊尹不也是厨师出身么？伍子胥说，伊尹不仅辅佐成汤灭了夏桀，成为商朝的开国元勋，而且在成汤死后摄政多年，虽然没有天子的名分，其实也同真天子没什么两样，后世的人不都以圣人称伊尹么？况且，我说别小看了厨师这职位，意思并不在厨师的职掌本身，乃是在于厨师的机会。什么机会？专诸问。当然是接近主人的机会啦，伍子胥说，有机会接近主人而自己无能，自然是白搭。有机会接近主人而有能，前途何可限量！你说过我有能耐，对吧？专诸问。不错，伍子胥点头。那照你这么说，只可惜公子光不来吃这顿饭。专诸说，他要是来了，说不定我就会成为他的厨师，也说不定就可以前途无量了！说罢，故意冷笑了一声。

其实，用不着这冷笑，伍子胥也听得出专诸的言外之意。不过，他却好像没有听懂，若无其事地端起酒杯，品尝一口，说声：好酒！专诸白了伍子胥一眼，心想：这人真有这么高的修养，还是真会演戏？公子光这么冷落他，竟然一点儿也不生气？其实，所谓修养高，就是会演戏；真会演戏，也就是修养高。不知道应当演戏，或者虽然知道应当演却演不好，露出马脚来，那就是修养低。这道理，专诸不懂，于是又白了伍子胥一眼。伍子胥仍当没看见，若无其事地放下酒杯，夹起一片鱼放到嘴里细细咀嚼，说一声：好鱼！专诸终于按捺不住，问道：人说贵人多忘事，公子光是不是把你给忘了？忘了？伍子胥听了，哈哈一笑，说：怎么会？他要是能把你我忘了，当初就会找个借口把你我拒之于门外，怎么会把你我接到闲闲园里来闲居？专诸想了一想，觉得这话也的确有道理，找不出什么反驳的理由，只是不肯就这么服输，于是就说：我知道你看得起我，所以总是把我和你相提并论，可在别人眼里，怎么会有我？就算公子光他没忘记你，难道还会记得有我这个人？伍子胥听了又哈哈一笑，说：你可别小觑了公子光。听说过郑国的子产吧？连子产都把他当个人物，他怎么会狗眼看人低！

公子光的确没有忘记专诸，这一点让伍子胥说中了。不过，公子光还是被人小觑了，而且这小觑了公子光的，不是别人，正是伍子胥自己。伍子胥以为把专诸说成是郑国来的张武就可以蒙混过关，没料到公子光在郑国有他的细作。就在伍子胥告诫专诸别小觑了公子光的那个晚上，公子光独自坐在灯下沉思，手中捏着细作递回的报告。那细作显然是个老手，报告只有四个字，既简明扼要，又不泄露秘密。四个什么字？"查无此人"。果然不出我所料！公子光想，可他并没有自以为料事如神而得意，因为他只是料到张武是个化名，却并没有揣摩出所谓张武究竟是谁，也没有揣摩出伍子胥为什么要瞒他，而这两点恰好远比知道张武是个化名更为重要。郑国的线索既然断了，再从何处下手呢？

公子光正琢磨的时候，门外响起了脚步声。公子光听出是黑臀，于是把细作的报告藏到衣袖里，喊一声"进来！"

"有消息了？"公子光问。他怎么知道黑臀有消息了？因为黑臀的步履轻松。善于揣摩的人，不仅懂得察言观色，也懂得听音。笑音、话音、步音，都能泄露一个人的心。

"不错。"黑臀说，一边跨进门槛，"主公真是料事如神。"

"少来这一套！"公子光瞪了黑臀一眼。

"我还没开口，主公就知道有了消息，难道不是料事如神？"黑臀说，一副正气凛然、威武不能屈的样子。

公子光想：呵！这小子还挺会装。不过，拍马屁的话，怎么说也让人生气不起来，公子光只是不耐烦地摆摆手，说："什么消息？还不快说！"

"他今日到湖上去转了一转。"

"你说的'他'，可是我叫你盯住的那一个？"公子光问。

黑臀点头。

"就是去转了一转？"

"打了几只鸟，钓了几条鱼。手段高明之极，打鸟百发百中，钓鱼……"

"等等！"公子光伸出手掌，把黑臀的话截断，"百发百中？你再说一遍。"

"百发百中。"黑臀没听明白公子光的意思，莫名其妙地重复了这四个字。

"他打下了一百只鸟？"

"没有。"

"打了几只？"

"五只。"

"五只？"公子光发一声冷笑，"他只打了五只鸟，怎么到你嘴里就成了百发百中？"

"我的意思是……"黑臀一时心慌，支支吾吾找不出合适的词儿来。

"你的意思是'弹无虚发'，对吧？"公子光不慌，替黑臀把话说完。

"是！是！正是！"黑臀点头不迭，看见公子光一脸的不快，没敢把"主公料事如神"这类拍马屁的话再搬出来。

"五发五中虽然与百发百中同是弹无虚发，可五发五中比百发百中差远了，不可同日而语！明白了？往后说话要留神，要精确无误，不要夸大其词。记住了？"

黑臀又点头不迭，嘴里连声"是！""是！"

"接着说，你说他钓鱼怎么啦？"

"他钓鱼……"黑臀本想说"他钓鱼神得很"，"神"字还没说出口，想起了"不要夸大其词"的最高指示，慌忙改口，说："他钓鱼不用鱼竿，也不用鱼钩。"

"不用鱼竿？也不用鱼钩？"公子光反问，好像吃了一惊。

"不错。他只用渔线一甩就钓上一条鱼来，我当时也吃了一惊。"

你当时也吃了一惊？公子光白了黑臀一眼，心中暗笑，你以为我的吃惊跟你的吃惊是一回事？

公子光的吃惊与黑臀的吃惊的确不是一回事。黑臀吃惊，因为做梦也没想到过可以这么钓鱼。公子光的吃惊，不过是因为潇潇子早已把专诸的本事详细地告诉过他。难道这所谓张武，竟然就是专诸？绝对是！有那本事钓鱼的，这世上不可能有第二个人，至少，公子光不信有。伍子胥初来乍到，怎么就能结识专诸？专诸怎么舍得撇下潇潇子那么一个销魂的尤物，跟上伍子胥这么一个落难的逃犯？这才是公子光吃惊的原因。吃惊之余，转念一想：不入虎穴，焉得虎子？公子光于是决定去虎穴走一趟。

次日午后，闲闲园临湖的亭子里对坐着两个人。一个是伍子胥，另一个不是专诸。专诸又像昨日一样，到湖上游荡去了，与昨日不同的是，昨日是专诸向黑臀要船，今日是黑臀主动问专诸要不要船。这黑臀还真是善解人意，专诸想。黑臀也许善解人意，也许并不善解人意。不过，这并不相干，黑臀只是按公子光的既定方针办事而已。闲闲园不过是公子光自己的别业，公子光叫黑臀把专诸支开，自己去闲闲园见伍子胥，这就叫入虎穴？不错。闲闲园虽然既不陌生，也不险恶，公子光却是怀着探虎穴的紧张心态去的，他准备向伍子胥透露他那要命的秘密。如果伍子胥也能对他敞开胸襟，很好！那他公子光与伍子胥，还有那专诸就上了同一条船，那正是他公子光希望的结果；有伍子胥做他的谋士，有专诸做他的刺客，还怕成不了大事么！如果伍子胥仍旧深藏不露，对不起，他公子光就非得要伍子胥与专诸的命不可。他那要命的秘密只能让愿意与他一起去要别人命的人知道，否则，那要命的秘密就会要他自己的命。没有人会愿意要自己的命，所以，除去要伍子胥与专诸的命，他别无选择。这与他为人是否狠毒无关，至少，他自己对此深信不疑。有杀机隐含如此，那座平常、平静、平淡无奇的闲闲园，难道与虎穴有什么两样？没有。至少，公子光对此深信不疑。

　　水边的亭子总是有风。不过，那天从湖上吹来的风并没给水亭增添一分凉意，水是热的，空气也是热的。与伍子胥对坐在亭子里的是公子光。公子光先问了几句无关痛痒的闲话，伍子胥不着边际地应对着，然后是一阵寂寥，再然后公子光咳嗽一声，清清嗓子，郑重其事地说：一直没来看你，不是因为忙，是因为闲。因为闲？伍子胥有些诧异，不过，他没有这么问，只是这么想。他猜想用不着他问，公子光自会说出个名堂来。果不其然，公子光顿了一顿，笑了一笑，接着道：闲，就是无所事事。怎么会无所事事？因为吴王已经决定把兴师灭楚的计划暂时搁置。公子光说到这儿，又停下来，不过没有笑，只拿眼睛盯着伍子胥。伍子胥不动声色，好像早已料到如此。公子光于是又接着说：这消息对你来说当然不是什么好消息，我这人脸皮薄，坏消息嘛，总是不好意思说出口，所以才拖到今日，实在是抱歉得很。伍子胥听了，一笑说：嗨，其实这也不是什么坏消息，我还真有些后悔不该急着劝吴王兴师动众。公子光说：你这么说我就有点儿不明白了，难道出了什么事儿，令你那报仇雪恨的心思淡忘了？伍子胥说：杀父杀兄之仇，何日敢忘！不过，仔细一想，时机似乎还不成熟。轻举妄动，未见其利。君子报仇，十年不晚嘛，何必争这一朝一夕！公子光听了，点头大笑，说：君子报仇，十年不晚。好！说得好！只可惜这世上利令智昏的多，能够有这般耐心的少！伍子胥说：世上虽然不多，这水亭里却不少。伍子胥这话令公子光一惊，心想：我本来想来试探他，他却先拿话来套我，于是假装不懂，说：这水亭里总共不过两个人，怎谈得上多？伍子胥说：总共两个人，却偏偏两个人都有耐心，名副其实人人都有耐心。既然是人人都有耐心，怎能说是少？公子光白一眼伍子胥，说：你大仇未报，能忍，能等，你有耐心，有目共睹。我呢，心中无事，一无所待，不知你说我也有耐心，究竟从何说起？

　　伍子胥不答，站起身来，踱到亭外，背着双手，对湖水望了半晌，等到公子光也走出亭外，立在他的身边，方才摇一摇头，叹口气道：知人难呀！什么意思？公子光问。人说子产有知人之鉴，连子产都看走眼，你能说知人不难吗？伍子胥反问。公子光说：你我不是在谈论耐心的么，怎么忽然又扯到子产头上去了？伍子胥说：我临离开郑国前，向子产透露过投奔吴国的意思。子产说，吴国有英雄在，你这一去，想必是能报仇雪恨的了。我问：你说的英雄，指吴王僚？子产摇头，说吴王僚志大才疏，雄而不英。我又问：指季札？子产又摇头，说季札贤能有余，却没心思干大事，英而不雄。我说：我在楚国的时候有幸与公子光见过一面，不知……我的话还没说完，就被子产打断。他说，你既然见过公子光，心中想必已经有数，何必再问！既然子产那么说，我也就没再问。岂料……这回伍子胥的话也是还没说完就被人打断。不是被子产，是被子产称道过的公子光。

公子光说：怎么？你认为我是英而不雄呢？还是雄而不英？伍子胥说：我历尽千辛万苦而来，把你当作我的依靠。你呢，却还把我当外人，信我不过。心中秘密已经让我给点破，仍然一味装傻。我看你是既不英也不雄。英雄两字，一个字也沾不着边。公子光听了，哈哈一笑，说：言之有理。不过，照你这么说，不是英雄的恐怕也包括你伍子胥自己在内。你不远千里而来，投在我的门下，想依靠我实现你报仇雪恨之愿，却不肯推心置腹，暗地里却带来不清不楚的人来，如今倒反过来怪我信你不过！这回是伍子胥吃了一惊，心想：原来他早已识破专诸，我还当真小觑了他！于是慌忙赔笑道：专诸来历不明，出身不清，怕引起你的疑心，所以才出此下策，暂时化名张武，并未作长期隐瞒之想，其实并无阴谋。公子光听了，又哈哈一笑，不再如方才那么夸张，透出几分诚意。笑完之后，说：英雄不问出身嘛！你既然信得过专诸，怎么就怕我信不过？伍子胥又赔笑道：这你就是只知其一，不知其二了。这里面另有缘由。什么缘由？专诸是我的救命恩人，没有他，我伍子胥早已化作强人剑下冤魂，我怎能信不过他！接着，伍子胥就把专诸如何救他性命之事，细细地说了一回。公子光听罢，如释重负，叹口气道：原来如此！

双方的秘密既然已经说破，再曲折迂回自然是没有必要的了。公子光于是问伍子胥：要了却我的心愿，除去行刺，还有没有别的办法？伍子胥摇头说：恐怕只有这一招。公子光说：吴王为人谨慎得很，对我的防范尤其严，搞不好要不了他的命，反而要了自己的命。伍子胥说：搞不搞得好，虽然在于谋划，也在于用人是否得当。怎么谋划嘛，我想你比我高明，用不着我出主意，我猜你之所以迟迟未能下手，也许是还没找着适当的时机，也许是还没找着适当的人选，也许是两样都还不曾找着。时机难得，人选更难得。等到时机，用非所人，必然要自己的命，不会再有第二次机会。有了人，时机可以等，即使等不来，充其量是要不了别人的命，至少不会要自己的命。公子光一边听，一边点头。伍子胥见自己的话深得公子光赞许，于是接着说道：机会嘛，我自愧无能，不能替你创造。至于人嘛，我已经给你带来了一个。专诸手段高强，行事果敢，绝对不会误事。公子光略一沉吟，说：我相信你不会看错人，只是不知道他肯不肯为我用。伍子胥说：女为悦己者容，士为知己者用。只要你能为他的知己，何愁他不为你尽力？公子光说：这道理我倒也懂，我敢对天发誓，不管他要求什么，但凡我能办得到的，我绝不会拒绝。不过，刺客这角色毕竟不比寻常，不是尽力那么简单。公子光说这句话的时候，把"尽力"的"力"字说得特别重。伍子胥会意，说：依我看，他不是苟且贪生的人，他要死后留名。否则，也就不会跟我来投奔你了。不过，慎重总是对的，我去替你试探试探他的口风，你等我的消息好了。

7

专诸从湖上回来的时候，公子光已经走了。走了？怎么不留他吃晚饭？专诸问。用不着了。伍子胥说。用不着了？为什么？专诸又问。他已经知道你是谁，而且非常想交你这个朋友。伍子胥说。公子光要交我这个朋友？专诸不敢置信。公子光是什么身份？专诸又是什么身份？且不说专诸与公子光所处的时代是血统论当道的时代，公子王孙与平民百姓的地位不可同日而语。就是换成现在，一个是身居高位，另一个是平民百姓，交朋友？即使不是绝无，也至少是仅有吧？专诸不信，理所当然，况且，他既然要同我专诸交朋友，为什么不见我就走了呢？他不知道你愿意不愿意，所以先走了，嘱咐我试探试探你的意思。真的？伍子胥点头。专诸见了，一脸的受宠若惊，伍子胥的脸上却没有笑意，好像还有几分愁。也许这愁是故意做给专诸看的，也许这愁的确发自内心。不过，这都不相干，总之，专诸看出了伍子胥脸上的愁绪，于是问道：怎么？你好像不怎么高兴？难道……

专诸说到这儿，把话打住，不是故意卖关子，也不是不知道应当如何措辞才好，是没想清楚应当说什么。正在为难的时候，伍子胥把话接过去，说：难道你不想知道他公子光为什么想交你这个朋友？这话令专诸一愣：可不，他为什么要交我这个朋友？你忘了那天我同你说的那句话？我说你能令公子光快活。他当真不快活？不错，他当真不快活。怎么才能令他快活？你能干什么？做菜？不错，你是会做菜。不过，他公子光是那种吃顿好菜、喝口好酒就能快活的人吗？他要杀人？不错，他要杀人。他要杀谁？杀你！杀我？他不是要交我这个朋友的吗，怎么又要杀我？豹死留皮，人死留名，你想不想杀身成名？

杀身成名？我专诸让他公子光杀，我专诸就会成名？这说法也太荒唐了吧？绝对不可能，专诸想。专诸既然认为这想法太荒唐，自然也就没有这么问，他只是瞪着伍子胥出神。伍子胥知道专诸想不明白，于是解释道：当然不是真的让他公子光杀你，不过是叫你为他公子光办一件事。这件事不好办，办不成，你必死无疑；办成了，你十之八九也得死。

经伍子胥这么一点拨，专诸明白了，像是走到了隧道的尽头，看到了阳光。阳光？为公子光办一件事而死有那么灿烂吗？也许只能算是光，因为专诸心中还有疑云，阴天的光虽然也是太阳投下的光，却没人称之为阳光。

"行刺吴王僚非得死吗？"专诸问，他已经猜到了伍子胥说的"那件事"，就是"这件事"。

伍子胥略一踌躇，说："也许能不死，不过机会很小。"

"我能在远处杀他，难道还逃不走么？"

"怎么杀法？"伍子胥这话，像是问，其实不是问，因为他知道专诸会怎么回答，也知道该怎么反问。

"我打弹弓还从来没失手过。"

"鸟儿在天上，没遮没拦，任你打。吴王出行，前有仪仗，后有随从，左右都是护卫，更有斧钺交叉，旌旗重叠。你看都看不清他的车子究竟在哪，你怎么打？"

"就算用弹弓不成，你看过我使剑，对吧？公子光少不得会有宝剑，对吧？我那剑法再加上一把宝剑，谁挡得了我？"

"你这话也许不错，不过……"

专诸打断伍子胥的话，说："什么叫不过？难道你以为有人挡得了我？"

伍子胥说："我只是说也许，没说一定。天外有天，人外有人嘛。况且，就算你的本事真是天下无敌，吴王贴身的护卫也不都是白吃饭的，等你把护卫一个个都刺死之后，吴王僚还会在那儿等着吃你一剑，他还不早就跑了？你上哪去刺他？"

"照你这么说，根本就无从下手了？"

"下手的机会是不多，但不等于没有。你要有机会靠近他，在你与他之间不能有别的人，也不能有任何东西阻拦你。你出手的时候，他的护卫也会出手。如果护卫先致你于死地，你就算是白死了，公子光大概也会搭上一条命。如果你先置吴王于死地，你也许能侥幸逃脱护卫的围攻，但机会微乎其微。"

"谁去设法制造接近他的机会？总不会叫我去吧？"专诸问。

"这自然是公子光自己的事，不用你操心。"伍子胥说。

"我失手，一败涂地。"专诸说，"这是再明白不过的了。我成功而死，怎么个'杀身成名'法？"

"公子光成为吴王，自然会替你料理一切。"

"比如……"

"比如树碑立传，封妻荫子。但凡一个诸侯能办得到的，只要你要，他绝不会不肯。"

"谁能担保如此？"

"他肯对天发誓，我可以作为见证。"

专诸听了，沉默不语。他的确极想垂名史册，但他也极想活得风光。拿死去换名，没有活头了，值么？

"你想不想干？"伍子胥问，"你想，你我这就去见公子光。你不想，你我这就从湖上逃走，趁船还在。你我既然已经知道了公子光的秘密，你我不上公子光的船，就只有上这条船。"说完，顿了一顿，又笑道："虽然这条船也是公子光的船，毕竟不同。"

伍子胥笑得镇静，笑得安详，笑得令专诸折服不已。一个有大仇未报的人，历尽千辛万苦好不容易找到一个落脚之地，又逃？而且说得这般轻易，好像只是到湖上去散散心。况且，他并不是非逃不可，他可以把专诸卖了，再替公子光物色另外的刺客。伍子胥真是个高人！他想。他自己又是什么人呢？他相信他可以逃得掉。可是逃掉之后呢？他可以活。但是有活头么？他能干什么？还去当渔民？当一辈子渔民？浑浑噩噩了此一生？他知道摆在他面前的机会是要命的机会，可这机会也是一旦失去就不可复得的机会。如果他选择逃，他是个彻头彻尾的懦夫，对不起他自己，也对不起伍子胥，他当初就不该跟伍子胥到这儿来。不逃呢？那是等死。他知道行刺这事儿，不是说干就能有机会干。公子光得等，他也得等。也许等十天半个月，也许等三年五载，也许时机根本等不来，白等一辈子。等死绝不好受，可是这虽然是等死，不也是等待垂名史册的机会么？

水边的亭子总是有风。水是热的，空气也是热的，风应当不凉，专诸却感到阵阵凉意。心里冷透了，什么热风也吹不热。他看了伍子胥一眼，希望伍子胥催他给个答复。如果伍子胥催，他一定会说干，即使他没有想好。可是伍子胥正在专心致志地欣赏西下的夕阳，一副物我两忘的样子。专诸不由得也扭过头去看湖，渐渐地，他看到了他实际上看不到的渔村，看到一个破败的柴门，看到柴门里站着一个须发苍白、皱纹满面的老汉，看到老汉对面有一个瘪嘴驼背的老婆子，还看到一个拖着两条鼻涕的傻小子对着老婆子干号。他看不清那老汉的脸，看不清那老婆子的脸，也看不清那傻小子的脸，可是他心里明白：那老汉是他自己，那老婆子是他老婆，那傻小子是他的孙子。一只失群的鸥鸟在湖上盘旋了几周，忽然"嘎"的一声，窜入湖滨的树林。专诸一惊，眨一眨眼，那老汉、那老婆子、那傻小子都忽然不见了，湖水平静而明亮，片片火烧云预示明日又是一个大好的晴天。

"我干！"专诸终于吐出两个字，斩钉截铁，重似千钧。太阳恰好在那时掉到湖里，也许是巧合，也许是被这两个字震的。

"我就知道我不会看错人。"伍子胥恰好在这时候扭转头，这两个字是在他意料之中。

　　公子光的马车在潇潇子门前停下来的时候，夜已深，人已静，潇潇子躺在浴池里闭目养神。闭目养神？那是替潇潇子换洗澡水的使女的看法。潇潇子其实心神不宁，想养神也养不了。什么事令潇潇子心烦意乱？月经有一个多月没来了，起先她还存一份侥幸之心，也许只是偶然错过吧？可她昨晚莫名其妙地恶心了一场，今日早晨又莫名其妙地作呕一次，她不再存侥幸之心了。这该死的专诸！死到哪去了？潇潇子心里头大骂，却偏偏开不得口。正在生闷气，使女进来说：公子光来了，急着要进来见你。公子光在这会儿来？急着要进来见我？莫非他那毛病好了？潇潇子想。不过，这想法并没有引起什么兴奋，相反，令她略微产生一些心烦意乱。你叫他在客厅里等着，我这就来，她吩咐使女。

　　潇潇子走进客厅的时候，公子光在徘徊。公子光一向行动果断，没有徘徊的习惯。是激动，是兴奋，是焦虑，还是得意？潇潇子一向自负善于察言观色，却居然没看出来，这令潇潇子不安，她不愿意让任何人看出她失去自信，尤其是男人。不过，潇潇子的不安纯属多余，公子光并没有注意潇潇子的神，只注意到潇潇子的色。在公子光眼中，潇潇子那一晚显得格外撩人，也许是潇潇子的确增添了一份妩媚，也许只是因为公子光自我感觉良好。什么事儿叫你这会儿找上门来？潇潇子从公子光看她的眼神中恢复了自信，她问，语调像嘲弄，像调侃，像关怀，总之，不管像什么，或者是什么，都令男人心跳加速。专诸舍得撇下潇潇子这种女人，勇气真不小！就冲这一点就是个人物，公子光想。

　　潇潇子看出公子光在走神，倩然一笑，说："怎么？该不是忘了为什么而来吧？"

　　公子光咳嗽一声，定定神，说："我不过在想应当怎么跟你说才好。"

　　"哟！这么说，事情还不小？"

　　"不错。不过，不是我的事，是你的事。"

　　"我的事？"潇潇子心中先是一慌，转而一想：不可能！他怎么会知道？于是笑了一笑，说："我有什么事？"

　　"你要找的人，我帮你找着了。"

　　"我要找的人？我要找谁？我什么时候请你帮我找过人？"潇潇子反问，

心中有些兴奋，她知道公子光说的那个人，正是她要找的人，语调却依然无动于衷，她不想公子光知道她在找他。

公子光说："我不像你那么小气，非得别人请才肯帮忙，我公子光向来乐于主动帮朋友的忙。"

潇潇子略微想了一想，觉得再逗下去也没什么意思了，于是就整整衣襟，板起脸问："你把那该死的藏在哪了？"

公子光笑了一笑，说："你的人，我哪敢藏！不过碰巧碰上了。他也在找你，而且找得神魂颠倒、废寝忘餐……"

"瞎说！"潇潇子打断公子光的话，"他要是真想找我，我怎么没看见他？"

公子光说："你好像忘记了一件事？"

"什么事？"

"你把那船撑走了，你叫他上哪去找你？你告诉过他你住在这儿吗？你不是没有吗？"

潇潇子问："他怎么不跟你来？"

公子光白一眼潇潇子，说："你这话问得不高明！你我的关系，我方便同他实话实说吗？我并没有告诉他我认识你，我只是答应帮他找一找。"

潇潇子听了，不禁失笑，说："不便实话实说，是怕你自己出丑，还是怕我难堪？"

公子光说："没时间跟你废话，你要是不想知道他为什么会失踪，那我就走了。"

"走了？"潇潇子大笑，"你要是肯就这么走了，你根本就不会来！"

公子光无可奈何般苦笑了一下，说："算你狠！"接着，就把专诸如何救了伍子胥，如何领着伍子胥来找他公子光这一节，细细地说了一回。末了，又叮嘱一句说："他如今人在闲闲园，至于你去不去找他嘛，那我就管不着了。"

潇潇子听罢，沉思了片刻，然后说："天下有这么巧的事儿？你不是早就想找他的吗？怎么反倒是他先找上了你？"

公子光说："这就是所谓天意嘛。"

"天意？天有意吗？"潇潇子反问，"我看是我的意思还差不多。"

"这事儿同你有什么相干？"公子光笑，表面上是嘲笑，心里头是窃笑，他巴不得潇潇子往这事里搅和。

潇潇子说："怎么不是我的意思？我那天要是去了船上，专诸怎么会下船？专诸不下船，怎么会碰见伍子胥？不碰见伍子胥，又怎么会去找你？"

公子光也沉思了片刻，然后作忽然醒悟状说："有道理！还真有道理！既然是你的意思，那么，下一步该怎么走就看你的了。"

"笑话！"潇潇子说，"是你要找专诸，我不过成全了你的心意。现在你既然找着他了，我倒正要问你：你找他究竟想干什么？"

公子光又沉思了片刻，这一回不是假的。虽然他来前已经反复思考过，相信潇潇子会跟他一条心，但是在说出他那要命的秘密之前，他还是不能不犹豫。万一潇潇子不跟他一条心呢？他只有要她的命。没有哪个男人愿意要潇潇子的命，公子光也不能例外，所以他犹豫。

"专诸现在是我的朋友。"犹豫半晌之后，公子光说出这么一句迂回的话。

"你的朋友？"潇潇子笑，"像你我这样的朋友？"

"看你没正经的，"公子光说，"我说的是君子之交。"

"什么意思？"潇潇子还在笑，"难道你是想说：你我之交，是小人之交？"

"没时间跟你废话！往正经的事情上想想。"

潇潇子从公子光的语调中听出公子光的确有正经话要说，于是止住笑，想了一想，说："你要他帮你杀人？"

"杀人？"公子光笑，笑得一本正经，"你怎么不往好事上想？"

"除去杀人，他还能干什么？你总不会叫他去为你打鸟、钓鱼吧？况且，这杀人，也未见得就是坏事，杀坏人难道不就是好事么？"

"说得好！只是不知道谁是你心中的坏人？说出来，我叫专诸去把他杀了，让你好好痛快一场！"

潇潇子瞟一眼公子光，心想：你公子光今天怎么了？看你也没有跳下浴池的胆量，怎么一个劲儿想讨好我？

"我心中的坏人嘛，倒是有一个，只怕专诸不肯杀。"潇潇子笑。

"谁？"公子光问。

"你猜猜看。"

"你是说我？"

"我说你傻不傻？你难道有什么事对不起我？"

"我还真傻，"公子光说，"谁有什么事对不起你？"

"我好端端供养他一年，他说走就走，连个招呼也不打。你说这人坏不坏？"

120

"嗨！你原来在说他。"公子光说，"他当时是走得匆忙了点儿。不过，他后来不是找你找得废寝忘餐嘛！他哪知道你会把船撑走，否则，这会儿他一准还在船上等你。"

"你就别为他打掩护了，他是什么样的人，我难道还不比你清楚？"

"他是个什么样的人，你倒说说看，我洗耳恭听。"

"他嘛，穷日子能将就，富日子，也能将就……"

潇潇子的话还没说完，被公子光插嘴道："穷日子，能将就过。这我懂。富日子，怎么叫也能将就？"

"这有什么不好懂？这就是说他好像并不怎么在乎是穷还是富。"

"那他究竟在乎什么？"

"在乎名。一心一意想名垂不朽。"

"真的？"公子光问。潇潇子这话正是公子光想听的，虽然他已经从伍子胥那儿听说过，也从专诸那儿听说过，他还想再听。

"可不！"潇潇子叹口气，"好像是中了邪。只要能出名，他死都不惜。"

"豹死留皮，人死留名嘛，谁不想成名？怎么叫中了邪？"

公子光这话令潇潇子想起她爷，不禁又叹了口气。公子光会错意，以为潇潇子不以这话为然，于是又道："其实，人生一世，早晚是一死。碌碌无为而生，还真不如死得风光，死得壮烈，死得永垂不朽！"

"呵！口气还真不小。如今专诸跟定了你，你能令他死得风光、死得壮烈、死得永垂不朽？"潇潇子问，透出一丝嘲弄的意思。

公子光想：这是透露那要命的秘密的最好机会了，机不可失，时不再来。于是斩钉截铁点一点头，吐出两个字："我能。"

潇潇子听了一惊，慌忙问道："你叫他杀谁？"

公子光听了也一惊，心想：这潇潇子果然机敏过人，就这两个字就令她得了暗示？"你猜呢？"他也许是不肯直说，也许是不敢直说。

"你想称王？"潇潇子反问，也许也是不肯直说，也许也是不敢直说。

"这王位本来应当是我的。难道不是？"

听了公子光这话，潇潇子有几分惊慌，也有几分兴奋。惊慌，不是因为意外。自从公子光叫潇潇子打听专诸起，潇潇子就隐约猜到公子光有这份心思。不过，猜着与亲口听说毕竟不同。亲口听说这么一个重大的机密，有谁能不有几分惊慌？兴奋，因为公子光肯把这么重大的机密告诉她，难道不是视她为知己么？有一个可能当上诸侯的人视自己为知己，有谁能不有几分兴奋？不过，惊慌与兴奋都只是瞬间的事，潇潇子很快就恢复了理智。

"你把这秘密透露给我，一定是有求于我。"潇潇子说，摆出一副泰然自若的神情。

潇潇子的惊喜虽然极其短暂，但没能逃过公子光的眼力。潇潇子的神态自若虽然装得活灵活现，也没能蒙过公子光的眼力。惊喜与装蒜，不都是表示她愿意合作么？这么想着，公子光就笑了笑，用透着几分调侃的语调说："不是我有求于你，是他有求于你。"

公子光所说的"他"，自然是指专诸。这一点，潇潇子清楚得很，可是她觉得事关重大，不想会错意，于是反问："他是谁？"

"还能是谁？当然是专诸。"

"他能有什么事求我？他已经找着你这么个靠山，难道还要我收容他不成？"

"他不仅要死得风光，也要活得风光。"

"死得风光也好，活得风光也好，都得靠你，同我有什么相关？"其实，潇潇子已经隐约猜出公子光这话的意思，却故意装糊涂。

"他如今已经是闲闲园的主人，闲闲园内数百名男丁、使女属于他，闲闲园外数百亩水田、旱地也属于他。可是他说，如果没有你去做闲闲园的女主人，这样的日子并算不上风光。"

"他真的这么说？"

"我骗你干什么？只要你点头，这婚事就由我来主办。伍子胥已经应允做媒人，男方家长由我代表，女方送亲人，如果你不嫌弃，就由郑姬充当。婚礼的排场、规格，我担保绝对令你满意。"

潇潇子心中有隐忧，如果没有，就凭由公子光与郑姬来主婚这一点，也足以令身为平民百姓的潇潇子喜出望外。可是，点头不也意味着做寡妇么？专诸死后，她会怎么样？她生下的孩子又会怎么样？她不能不犹豫。

公子光见潇潇子久不表态，进而又说："你用不着过分当心那件事。也许等一辈子也没有机会。就算有，也绝不会在近期。况且，他走了，有我在。我已对天发誓，追封他为上大夫，封你为武安君，你生子，袭爵为大夫；生女，娶做我的儿媳妇。"

公子光没有说假话，他的确这么对天发过誓。不过，他也并非没有隐瞒。如果专诸失手，会是什么后果？他有意隐瞒了。不完全是为了哄潇潇子，也多少是为了哄自己，因为后果不堪设想。但凡后果不堪设想的事情，最好的处理方法就是不去想，既然不去想，自然也就没什么好说。潇潇子终于点了点头，不过，不是因为她上了公子光的当，只往好处想，不往坏处

122

想，是因为她衡权得失，相信她所得远远多于她所失。专诸失手，公子光难逃一死，所以公子光不愿意去想。可她自信她可以逃脱，所以那结局固然很不理想，却并非是不堪设想。此外，她对专诸杀人的本事信心十足，她觉得专诸失手的机会微乎其微，简直可以忽略。至于当寡妇嘛，只要是比丈夫后死，哪个女人不是寡妇？与其当平民百姓的寡妇，何如当大夫的未亡人！况且那年代寡妇并无守寡之说，当了大夫的未亡人并不等于要守寡。既然如此，有何不可！

看见潇潇子点了头，公子光说："好！这件事就这样定了。"

潇潇子瞟一眼公子光，说："听你这口气，除了这件事，你好像还有别的事？"

公子光笑道："你可真是人精，什么事儿都瞒不过你。郑姬自以为聪明，同你一比，不知道差哪去了。"

这话让潇潇子听着心里舒服，不过，潇潇子嘴上从不饶人，她撇嘴一笑，说："你有什么事就直说，犯不上说这些没用的废话。"

"好！那我就直说。赤云帮那边怎么样了？"

潇潇子吃了一惊：公子光知道我爷是谁？难道他已经知道我爷的暗中活动？她于是又笑了一笑，不过没有撇嘴。撇嘴的笑，用来撩拨别人，不撇嘴的笑，用来镇定自己。笑完之后，她说："赤云帮同我有什么相干？"

"你我本不是外人，如今更是上了同一条贼船，还不同舟共济？你从专诸那儿偷走赤云帮的掌门玺，难道不是因为你爷想要控制赤云帮？"

"你是怎么知道的？"潇潇子知道再隐瞒下去是没有意思的了，不如坦然承认。

公子光不答潇潇子所问，却道："我知道你爷是个人物，不然，又怎么会有你这样的孙女！不过，你爷毕竟老了，何必还操这份心？"

潇潇子早就担心她爷万一有什么意外，活得这么老、这么辛苦还不得一个好死，公子光最后这句话正说到她心坎里。于是她诚心诚意地问："那你的意思是？"

"如今你与专诸已是一家人，况且这掌门玺本归专诸所有。依我之见，这掌管赤云帮的事儿，不如交给专诸。"

"交给专诸？"潇潇子反问，反问完了，又自己回答说："原来如此！你不仅要专诸充当刺客，而且还要他替你拉出一批人马来。"

"这也是既活得风光，也死得风光的一部分嘛，"公子光说，"生，尊为一帮的帮主；死，贵为一国的大夫。况且，这么安排，不也省却你爷的麻烦么?"

"麻烦?我爷有什么麻烦?"潇潇子有些生气地问。

"你难道不知道你爷可能招惹来的麻烦?何必明知故问?"公子光淡然一笑,"不过,其实,我说的麻烦并不是令你担心的那麻烦。我不过是想说,你爷不如连那烹饪学校也关了,搬到闲闲园来与你们同住,以享天伦之乐。得闲的时候,把自己平生的烹饪绝技传给专诸,也免得那绝技失传。"

潇潇子又吃一惊,心中暗想:他公子光知道的事情还真多,连我爷留了一手做河豚的绝技不曾传授给外人都知道!不禁白一眼公子光,不是轻蔑,是折服。

"不错,我爷那绝技如果从人间消失了,的确可惜。"潇潇子说,"不过,传给一个刺客能留得住么?你不会那么傻,连这一点都没想到吧?又在打什么主意?还不从实招来!"

"我还没开口,你就能看得见我的心思。"公子光笑,"我打的什么主意,还用得着我说出来?"

潇潇子撇嘴一笑,没有再问,也许是真的猜着了,也许是被公子光这句捧堵住了嘴,没好意思再开口。

8

专诸终于有了个家，不再在水上漂泊。潇潇子也终于安分在家里呆着，不再跑江湖，不完全是因为已为人妇，而且是因为肚子大了，行动不便。公子光常来闲闲园，与专诸切磋剑法、掌法，也一起去湖上打鸟、钓鱼。郑姬也常来，同潇潇子亲热得有如姊妹，也许郑姬真的喜欢潇潇子，也许只是替公子光搞好统战工作，伍子胥只在婚礼那一日露过面，以后就再也不见，仿佛失踪了。其实，他就住在公子光的另一座别业沁园，与闲闲园相隔不过两个湾汊。猎人把陷阱安置妥当之后，必然会找个地方藏身，沁园就是伍子胥的藏身之地，只是不清楚伍子胥的猎取对象，是专诸，是公子光，是吴王僚，是楚王，还是都是？专诸其实也处在失踪状态，他如今的身份仍是同伍子胥一起从郑国逃来的那个张武，因为专诸同鱼肠剑的那场误会，公子光认为专诸这人应当继续失踪，至少是不能同他公子光有任何瓜葛。

第二年春，潇潇子诞下一子，母子平安，阖家欢喜，不在话下。鱼伯早已在潇潇子的劝说之下，隐退江湖，搬进了闲闲园。专诸在家的时候，就跟鱼伯学做河豚的绝技。不在家的时候，就在洞庭山。洞庭山是太湖深处的一个小岛，专诸根据公子光的指示，叫赤云帮手下把打劫的买卖歇了，都聚集到洞庭山的水寨里，在专诸的指点下，日夜操练，改编成公子光的秘密部队。专诸在赤云帮内既不叫专诸，也不叫张武，只叫掌门，不曾以真面目示人，更不在话下。赤云帮本是个秘密帮会，对这种秘密行事的作风早已习以为常，所以，专诸掌管赤云帮的秘密保守得很好。赤云帮突然从江湖上消失，一度成为江湖上的话题。不过，没过多久也就被人淡忘了。自从徐无鬼失踪起，一直有人预言赤云帮早晚会完蛋，如今拖了二十多年才完蛋，虽然是大大地出人意表，不过，预言毕竟证实了，也就没什么人有兴趣去追究原因。

专诸在闲闲园的生活就大不一样了，虽然专诸在闲闲园给外人看见的也只是假象，但张武毕竟个是有名有姓的人物，而且来历也极其清楚。极其清楚？不错，谁都知道他就是伍子胥从郑国带来的那个朋友。

"听说你对伍子胥也些冷淡，同他那个朋友张什么人却打得火热？"那一日，吴王僚在下朝的时候问公子光。

"你是说张武吧？"公子光反问。

"对，对，就是张武。你看我这记性！"吴王僚笑了一笑，笑得勉强，笑得尴尬，好像为自己的记性差感到羞愧。

"你的记性已经是好得不能再好的了。"公子光也附和着笑了一笑，"我只在你面前提起过他的名字一次，你就差不多记住了。"

一次？不错。公子光只对吴王僚提起过一次。不过，吴王僚肯定听过不止一次。如果不是有人把公子光同专诸的交往报告给吴王僚，吴王僚怎么会想起来问张某其人？吴王僚也一定记得张武的名字，不过故意装做没记住，好让那问话听起来像是漫不经意。公子光对这一点清楚得很，他同吴王僚瞎扯一两句，不过是想争取点儿时间，做好怎么对付吴王僚继续追问的准备。

"他究竟是个什么人物？令你对他如此器重。"吴王僚果然追问。

"嗨！"公子光无可奈何叹口气，"你不问，我是一定不会说。你既然问起，我又不敢不说。只是说起来嘛，还真有些不好意思。"

"这么说，这人就更不简单了？"

"不关他的事，只怪我自己。"

"什么意思？怪你什么？"吴王僚问，一副好奇的样子。

"我这人贪嘴，这你是知道的。"公子光说，"尤其好吃鱼。这张武嘛，恰好有一手做鱼的绝技。我要请他给我做鱼，所以嘛……"

"嗨！这有什么不好意思说的！"吴王僚道，"谁不好吃？我不也是尤其好吃鱼么？不过，你用他做你的司厨不就得了，犯得上这么待若上宾么？"

公子光说："这你就是只知其一，不知其三了。"

"不知其三？"吴王僚听了一愣，"什么意思？"

"其一，你是诸侯，我是大夫。以诸侯之尊，当然可以随便叫人做奴做仆。当大夫的嘛，要是也这么做，岂不是飞扬跋扈，妄自尊大了么？其二，张武是伍子胥的客，伍子胥是我的客。我要是不把我的客的客当客，岂不是既对不起自己的客，也对不起客的客？其三，这张武虽然会做鱼，却并不胜任司厨之职。"

"你所说的其一，我懂。你所说的其二，我也懂。至于这其三嘛，我就有些不明白了。"

"理由其实很简单，因为他只会做一道菜。"

"一道菜？一道什么菜？"

"龙筋凤尾豚。"

"龙筋凤尾豚？"吴王僚反问，目瞪口呆，显然是吃了一惊。

龙筋凤尾豚是当时出没于太湖的几十种河豚之一，如今早已绝种。不过，当时既然不曾绝种，吴王僚为什么吃惊？因为作为水中的鱼，龙筋凤尾豚虽然在当时还不曾绝种；作为席上的菜，却已经在当时绝迹。既然有鱼，怎么会没菜？因为有三难。第一难，难捕。龙筋凤尾豚经年生活在远海，只在清明前后五日期间经长江入太湖排精产卵，想要捕捞龙筋凤尾豚，错过这十天，休想。龙筋凤尾豚整日在深水活动，只在四更一刻至四更二刻之间浮上浅水，想要捕捞龙筋凤尾豚，错过这一刻，也是休想。第二难，难辨认。雌性龙筋凤尾豚浑身剧毒，除非想自杀，谁也不敢尝。雄性龙筋凤尾豚也只有在排精前可食，一旦排精，毒液散发全身，与雌性一般无二。雌雄龙筋凤尾豚大小、形状、斑纹，一一雷同，除非内行，雌雄莫辨。雄性龙筋凤尾豚排精前后，只有色泽略显不同，更是非专家莫可分别。辨认错了，前功尽弃，扔了还怕毒死猫狗。第三难，难烹饪。一般河豚虽然都有毒，但毒在血、在肝、在生殖线，容易清除洗涤。雄性龙筋凤尾豚的毒，则既不在血、不在肝，也不在生殖线，而在背鳍两侧的两条筋内。这两条筋，也就是所谓的龙筋。两条龙筋必须趁龙筋凤尾豚还活着的时候完整无缺地取出，如果这两条龙筋有一条断在体内，或者取出两条龙筋时龙筋凤尾豚已经死了，则后果如同排过精一样，毒性大发，食之者无不立死。怎么才能趁龙筋凤尾豚还活着的时候完整无缺地把那两条细若蛛丝、弱如灯草的龙筋取出来？那是烹鱼高手的绝技。一百年前会这绝技的厨师有五十一人，见诸文献记载。五十年后只剩下九人，也见诸文献记载。到公子光与吴王僚说这话的那一日，据说已经一个也没有了。见诸文献记载的事情不一定可靠，据说的事情就往往更不可靠，据说一个也没有了的时候，其实还有两个人会：一个是鱼伯，另一个就是鱼伯新收的门人专诸。

　　"不错，龙筋凤尾豚。"公子光点头。

　　"他当真会？"吴王僚追问。

　　河豚一向号称天下美味之最，龙筋凤尾豚又一向号称河豚之最。不仅如此，龙筋凤尾豚的壮阳之效，据说也是天下第一。吴王僚不仅好吃，不仅尤其好吃河豚，而且近来那话儿也有些力不从心了，听见说有人会做龙筋凤尾豚，岂肯轻易放过！

　　"不瞒你说，我昨日刚刚吃过一尾。"

　　那一天正是清明节后第三日，再过两日龙筋凤尾豚就要回归大海了，机会难得呀！吴王僚听得心下发痒，叹口气说："原来如此，难怪你把那张武待若上宾！"

公子光笑一笑，扬长而去。

"你说这家伙说的是实话么？"公子光退下之后，吴王僚问。

问谁？除去公子掩余与公子烛庸，还能是谁？

"你去吃一次不就知道了？"公子烛庸说。

"你是说，叫他公子光请客？"吴王僚有些踌躇。

"怎么？你不好意思开口？我去替你说，不过……"

"不过怎样？"

"不过有一个条件。"

"什么条件？"

"你得请我去做陪客。"

"我看你真是馋得出奇，死都不怕！"吴王僚正要回话，冷不防让一直保持沉默的公子掩余抢了先。

"怎么会死？公子光不是已经吃过一回了么？"吴王僚反问，"你不觉得他今日兴致忒高？说不定他那毛病已经给吃好了！"

"公子光吃了没事，不等于你去吃就也没事。"公子掩余说。

"什么意思？难道那张武是什么人派来的刺客，专等这机会来毒死我？"吴王僚不以为然地摇头一笑。

"就算他是刺客，也不用怕他。咱难道不会先扔一片给狗尝尝？不过举手之劳！"说这话的是公子烛庸。

当时吃河豚，一律生吃。具体做法是先把河豚生切成一寸见方、两分厚薄的鱼片，在黄酒中浸泡一刻，然后取出、盛盘，佐以葱、姜、酱、醋、蒜、椒、薄荷、紫苏，从盘中取出一片喂狗，举手之劳。

公子掩余听了大笑，说："谁吃河豚不先扔一片喂狗喂猫的？亏你还把这当成什么妙计，真是利令智昏了！他要真是刺客，难道不会只拣一片有毒的？你能有把握你扔给狗的那一片，正好是那一片？"

"看你这担心！"吴王僚笑，"我难道不会把张武叫到席前来当着我的面切鱼？他还能做得了手脚？"

"叫他当面切鱼？你就不担心他手上的那把切鱼刀？"公子掩余反问，"你不该忘记先王余祭是怎么死的吧？那刺客拿的不过是一把切瓜的刀！"

"那是出其不意。"吴王僚说，"我难道不会防着点？"

"怎么防？难道你找着那真的鱼肠了不成？"

"笑话！何用鱼肠！我的护卫不是白吃饭的，其中四个绝对是一流高手。我把他们四个都带上，两个站在他两边，两个站在他身后，四个看一个，还怕看不住他？"

公子掩余想了一想，想不出什么辞儿来反驳，于是不服气地说："好好好，你们去，你们去，我反正是不去，我胆小怕死，成了吧？"

听了这话，公子烛庸大笑，说："我听说这龙筋凤尾豚极其难得，说不定他公子光也就能捞到两三条，人去多了还不够吃，你不去，正好！"

公子烛庸陪同吴王僚去公子光府上赴宴的那一日，细雨迷蒙，从早到晚不歇。专诸的手心直冒冷汗，不是从早到晚不歇，而是从昨晚到这一晚一直不歇。昨晚公子光告诉专诸：吴王僚找上门来自寻死路，机不可失，时不再来。从那一刻起，专诸的手心就一直在冒冷汗。自从他对伍子胥说出"我干"那两个字的那一刻起，他就知道这一天会来，他也一直等着这一天来，他甚至暗自抱怨这一天怎么还不来。可是，当这一天真的来了，他才发觉他并没有做好充分的思想准备。手心不停地冒冷汗不就是最好的证明么？不过，思想准备充分也好，不充分也好，他是没有退路的了。这一点，他很清楚。他绝不会因为手心冒汗而手软、而心怯。这一点，他也很清楚。

那一晚，他送走公子光，回到他的卧房，独自躺在席上，心中这么想着。他的卧房？独自躺在席上？潇潇子呢？他两人早已分房。不过，别会错意。这并不是说他两人已经不干那事了，也不说明他两人的关系已经有了问题，只不过说明他两人的关系已经正常化。但凡婚后的男女，过不了多久关系必然会进入正常化的阶段。正常化？正常化是什么意思？意思就是说吃喝拉撒、剔牙、抠鼻、挖耳、打嗝、放屁，等等诸如此类不登大雅之堂的举止行为，都会毫无顾忌、毫无遮掩地相向展现、毕露无遗。如此这般的后果，就是干那事儿绝不可能再如偷欢那会儿那么如胶似漆，如鱼得水，如干柴烈火，如风狂雨骤。分房不仅是顺理成章的事儿，也是一种挽救方法，因为它给你点儿机会少看见那些吃喝拉撒、剔牙、抠鼻、挖耳、打嗝、放屁的不登大雅之堂的事儿。不分房，那是没有条件。有条件而不分，或者是因为傻，或者是因为假。所以，分房，是关系正常化的必然结果。

专诸独自躺过一阵之后，独自反省过一阵之后，想起了潇潇子。要告诉她么？公子光没有嘱咐他不要把这事儿告诉潇潇子，说明他可以去告诉她。可他想了一想，决定还是不说的为好。他不想同任何人探讨这件事，包括潇潇子在内。他要是去告诉她，少不得会有一番探讨。至少，他以为如此。要同潇潇子再干一回那事么？再不干，就别想再干了。不像吃龙筋凤尾豚，明晚没吃着，没有后晚，但还有明年。他是既没有明晚，也没有明年了。其实，他并没有干那事儿的激情，不过觉得好像是一件应当完成的任务。专诸怀着执行任务的心情走进潇潇子的卧房，房里没有人，通向盥洗室的雕花木门虚掩，门内有水声，潇潇子在洗澡。专诸犹豫了片刻，终于推开虚掩的房门。"你进来干什么？吓我一跳！"潇潇子没有听见专诸的脚步声？吓了一跳？也许也是真的，也许只是表示气愤，也许两者兼而有之。属于最后一种情形的可能性偏高。

专诸知道潇潇子为什么一脸不快。吃晚饭的时候，他的牙缝里卡了根鱼刺，他当着潇潇子龇牙咧嘴地剔了半天才把那刺剔出来。当时潇潇子就横眉竖眼，专诸只当没看见。你也管得太多了吧？连那老头子都没管过我剔牙！专诸想。这就是专诸的不是了，那老头子需要有同你上床的情趣吗？忽略或者说不理解这种细节的重要性，不止有男人，女人也不少。所以，正常化总是不如偷。偷的时候，双方都尽可能隐藏肮脏恶龊，尽可能展现纯净优美，于是乎能够其乐融融，流连忘返。"没事。"专诸说。他本来就没有激情，潇潇子那句"你进来干什么？"把他那点执行任务的心情也给扫荡一空。他觉得他没有必要再在这儿停留，不过多少得对他这一进一出做点儿解释。于是，他说："明晚公子光府上请客，我可能会回得晚。"顿了一顿，又加了句："很晚。太晚了，也许就不回来。"盥洗室里没有人声，只有水声，潇潇子懒得答理他。

要去儿子房间看一眼儿子么？走出潇潇子的卧房，专诸立住脚，主意不定。他静静地立了片刻，终于转身向左，出了院门，冒着细雨往湖边走。儿子还太小，既不会说话，也不认识他，而且早已睡了，看一眼能有什么意义？况且，他不是已经替他儿子奔了个大夫出身么？他觉得他已经尽了为父的责任，至少，比他自己的爹强过不知道多少倍。他往湖边走，因为公子光已经为他在湖边修好了一座庙，规模宏大，用料上乘，一切都称他的心如他的意。庙门上方该挂门匾的地方是一块空缺，只等明日过后，那空缺的地方就会挂起一块刻着"专诸庙"三个大字的门匾。庙内正厅也空着，也只等明日过后，就会把他的枣木塑像抬进去供着。明日过后，整个这闲闲园也将成为他的陵园。

真的会是这样么？万一明日他失手，会是什么结局？他没想过。赌徒不想着输，想着输的人不是赌徒，赌钱况且如此，更何况赌的是性命！专诸走进他自己的庙，立在空空的正厅正中，面向大门。从大门到正厅，虽然有好几重门，可都建在同一条直线上，白天的时候，从正厅望出去，可以看见湖水，可以看见水平线外的天，可以令人产生升天的遐想和幻觉。可这时候是深夜，云、雨、雾气交织成一副黑幕，视野范围近乎零。专诸能看见什么？他看见的是他想看见的：公子光身着诸侯王的礼服，毕恭毕敬地对他行鞠躬之礼。这时候他想的只是：豹死留皮，人死留名。他专诸的名字将永垂不朽！

公子烛庸陪同吴王僚从公子光府上出来的时候，雨还在滴滴答答，同他们进去的时候没什么两样，空气却更加凉了，凉得简直可以说是有些冷。可是公子烛庸与吴王僚都觉得热，觉得渴，都感觉到一股按捺不住的亢奋，也许真是因为龙筋凤尾豚有效，也许只是心理作用。不过，因为什么并不重要，感觉到什么也并不重要。重要的是：两人都没有死。不仅没有死，而且感觉从来没有这么好过。难道专诸失手了不成？没有。因为专诸根本就没有出手。为什么专诸没有出手？因为公子光手上的酒杯没有滑落。酒杯滑落，是公子光昨晚同专诸约好的信号。没有这信号，专诸不得轻举妄动。

"为什么不让我出手？"送走吴王僚与公子烛庸，专诸迫不及待地问。

"今晚不过是一次试验。"公子光说。

"试验？"专诸反问，一脸的惊愕。

"不错。"公子光点头。

"什么意思？"专诸气愤地问。

换上谁能不生气呢？这一点，公子光清楚得很。于是，他拍拍专诸的肩膀，叫专诸坐下，又亲自捧上一杯酒，放到专诸的面前。

"我知道你会生气，"公子光说，"因为你觉得你被骗了。不过，我不能预先告诉你。如果我预先告诉你了，今晚的试验就不可能这么成功。"

专诸喝下一口酒，却并不回话。

公子光接着说："我要是告诉你今晚不过是一次试验，你会紧张么？你肯定不会。真要动手的时候，你会紧张么？也许会，也许不会。难说。紧张不紧张，不能说不要紧，但更重要的是，你的紧张会不会表现出来。或者，不如说，吴王僚能不能觉察得到。也许你并不紧张，但吴王僚以为你紧张，那就很不好。也许你其实很紧张，但吴王僚浑然不觉，那就没什么不好。"

公子光说到这，停下来，笑了一笑，也许只是为了换口气，也许是为了缓和气氛，可能还要接着说。专诸趁机插嘴问："我紧张了吗？他觉察出来了吗？"

公子光又笑了一笑，说："你既然这么问，说明你紧张了。不过，他显然并没有觉察，所以很好，比你不曾紧张还要好。"

"什么意思？"

"干这事儿，难得不紧张。不紧张，也许只是偶然。紧张，是必然。所以，宁可紧张而善于掩盖紧张，或者说宁可紧张而不善于表现那紧张，那才是万无一失之道。"

专诸不以为地笑了一笑，说："就为看我是否善于掩盖，或者不善于表现，就把这机会丢了，值么？"

"你以为今晚当真是机会？"

"怎么不是？"

"你没看见他叫他手下的四大高手紧贴你身边站着么？"

专诸不屑地一笑，说："四大高手？究竟有多高？我倒真想看看他们能阻拦我出手么！"

"也许不能，也许能。"公子光说，"不过。咱不能在这上赌。万一他们能呢？"

专诸听了，半晌不语。公子光这话，听起来刺耳，可他知道这话绝对正确，无可反驳。半晌之后，他说："照你这么说，不是没有下手的机会了么？"

"怎么会没有？你没听他说他明年还要我请他吃龙筋凤尾豚么？不过，咱的计划得做点儿修改。"

"什么修改？"

"你那渔线不能藏在腰里。"

"为什么？他今晚不是没叫人搜身么？"

"不是怕搜，是怕你没机会从腰里掏出来。你没看见你身边那四条汉子一直紧盯着你的手？我担心只要你的手偏离切鱼的动作，那四条汉子就会对你下手。"

"有那么严重？那你说该把那渔线藏在哪？"

"藏在鱼腹。"

"藏在鱼腹？"

"不错。你一刀将鱼腹切开，把手伸进鱼腹。这是破鱼的惯例，没人会起疑心，都以为你只是去把鱼肠、鱼鳔掏出来。你也当真把鱼肠、鱼鳔给掏出来，不过，顺手也就掏出那事先藏在鱼腹中渔线。"

"这主意不错。"专诸想了一想，点一点头，眼神里露出一些兴奋，也露出一些懊丧，"可惜今年没机会了，还要等一年。"

"至少要等一年，也许还不止。"

"也许还不止？"专诸有些不敢置信的样子，"难道你还想搞什么试验？再看看还有什么要修改的？"

"不是这意思。"公子光摇头，"我相信这刺杀方案是没有漏洞的了。不过，杀了吴王僚并不等于成功。"

"此话怎讲？"

"你知道先王余祭是怎么死的么？"

"听说是被刺客刺死的。"

"不错。你知道那刺客是谁吗？"

专诸摇头。

公子光说："不仅你不知道，连我这本来知道的，现在都忘了。就算我还记得，将来也不会有人知道。为什么？因为没有人把他的名字记下来。国史对于这件刺杀案只有三个字。"

"三个什么字？"

"盗杀王。"

"盗杀王？"

"不错。"公子光说，"你愿意死后成为国史上的一个'盗'字么？"

专诸也许不如公子光那么聪明，但他并不傻。听了公子光这话，他立刻醒悟了什么才能叫成功。于是他问："如果今晚我杀了吴王僚，你没有把握当上吴王？"

聪明的人喜欢同不傻的人打交道，听了专诸这话，公子光高兴地笑了，他说："不错。今晚你杀了吴王僚，你我都难逃一死。就算我逃脱了，甚至就算连公子烛庸也死于乱，可公子掩余没有来，国家的重兵都操在他的手上，他能放得过么？再说，季叔怎么看待这件刺杀案？也很难说。虽然他没有争夺王位的心思，可这并不等于说他支持这刺杀的行动。如果季叔反对我，那么，即使公子掩余败在我手下，我这吴王也绝对当不成。"

"这么说，这事情不就是很难办了么？"

专诸有些失望，但也有些兴奋。失望，在他的意料之中。兴奋，在他的意料之外。为什么会有些兴奋？难道在他的潜意识之中，他并不情愿杀身成名？难道在他的潜意识之中，他竟然怕死？这思绪令他打了个冷战，为了掩盖内心的惶惑，他拿起酒壶，给自己斟满一杯酒，仰头倾杯，一饮而尽。

"不错，的确很难。但咱不是那种知难而退的人，对吧？只要咱耐心等，机会必定会来。"公子光说，神情有些犹豫不决，好像是手上有一颗定心丸，却拿不定主意是给专诸呢，还是留给自己。

9

　　机会终于来了，那是五年以后。这期间吴王僚一共来公子光府上吃过五次龙筋凤尾豚，不过，并不是每年一次。第二年寒食日吃了一次，清明后第四日又吃了一次。第三年专诸的手气不怎么好，清明节前后日日往湖上跑，却总共才捞到三尾，只够吃一回。第四年天气反常，清明前后不是淫雨霏霏，而是雷霆大作，风雨交加。太湖里浊浪排空，渔船大都不敢出港，龙筋凤尾豚也大都躲在湖底，不肯上来。亏得专诸胆大，也亏得专诸运气好，捞到一尾大的，勉强请了一次客。第五年没吃成，不是天气有问题，更不是吴王僚不再有兴趣，是专诸借故推脱了。借什么故？病了。谁能不病呢？吴王僚叹了几口气，只怪自己口福不好。

　　专诸为什么借故推脱？实在是有些烦了。前两三回还有些新鲜感，也还有些实用价值。新鲜感就是新鲜感，谁都懂，用不着解释。有什么实用价值呢？首先，宴会座席的安排通过重复而得以固定不变。专诸切鱼的案子正对吴王僚的座席，相距九尺。这距离正好。正好是什么意思？专诸觉得正好：距离过远，鱼腹里难得藏下那么长的渔线。距离过近，渔线甩出去的时候力道不足。吴王僚也觉得正好，事实上，这距离是吴王僚亲自选定的。吴王僚为什么觉得正好？因为这距离既能保证他吴王僚看得清专诸的每一个动作，又能保证专诸不可能一步就窜到他吴王僚身前来。那时候的诸侯公子、大夫卿相，个个都是练过功夫的主儿。只要专诸一步窜不到他吴王僚跟前，想要刺杀他吴王僚，成功的机会几乎等于零。当然，这只是吴王僚的想法，也只是一般人的想法。一般人是什么人？一般人就是做梦也想不到专诸能用渔线杀人的人。见过专诸用渔线杀人的人都死了，知道专诸能用渔线杀人的人偏偏都参与了刺杀吴王僚的阴谋，否则，历史就会改写。

　　其次，每逢专诸手上攥着切鱼刀的时候，吴王僚的四大护卫都全神贯注于专诸的手。每当专诸放下手中刀，把手伸进鱼腹去掏鱼肠、鱼鳔的时候，那四大护卫都趁机走会儿神、松口儿气。这说明公子光那把渔线藏入鱼腹的主意绝对高明。第三，从第二次来公子光府赴宴起，吴王僚不仅带着四大高手紧盯着专诸，而且还带着一大队卫兵从公子光府门口直排到宴会厅前的台阶之下，这说明用滑落酒杯作为信号的构想不可行，专诸下手之时，公子光得找个借口离席回避才是，否则，吴王僚一旦被刺，阶下的卫兵蜂拥而入，公子光还不当场就被砍成肉酱？于是，公子光借故离席，就成了新的出手信号，这同时也说明要藏下一批亲信来对付吴王僚带来的卫队。否则，事发之后，吴王僚的卫队将公子光府团团围困，里外搜捕，公子光又如何走得脱？亲信已经有了，就是专诸领导下的赤云帮。不过，远水不救近火，藏在洞庭山的水寨里不行。于是，公子光在宴会厅下挖了一座秘密地下室。决定动手的前夕，得预先把赤云帮召来在地下室里藏好。

把这些事情都琢磨透了，都计划好了，再请吴王僚来吃龙筋凤尾豚，不仅专诸觉得烦，就连公子光也觉得烦。所以，当专诸借故推脱的时候，公子光并没有阻拦。让他今年吃不成也好，明年他就会多一分馋，少一分警惕，公子光想。公子光这么设想的时候，只是作一般性的推理，并没有料到那机会真的会在他所说的那"明年"来。然而，机会真的来了。

不过，首先以为机会来了的，并不是公子光，而是吴王僚。事情是这样：第六年春上，楚王死，楚王与秦国公主所生之子登基为新楚王。新楚王年幼，兄长不服，一帮替旧太子抱屈的人也蠢蠢欲动。旧太子这时虽然早已死了，但旧太子逃在郑国时生了一个儿子，叫熊胜。熊胜这时不仅还在，而且正好跑来吴国投靠伍子胥，拥护旧太子的人暗中遣人来吴国，与伍子胥和熊胜联系，并通过公子光求援于吴王僚。

"你说这能不是天赐良机么？"吴王僚兴冲冲地问公子掩余与公子烛庸。

"什么良机？"公子烛庸问，一副懵懵懂懂的样子。

"你这不是明知故问么？"吴王僚有些不高兴，他讨厌公子烛庸那副装傻的神态。

"良机嘛，我倒是看见了，"公子烛庸笑，"而且不止看见一个，只是不知道你说的究竟是哪一个？"

"什么意思？"吴王僚听了，略微一怔。

"你是想灭楚呢？还是想帮着伍子胥与熊胜打回老家去？"

"亏你还老是自以为聪明过人！"公子掩余听了大笑，

"当然是假借替伍子胥与熊胜复仇为名，行灭楚之实了。"

"是这么回事么？"公子烛庸问吴王僚。

"是又怎么样？不是又怎么样？"吴王僚问。

"听说鲁国孔丘说过这么一句话：'名不正则言不顺，言不顺则事不成。'我觉得他这话说得还挺在理。咱如果打着替熊胜争王位的旗号出师，到时候又把熊胜撂一边，自己把楚国给占了，咱岂不是名不正、言不顺么？楚人会怎么想？各国诸侯会怎么想？身为诸侯盟主的晋国又会怎么做？这一点，你们想过没有？"

公子烛庸这一问出乎吴王僚与公子掩余的意料之外，两人面面相觑，半晌说不出话。公子烛庸背着双手，两眼朝天，看着天花板，这是他每逢得意时的一贯动作。

"那依你说，应该怎么办？"吴王僚等了半晌，看见公子掩余并没有出面解围的意思，只好自己发问。

"你两人都没主意？"公子烛庸只动了动嘴巴，双手仍旧背着，两眼仍旧看着天花板。

公子掩余本来没想开口，因为心里的确没有主意，可实在受不了公子烛庸的撩拨，于是说："我看不如去占一卦，看看是灭楚有利呢，还是扶植熊胜有利。"

"占卦？"公子烛庸还想背着手看天花板，但实在忍不住大笑，只好把那副架子放了。"这也叫主意？没主意的时候才去占卦嘛！有主意还占什么卦？"

"那你是有主意的了？还不快说。"吴王僚急忙督促，他担心公子烛庸说完话又去看天花板。

"如果楚国是个小国，把熊胜送回去当傀儡，令楚国成为咱的附庸，那是好主意。不过，楚国偏偏是大国，不仅是大国，而且偏偏是咱的紧邻。一山不容二虎，江淮之间，容不下吴楚两国。这熊胜要是回去了翻脸不认人，咱岂不是前功尽弃？所以……"

公子烛庸的话还没说完，被公子掩余打断。公子掩余插嘴问道："所以你不准备利用伍子胥与熊胜这条内线？"

"这是你说的，可不是我的主意。"公子烛庸不屑地一笑。

"那你的主意是什么？"吴王僚问。

"咱如果不用伍子胥与熊胜，那等于是自断一臂。那还不是蠢得出奇？不过，咱不要明目张胆地用，要暗用。所谓暗用嘛……"

公子烛庸的话又被人打断，但这回打断他的话的不是公子掩余，而是吴王僚。

"好！我明白了。你还真有一手，难怪有人把吹捧为什么'智囊'！"

吴王僚明白了什么呢？他自己没说，但从他的部署可以窥见公子烛庸所谓的"暗用"究竟是什么意思。吴王僚首先召见公子光，吩咐公子光转告楚国旧太子党派来的人，说吴王已经决定派兵遣将护送熊胜回国争夺王位，但是行事必须绝对保密，一旦走漏风声，就别怪吴王撒手不管。接着遣谒者请来季札，先说了些无关痛痒的废话，然后切入正题，说他吴王僚有心扩大吴国的疆土，以便与晋国争霸中原，洗刷被中原诸侯鄙视为南蛮的耻辱。季札略一思量，说：听你这意思，是想趁楚王新死，内部不团结的机会兴师灭楚？吴王僚说：正有此意，不知季叔以为如何？季扎一笑说：你的主意早已拿定，何必还假装问我？今日你请我来，无非是想请我去晋国走一趟，免得晋人出面干涉，对吧？吴王僚听了，慌忙堆下笑脸，说：季叔果然是高人，为侄的心中琢磨什么，一眼就能看穿，不知季叔肯不肯走这一趟？季札说：灭楚，乃兴邦之大计，我季札敢不尽力？不过，你是一国之主，见了晋侯，许个什么样的条件？还得你拿主张。吴王僚略一沉吟，说：条件嘛，我是这么想：咱灭了楚国之后，把大江以北原本属于楚国的疆土都白送给晋国，怎么样？季札听了，又一笑说：有出息！有出息！办大事就得出手大方。我原来还有些担心你不懂这道理，看来我是小觑你了。吴王僚听了大喜，说：那这条件是合适的了？季札说：这条件嘛，相信晋侯会心满意足了。不过，晋国的实权操在六卿之手，咱还要给六卿一一备下重礼，免得他们从中作梗。吴王僚说：季叔说的是。我怎么就没想起来？差点儿坏了大事。这六卿处送什么，送多少，就请季叔掌握了。不知季叔什么时候方便动身？季札说：事不宜迟，大军出境的日子赶在清明前最好，楚人最重清明节，那时候人人都忙着上坟，正好杀他个出其不意。我嘛，明日就启程，绝对不会误期。

　　吴王僚送走季札，随即遣使者去唤公子掩余与公子烛庸。使者刚走，却见季札又匆匆走了回来。吴王僚慌忙起身相迎，要请季札入座。季札摇手，说：不用了。方才走得匆忙，忘了叮嘱你一句话，说完这句话就走，免得耽误了明日的行程。吴王僚问：一句什么话？季札说：这次出兵，你千万要用公子光为帅。记住了？季札这话显然出乎吴王僚的意料之外，吴王僚一时琢磨不透季札的用意，看见季札急着要走，只好赶忙点头说：记住了，季叔放心，一路顺风。季札盯了吴王僚一眼，好像是想看透吴王僚是否明白了他这话的意思，又好像是还有什么话想说，却终于没有开口，转身退了出去。

　　季叔这话究竟是什么意思？季札走后，吴王僚反复琢磨，不得其解。正在后悔方才没有一老一实问个明白的时候，公子掩余与公子烛庸走了进来。等两人立定了，吴王僚说：本来我是这么计划的：遣细作放出假消息，说伍子胥与熊胜率主力沿江北挺进。楚人得了这消息，必然屯重兵于昭关。其实我军精兵十万，由你两人率领，取道陵阳，乘虚直捣楚都。吴王僚说到这儿，把话停了，干咳一声。公子烛庸会意，知道吴王僚是想听听公子掩余与他自己两人的意思，于是插嘴道：我觉得这主意挺好。不过，你既然说本来是这么计划的，想必是又想换主意了？为什么？吴王僚于是把季札叮嘱他的那句话转述了一遍，然后说：我琢磨了半天，可实在想不出季叔那话究竟是什么意思。公子烛庸说：这有什么好琢磨的？季叔一向偏心公子光，无非是想让他去立功，还能有什么别的意思？公子掩余不以为然地摇一摇头，说：你说季叔一向偏心公子光，有什么证据？证据？公子烛庸哈哈一笑，证据多了去了。别的不说，就说那年季叔出使齐、鲁、郑、晋吧，那么一个见世面、结交诸侯公卿的大好机会，他带谁去了？带咱去了吗？他带的不是公子光么？看你这小心眼儿！那都是什么时候的事儿了，亏你还记得！吴王僚嗤之以鼻。

不过，嗤之以鼻只是表面现象，公子烛庸拿出来的这证据其实也触动了吴王僚内心的一根弦。那一年他吴王僚还不是吴王僚，还只是公子僚，他公子僚也同公子烛庸一样想随同季叔出使，结果季叔只带了公子光，他当时气得差点儿没掉眼泪。你说季叔这话是不是在提醒你要防着点儿公子光？说这话的是公子掩余。如果不是公子烛庸那句话触动了他内心那根弦，吴王僚也许会认真考虑公子掩余的猜测。不过，那根弦既然已经被触动了，他就有了先入为主之见。于是，他对公子掩余也嗤之以鼻，说：笑话！叫他为三军之帅是叫我防着他？公子烛庸也附和着笑了一笑。公子掩余不服，说：咱都走了，把他一个人留在国内，能叫人放心吗？我猜季叔可能就是这个意思。怎么是把他一个人留在国内？吴王僚反问，不是还有我吗？要不是因为提防着他，我还不就亲自出征了？不错，走了公子掩与公子烛庸，还有吴王僚自己在，只是他没料到：他自己正是公子光的目标，他自己在，正好给了公子光机会。

公子掩余与公子烛庸出征的那一日，公子光陪同吴王僚一起送出东门外。公子烛庸正要登车的时候，公子光从背后拍拍公子烛庸的肩膀说："今早张武捞到三条大的，可惜你是吃不成了。"

公子烛庸不理，一跃登车，上车之后，方才回过头来说："你不过成心气我，哪那么巧？"

"你们说什么呢？"

吴王僚本来正送公子掩余上车，听见公子光说什么"三条大的"，赶忙凑过来问。公子烛庸用马鞭指着公子光说："他成心气我，说什么张武今早捞着三条大的，可惜我吃不成了。你信么？"

说罢，扬鞭拍马，绝尘而去。

吴王僚目送公子掩余与公子烛庸走远了，回过头来问公子光："真的假的？"

"什么真的假的？"公子光装傻。

"你以为我没听见烛庸说什么？"

"嗨！我以为你说什么呢！他不是说我成心气他的么？"

"那是他说的，我要听你说。"

"真真假假，亦真亦假。"公子光笑，笑得诡秘。

"什么意思？"

"我成心气他，是真。我说张武捞着三条大的，是假。"

"假到什么程度？"吴王僚也笑了一笑，也笑得诡秘。

"假就是假，还分什么程度？"公子光说，好像大吃一惊。

"是捞着三条，但其实并不怎么大？还是捞着两条？还是只捞着一条？这难道不是程度不同？"

"你怎么不说一条也没捞着？"

"那根本不可能。"吴王僚不屑地摇一摇头。

"为什么不可能？"

"你的脾气我还不知道？张武要是当真一条也没捞着，你还会有心思来气烛庸！"

公子光不答，一副默认的样子。

"究竟捞着几条？"

"两条。"

"那不正好嘛！咱俩一人一条。日子就定在明晚了？"吴王僚说，虽然略带一点问话的口气，其实是催促。

吴王僚既然馋得很，为什么不选当日夜晚却选明晚？因为龙筋凤尾豚至少得在清水里养一日，才能彻底去掉泥腥。其实，专诸早在两天前就捞着了两条龙筋凤尾豚，公子光故意把他说成是这一天的早上。

"为什么要这么说谎？"专诸问。

"不是说谎，是策略。"公子光提醒他。

"你这话怎么像是伍子胥说的？"专诸问。

"不仅这话是他的话，这计策也是他的计策。"公子光说。

"伍子胥？"专诸的语调透出几分惊，也透出几分喜。深藏不露的伍子胥既然出面了，他知道这回是玩真的了，绝对不再会是什么试验。他希望尽快了结，等的滋味不好受，无论是等死，还是等成名。

"拖这么一天有什么好处？"专诸相信伍子胥的策略必然有道理，但他还是想问个明白。快要死的人，其实是什么都可以不再问，可快要死的人，偏偏总想把一切都弄个水落石出。公子光笑而不答，不是不想给专诸一个答复，让他带着疑问去死，是因为屏风后走出了一个人，不是别人，正是出这谋划的人。伍子胥既然露面了，这问题当然是由伍子胥来回答最好。

伍子胥显然也明白这道理，所以不等公子光示意，就自行解释说："赤云帮的人来早了，容易暴露，白天来，也容易暴露。只有在鱼已经上钩之后，趁黑夜赶来最安全。如果不多等这一天，如何能有这机会？这是原因之一。"

说到这儿，伍子胥把话顿住，望着专诸，像是关怀。伍子胥所说的"鱼"，不是鱼，是人，是专诸猎取的对象。这一点，专诸明白。不过，还有原因之二？这就出乎专诸的意料之外了，专诸的眼神因而流露出些许气愤，不是生伍子胥的气，是生自己的气，他气自己总是不如伍子胥想得深远、想得透彻。不过，生气只是一瞬间的事儿，因为这也令他认识到他没本事当谋士，想要成名，只有当刺客。这么一想，他不仅消了气，而且也减轻了等死和等成名的烦躁不安。他总算是选择对了一条成名的路，他想。

等到他的眼神回归平静了，伍子胥接着说道："不错，还有其二。多等这一天，公子掩余与公子烛庸就进入楚国境内了，一旦同楚军对峙，即使听到了什么风声，想撤也难了。"

伍子胥的话就说到这儿，没有进一步解释公子掩余与公子烛庸回不来意味着什么好处。会说话的人，不少说，也不多说。说少了，意思表达不全。说多了，不仅是废话，也可能令听话的人恼怒。我连这都不懂？你以为我傻？伍子胥不想令专诸产生这样的想法。生气的人，很难视死如归。专诸必须视死如归，所以，专诸绝不能生气。

专诸能做到视死如归么？六年前的那一晚，当他以为那将是他这一生的最后的一个夜晚的时候，他没做到。手心不停地冒冷汗不就是证明么？这回呢？想起了那一晚，专诸下意识地伸出手掌来看了一看。没有，手掌干得很。其实，手心冒不冒冷汗，哪用得着看？难道还感觉不出来？忘了能够靠感觉，或者说不敢相信感觉，说明他至少是有些紧张。紧张不等于不能视死如归，比如，担心失手也会导致紧张。专诸担心失手么？多少有点儿，这是人之常情，完全不担心，反倒说明有问题，那是自信过头了。自信过了头，难得不大意。大意，就可能导致失手。专诸对这一点很清楚，所以，他对自己有那么有一点儿担心感到很满意。

专诸这么想着的时候，也像六年前一样，独自躺在自己卧房的席上。所不同的是，他没有想去见潇潇子的念头，虽然吃晚饭的时候他并没有当着潇潇子的面剔牙。其实，他根本就没同潇潇子一起吃晚饭，他的晚饭是在公子光府上吃的，不是在宴会厅，也不是在膳房，而是在公子光的书房，一个本来不该吃饭的地方。一起吃饭的是两个人，没有客，也没有主人，只有两个专心吃饭的人。其实，本来是有主客之分的，只因为吃饭吃得专心，所以忘了谁是主人，谁是客。对专诸来说，这顿晚饭将是他最后的晚饭。对公子光来说，这顿晚饭也可能是他最后的晚饭。将是最后，可能是最后，能不专心？

两人对席而坐，食案上只有一盘菜。一盘什么菜？龙筋凤尾豚。龙筋凤尾豚？不错。龙筋凤尾豚不是要留给明晚宴客用的么？不错。不过，明晚只需要一条，不是为了吃，甚至也不是为了做样子，而是为了暗藏渔线，杀人的渔线！专诸与公子光默默地吃着鱼片，默默地喝着黄酒。酒喝光了的时候，盛鱼的盘子正好也空了。两人一同起身，一同出了书房，一同行到府门门外，一同停住脚步，一同相对拱一拱手，一个说："你不必送了。"另一个说："我的性命就是你的性命。"说"你不必送了"的，消失在黑暗中，说"我的性命就是你的性命"的，退入门内。门内凉飕飕，门外也凉飕飕，至少，门内门外的两个人都感觉如此，绝无丝毫热感，也绝无丝毫亢奋之意。

"我的性命就是你的性命"，这话是什么意思呢？公子光没有解释，因为他认为专诸懂，否则，他就不会这么说了。专诸当真懂么？至少，他以为他懂，所以他没有问。根据后世史学家的揣测，公子光的意思是：只要有我公子光在，就会有你专诸的一切。你专诸虽然死了，就同没死一样。专诸是这么理解的么？似乎不是，因为当专诸回到闲闲园，独自躺在自己的卧榻之上回味公子光的这句话的时候，他想的是：只要他公子光能成功地当上吴王，我专诸就必定会名垂不朽！专诸想的是杀身成名，不死，不能成名，死与不死怎么能够一样？公子光与专诸那时代，肯杀身成名的人虽然并非多如过江之鲫，至少不是九牛一毛。后世呢？好像只数得出欺名盗世的人，却数不出杀身成名的人。

"咿呀"一声门响，打断了专诸的思绪。专诸没有起身，没有抬头，也没有说"你进来干什么？吓我一跳！"他只是闭上眼睛，假装睡着了。他知道进来的是谁，也知道他骗不了她，他只希望她因为看见他装睡而生气，生气就会走，走就正合他意。他为什么不想见她？他有些累了，想休息，不想被打扰。更正确地说，他只是不想见任何人，并不是不想见潇潇子，只不过是包括潇潇子在内罢了。生命快要走到尽头的时候，谁都会觉得累，不管是二十岁，是三十岁，还是一百岁。所以，专诸虽然还不到三十岁，也不能不觉得累。潇潇子在门边静静地站了一会儿，然后悄悄地走到卧榻旁边，把卧榻左右两边的两支蜡烛一一吹灭，又悄悄地退出门外，轻轻地把门关了。

难道潇潇子真的被他骗了？以为他睡着了？不可能，专诸想。专诸为什么会这么想？因为他从来没有成功地骗过潇潇子，他不相信这一晚会是例外。专诸没有错，潇潇子的确知道专诸不过在装睡，但她没生气，只是走了，因为她来的目的，不是打搅，是安抚。那当然是说，如果她认为专诸需要安抚的话。她怎么会想到专诸可能需要安抚？难道她知道明日的刺杀行动？不错，潇潇子不是外人，她知道公子光的底，比专诸更知道公子光的底。六年前那一晚，专诸不知道是试验，潇潇子知道是试验。这一回，专诸知道是玩真的，潇潇子也知道是玩真的。消息都是经郑姬传递的，当然也都是公子光的意思。六年前，那意思是让潇潇子放心。这一回呢？让潇潇子做好逃命的准备？公子光没有这么说，郑姬在传话的时候没有自做聪明地做这么一点补充，潇潇子听过郑姬的传话之后也没有这么问。说话的人、传话的人、听话的人，都是聪明人，聪明人懂得什么时候应当推开窗儿说亮话，什么时候应当心照不宣。

潇潇子来看专诸，既是为了看看专诸是否需要安抚，也是为了看看是否有必要做好逃命的准备。在推门进去之前，她在门外悄悄地站了一会儿。从专诸的卧房出来之后，她也在门外悄悄地站了一会儿。两次都听不见门里有任何动静，可见专诸的心态很好，至少，潇潇子认为如此。这令潇潇子感到满意，她相信明日专诸必然能够大功告成，准备逃命是大可不必的了。感到满意之余，潇潇子也不禁感到一些惋惜、一些失落。她回想起当年唯恐专诸死了，如今却唯恐专诸不能视死如归。从当年到现在，不过七年的时间，变化竟然是这么大！其实，从她唯恐专诸死，到唯恐专诸不能视死如归，并没有七年。六年前她答应公子光同专诸结婚的时候，难道不是已经在指望专诸能够杀身成名么？唯恐专诸死，是为了满足她自己，唯恐专诸不能视死如归，也是为了满足她自己，她原来竟然如此自私！想到这儿，她突然感到一种恐惧，一种冲动。她扭转身，匆匆返回专诸的卧房，猛然把房门推开。门里传来专诸的鼾声，悠扬、浑浊、顿挫有致。潇潇子立在门口静静地聆听了一会儿，也许是在判断那鼾声是真是假，也许只是举棋不定，不知道是应当进，还是应当退。她终于悄悄地把房门带关，悄悄地走了。如果专诸没有进入梦乡，潇潇子会干什么？她猛然推开房门的时候是冲动的，她悄悄地带关房门的时候是冷静的。然而，无论是冲动的时候，还是冷静的时候，她都并不知道她究竟想做什么。幸亏他睡着了，否则，我怎么办呢？在往回走的路上，潇潇子想。不过，潇潇子究竟可能干什么已经无关紧要。事实是，专诸睡着了，潇潇子走了，什么也没干。推测如果事实不是这样，结果会变成怎样，对历史来说，并没有任何意义。历史只是对事实进行事后的记录，不是对事实进行事前的排演。

第二天下了一整天小雨，夜晚在阴暗中来临，不知不觉，正像蒙蒙小雨。吴王僚的车队在公子光府门前停下来的时候，雨停了，灯光恍惚之中，两个使女搀扶着公子光从门内一瘸一拐地迎出来接驾。吴王僚见了略微一惊，问道：怎么啦？公子光勉强笑了一笑，说：嗨！都怪我自己不小心，听见你的车驾到了，想快走一步，结果踩滑了脚。吴王僚问：没大事吧？公子光说：不过崴了一下，能有什么大事？吴王僚说：听说这龙筋凤尾豚大发，你要是伤了筋骨，恐怕是不宜吃的了。公子光听了大笑，说：我不宜吃？那岂不是便宜了你？

公子光在大门口同吴王僚周旋的时候，专诸独自一人在厨房里收拾那条龙筋凤尾豚。独自？不错。那时候虽然没有专利法，却有保障商业秘密的不成文法。怎么收拾龙筋凤尾豚既然是厨师的秘密，专诸就有名正言顺的理由把自己一个人关在厨房里，谁也不会起疑心，包括吴王僚在内。虽然吴王僚应当是吃不着这条龙筋凤尾豚的了，专诸还是小心翼翼地把两条龙筋抽出来。一场混战之后，说不定有什么人会想起来吃这条鱼，不把龙筋给抽出来，岂不会令那人死得冤枉？专诸一边抽龙筋，一边这么想。刺客虽然以杀人为职业，却不是滥杀无辜的独夫。专诸是个敬业的刺客，他不想破坏刺客的形象。他把龙筋取出之后，把依旧生猛的龙筋凤尾豚放回水池，然后从腰下摸出一条一丈来长的渔线来，反手往灶台一甩，搁在灶台上的一个葫芦好像颤动了一下，又好像没有。专诸走到灶台跟前，用两根手指夹住葫芦的把儿轻轻往上一提，葫芦齐腰以上被手指提起来，葫芦齐腰以下却纹丝不动，原来那葫芦已被渔线齐腰一切为二。专诸放下葫芦，抄起灶台上的渔网，走到水池旁边，那龙筋凤尾豚在池中遨游自得，不知死期将近。专诸看了几眼，不无惋惜地叹了口气。不过，专诸所叹息的，不是这条龙筋凤尾豚即将成为案板上的肉。专诸所叹息的，是从此以后不再会有龙筋凤尾豚这道菜了。鱼伯已在两年前去世，专诸确信他自己是这世上唯一会做龙筋凤尾豚的人。他走了，作为宴席上的菜，龙筋凤尾豚难道不会从此而绝迹么？龙筋凤尾豚因上宴席而死，就像他作为刺客而死，那是死得其所，有什么可叹息的？老死江湖，那才是虚此一身！谁老死江湖？是龙筋凤尾豚，还是刺客？

有人在门上敲了两下，打断了专诸的思绪，提醒专诸：该是上鱼的时候了。专诸应了一声，用渔网把鱼捞起，把渔线绕成圆圈，从鱼嘴里塞进去，左手提着渔网，右手抓过一把切鱼刀，出了厨房。吴王僚的四大护卫在门外等着他，虎视眈眈地盯着他手上的切鱼刀，像往常一样；专诸对他们点头笑了一笑，也像往常一样。他对吴王的四大护卫并无恶感，他明白他们不过是奉命行事而已。他甚至有些欣赏他们的敬业精神，他设想如果他自己是吴王僚的护卫，他也会这么敬业。不过，他多少有些瞧不起他们，他自己是绝不肯干这行当的。为保护一个人而活，远不如为杀一个人而死，他想。况且，他们能保护得了那人不死么？这么想着，专诸又不禁笑了一笑，不再是礼貌的微笑，是轻蔑的冷笑。他知道他今晚会死在他们手中，但他也相信他们会死在他的赤云帮的手下。他死了，会名垂千古。他们死了呢？有谁知道？没有。有谁想知道？也没有。

专诸在吴王僚的四大护卫伴随下进入宴会厅的时候，下酒的腊味已经在席上摆好，黄酒也已经煮熟，酒香弥漫，烛光辉煌，排箫齐鸣，好一派欢腾的气象！专诸在切鱼的案前立定，把龙筋凤尾豚从网中抖出，放到案上，正要举刀剖鱼之时，公子光从席上起立，举起酒杯，绕过席案，意思是要行到吴王僚的席前来敬酒，却不料一个趔趄，在吴王僚席前摔倒，酒杯滑落，酒洒一地。吴王僚吃了一惊，问道：怎么？又把脚给崴了？公子光一连"啊哟"了两声，然后说：可不是么？还是那右脚腕。两个使女慌忙趋前，要把公子光搀扶起来，公子光把胳膊架在两个使女肩上试了一试，摇头说：不成。吴王僚见了，扭头吩咐身边的两个随从道：还不快去帮个忙，把公子光抬进去歇息！男人毕竟不是女人，两个女人搀扶不起，两个男人不费吹灰之力。公子光被两个男人轻而易举地抬走了。临走时丢下这么一句话：这龙筋凤尾豚我还真是吃不成了，当真便宜了你！

公子光走了，专诸手起刀落，把龙筋凤尾豚的腹部切开，左手按住垂死挣扎的鱼，右手放下切鱼的刀，把手伸进鱼腹。再往下，专诸应当把鱼肠、鱼鳔等等内脏掏出来扔掉。接鱼肠、鱼鳔等等内脏的竹篓已经备好，就在切鱼的案子的前边。再往下呢？专诸应当把龙筋凤尾豚扔到水桶里漂洗。三个盛满清水的大木桶也已经备好，就在切鱼的案子的右边。这样的操作专诸已经当着吴王僚的面重复过五次，无论是对于吴王僚，还是对于吴王僚的四大护卫，都已经没有新鲜感。没有新鲜感就很难叫人聚精会神，不能聚精会神就很难察觉到细枝末节的区别。专诸把手伸进鱼腹的时候，同前五次没什么两样，当他的手从鱼腹里出来的时候，右臂上的衣袖跳动了一下，这与前五次就不一样了。衣袖为什么跳动，因为手臂的肌肉跳动了一下。手臂的肌肉为什么跳动？因为手指有攥紧的动作。把鱼肠、鱼鳔掏出来是用不着攥紧手指的，专诸手里抓住的不只是鱼肠、鱼鳔，还有一条渔线，杀人的渔线！可这细枝末节的区别被吴王僚以及他的四大护卫给忽略了。当鱼肠、鱼鳔掉下竹篓的同时，吴王僚的脖子好像颤动了一下，又好像没有，正像那灶台上的葫芦。所不同的是，葫芦齐腰处既没有多什么，也没有少什么，吴王僚的脖子上却多了一条红线。什么红？血染的红。什么线？刀切的线？剑削的线？都不是，比刀切的线要薄，比剑削的线要轻灵。当渔线在吴王僚的脖子上划开一道红线的同时，专诸左右两手各自劈下一掌，立在他左右两边的两个护卫一齐跌倒，再也没有动弹，两具躯体倒地之前业已化作两片，酒香凝固了，烛光凝固了，排箫的声音也凝固了。也许都没有，只是人的神经凝固了。什么人？一屋子的人，包括专诸自己在内。伍子胥说得对，吴王僚的护卫不都是白吃饭的，当专诸劈下两掌的同时，两把匕首刺进了专诸的后心。

那晚以后的事情呢？公子光成功登上王位，史称吴王阖庐。吴王阖庐没有背弃誓言，登基伊始，便封专诸之子为上大夫，封潇潇子为武安君。往后每逢专诸忌日，吴王阖庐必然亲临专诸庙，对着专诸的枣木塑像行长揖之礼。潇潇子既没有守寡，也没有再嫁，成了名副其实的风流寡妇。专诸的儿子后来怎么样了？有人说是夭折了，因为后世再也没有"专"这么个姓氏。有人说并非如此。怎么解释后世再也没有"专"这个姓氏呢？那时代的人，一旦受封为大夫，都可以改用封地的地名为姓。专诸的儿子封在什么地方呢？史无记载，无从考核。换言之，如果你我的姓氏凑巧与当年吴国的某个地名相同，你我说不定就是专诸的后人。不过，这些身后琐事，专诸并不关心。专诸所关心的只是：我名垂不朽了吗？

专诸死后五百年，司马迁为专诸写了一篇正传。两千六百年后，本书作者又为专诸写了一篇外传。如果死人有知，他应当心满意足了。如果死人无知呢？

荆轲篇

《刺客列传·荆轲》

"荆轲者，卫人也。其先乃齐人，徙于卫，卫人谓之庆卿。"

司马迁：《史记·刺客列传》

1

　　一阵雷雨过后，月光透过窗口，洒在石板地上，像一泓死水，荆轲从晕厥中惊醒。惊醒荆轲的，不是雷声，是人籁，是脚步声。荆轲惊醒后的第一个反应，是伸手往腰下一摸。还好，剑还在。第二个反应呢？他想一跃而起。不过，这想法只停留在神经中枢指挥运动的神经细胞里。他没能跳起来。怎么可能跳不起来？这"没能"令他大吃一惊。惊醒之后再吃这一惊，他不仅是惊醒了，而且是清醒了。清醒后的荆轲感觉到左胸隐隐作痛，感觉到吐纳失调不畅，也感觉到内心的焦虑与不安：他的内伤显然远比他以为的要重，他还能在三日之后与盖聂一决雌雄么？荆轲这么想着的时候，右手又一次下意识地往腰下一摸。还好，剑还在。这种感觉早已成了一种条件反射，只要他的手指碰到他的剑柄，这感觉必定油然而生。不过，这一回，这种感觉过后，他不禁产生一丝疑惑：真的只要剑还在就万事大吉了么？有这剑在，究竟是福呢，还是祸？

　　有多少人因为这柄剑而伏尸荒野？荆轲数过，恰好七七四十九人。一柄什么了不起的剑，值得这么多人为之生，为之死？据说那剑名叫"纯钩"，出自越国铸剑大师欧冶子之手，本是吴公子季札之物。季札出使晋国时，路过徐国，与徐君一见如故。从晋国回来，再次路过徐国时，徐君不幸已经作古。季札在徐君墓前祭以三牲，洒以清酒，这不足为奇，在人意料之中。祭祀既毕，季札解下腰间的纯钩，挂在徐君墓庐前的圆柏之上，挥泪而去。这就稀奇古怪，出人意料了。为什么呢？季札的随从问。季札说：上次路过时，徐君曾经索取这剑把玩，嘴上虽不曾说，我知他其实爱不释手，只因知道这剑乃是先王传给我的国宝，所以才没好意思开口问我要，我季札不能令徐君在生时如愿以偿，难道还忍心令徐君抱憾终身于地下么？

　　季札留剑徐君墓庐，那是三百五十年前的事情。三百五十年后，季札的纯钩如何落到荆轲的手中？众说纷纭，莫衷一是。最为流行的说法是，荆轲得之于其师公孙归生，公孙归生得之于其师防风叔子，防风叔子得之于其师隋武子，隋武子也是得之于其师。其师姓甚名谁？无人知晓。再往上溯，更加虚无缥缈。简言之，这说法可以归结为"师传"两字。还有一说，从根本上否定荆轲的剑与吴公子季札的那柄纯钩有任何瓜葛。这说法依据的是这样一个传说：季札离去之后，新徐君令人取下纯钩，陪葬徐君之陵。徐君之陵至今完好无缺，没有被盗的痕迹。既然如此，那纯钩必然仍在地下陪伴徐君之灵，如何能够来到人间？这说法还有一个旁证，这旁证的依据也是一个传说。相传欧冶子所锻五剑，除鱼肠之外，巨阙、湛庐、胜邪、纯钩四剑仅供装饰，并不实用，而荆轲的剑，分明是一把杀人的利器。既然如此，二者如何能够混为一谈？荆轲自己对剑的来历怎么说？荆轲守口如瓶，讳莫如深，对于种种猜测一概不置可否。不过，是季札的那柄纯钩也罢，不是季札的那柄纯钩也罢，总之，荆轲的那把剑，刚劲非常、锋利无比，端的是一把宝剑无疑。因此，觊觎荆轲那把宝剑的人，多如过江之鲫。

　　过江之鲫，数以千万计，觊觎这宝剑的人既然多如过江之鲫，因此而死在荆轲剑下的，怎么可能只有四十九人？原因简单之至，荆轲有天下第一剑客的名声在外，非自视为武林超一流高手者，虽有此心，莫有此胆。四十九人找上门来，四十九人饮恨黄泉，无一例外。这说明荆轲名不虚得，声不浪来。且慢！不是说四十九人都伏尸荒野么？怎么又说是找上门来？但凡自视为武林超一流高手者，都不是等闲之辈，不会像叫花子那样不请自来，赖在门前不走，一个个都是先叫手下的人送张请帖来，帖上照例写着"请于某月某日某地赐教"之类的客气话。请帖上的"某地"，一准是人迹罕至的山巅或者水滨。高手过招，不是美女斗艳，不愿招摇过市，没人看见最好。比如说盖聂送来的请帖吧，上面写的"某地"，就是黑风岭的舍身崖。顾名思义，足以见其荒、见其险。岭不荒透，风怎么会黑？崖不险极，怎么当得起"舍身"之名？有谁会没事找事，去这种去处？没有，即使是荆轲也不会。

　　当然，荆轲是非去不可的，因为他的确有事，不是没事找事。盖聂既然已经找上门来，不去，等同认输；认输，就只有拱手交出宝剑、退出江湖这一条路可走。荆轲年方三十五六，血气正烈，即使明知会输，也绝不会走这条路。更何况已有四十九人伏尸荒野的先例，盖聂有什么理由不可能成为第五十人呢？理由其实不是没有，荆轲也不是不知道，只是不屑置信而已。理由何在？江湖上近来渐渐流行"南荆北盖"之说，足见盖聂在武林中的名气已经与荆轲并驾齐驱。荆轲不屑置信，因为这说法并没有什么切实的根据，只是忽略了一点：把荆轲誉为天下第一剑客的说法，难道有切实的根据？

　　有，还是没有？八月十五日卯时当见分晓。那一日的那一刻，荆轲如约，登上黑风岭舍身崖之巅，旭日初升，殷红似血，盖聂已经先在。崖顶光秃秃，没有树，没有草，甚至也没有尘土，只有光秃秃的石头和两袖清风。

两袖？不错。两个人，怎么可能不是四只袖？因为只有荆轲穿着阔袖长袍，盖聂穿的是扣袖紧身服，扣袖虽然也是袖，无奈兜不住风。荆轲穿阔袖长袍是为了实用。袖阔碍手，袍长碍脚，怎么会实用？但凡问这话的人，都没见过荆轲出手。荆轲的剑法究竟叫做什么名字，荆轲守口如瓶，一如对他的剑究竟是不是季札的纯钩一样。外人称之为旋风剑法，因为荆轲的剑招从来不走直线，只划圆圈，衣袖、袍襟与剑一同翻滚，令对手眼花缭乱，看不清孰者为剑，孰者为袖襟。说"从来不走直线"，多少有些失真，因为荆轲攻出的最后一招绝不划圆圈，必定走直线。所谓"最后一招"，就是置对手于死地的那一招。那一招叫什么名字，荆轲也是守口如瓶。外人给了一个绰号，叫做"一剑穿心"。这绰号单调乏味，缺乏想象力，不过，倒是精确无误，因为那一招必定刺穿对手的心。

"这么干净的石头少见得很，只可惜将不免被血玷污。"说这话的是荆轲。

"这么干净的风也少见得很，只可惜将不免夹带血腥。"说这话的是盖聂。

两人的剑已经出鞘，血是非流不可的了，只是不知道那血是姓盖，还是姓荆？

"你知道你是第五十吗？"荆轲问盖聂。第五十是什么意思？第五十位挑战者，还是第五十具尸体？荆轲没有说明，留给盖聂去想。想，就会分心；分心，就有机可乘。荆轲的剑握得极其随意，站立的姿势也极其随意。只有随意才能随机，只有随机才能趁机。但凡未出手前就预先立个门户，摆个定式的，在超一流高手眼中，都不过是行尸走肉。

"你数错了。"盖聂得意地一笑，不假思索就给出这么一个答复，可见荆轲这问题早在盖聂的预料之中。数错了是什么意思？盖聂没有说明，留给荆轲去想。想，就会分心；分心，就有机可乘。这奥妙，盖聂也懂。"南荆北盖"，果然旗鼓相当。

荆轲没有回答，也没有思考该怎么回答，他出手了。不是被激怒，沉不住气了，是看到了出手的良机。良机何在？在盖聂的笑，得意的笑。男人的防线在两种时刻最为脆弱，一种是销魂的时刻，另一种是得意的时刻。前者是女人攻击的良机，后者是男人攻击的良机。

荆轲出手的第一招也就是最后一招，剑走的不是圆圈，是直线，直奔心脏的直线。"一剑穿心"，从来没有失误过，这一回也不例外，荆轲一剑刺入，立即抽出，等着看血流出来，也等着看盖聂倒下去。可盖聂没有倒下去，不仅没有倒，而且还反击了两招。第一招用剑直刺荆轲的咽喉，荆轲吃了一惊，慌忙举剑去挡。两剑相交，"砰"然一响，火花四溅。与此同时，盖聂使出了第二招。第二招用的不是剑，是手掌，是掌法，也是"砰"然一响，不过，既没有火花，也不是两剑相交，是盖聂的左掌拍在荆轲的左胸。荆轲倒退三步，一个踉跄跌倒在地，他想一跃而起，可是没有跳起来，无可奈何地坐在地上，眼睁睁地看着盖聂从怀里摸出金疮膏药来，撕开衣襟，把膏药贴在伤口上止住血；然后感觉到自己的胸口疼，喉咙呛；也感觉到一股血腥，不是风吹过来的，是胸腔里冒出来的。不出盖聂所料，却比盖聂所料更加糟糕。血腥令他恶心，恶心令他吐，吐出来的不是苦水，是鲜红的血。鲜血溅在纯白的丝袍之上，像雪地上怒放的梅花。

盖聂倒提着剑，步履蹒跚地走过来。

"我现在杀你，可以不费吹灰之力。"盖聂说。

这话也许不假，也许并不真。盖聂究竟还剩下多少力？也许的确还能吹灰，但也许并不能再有力气杀人，他虽然没有倒下，伤得也并不轻。

"那你怎么还不动手？"荆轲问。问完之后居然还笑了一笑。不是做作的假笑，是心灰意冷的苦笑。心已经死了，躯体活着还有什么意义？

"因为我盖某人做事一向光明磊落，就这么杀了你，虽然谈不上卑鄙恶龊，却也谈不上光明磊落。"

"什么意思？"荆轲疑惑不解，他没看出盖聂使了什么阴谋。

"我的心与众不同，不在左边，在右边。"盖聂说，"这是我的秘密，我从来没有告诉过任何人，我当然也没有必要告诉你。不过，如果你事先知道这秘密，你那'一剑穿心'还会失手么？也许会，也许不会。究竟是会，还是不会？我想知道，我相信你也想知道。"

原来如此！荆轲顿时感觉到心在"怦怦"地跳动。他以为那是死灰复燃的希望所致，忘了内伤也可能导致心跳加剧。既然我并没有失手，我怎么会再失手？荆轲想。这想法似乎无懈可击，其实却有一个漏洞。但凡看见过"一剑穿心"那一招是怎么使出来的人都已经死了，死在那一招之下，只有盖聂例外。盖聂既然已经看到了，难道他不可能琢磨出化解的招式来？荆轲没有想到这一点，他提议三日之后，同样的地点，同样的时刻，再来比试一回。

"三日够吗？"盖聂问，口气透露出无限关怀。

"你要是觉得不够，那就五天。"荆轲说，他相信三天的时间足够他自己缓过气来，也许不够自己伤口痊愈，他想。不过，他感激盖聂行事光明磊落，宁愿盖聂占两天便宜。

"用不着，那就说好三日了。你要是来不了，托人带个信来，免得我白等。"

谁来不了？是你还是我？荆轲想反唇相讥。话到嘴边却没有说出口，不是忽然改了主意，是血涌上来，堵住了他的喉管。他忍不住咳嗽一声，血从喉管里呛出来，不仅溅到丝袍上，而且也溅到石头上。不过，盖聂没有看见，他已经转身走了。如果看见了呢？盖聂会怎么想？什么也不会。盖聂之所以没看见，并不是因为他碰巧走了，是因为盖聂犯不着看。在盖聂心中，荆轲已经是个注定要死的人。但凡活人都有一死，谁能不是注定要死的人？荆轲中了他的追心掌，但凡中了他的追心掌的，最多活不过三天，从来没有过例外，从此也不会有例外。换言之，荆轲注定要在三日之内死，这才是盖聂的意思。

从来没有过例外，那是事实，不容置疑。从此也不会有例外，那是盖聂的信念，也许对，也许错，三天之后就会见分晓。三天为时不长，不过，已经足够发生一些盖聂不愿意看到的意外。比如，荆轲生前，宝剑被抢走；或者，荆轲死后，宝剑不知去向。这些当然都是盖聂不愿看到的。不过，更令盖聂担心的，还不是宝剑的下落，而是旋风剑法的下落。无论荆轲的宝剑是不是吴公子季札的纯钩，那剑并不是荆轲锻造的，荆轲的死，带不走那把剑。旋风剑法就不同了，那是荆轲的独创。荆轲一向独来独往，没有弟子门人，如果旋风剑法因荆轲之死而失传，自然非常可惜。如果荆轲在临死前把那剑法的秘诀口授给了什么人，结果又如何呢？得看那传人是谁而定。

盖聂虽然有这些担心，可还是从容不迫地下了山。不能预知应当担心什么，那叫傻；已经知道应当担心什么而不思量对策，那叫更傻，盖聂不傻，早在他写下那请帖，约荆轲在黑风岭舍身崖相会的时候，对策就已经安排好了。

2

黑风岭西南五十五里也有座山，不那么荒，也不那么险恶，因为山下曾经有座城邑，如今那城邑虽然已经成为废墟，毕竟有过人文的痕迹。那山的山顶上有座庙，山脚下也有座庙。山顶上的庙破，因为已经没有人去；山脚下的庙更破，因为还有人去，不过不是该去的人去，是不该去的人去。这山本来没有名字，有了这两座庙以后，被人称做庙峰山。这山没有名字的时候属于卫国，卫人是华夏人种的一支，华夏人只修祖庙，祖庙不修在山里，所以这山上山下本来都没有庙。后来这山头连同周围的土地都被楚国侵占了，楚人不是华夏人种的一支，楚人除了在城里、村里修祖庙，也在山里修建不是祖庙的庙。这山顶上的庙和山脚下的庙都是楚人修的。两座庙里都供着什么？是神？是鬼？只有楚人知道。再后来楚国盛极而衰，楚人走了，卫国却并没有因此而复兴起来，庙峰山一带于是成了一片弃地。在庙峰山下过路的和落脚的，有行商、有强人、有走私的、也有保镖的。这些人都不上山，当然不会去山顶上的庙，偶尔在山脚下的庙里歇脚、过夜、避风、躲雨、遗矢、撒尿，或者干些见不得人的勾当。

八月十五的黄昏，荆轲步履蹒跚地走进了山脚下的庙。他本来是要去山顶上的庙的，实在走不动了，只好走进山脚下的庙。原本只是想在山脚下的庙里歇歇脚，再往山上走，可他一脚踏进西侧殿，就失去了知觉。他像一摊稀泥那样倒在门边的，有知觉的人不会那样倒。夜半的时候下了一场暴雨，雨声大，雷声更大，荆轲没有醒。暴雨、雷霆戛然而止，一阵凉风吹过，明月当空，天籁地籁俱寂，荆轲也没有醒。梦乡中的人，既可以被声音惊醒，也可以被寂静惊醒。荆轲没有醒，因为荆轲并不在梦乡，在晕厥。

雷雨停后不久，一男一女跑进庙来，脚步轻快，直奔正殿。正殿之中，背墙面门，是一尊泥塑，脑袋掉了，胳臂断了，无从辨认是神还是鬼，也无从辨认是男还是女。两个人在西侧殿门口停止了脚步，荆轲却已经被脚步声惊醒了。

惊醒后的荆轲后悔没有坚持走到山顶的庙里去，那庙里绝不会有人来，他可以安安心心地在那里休息三日三夜。他这么想，因为他不知道他是像稀泥那样倒在这西侧殿里的。如果他知道，他也许会庆幸没有坚持往山上走。被人惊醒，总比被狼惊醒好。这山里有狼，他应当知道。前天晚上他在山顶的庙里过的夜，天快亮的时候他听到狼嚎此起彼伏、凄厉无比。荆轲这么想着的时候，听到"唰！唰！"两声响，分明是刀剑出鞘的声音。

"什么人鬼鬼祟祟地藏在里面？"问话的是男人。

荆轲不予理会。

"装聋作哑，准是在干什么见不得人的勾当。"说这话的是女人。

荆轲想笑。究竟是谁在干些见不得人的勾当？荆轲坐在暗处，月光只照亮门口，可偏偏在这时候，他又冷不防打个喷嚏，两条人影应声而入，两把长剑一齐向荆轲胸前刺过来，配合紧凑，如有默契。显然，这一男一女联手出击，也绝不是头一回。荆轲挥剑一隔，他期待着三剑相碰的火花，也期待着两剑落地的声响。他的期待落空了，因为那一男一女只是虚晃一招，两把剑刺到荆轲身前半尺就收回了。不过，这结果荆轲并不知道，就在他挥剑一隔的同时，他感到胸口一阵剧痛，不由得大叫一声，晕倒在地。

荆轲醒来的时候，天色已亮，他看见面前站着一个女人，一脸的灿烂，就像女人身后的阳光。他听见那女人说：荆轲！快来看！那人醒了。女人这话令荆轲吃了一惊，荆轲？她叫谁荆轲？他想问，不过，他没有问，因为他听到一个男人的声音说：有什么好大惊小怪的，你喂了他一颗九转回春丹，他要是还不醒，那不就是死人了？男人这话令荆轲又吃一惊。九转回春丹是齐人公孙阴阳的祖传妙药，据说有起死回生之效。不过，这灵丹例不外传，这女人怎么会有九转回春丹？她同公孙阴阳有什么关系？这一男一女不是要取他的性命的么？怎么反而用九转回春丹救他的命？这些问题，荆轲也想问，不过，他也没有问，因为这时候他看见一个男人走过来，手里把玩着他的剑。

"这剑是你的？"男人问。

什么意思？这不是明知故问么？荆轲心里这么想，嘴上却说："现在已经是你的了。"他现在是个废人，剑又已经在人家手上，他还能说什么呢？

男人淡然一笑，把剑插回剑鞘，递给荆轲，说："你既然还没有死，这剑就还是你的。"

荆轲略一犹豫，双手接过，说："恭敬不如从命。敢问两位尊姓大名？"

女人粲然一笑，说："贱姓无足挂齿，大名没有，小名青青。"接着伸手向身边的男人一指，说："他叫荆轲，荆楚的荆，车旁一个可字的轲。"

荆轲假做惊讶万分之状，说："原来你就是天下第一剑客！失敬！失敬！"

男人不好意思地笑了一笑，说："别听她胡说！我不过……"

女人打断男人的话，嗔道："我胡说什么了？你难道不叫荆轲？"

男人不无感慨地说："谁知道我的姓名究竟是不是这两个字，说不定是'忧心京京'的'京'，'伐柯如何'的'柯'也未可知。"

这就奇了。"忧心京京"与"伐柯如何"都出自《诗经》。这男人既能征引诗曰，显然并非文盲，怎么可能连自己的姓名是哪两个字都不知道？荆轲没有问，因为那男人不等荆轲发问就自己做了如下的解释：

我无父无母，不是自幼就父母双亡，是我不知道谁是我的父母。五岁的时候，我的养母一病不起，临死前她告诉我说，我是她从漂在水上的一个木盆里捡来的。当时我刚刚出生，身上缠着一块丝巾，丝巾上写着两个字。养母不识字，拿着丝巾去问集市上的算命先生。算命先生说是"荆轲"两个字，或者不如说，是这么两个读音。不识字的人想不起问字应当怎么写，只知道记住读音。养母从此就把这两个声音当做我的姓名。养母去世的时候，恰好有个医师路过，看我孤苦伶仃、无依无靠，把我收留做他的书童。往后承蒙主人教诲，读了几句书，识了几个字，却始终无法知道我的姓名究竟是哪两个字。也许凑巧与那个荆大侠同姓同名，也许毫不相干。

"大侠"两个字，也许能打动一万个人的心，"荆大侠"三个字，却未能打动荆轲的心。不过，这并不是因为荆轲不喜欢奉承。不喜欢奉承的人其实并不存在，只不过有些人一经奉承便如喝了迷魂汤，神魂颠倒，不知道自己姓甚名谁；另一些人却还能保持正常的思维能力。荆轲属于后一类，他没有因为喜欢听"荆大侠"这三个字就没听出这三个字的破绽。他荆轲是个什么样的人，他自己清楚得很，他从来不多管闲事。不多管闲事的人，上哪儿去挣这"大侠"的称号？他不是没听人叫过他"荆大侠"，不过，那都是当面阿谀之辞，听得出来口是心非。如今这人既不知道自己是谁，又把"荆大侠"三个字说得那么语重心长，难道不可疑么？

荆轲把手上的剑放到地上，双手支撑着地面，做出一副挣扎着要站起来的样子。一男一女见了，一齐伸手来搀扶。荆轲突然出手，不是用剑，也不是用手掌，是用手指。左右两根食指分别直戳那一男一女腰下的瘆疲穴，一男一女不约而同发一声"啊哟"，手脚顿时不听使唤。这一戳，又令荆轲胸口隐隐作痛，这一痛于是又令荆轲怀疑那九转回春丹之说。

"你这人怎么这么不知好歹？"女人气愤不平地说，"好意救你，你却恩

155

将仇报！"

"笑话！"荆轲想发一声冷笑，可是没笑出来，因为他又嗅到一股血腥。他慌忙提一口真气，把上涌的血流镇住，接着说："我要是恩将仇报，你这会儿还说得出话来？我只不过想搞清楚我的救命恩人究竟是谁。"

"我不是跟你说了我叫青青么？"

"姓什么？"

"一个下贱的使女，哪儿来的姓？"

荆轲盯着那女人的眼睛，却看不出丝毫说谎的痕迹。女人大都善于说谎，他想。这种想法也许是男人的偏见，也许是事实。不过，无论是哪一种，都与那女人的眼神无关。因为那女人没有说谎，她的确叫青青，也的确是个下贱的使女。

"谁的使女？"

"齐国高仲子高大夫。"女人说。

这就是句谎话了，荆轲心头掠过一丝得意的感觉，因为他看出那女人的眼神有些慌，却不知道那"慌"，原来也是谎言，无声的谎言，是那女人故意做出来让他"识破"的。

"高大夫？高大夫家的使女从哪儿弄得来九转回春丹？"

女人不答，却望着男人，眼神显得更慌张。

"叫你不要随便拿出九转回春丹来，你不听！"男人抱怨说。

荆轲扭过头来看着男人说："这么说，收留你做书童的那个医师，就是王孙阴阳了？"

男人不语，算是默认了。

"你两人背着主子私奔？"

一男一女都不语，也算是默认了。

"好像——自圆其说。"荆轲说，"不过，我还是有一点不明白。你两人既是王孙阴阳的使女书童，怎么偷出来的九转回春丹却像是假货？"

"假货？不可能！"女人说，"我亲自从他床板下的秘密药箱里偷出来的，绝对假不了。"

"不假，怎么我的内伤并不见好？"

"也许，"女人说，"也许九转回春丹并没有外面传说的那么神乎其神，也许，你受的掌伤伤势太重。"

"也许，你说得不错，也许，你两人都与王孙阴阳并无瓜葛。"荆轲说："知道我是谁吗？我就是王孙阴阳！"

男人吃了一惊，女人却撇嘴一笑，说："别在那瞎诈唬了，你以为我不知道你是谁？你就是人称天下第一剑客的荆轲!

这回女人说的是实话，可正是这实话，让荆轲抓着了把柄。"不错，我就是荆轲。"荆轲说，"不过，我问你：你怎么知道我是荆轲？你又怎么知道我受的是掌伤？老实说：你两人是不是盖聂的手下？盖聂打发你两人来干什么？"

盖聂的心在右胸，那是盖聂的秘密。荆轲的秘密在腰上，那是荆轲的秘密。两人的秘密本来都是不为外人所知的秘密。盖聂的秘密，但凡同他上过床的女人，都有可能知道。身心相贴，心跳加剧之时，哪能不觉察？荆轲的秘密呢？这只有荆轲自己清楚了。

跟青青一起的那男人也是盖聂的手下？不错，他的确是盖聂的书童。更确切地说，他小时候是盖聂的书童，如今早已不再是童子，可是主子叫惯了他书童，并没有给他换个什么别的名目。再说，虽然他早已替主子干些重大的勾当，却也继续干些书童该干的活儿，比如，研墨、撑绢、在书房里陪主子读书等等，所以，叫他书童也并非完全不妥。至于他说的有关他的身世的故事，那是半真半假。他说他是被人从漂在水上的木盆里捡来的，这不假。他说他的姓名与"荆轲"两字同音，这就不真了。他这么说，只是依计而行。谁的计？当然是盖聂的计。庆辂才是他的真名实姓。至少，那块丝巾上写的是这么两个字。庆辂的养母虽不识字，却并没有把那块丝巾扔掉，临死前交给了庆辂。庆辂一直随身携带，时刻不离。为什么要冒称"荆轲"这么两个音呢？庆辂问盖聂。盖聂说：人嘛，都喜欢与自己有些联系的人。所谓"因亲及亲，因友及友"，就是这个意思。那为什么不干脆就说是"荆轲"，岂不更加直截了当？庆辂又问。盖聂说：如果荆轲是一般人，这办法可行，可荆轲是名人，这办法就不见得可行了。名人难免不有架子，你说你跟他同名同姓，他也许会火爆三丈：你是什么东西？居然敢跟我同名同姓! 他要是这么一想，这关系还怎么攀？所以，你得闪烁其词，似是而非。所谓"欲擒故纵"，就是这个意思。

每逢盖聂向庆辂交代任务，庆辂必定认真聆听，但有疑问，绝不放过。盖聂喜欢办事认真的人，因而对庆辂宠信日隆。受主子宠信的奴才往往得意忘形，所以这世上才有"小人得志"之说。庆辂没这奴才的通病，不仅没有得意忘形，而且还时常流露出郁郁不得志的神情。人往往只看得见想看见的东西，受宠的奴才不应该不满足，所以，尽管庆辂时常流露出郁郁不得志的神情，盖聂却视而不见。庆轲为什么会郁郁不得志？因为庆氏本是齐国的世家大族，后来迁居卫国，虽然不再如以往那么显赫，依然不失为卿大夫之家。我庆轲如果不遭遗弃，难道不该为卿，为大夫，出将入相？你盖聂是什么东西，不就是有几个臭钱、会几招武功？庆轲经常这么想。青青是盖聂的禁脔，庆轲竟然敢偷，固然因为色胆包天，也因为对盖聂缺乏对主子应有的敬畏。

青青当然也是极受盖聂宠信的奴才，否则就不会同庆轲一起参与这跟踪、监护和哄骗荆轲的重大任务了。女人之所以能受宠，首先当然是因为色美。不过，仅有美色，极有可能停留在"受宠爱"的地位。由"受宠爱"进而为"受宠信"，除去美色之外，还得需要点儿别的东西。青青之所以能受宠信，不是因为凡事认真、谨小慎微，而是因为见机迅速、反应灵活。她从来没有问题，因为无论盖聂说什么，她都能心领神会。既受宠爱，又受宠信，青青应该心满意足了吧？也没有，像庆轲一样。不过，不是像庆轲那样以为自己应当比主子更高贵，是因为一天到晚侍候人，却享受不到被人侍候的滋味儿，包括在床上干那勾当时也是如此。庆轲于是乘虚而入，填补了这块盖聂绝对不会去填补的空缺。

不过，虽说青青与庆轲都对主子有那么一点儿不忠，替主子执行任务却一贯认真负责，也从来不曾失手过，直到这一回，面对一个将死的人。被荆轲点了瘈疭穴，青青与庆轲无可奈何，只得老实交代一切。对于盖聂面授机宜的细节，荆轲问得并不怎么仔细，因为他已经猜出了八九成，对于庆轲的身世，荆轲却表现出极大的兴趣。

"你那块丝巾上写的的确是'庆轲'这两个字？"荆轲问。

"绝对没错。"庆轲说。

"字体是楚篆，是齐篆，还是晋篆？"荆轲又问。当时韩、赵、魏三国通行晋篆，齐国用齐篆，淮泗以南通行楚篆。此外，秦国用秦篆，鲁、卫一带通行鲁篆，燕国用燕篆，荆轲却一概忽略，不曾提及。

"都不是，是鲁篆。"

"当真是鲁篆？"

"当真是鲁篆。"

"丝巾上只有'庆轲'两个字？"

"大字只有这么两个，此外，还有六个小字。"

"小字写的是什么？"

"甲辰八月十五。"

“你这话可当真？”

“我骗你这个干什么？况且，这丝巾我一直揣在怀里，你要是不信，你摸出来一看就知。”

3

　　如果庆轲不曾把那丝巾带在身上，历史也许会改写。荆轲是个多疑的人，如果缺乏切实的证据，荆轲对于别人说的话，宁可信其假，不信其真；宁可信其无，不信其有。更何况这"别人"，刚刚还说过谎话来哄他，他怎么会信！他不信，会是什么结果？他原本打算再打听清楚青青与庆轲究竟是什么人，盖聂究竟想要什么之后，在这一男一女的痿疲穴上再戳一指。这痿疲穴是他荆轲的独家发现，不见诸医书，各派武学的禁方也均无记载。这穴位的奥妙是：戳一指，四肢立即动弹不得；一个时辰内再戳一指，十二个时辰之后穴道自然解开，身体各个器官均无损伤；倘若一个时辰之内没人在痿疲穴上再戳一指，过了十二个时辰又没人化解，那么，轻则永久瘫痪，重则死亡，视受戳者的身体条件而定。怎么化解？那就不是在痿疲穴上再戳一指那么简单了。荆轲既不是什么侠客，也不是什么恶棍；既不多管闲事，也不自作罪孽。像青青、庆轲这类替主子效力的奴才，荆轲从来不屑于杀。倘若青青、庆轲在十二时辰之内遇到什么意外，那是这一男一女自己的运背，与他荆轲无关。至少，荆轲是这么想。至于别人是否也会这么想，荆轲并不在意。十二个时辰之后，青青、庆轲怎么去向盖聂交代；交代之后，盖聂会怎么处置这一男一女，那当然就更同荆轲没有关系了。这就不只是荆轲这么想了，换成别人，即使那别人是侠客，恐怕也都会这么想。

　　荆轲自己怎么办？没有办法，既然是中了追心掌，恐怕只有死路一条。如果真有王孙阴阳的九转回春丹，也许能侥幸不死，可他上哪去弄这灵丹妙药？不过，他不会在这庙里等死，他会去山顶上的庙，放一把火，把一切都烧个精光。一切是什么？荆轲那时候想到的一切，指那庙，指他自己，指他的剑，也指他的飞廉剑谱。事实上，他之所以要去那山顶上的庙，正因为他的飞廉剑谱在那庙里。所谓剑谱，其实是一条细绢腰带，上面用图像和符号记录了飞廉剑法的要诀。荆轲平素总是把那剑谱贴身系在腰上的，连睡觉时都不解下来，那一日临下山时，却决定把剑谱解下来，藏在庙里。荆轲当时的想法是：不会有什么人到这破庙里来搜索，所以，即使他一去不复返，那剑谱依然会安然无恙。所谓一去不复返，当然也就是死在盖聂剑下的意思。否则，他为什么会不回？临决战前先想到死，不怎么吉利吧？所谓安然无恙，也不乏言外之意。剑谱被人毁了，那当然不是安然无恙，剑谱永远湮没无闻，那也不是安然无恙。荆轲所谓的安然无恙，其实也就是"藏之名山，传诸其人"的运好。那人究竟是谁呢？荆轲并不怎么在乎。他知道至少会有一个人来寻找他的遗物。如果剑谱归那人所得，很好，那是他的运气。如果那人没运气，没找着，让别人得着了，那也无所谓，那是天意，由不得我荆轲做主了。荆轲当时这么想，荆轲如今却不再这么想了。盖聂既然能叫青青与庆轲追踪到这山脚下的庙里来，说不定早就知道他前一晚在山顶上的庙里过的夜。既然如此，盖聂难道不会去那庙里搜索？所以，他必须在盖聂之前赶到那庙里去。他已经无力另觅藏谱之处了，只有把它烧掉。烧掉那剑谱固然可惜，总比落在盖聂手上好，他绝不能令盖聂成为那"传诸其人"中的"其人"。

这是荆轲在不知道庆轲究竟是谁之前的设想，这设想并没有成为事实。因为庆轲随身带着那丝巾，足以证明他没有说假话。既有证据在，荆轲即使想不信，也不得不信。荆轲把庆轲的丝巾仔细审视过后，小心地放过一边，就着阳光又仔细端详了庆轲一番，然后并不说话，却从自己怀里摸出一块丝巾来，两手撑平了，展开在庆轲的眼前。庆轲看了，目瞪口呆，惊讶不已，因为他看到的是一块一模一样的丝巾，尺寸、质地、色泽完全相同，丝巾上也写着两个大字，六个小字，字体、笔法、墨色也完全相同。写着什么呢？除一个字以外，也完全相同。那不同的一个字虽说不同，却也有八九分相似。

"你叫'庆轲'，我叫'庆轲'，你出生于甲辰年八月十五日，我也出生于甲辰年八月十五日。"荆轲说。

"怎么可能？"庆轲问，一脸狐疑，不敢置信。

"因为你我是孪生兄弟。"荆轲说。

"怎么可能？"庆轲又问，好像除去这四个字，再也说不出别的话来。

"你别听他胡说，"青青说，"他姓'荆'，怎么又改姓'庆'了？"

"我原本姓'庆'，十五年前南下荆楚，因楚人自称荆人，又恰好读'庆'字为'荆'字，于是，顺水推舟，改姓'荆'氏。"

庆轲信谁？青青，还是荆轲？因为改姓之说，固然是口说无凭，那块丝巾难道不是真凭实据？何况，庆轲也发现荆轲容貌和自己居然非常相像，只是荆轲脸色黑一些，有些沧桑，神情和动作与自己也是如出一辙，荆轲进而说出一段三十多年前的往事。荆轲不是个善于叙述故事的人，说得啰啰嗦嗦，重言复语。删冗去赘，其实只有这么几句话：

卫大夫庆武子行猎黄岗，归途遇风雪，借宿于农家。农家有女，小名小蛮。小蛮爱庆武子风流，庆武子爱小蛮俊俏。两情相悦，一夜偷欢。次年秋，小蛮诞下一对双胞。其父大怒，小蛮不得已，将婴儿置于盆中，放诸水上，任其随波逐流，听天由命。庆武子闻讯赶来，可惜晚了一步，只在水上截住一盆，另一盆不知去向。

"你是说：你是被截住的那一个，我是不知去向的那一个？"听完荆轲的故事，庆辂问。

还能有什么别的解释呢？其实没有。庆辂之所以问，其实也不是期待什么别的答案。庆辂之所以问，是因为他没有感觉到任何亲情，不仅没有感觉到任何亲情，而且还感觉到一些忿恨。忿恨既针对庆武子与小蛮，也针对荆轲。为什么被截住的偏偏不是我？为什么被截住的偏偏是他？为什么？为什么？他反复这么想，窗外的蓝天白云，随着他的思绪，渐渐化作一江秋水。他仿佛看见两个木盆在水中飘荡，仿佛看见庆武子赶到江边，脱衣解带，跳入水中，仿佛看见庆武子向他游来，仿佛看见庆武子举起双手正要将他抱起。突然，不远处传来一声哭叫，分明是荆轲的声音。庆武子略一犹疑，放下举起的双臂，一头扎入水中，往哭叫的方向游去……

一阵风来，白云从窗口消失，一江秋水顿时化作一片绿油油的草地。一个五六岁的男孩儿穿一身纯白丝袍从远处跑过来，投入一个女人的怀抱。那女人高髻长裙，一头金钗玉坠，身边站着一个男人，着朝服，穿朝靴，道貌岸然。庆辂看不清那男孩儿的面目，也看不清那一男一女的面目，可心中清楚得很：那男孩儿就是荆轲，那女人就是小蛮，那男人就是庆武子。怎么那男孩儿偏偏就不是我？他想。他这么想着，恨不得挥起双手，左右开弓，给那男孩儿两个结实的大嘴巴。这恨心一起，幡然醒悟，原来自己被荆轲点了穴道，根本动弹不得。

醒悟过来的庆辂看见荆轲缓缓地走过来，用手指在他腰、肩、背三个无名穴位各戳了一下，解了他的穴道。然后他听见荆轲说："我既中了盖聂的追心掌，想必难逃一死，即使万幸不死，后日也绝不可能再上黑风岭同盖聂一决雌雄，这对付盖聂的事儿，就得靠兄弟你了。"

兄弟？你这时候才想起我这个兄弟？三十多年了，你们找过我吗？庆辂恨恨地想。他心中的"你们"，指庆武子，指小蛮，当然也包括荆轲。不过，庆辂没有把心中不平之气表现到脸上，因为他从荆轲的这几句话中听到了机会。

"靠我？怎么个靠法？"庆辂不动声色地问。

"你拿着我的剑，脸上略加涂深，走路慢一些，权且冒充一回我。"

"成吗？"庆轲问，有些犹豫，有些不怎么愿意，他担心盖聂认出他。

"有什么不成？孪生兄弟还怕不像？"

"可我不会使你的旋风剑法，一出手还不就叫盖聂识破了？"庆轲说。

他当真需要用荆轲的剑法去对付盖聂？其实用不着。盖聂的伤势不轻，根本不可能在三日之内复原，他之所以敢于应承荆轲提出的三日之约，是因为他算准了荆轲根本不可能赴约。不过，这一点，荆轲并不知道，所以，荆轲并没有觉得庆轲的担心有什么多余。

"不是旋风剑法，是飞廉剑法。"荆轲说，"我当然会把剑法教给你。不过，……"

荆轲说到这儿，忽然把话顿住。他有点儿犹豫，不知道该不该接着往下说。因为他想说下去的话，不仅关系到剑谱的命运，也关系到一个人的命运。

庆轲没有催问，耐心地等着。荆轲既然有求于他，他着什么急？果不其然，没隔多久，荆轲就又开口了。

"有一个条件。"荆轲说。

"什么条件？"

"你得先用这把剑杀一个人。"荆轲从地上拿起剑，递给庆轲。

"杀一个人？"庆轲有些诧异。

"不错。杀一个人。你不敢？"

"有什么不敢？"庆轲不屑地笑了一笑。

"你也不问我要你杀谁？"

"谁？"

"青青。"

青青？庆轲有点儿意外，但也不十分意外，在场的只有三个人，除非荆轲叫他杀的人不在场，否则，不是青青，还能是谁？"为什么？"他还是忍不住问了一问。

"因为我不喜欢叫青青的女人。"

这理由当然并不很好，不过，荆轲并不需要什么很好的理由。事实上，理由愈不成其为理由，就反而愈容易达到荆轲的目的。什么是荆轲的目的？试探庆轲究竟是个什么样的人。荆轲希望庆轲是个什么样的人？君子，还是小人？并不这么简单。以为君子与小人截然不同，那是俗儒、陋儒的观点。荆轲有他自己的为人准则，根据荆轲的准则，但凡出卖朋友的，都不是东西。如果庆轲肯对青青下手，庆轲就不是东西，不是东西，他荆轲就不会把飞廉剑法传授给他。这是荆轲的想法，庆轲瞟了荆轲一眼：什么意思？不喜欢就杀？好！很好！不愧是条好汉！这是庆轲的想法，他以为他一眼就看透了荆轲的心。

剑刺过去，血流出来，人倒下了，一切在一瞬间结束。青青倒下去的时候，杏眼圆睁，一脸的惊讶，名副其实死不瞑目，青青知道自己是怎么死的，只是想不通。青青是个明白的女人，她知道她与庆轲之间并无情意，有的只是欲望。不过，她过高地估计了她的魅力，她以为任何男人都只会为她死，而不是反过来叫她去死。荆轲叫庆轲杀她，她以为那是开玩笑，至于庆轲那么轻易就对她下手，那就更加令她不敢置信了。前天晚上不还对她的肉体那么如饥似渴来着的么？怎么可能？

"可惜。"看见青青倒下了，荆轲说。

庆轲又瞟一眼荆轲，看见荆轲的眼神透出一丝悲凉、一丝惋惜。"嗨！何必呢？天涯何处无芳草。况且，女人都是祸水，越是迷人的，越该死。"他说。说完，朝剑吹一口气，看着青青的血慢慢地从剑尖滴到地上。

"这不是我的意思。"

这话令庆轲听了一愣，像一瓢凉水，浇灭了他的自信。"那你的意思是？"他试探着问。

"可惜你同飞廉剑法没有缘分了。"荆轲说。

"青青可是你叫我杀的。"庆轲说。他知道揣摩错了荆轲的意图，不过已经晚了。他也知道这样的解释不可能挽回败局，不过他想不出别的话可说。

"你走吧。"荆轲心灰意冷，他不想再看见庆轲在他身边。

"我走？你知道我不可能就这样走。你既然不叫我去对付盖聂了，总得让我向盖聂有个交代吧？"庆轲说，自嘲地一笑。

"你可以把我的剑带走。"

"我可以把你的剑带走？笑话！这剑不是已经在我手上了么？难道还是你的剑？"庆轲又对着剑尖吹口气，剑上的血迹已经凝固了，只吹出一股血腥。"况且，你以为盖聂要的是这把剑？这剑本来早就可以是他的了！"

"他当然更想要我的飞廉剑法，不过，那是他痴心妄想，绝对不可能！"

"我替你可惜。"

"可惜什么？"

"可惜你一世英名，就这么葬送了，葬送在并不怎么高明的盖聂之手。"

盖聂不高明吗？至少，盖聂没有成为第五十人，比那些伏尸荒野的四十九人高明多了。盖聂高明吗？如果不是因为心脏长在右边，盖聂能逃得过那"一剑穿心"吗？答案究竟会怎样？盖聂说他相信荆轲想知道，当时荆轲的确想知道，所以才有那三日之后再次决斗之约。如今荆轲已经知道答案了，答案其实很简单，如果盖聂的心不长在右边，盖聂根本就不会让他有机会一剑刺中盖聂的左胸。盖聂给他那么个机会，其实是故卖破绽，以便给他一掌，致命的追心掌。盖聂给他一个再次决斗的机会，其实也是故卖破绽，目的是诈取他的剑法。这么简单的问题，我荆轲当时怎么就没看透？荆轲想，多少有些后悔的意思。这问题当真这么简单？其实并不然。问题往往在事后显得简单，并不是因为人在事前傻，也不是因为人在事后聪明，只因为事后往往有更多的讯息透露出来供人分析、供人推敲。比如，荆轲事前不知道盖聂会什么追心掌，也不知道那追心掌的厉害，青青与庆轲也是事后才冒出来。荆轲没有轻易上当，令盖聂如愿以偿，已经很不简单了。况且，退一步说，就算荆轲当时就看透了盖聂的阴谋，又能怎么样？并不能改变任何结果。

"我本来已经输了，有什么可惜的？"荆轲说，"觉得可惜的应当是盖聂，因为他枉费了一场心机。"

"你错了。"庆轲说。

"我错了？什么地方错了？"

"他的心机并没有白费。"

荆轲听了一惊，难道他庆轲已经猜到我那剑谱藏在山顶上的庙里？他想。

"怎么？你以为你还能哄我，或者逼我把那剑法的口诀告诉你？"荆轲问。

荆轲自以为他这一问，问得非常聪明。聪明在哪儿？聪明在"口诀"两个字。既然是"口诀"，那就是说那剑法还没写成剑谱。他希望庆轲这么推理，如果庆轲把他这话转告给盖聂，他希望盖聂也这么推理。

"笑话！"庆轲不屑地一笑，"谁要你的剑法？"

这话令荆轲又吃一惊，怎么？难道还有更大的阴谋？除了剑法，他盖聂还能想要什么？难道他盖聂知道我荆轲的秘密？荆轲不禁打了个冷战。不过，他很快就发现他的担心是多余的，因为庆轲并无意卖什么关子，略微一顿就自己做了答复。

"想要你的剑法的是盖聂，不是我。"庆轲说，"对盖聂来说，他的心机是白费了，你没说错。不过，对我来说，他的心机没白费。这才是你的错。"

"什么意思？"荆轲问。庆轲的答复虽然解答了一个疑问，却又引出另一个疑问，一个令他更加困惑不解的疑问。

　　"你已经不需要知道是什么意思了。"这是庆轲的回答。不过，庆轲的这个回答，荆轲并没有听见。庆轲在给出这个答复之前，先刺出了一剑。荆轲没有把飞廉剑法传授给庆轲，庆轲不会"一剑穿心"那一招。所以，庆轲一剑刺出，被剑刺穿的，不是荆轲的心，是荆轲的咽喉。

　　荆轲就这么死了吗？如果死者有知，荆轲必定会说：不错，我就是这么死了。如果死者无知呢？说这话的是庆轲。庆轲对着剑尖吹了口气，看着荆轲的血一滴一滴滴下石头铺的地面，然后发表了这么一句独白。什么意思？没有人问。因为西厢房里只有三个人，两个死人，一个活人。死人问不出口。活人不必问，因为活人知道答案。

　　第二天傍晚，一队保镖的路过庙峰山，想到山脚下的庙里去过夜，没找着庙，只看到一片废墟，外加一堆余烬。怎么搞的？让雷火烧掉了？一个镖师说，他自以为他说得很有见地，因为不远的地方有一棵硕大的柞树一劈为二，显然是遭了雷击。不错，那棵树是雷劈的。庙呢？是雷火烧的吗？

4

八月十九日卯时，黑风岭舍身崖上还没有阳光，不是太阳还没有出来，是太阳没法儿出来。铺天盖地的云，不白也不黑，阴惨惨，灰蒙蒙。盖聂登上舍身崖，期待着两个人，两个他手下的人。可他只看见一个人，一个身披一袭阔袖长袍的人，这令他吃了一惊。那人背对着他，听见他的脚步声，从容不迫地转过身来，潇洒地冲他一笑，不是出声的大笑，是无声的微笑。这就不仅是令他吃惊，而且是令他大吃一惊了。

"怎么是你?!"大吃一惊的时候，往往会语无伦次，所以盖聂冒冒失失地说出怎么一句话来，既像是惊问，又像是惊叹。

"你既约了我，我怎么能不来?"那人说，嘴上依旧挂着潇洒的微笑。

"不对。"盖聂听出那人的声音有些不对，也有些熟。

"什么不对？是我不对，还是这把剑不对？"那人一边说，一边拔出剑来，荆轲的剑。

没有阳光，那剑不明晃晃，可依然透出寒光，也透出杀气。寒光是剑的质地赋予的，是那剑的禀性。杀气是那握剑的人赋予的，是那握剑的人的心态。寒光，内行看得见，外行大概也看得见。杀气，内行感觉得到，外行大概就感觉不到了。盖聂打了个冷战，不愧是内行。他下意识地伸手往腰下一摸，手指碰着了剑柄。虽然他深信荆轲来不了，其实用不着剑；也深知自己剑创未愈，其实使不了剑，他还是没有忘记把剑带上。剑之于剑客，就像衣服之于女人，出门绝对忘不了，无论是出客，还是只在门口遛个弯儿。

"都不是，是声音不对。"盖聂说。他的手指虽然碰着了剑柄，却没有把剑拔出鞘来。不能使剑的时候拔出剑来，那是找死。盖聂还不想死，他想多听那人说几句话，要死，也要死个明白，知道是死在谁的手上。

"人都说眼见为实，耳听为虚。你却偏偏反其道而行之，是不是有些傻?"那人说，说完，嘲弄地一笑。

"你是庆轲!"笑声露出了马脚，被盖聂识破。

"你错了，这世上已经没有庆轲，只有荆轲。"那人说。

说这话的"那人"，究竟是谁？是荆轲，还是庆轲？这么说吧：以前有个人叫庆轲，后来自称荆轲，说这话的"那人"，怎么称呼合适呢？是叫荆轲呢，还是叫庆轲呢？

"什么意思？"盖聂问。庆轲的话，或者说荆轲的话，并不难懂，可盖聂听不明白，可见他还没有从震惊中完全清醒过来。

"什么意思？意思不是明白得很么？我就是荆轲，荆轲就是我。怎么？听不懂？"

"放屁！"盖聂发一声冷笑，抖出做主子的威风。

"看来你是执迷不悟了，那也好，我就成全你。"荆轲一边说，一边把手上的剑晃了一晃。

"你想要干什么？"

"当然是要你死。"

"谁能不死？你想吓唬谁？"盖聂不想死，可他不能不嘴硬，他不能在奴才面前失了主子的身份。

"你别高兴得太早，以为死是你的解脱。你没那么幸运，你不能一死就一了百了。"

"什么意思？"

"什么意思？意思简单得很：你死了，还有下文。"

"什么下文？"

"不出三日，江湖上的人就都会知道你盖聂是怎么死的，死在你的书童庆轲之手。也都会知道你盖聂是因为什么而死的，为了同你的书童争夺一个叫做青青的使女。"

"你，你……"盖聂伸出手来，指着荆轲。他想说：你这该死的奴才！可没有说出来，只看见自己的手指在发抖。吓的？气的？连吓带气的？总之，他彻底输了。于是，话说出口，就变成了："你究竟要怎样？"毕竟，盖聂是个跑江湖的老手，他知道怎么随机应变。如果庆轲当真要他死，他这会儿还不早就在黄泉了？他既然还在舍身崖，那就说明庆轲并不想要他死，至少现在还不要。果不其然，听见盖聂说出"究竟"这两个字，庆轲会心地一笑，提出盖聂可以不死的条件来。

"认我做荆轲。"庆轲说。

一阵沉默。风停了，天上掉下几点雨水，凉凉的，陷入沉思的盖聂没有觉察出来。盖聂在想什么呢？他在琢磨后果，什么后果？认庆轲做荆轲的后果，他盖聂有什么损失没有？得不着荆轲的剑？得不着荆轲的剑法？都不是。这两件事情虽然都是损失，但也都与认庆轲做荆轲无关，认与不认，都是木已成舟，无可挽回的了。在奴才面前失去主子应有的尊严？不错，这不能不说是损失。不过，总比死了好吧？虽说"士可杀不可辱"，不是也有"大丈夫能屈能伸"的说法么？管仲受辱而不死，孔子不是还称道管仲为君子么？况且，他盖聂死了，还不能以死明志，还会臭名远扬，成为武林中的笑柄：一个跟书童争使女的草包！这么一想，盖聂就拿定了主意。不过，直截了当地说"愿意"，那岂不等于是在自己的奴才面前讨饶么？这种事儿，他盖聂还不屑为之。怎么办？盖聂有办法，他知道怎么拐弯抹角。大丈夫能屈能伸嘛，不知道怎么拐弯抹角还是什么大丈夫！

"叫我认你做荆轲不难，可我一个人认你做荆轲有什么用？"盖聂说。他把重点放在问题上，轻描淡写地把"愿意"的意思一带而过。

"只要你肯认就行。"荆轲说。显然，荆轲并不肯轻描淡写地放过他。"至于别人认不认，用不着你操心。不过，你不能只在我的面前认，你得当众公认。"

"怎么当众公认？"

"以你盖聂与我荆轲两人的名义，向武林各派发一封请柬，邀请各派掌门于腊月十五日午时与会徐陵，风雪无阻，不见不散。"

"徐陵？就是那公子季札挂剑之处？"

"不是那个徐陵，还能是哪个徐陵？"

"要是没人去呢？"盖聂问。

"既由'南荆北盖'联名相邀，怎么会没人去？"

又一阵沉默。这一回，盖聂想的不是自己可能有什么损失，是庆轲可能会得着什么好处。让武林高手一个个都认准他庆轲是荆轲，他庆轲不怕招惹麻烦？人家荆轲能把四十九个高手一一送上去黄泉的路，难道他庆轲也行？莫非他成功地骗取了荆轲的剑法？即使如此，四个月内他庆轲就能练得成那剑法？盖聂不怎么信，不过，他决定照庆轲的意思去做，反正吃亏的不会是他盖聂。于是，他说："既然如此，那这事就这样定了，派送请柬的事情就由我盖聂效劳，你这充当荆大侠的，只要别忘了到时候赴约就行了。"

荆轲扭转身，甩甩衣袖，扬长而去，把盖聂一个人撂在那儿发愣，与三天前盖聂撂下荆轲不顾而去如出一辙。是小人得志一般无二？崖上本来只有两个人，一个踌躇满志地走了，另一个留在那儿发愣。踌躇满志的人与发愣的人，都不是思索问题的人。

徐国早在三百年前就被齐国吞并了，聪明人不是说过什么"皮之不存，毛将焉附"么？国家都覆灭了，国君的陵墓还能保存？徐陵却竟然保存完好无恙，沾了吴公子季札的光？也许是吧。季札挂剑墓庐的故事三百五十年来一直传为美谈，徐陵墓庐前的那棵据说是季札挂剑的圆柏，三百五十年来一直是过客凭吊的对象，以至没什么人好意思打徐陵的主意，上自王侯将相、下至鼠偷狗窃，莫不如此。三百五十年来，那墓庐不仅没人好意思打主意，而且屡经好事者集资修葺，所以才能完好无缺。至于相传为季札挂剑的那棵柏树，不那么聪明的，深信就是三百五十年前的那一棵无疑；自以为聪明的，嗤之以鼻，说那棵真的早就死了，如今的这一棵绝对是后人补种的；真正聪明的，并不分辨真假，只不过借那棵柏树抒发一番怀古的幽思，感叹一番世风日下而已。所谓过客，究竟是些什么人？三百五十年来无非是那些出使外邦、途经此地的公卿大夫，或者是那些不远千里、专程而来的文人骚客。直到那一年的腊月十五日，一反常态，来了一帮子不怎么相干的人，既非公卿大夫，亦非文人骚客，也并不为怀古或者思今而来。

那一年的腊月十四，徐陵下了一场大雪，第二日雪停了，天并没有开，依旧阴沉肃穆。陵园沉浸在纯净、洁白、静谧之中，仿佛时光倒流，又回到了季札挂剑的那一日。不过，这样的气氛对于一大早就赶到徐陵来的那帮人来说，并没有什么感染力，没有人去凭吊那棵树，甚至连对那棵树看一眼的人都没有。那帮人究竟是些什么人？十之八九是应"南荆北盖"之邀而来的武林领袖，剩下的是闻风而至的不速之客，当然也都是江湖上掂得起斤两的人物，否则不敢来，来了，恐怕也会被轰走。朝廷上等级森严，名之曰礼；江湖上依样画葫芦，叫做规矩。当官的懂礼，跑江湖的懂规矩。徐君的墓庐是幢有柱无墙的建筑，像个亭子，比一般的亭子大，大约容得下百十来人，早已挤满，主人却还没有来。没人抱怨，因为请柬上写的是"午时"与会，现在离午时还差一刻。不是主人迟来，是客人早到。客人来得早，主人来得晚，固然说明主人的身份不同凡响，也可能说明些别的。别的什么呢？好奇心。盖聂挑战荆轲的秘密早已不胫而走，江湖上期待着谁死谁生的消息传来，消息没有传来，却突然冒出这样的请柬：只有与会的时间地点，却不说明缘由与目的，能不令人好奇？好奇心越强，来得也就越早。

正当大家七嘴八舌议论种种传闻、种种可能的时候，盖聂来了，墓庐顿时寂静，车轮辗石的声音清晰可闻，盖聂是自己驾车来的。主客寒暄过后，有客人问：荆大侠呢？怎么没同盖大侠一起来？这问题，识相的，不会问；问的，不识相。不过，既然有不识相的问了，就得解释，不解释，那是不给人面子，越是不识相的，越要给他面子，盖聂对此清楚得很，所以立刻就堆下笑脸说：荆大侠既然请了各位，想必一定会来，不必担心。盖聂这回答其实是答非所问，不过却透露出一点讯息。会听话的人立刻就明白了：这约会其实是荆轲召集的，盖聂只是个陪衬。盖聂之所以要点明这一点，因为他并不知道荆轲的葫芦里究竟装的什么药，万一荆轲惹出麻烦来，他盖聂好有退路可走。盖聂这话一出口，墓庐里又顿时安静下来。显然，来的人中，明白人居多，不明白的人居少，听明白了盖聂的这句话，一个个陷入沉思。

　　寂静之中，墓道的入口处走出一个人来，黑帽、黑袍、黑靴，在石径两边皑皑积雪的衬托之下格外抢眼。荆轲来了？与盖聂不同，荆轲一向寡交游，江湖上认识荆轲的人不多，老远就能认出他的人更少。众人没人抢出头去迎接，应邀而来的，都是各门派的领袖，万一认错了，丢不起这个丑。不请自来的，都有自知之明，知道这不是自己抛头露面的机会。盖聂呢？他着什么急，他等着荆轲过来先同他打招呼。那人渐渐地走近了，墓庐中的客人大都心跳加剧，眼睛也睁得更大。是，还是不是？有几个时常吹嘘自己同荆轲交情不浅的就更是心急如焚，这几个人其实也只见过荆轲两三面，在大街上面对面错过而认不出都不足为奇，哪谈得上什么交情？不过，交情既然已经吹出去了，不去认，揭穿牛皮；去认而认错，也是揭穿牛皮，能不心急如焚么？怎么会担心认错？因为眼前走过来的这个人，与这些人记忆中的荆轲既有几分相似，又有几分不似。多日不见，也许，人总会有些变样吧？或者，上次的印象不够准确？再或者，我的记性不济了？只有盖聂一个人稳如泰山，他在心里暗笑：只有我知道这人是谁，你们这帮废物！

　　可盖聂错了。怎么错了？还有谁会知道这人是谁？有一个人从墓庐里跳出来，在墓道上站稳了，双手抱拳，对走过来的人毕恭毕敬地鞠了一躬，口称："久违了，荆大侠！"一墓庐的人都把眼光转移到这人身上，包括盖聂在内。这人是谁？他不是什么门派的领袖，也不是什么掂得起斤两的人物，可一墓庐的人差不多都把他当作朋友，所以他敢于不请自来。这人姓高，叫渐离，据说是齐大夫高仲子在妓院里留下的风流种。因为高家不认账，从小在妓院里长大。虽说因为长年在女人堆里混，惹得一身脂粉气，却也会些花拳绣腿的功夫。会些花拳绣腿的功夫就能在江湖上广交游？非也。高渐离之所以能同一墓庐的人都套得上交情，靠的不是武功，是另一门功夫。什么功夫？击筑的功夫。琴、筝、筑是当时最为流行的弦乐。善抚琴者多，善弹筝者也不少，唯独善击筑者寥若晨星、屈指可数。高渐离击筑的功夫，号称天下第一。剑客都喜欢玩弦乐，尤其喜欢击筑。据说，这是因为击筑与击剑，都须指臂并用、手舞足蹈，有异曲同工之妙。总之，高渐离因为是超一流击筑高手，所以也经常是超一流击剑高手府上的嘉宾。高渐离认识荆轲，一墓庐的人都不奇怪，只有盖聂在纳闷：这小子发了什么精神病？

高渐离发了精神病？没有。高渐离认错人了？也没有。他既认识荆轲，更认识庆轲。他绝不会把荆轲错认做庆轲，更不会把庆轲错认做荆轲。既然如此，高渐离为什么要抢出头来认庆轲做荆轲？因为在庆轲与高渐离之间有过这么一段对话：

"我把荆轲给杀了。"说这话的是庆轲。

这段对话发生在一个客栈里，听了庆轲这句话，高渐离立刻跳起身："你不是在说梦话吧？"

"梦话？"庆轲伸手从席下摸出一把剑来。"你不信？你看，这是谁的剑？荆轲的剑！吴公子季札的纯钩！"庆轲把剑从剑鞘里"唰"的一声拔出来，烛光之下，明晃晃，寒气逼人。

"你从盖聂那儿偷来的？"高渐离问。他打了个冷战，他既不怎么内行，也不怎么外行，所以分不清寒光与杀气的区别。

"呸！盖聂也配有这把剑？这是我荆轲的剑！"庆轲说。说完，"唰"的一声把剑插回剑鞘。

看见高渐离一脸的惊讶，庆轲打个哈哈，然后把庙峰山和黑风岭发生的事情告诉了高渐离。

"以后你打算怎么办？"一阵沉默过后，高渐离问。

"你没听说'南荆北盖'联名邀请武林各门派掌门与会徐陵的事儿？"

"怎么会没听见？我还正准备去凑热闹呢，没想到竟然是你。"

"怎么？是我你就不去了？是我你更得去。"

"为什么？"

"你说，谁同荆轲最熟？"

高渐离偏着头想了一想，说："据我所知，没什么人同他稔熟，说不定还就我见过他的次数最多。"

"这不就对了！你去抢先认了我做荆轲，还有谁会不认？就算盖聂本想耍什么花招，谅他也不敢了！"

"你不怕？"

"什么意思？"

"就凭你那点功夫，跟我打打闹闹还差不多，你就不怕别人同你来争这把宝剑？"

"这你就不用担心了，我自有妙计。"

荆轲有什么妙计？与徐陵墓庐各位来宾寒暄过后，荆轲先向盖聂拱一拱手，然后又对众宾客拱一拱手，说出下面这样一番话来：

承蒙各位朋友赏脸，冒雪而来，盖大侠及荆某不胜感激之至。今日请各位来，只为交代两件小事。第一，江湖上一向有个不恰当的说法，称荆某为天下第一剑客，这头衔荆某从来愧不敢当，只是一直没有找到一个合适的机会予以纠正，抱歉得很。盖大侠不嫌荆某剑术低下，四个月前邀荆某上黑风岭舍身崖领教盖大侠的追魂剑法，各位想必已有所闻。承盖大侠相让，荆某勉强接了盖大侠五十招就不得不跳出圈子认输，可见这天下第一剑客的称号是绝对不能再加在荆某头上的了。以荆某之见，这天下第一剑客的称号，非盖大侠莫属。各位若有不以为然者，窃料盖大侠必定不吝赐教。

荆轲说到这儿，把话顿住，先向众人扫了一眼，然后扭过头来看盖聂。盖聂见了，心中骂道：好一个混账！想把我搬出来当你的挡箭牌！骂过了，不慌不忙向前迈出一步，咳嗽一声，把嗓子清了，然后说道：荆大侠一向谦虚，这是各位都知道的。其实，勉强接了五十招就败落下来的是盖某，并不是荆大侠。诸位如果还有什么疑惑，只要看看那纯钩宝剑还在荆大侠腰下挂着，不就一目了然了么？盖聂说完，扭转头，向荆轲腰下一望，一墓庐的人都随着盖聂，聚精会神于荆轲腰下的宝剑。

荆轲见了，打个哈哈，说道：荆某要认输，盖大侠偏不肯，谁输谁赢，不也是一目了然了么？不过，既然盖大侠不肯，那第一件事权且按下。至于盖大侠提起这宝剑，那正是荆某要向各位交代的第二件事。不瞒各位说，近几年来为这宝剑而逼荆某出手的不下四五十人，结果自然是令这些人妄自送了性命，荆某于心实有不忍。扪心自问：这宝剑其实并不该荆某所有，本是吴公子季札之物，季札既然挂剑于徐君墓庐，这剑就该属于徐君，不知怎么阴差阳错，落到荆某手上，荆某又不懂得行侠仗义，凭空把这宝剑变成一把杀人的凶器，实在是罪孽深重之至，早就该做个了断。荆某今日请各位来的第二个目的，就是请各位作个见证，看荆某物归原主。

听了荆轲这一席话，举座哗然。荆轲在嘈杂声中解下宝剑，双手捧着，步出墓庐，把宝剑悬挂到相传为季札挂剑的那棵圆柏之上，令一墓庐的人都看得呆若木鸡。荆轲说完，一拱手就走了，一墓庐的人就动起来了。先是动嘴，然后是动手，目标当然不是荆轲，是那把挂在树上的剑。只有两个人例外。一个是盖聂，一个是高渐离。盖聂还是自己驾车走了，跟来的时候一样。高渐离也是一个人走了，不过，他并没有一个人走多久，荆轲在墓道的尽头等着他，手里牵着两匹马。

5

"咱上哪去?"出了徐陵,高渐离问荆轲。

"哪儿好混饭吃,咱就去哪儿。"荆轲说,"你跑江湖的经验比我多,你说,哪儿好混?"

"有本事,哪儿都好混。"高渐离说,"没本事嘛,哪儿都难。"话说出口,高渐离立刻后悔了。他对荆轲的性格了如指掌,这话准会令荆轲多心。

"照你这么说,我就是没本事了?"荆轲说,果然生气了,冷冷地一笑。

"什么意思?"高渐离反问。他当然知道荆轲的话是什么意思,不过,荆轲的冷笑令他也生气了。他自己也是个多心的人,不过,这一点他却并不知道。不只是高渐离不知道,多少人都不知道。不是说多少人都不知道高渐离多心,是说多少人都无自知之明。知人难,知己更难。

混饭吃,对高渐离来说,从来就不成问题。他不仅在江湖上广交游,而且也是王侯公子府上的常客,每逢在王侯公子的宴席上表演一场击筑,所得赏金足够他花天酒地两三个月还绰绰有余。附带着多养一两个人,根本不是问题。问题在于荆轲是个要面子的人,这一点,荆轲清楚,高渐离也清楚。

"他靠什么吃饭?你知道吗?"荆轲问,他不想把问题搞僵,换了个缓和的口气问。

荆轲所说的"他"指谁?高渐离与荆轲心照不宣。他两人都用"他"指那个死了的荆轲。既然庆轲已经是荆轲,想知道"他"怎么谋生,理所当然。

高渐离无可奈何地摇摇头,表示没人知道"他"谋生的底细。因为"他"既无田产,又不经商,也不居官,可一向出手阔绰。钱从哪儿来?荆轲以为他知道了,他也可以效仿。他当真可以效仿?不成。至少,高渐离以为他不成。为什么不成?因为据高渐离猜测,"他"的谋生之道靠的是本事,是荆轲没有的本事。不过,高渐离没有把他的猜测说出来,他不想令荆轲丧气。荆轲自己就真的一无所长?其实并非如此。他在徐陵墓庐演出的那一场自编、自导、自演的戏,不就显示出他既是出色的演员,也是出色的编剧与导演么?那场戏虽然没有经济效益,换一场呢?说不定就能赚大钱。高渐离这么想,毕竟,他是妓院里长大的,深谙逢场作戏之道。

"你不过没遇到机会。机会可遇不可求，你要有耐心。"高渐离说。他听出荆轲的语气缓和了，也就不再生气，换了个就事论事的态度。

"那咱就走着瞧。"受了高渐离的鼓舞，荆轲恢复了些许信心。

"上哪去呢？"高渐离问。话说出口，他笑了。绕了一圈，又回到了原来的问题，能不好笑？

"秦都咸阳怎么样？"荆轲问。他常听盖聂说什么秦国将代表未来，其他诸侯国都亡在旦夕。

"咸阳当然是好地方，不过，人都说秦国是虎狼之国。"高渐离有些犹疑。

"什么意思？"

"没听人解释过。不过，我猜无非是因为秦国人才济济。是虎，是狼，去了，得同虎狼斗。是羊、是牛，去了，对不起，被虎狼和骨头吞了还不知道是怎么死的。"

"有这么严重？"

"宁可信其有，不可信其无。"

"那咱就去羊群里充当狼？"荆轲提议。

"去邯郸怎么样？"

"你是说，赵国是牛羊成群的地方？"

"本来不是。可自从长平一战之后，一蹶不振。如今只要你把荆轲的名字亮出来，一邯郸的人恐怕都会丧胆。"

"人家怕你，你就有饭吃？"

"当然不是这意思，你可以表示乐于替赵国效力嘛。"

"这主意不错。"荆轲略一沉吟，把头一点，挥鞭策马，率先跑下驿道。毕竟，他要在高渐离面前显示出他能断能决的风度来。高渐离在背后笑了，他本来就要去邯郸，他不过有意让荆轲觉得这主意是他荆轲拿的。

长梧子是逍遥游的老板，逍遥游是邯郸最出名的客栈。长梧子本来不叫长梧子，逍遥游本来也不叫逍遥游，就像荆轲本来并不叫荆轲一样。据长梧子说，他的名字和客栈的名字都是庄子改的，客栈大门上的匾额也是庄子的亲笔题词。庄子去过邯郸？好像去过。庄子有那么好管闲事？好像不会。不过，无论长梧子的话是否可信，他的推销方法相当成功却无可置疑。五十年前的首次天下百家争鸣大会就是在逍遥游举行的，一时儒、墨、杨、法、老庄、阴阳、神农、刑名等等流派学者云集，各逞精神、争妍斗艳；刑名家学者公孙龙子在大会上发表题为"白马非马"与"坚白石二"的演说，语惊四座，独领风骚。书呆子都说公孙龙子是大会的赢家，做买卖的却说真正的赢家其实乃是长梧子，因为从此以后，但凡有身份的人路过邯郸，没有不想在逍遥游下榻的。

心想的事情，并不一定办得到。有时候逍遥游客满，想在那儿下榻的人，就得另找别处。荆轲与高渐离抵达邯郸的那一日，逍遥游正好客满。不过，荆轲与高渐离用不着另找别处，不是因为荆轲的名声真的把一邯郸的人都震住了，是因为高渐离在逍遥游有一间长期免费客房。虽说长梧子这时候已经须发皓然，并没有患上老年痴呆症，赔本的买卖他绝不会做。他凭什么要白送一间客房给高渐离？其实不能叫白送。所谓免费，只不过是他对高渐离的说法。高渐离也乐于听这说法，因为这样显得他有身份，是个名流，比说什么"交易"、"交换"等等都要好听得多，虽说其实是个交易。什么交易？高渐离每年至少要在逍遥游的大厅里表演五场击筑，看官的赏金高渐离与长梧子平分，门票所得则完全归长梧子所有。长梧子所得，当然还不仅是一半赏金与门票收入，看官少不得要在客栈里花费，少的吃顿饭，多的住一两日。除去直接的金钱所得，长梧子还从中捞取别的好处。比如，令逍遥游保持高雅、高贵、高档等等的名声。名声虽然不是金钱，运用得当却可以带来更多的金钱。这一点，长梧子比谁都看得清、看得准，所以他这家逍遥游在邯郸首屈一指，历数十年而不衰。

高渐离走进逍遥游，伙计们认识他，一个个趋前相迎自不在话下，好几个坐在门厅里的客人也跳将起来，争先恐后地同他称兄道弟。高渐离怕冷落了身后的荆轲，正想把荆轲引见给他的朋友，冷不防听到背后一个苍老的声音说：久违了，庆卿！高渐离听了一愣，慌忙扭转头，看见一个老者从门外走进来，哈哈一笑，在荆轲肩膀上拍了一掌。糟糕！怎么偏偏在这儿碰见了"他"的熟人！高渐离想给荆轲递个眼色，却终于并没有递。递个眼色能有什么用？并不能让荆轲知道这老者是谁，说不定还让老者看见了，更加不妙。还好，荆轲只露出一脸的惊讶，那种不知道对方是谁的惊讶，那种惊讶之中并不含有否认自己是"庆卿"的意思。荆轲本姓庆，"卿"字用在这种场合，只是个客气话，也就是先生的意思，称一个本来姓庆的人为庆先生，有什么好否认的？想到这一点，高渐离放了心，于是用胳臂肘一拱荆轲，笑道：怎么？把老朋友给忘记了？还不快赔罪。他这话的意思，自然是要把那"不知道对方是谁的惊讶"，解释为"忘记了对方是谁的惊讶"。那老者想必是个豪爽之士，听见高渐离这么说，不假思索，立即信以为真，又在荆轲肩膀上拍下一掌，笑道：你小子连我田光都忘了，真是该罚！不过，话又说回来，自从你小子南下荆楚，咱就没再见过面。多少年了？十五年了吧？我一定是老得不像样了，难怪你没认出来。老者说到这儿，略微一顿，对荆轲上下打量一番，又接着说：你小子好像也变了点儿样，岁月不饶人呀！

荆轲见机而作的本事也许不如高渐离，不过，他并不笨。从老者嘴里得了这么多的启示，这场戏应该怎么接着往下演，他心里有了谱。这自称田光的老者既然口口声声称他荆轲为"小子"，二人的关系必然不同寻常，否则，称呼不可能这么亲昵。于是，他请田光去喝酒。这老家伙没喝酒就这么多话，喝多了，还能不把什么都抖出来？他想。还去咱常去的那家？荆轲问。他当然并不知道"他"同田光常去哪儿喝酒，他不过想从田光嘴里套出来。去花非花，还是去雨中花？田光反问。我随便，听你老先生的。荆轲说。田光瞟一眼荆轲，笑道：哈！你小子不仅样子变了，连脾气都变了。你以前一向没大没小，什么事情都要自己做主，如今怎么成了谦谦君子？那咱就去雨中花。岁月不饶人嘛。荆轲说，做出一个苦笑。

"看样子你小子在南边混得不怎么开心？"田光问。

这时候田光与荆轲对坐在雨中花二楼的一间包房里。高渐离呢？他没有同来。不是田光没有请他，是他知趣地借口回避了。他猜田光同荆轲之间一定有些话不便有第三者在场。

"你这不是明知故问么？开心还会吃回头草？"荆轲的语调透出些放肆，他琢磨出田光虽然视"他"为晚辈，"他"却并不把田光当长辈。

"还在干咱那买卖？"田光问。

"他"干什么买卖？这正是荆轲想知道的。他怎么回答呢？怎么才能从田光嘴里套出那"买卖"来？

"我已经改名荆轲了，你没听说？"荆轲支吾其词。

"传闻你歇手了？"田光追问。

"腊月十五我把那剑送回了徐陵，你没听说？"荆轲依旧支吾其词，不即不离。说是答复吧，不是。说不是答复吧，又有些像。

"你小子怎么舍得那把剑？难道真想歇手了？"

"你不觉得没意思？"

"干什么有意思？还不都是为了钱？"

"你还在干？"

田光无可奈何地摇摇头，端起酒杯。

"挣够了？"荆轲笑。

"钱哪有挣够的时候？不过，我是非收手不成了。你看！"田光看着自己端起酒杯的手，手在微微颤抖。"手都抖成这样了，还怎么使孤飞剑？"

孤飞剑？这三字令荆轲吃了一惊，他听盖聂说起过孤飞剑。据盖聂说，孤飞剑法属于一个神出鬼没的杀手，极其凶狠，好几个门派的掌门都死在孤飞剑之下，原来田光就是那个神秘杀手！这么说，"他"干的买卖也是杀人？荆轲想。

田光把杯干了，把酒杯重重地放到几案上，盯着荆轲看了一眼说："你小子现在是孤飞剑派的唯一高手了。"

这话不仅令荆轲又吃一惊，也解开了荆轲心中的一个疑团。他本来想不通：如果"他"当真也是杀手，为什么没听说有个会使"旋风剑法"的杀手。原来"他"充当杀手时，不用"旋风剑法"而用孤飞剑法！这么说，那神秘杀手并不是一个人，是一个组织，也有"他"一份？

"你今后怎么打算？"荆轲问，他想知道职业杀手会有个什么样的归宿。他突然有了一种跃跃欲试的冲动，虽然他明白他没那本事。

"干咱这一行，衣锦还乡当然是谈不上，只好说是落叶归根吧，我明日就回燕都蓟城。"

"你倒还不错，还可以落叶归根。像我这种卫国人，国已经不是个国了，上哪儿去寻根？"荆轲说，语气透出无限悲凉。是真情，不是做出来的假意。那时候卫国早已沦为魏国的附庸，仅剩一座城邑。否则，荆轲必定会回卫国去圆他那出将入相，为卿为大夫的旧梦。

"跟我去燕国怎么样？"

"燕国？燕国有什么好？"荆轲嗤之以鼻，他听盖聂说过，在各诸侯国之中，燕国最弱小，最没劲。

"邯郸有什么好？不就是女人风骚吗？燕国的女人并不比赵国差。你不会没听说过'燕赵多佳人'的说法吧？"

自从跟高渐离结伴而行，荆轲没再碰过女人。田光这话令荆轲想起了青青，想起了女人的味道，他记得青青就是盖聂从燕国带回家的。荆轲有点儿心猿意马，蠢蠢欲动。不过，这冲动没有延续，他立刻就清醒了。不行，还不行，还不能甩掉高渐离，除非田光能帮他在燕国找出一条谋生的路。

"女人？我看你的手之所以发抖，就是因为搞女人搞多了！"荆轲说。

"说正经的，你小子不是觉得活得无聊吗？去燕国，也许能找到新的刺激。"

"什么刺激？"荆轲嗅到了机会，精神为之一振。

"比如，垂名史册。"

　　"什么意思？"田光这话令荆轲一惊。垂名史册？这念头他做梦都没想过。"他"会怎么想？"他"会有兴趣吗？多半会。荆轲这么猜想。

　　"话只能说到这儿。"田光说，一副神神秘秘的样子。"你小子要是有心，就跟我走。"

　　荆轲不答，提起酒壶，先给田光斟满，然后也给自己斟满。

　　"怎么？拿不定主意？"田光把杯干了。"什么时候想好了，去燕国找我也成。不过，你得趁早。去晚了，机会也许就不是你的了。"

　　什么机会去晚了就没了？荆轲想知道。不过，他没问，他知道他问不出来。荆轲没有料错，即使他问，田光也不会说。田光是个外松内紧的人，不相干的话信口开河，要紧的话守口如瓶。干杀手这一行的人大都如此，不如此的人也大都干不了杀手这一行。此外，田光所说的那机会究竟是什么？田光自己也并不十分清楚，他只是隐约猜测到是个极其重大的行动。不是杀个什么门派的掌门那么简单，也不是杀个什么诸侯的大臣那么无足挂齿。他凭什么这么猜？因为他这次回燕，所谓落叶归根，固然不是假话，也不完全是真话，其实是应邀，落叶归根只是顺便。应谁的邀？应鞠武之邀。鞠武是什么人？燕国的太子太傅。太子太傅本不是执政掌权的职位，不过，凡事都有例外。鞠武恰好是个例外。燕王喜宠信太子丹，政事无论大小，皆由太子丹做主。太子丹又信任鞠武，鞠武于是乎参与燕国的重大决策。田光明白自己能够干什么，他知道鞠武也明白他能够干什么，由一个参与国策的人出面邀请他，不是一次极其重大的刺杀行动，还能是什么？可是他觉得他自己已经不行了，手发抖还在其次，更重要的是他觉得他已经提不起杀气。提不起杀气还怎么杀人？一般的人都杀不了，更别说是举足轻重的大人物。可鞠武是他的老朋友，他不想令鞠武失望。他自己是燕人，他也不想令燕国失望。所以，他以为在逍遥游与荆轲不期而遇，真是天赐良机。对谁而言的良机？无疑是燕国的良机。至少，田光对此深信不疑，因为他确信只要荆轲肯干，荆轲绝不会失手。是否也是荆轲的良机呢？这田光就不敢说了。换做他自己，他肯干吗？他也说不好。垂名史册是个不小的诱惑，可代价是什么呢？一条命，自己的命。值么？那得看你对活着究竟有什么意思怎样想。荆轲方才不是说活着无聊么？他既然觉得活着无聊，他也许肯。田光想。

　　"那我就在燕国等着你啦！"两人分手的时候，田光满怀希望地说。

　　"我要是去，当然会去找你。"荆轲这么回答，既没说去，也没说不去；既给田光留下希望，也给自己留下后路。

"你说会是个什么机会?"回到逍遥游,荆轲问高渐离。

　　"听说燕太子丹与秦王政有些私人过节,该不是想刺杀秦王政吧?"高渐离说。

　　"燕国的太子怎么会同秦国的国王搞出私人恩怨来?"荆轲摇头。

　　"说起来是有些离奇,不怪你不信。"高渐离说,"不过,如果你知道他两人从小就认识,你还会不信?"

　　"他两人从小就认识?"

　　"不错。"高渐离清清嗓子,郑重其事地说出了下面这样一段话来:

　　大约在二十五年前吧,燕太子丹曾经在赵国为质子。你不懂什么叫为质子?据说古时候诸侯结盟,歃血、发誓也就够了。后来诸侯人品越来越奸猾,歃过血、发过誓,照样翻脸就不认人,于是有人想出互相派遣质子这一招。所谓为质子,就是诸侯的公子公孙被派到别的国家去当人质。你要是翻脸,对不起,我就把你派来的质子给宰了。当然啦,你也可以宰我的质子作为报复。谁敢宰?谁不敢宰?谁在乎质子被宰?谁不在乎质子被宰?既看谁强谁弱,也看质子在他爹或者他爷心目中的地位有多重要。燕国重视同赵国的关系,所以把太子派往赵国为质子。燕太子丹在赵国为质子的时候,秦王政也在赵国,不过不是质子,是他爹在为质子,他爹也就是后来的秦庄襄王。两家恰好为邻居,那时两人也不过就是六七岁的孩子,常在一起玩,据说玩得还挺好。过了两三年,秦王政回秦国去了。又过了三四年,秦王政登基为王。燕太子丹却一直留在赵国,直到三年前被派往秦国为质子。为什么换到秦国去?因为赵国越来越弱,秦国越来越强。以前燕国可以依靠赵国为屏障,如今这屏障靠不住了,除去直接同秦国打交道,别无选择。

　　据说燕太子丹去秦国的时候兴致勃勃,以为可以同秦王政重拾儿时旧好,也在燕王面前夸下海口,说一定可以与秦国签订一份平等互利的友好条约。谁知到了秦国却碰了一鼻子灰。也许是因为秦王政的记性不如燕太子丹那么好,也许是因为贵人多健忘,总之,秦王政早就把二十年前的儿时小友给忘记了。秦王政不仅没有单独接见燕太子丹,而且在同时接见魏、楚、齐、赵、韩、燕等六国质子的时候,把燕太子丹安排在最后一位。见了这样的安排,燕太子丹还不死心,正式行过礼之后,燕太子丹对秦王政说:我是阿丹!怎么?你不记得我了?秦王政听了这话,先是皱了皱眉头,捋了捋胡须,说:阿丹?阿丹是谁?沉吟半晌,忽然仰头大笑,说:原来你就那个整天拖着两条鼻涕的阿丹!说完这句话,甩甩衣袖,扭头就走了,把燕太子丹撂在那儿哭笑不得。

高渐离的话说到这儿，被荆轲打断。荆轲说：看你说得活灵活现的，好像你当时在场似的。高渐离说：我是亲耳听公子迟说的，公子迟是赵国的质子，他不仅当时在场，而且还同其他诸侯的质子一起在会见之后嘲弄过燕太子丹，给他取了个"鼻涕龙"的绰号。荆轲听了，不屑地一笑，说：燕太子丹就因这点小事恨秦王政？这燕太子丹也太小心眼儿了吧？高渐离说：人都爱面子嘛，你不觉得这事叫燕太子丹丢尽了脸？荆轲说：那这燕太子丹的脸皮也太薄了，又不是女人！高渐离听了一笑，说：他要真是女人，说不定也就没事儿了。什么意思？难道还有个女人夹在这里头？荆轲问。高渐离瞪了荆轲一眼，撇嘴说：看你！一听说女人就来劲。荆轲赔笑道：哪儿的话！我不过想搞清楚燕太子丹究竟是个什么样的人。孙子说"知己知彼，百战百胜"，不搞清楚他是个什么样的人，咱怎么决定田光所说的机会究竟是好呢？还是坏？

荆轲这个"咱"字用得好，暗示高渐离：他荆轲绝不会撇下高渐离自己一个人去投奔田光。高渐离听了，心领神会，立刻换成笑脸，说出下面这样一段故事：

燕太子丹自从在秦王政面前碰了个钉子，意气消沉，整日在酒楼、妓院打发时光。有一回在梧桐苑碰见一个新近从赵国来的妓女，名叫胜胜。两人一见钟情，没多久就搞得如胶似漆。可是等到燕太子丹问清楚了胜胜的身价，筹足了金钱替胜胜赎身的那一日，胜胜却失踪了。有人说胜胜被秦王政娶走了，进宫之后改称赵姬。也有人说胜胜不愿进宫，悬梁自尽了，没人敢把真相说出来，只好捏造一个失踪的说法。也有人说，胜胜的失踪跟秦王政一点儿关系都没有，那个叫赵姬的妃子其实是秦王政在赵国的青梅竹马，只因为也是赵国人，于是被人以讹传讹。究竟如何？谁也不敢肯定。不过，据说燕太子丹深信胜胜已经死了，而且也深信胜胜是被秦王政逼死的，他于是决计要替胜胜报仇。在秦国，他的一举一动都受到监视，绝不可能有报仇的机会。于是，他买通监视他的秦人，乔装成商贾，逃回了燕国。有人说秦王政知道了极其生气，也有人说秦王政根本没有兴趣知道燕太子丹是因为什么逃跑的，也根本不在乎他跑不跑。为什么？因为在秦王政的心目中，韩、赵、魏、楚、齐、燕，都不过是秦国羊牢里待宰的羔羊。任谁跑到天涯海角，也休想逃出他秦王政的手掌心。

高渐离说到这儿，把话停了，望着荆轲。荆轲若有所思，沉默不语。高渐离说：想什么呢？你怎么不说女人都是祸水？荆轲在想什么呢？他没在想女人是不是祸水。他在想：一个为女人铤而走险的男人，是大丈夫呢，还是窝囊废？是大丈夫呢？那他荆轲就不是对手，还是退避三舍的为好。是窝囊废呢？那不就是天赐他荆轲的良机了么？

"咱去燕国吧！"想清楚了之后，荆轲说，眼神透出无比的兴奋。

"你去找死？"高渐离吃了一惊。

"谁去找死？"荆轲大笑，"你不觉得这燕太子丹是个废物？"

"他是不是废物有什么相干？他要你干的事情，你干得了？"

"刺杀个大臣，也得准备一年半载吧，如果他燕太子丹真想要刺杀秦王政，那还不得花个两三年做准备？"荆轲说，"这两三两年里他燕太子丹少不得把我当他祖宗那么侍候着吧？天有不测风云，人有旦夕祸福。两三年为时不短，谁知道会有什么变化，说不定那事情用不着干了，咱不就是白吃白喝他两三年？即使那事情用不着办了，他还不好意思叫我走，对吧？咱不就是白吃白喝他一辈子？"

"用不着干了"是什么意思？意思就是秦王政自己死了，或者被别人干掉了。荆轲这么想，虽然多少有些守株待兔的意思，却并非痴心妄想。秦王政的爹，秦庄襄王在位三年就死了，有人说是寿终正寝，也有人说是死于谋杀。秦庄襄王的爹，秦孝文王登基伊始就死了，有人说是寿终正寝，也有人说是死于谋杀。怎么死的并不要紧，总之是死了，这是铁一般的事实，不容否认。既有如此的祖与父在先，难道就不能有如此的子与孙继其后？

"如果那事情还得干，你不就是去找死？"高渐离说。

"咱就不能找个机会开溜？他燕太子丹能逃出虎口，我荆轲就不能逃出羊口？"荆轲笑，得意地笑。笑够了，他又补充一句说："就算非去不可，也不见得就非死不可。"

"你还有什么花招？"高渐离问。

"曹沫不就没死么？我难道就不能学曹沫？"荆轲说。

"你有曹沫那本事？"高渐离不以为然。

"就算现在没有，花个两三年的功夫还怕练不出来？不就是拿把匕首架在对方脖子上么？况且还是出其不意的偷袭，有什么难？"荆轲说。

荆轲一向眼高手低，他这毛病高渐离清楚得很。不过，高渐离没有点破，他不想扫荆轲的兴。此外，方才有人告诉他：邯郸未可久留。什么意思？血战在即。高渐离没有再问，这人的消息通常可靠。上哪去呢？荆轲从雨中花回来的时候，高渐离正在发愁。既有田光为之引见，那么，先去燕国混两三年再溜之大吉，也未见得不是个好主意，高渐离想。

6

燕都蓟城西门外有一座高台，原来叫什么名字？已经没什么人知道了。俗称黄金台，因为台上本有一座殿堂，以赤铜为瓦，琉璃为砖，每逢夕阳斜照，金光闪闪，灿烂辉煌。到了燕王喜的时候，台上殿堂早已倾倒，铜瓦琉璃荡然无存，只剩下几方廊柱的石基；台下路径淹没，松柏凋零，杂草丛生。那一日，被荆轲称之为废物的燕太子丹与太子太傅鞠武并肩站在黄金台的废墟之上，两人都背叉着手，一齐向西眺望。正是夕阳斜照的时候，有云，有风，有黄尘滚滚，有寒鸦阵阵，偏偏没有夕阳斜照。

黄金台是燕昭王修建的，燕昭王是八十五年前登基为王的。说"登基"，不过是沿袭习惯的说法，其实那时候燕国已经谈不上什么基础，领土十之八九已被齐国侵占，倘若不是赵魏秦楚等国联手反对，齐国早就把燕国彻底吞并了。称燕昭王为"王"，也不过是沿袭习惯的说法，燕昭王其实不过是一个傀儡。谁的傀儡？齐国的傀儡。至少，齐宣王对此深信不疑。燕昭王是他齐宣王为搪塞众诸侯之口而扶植的，不是齐国的傀儡，还能是什么？齐宣王这推理似乎无懈可击，只是忽略了一点：所有的比拟，毕竟都只是比拟，人不是傀儡，即使是当作傀儡扶植起来的，也不是傀儡，只是像个傀儡而已。齐人把燕王宫中的宝器洗劫一空，甚至把燕国先王的坟墓也一一发掘，燕昭王能不怀恨在心？是人，就不可能不会，因为人有心。有心的燕昭王不仅暗中贿赂赵魏秦楚等国的权臣，向齐国发出联合通牒，迫使齐人归还大部分原本属于燕国的领土，而且秘密遣人甘辞厚币，四方奔走、广招贤才，图谋灭齐雪耻。

燕昭王的这些举动足以说明他绝不是傀儡，不过，人以类聚，物以群分。没有豪杰的名声在外，想要豪杰之士替你效劳，虽然未必是痴心妄想，也同守株待兔相差无几吧？果不其然，过了一年，奉燕昭王之命四处求贤访能的人一个个空手而返。燕昭王不得已，退而问计于丞相郭隗。不得已方才退而问计于丞相郭隗？不错，因为在燕昭王心目中，郭隗并不是个能人，否则，何必费力气到外邦去求访贤能？郭隗没能耐灭齐，这一点，燕昭王没有看走眼。郭隗有能耐招贤，这一点，燕昭王却看走了眼。如果燕昭王提前一年问计于郭隗，后来称雄天下的也许就不是秦国而是燕国了。不过，那是后话，郭隗是个务实的人，务实的人既不侈谈未来，也不追究责任，只有兴趣从往事中吸取经验与教训。所以，郭隗并没有说：你怎么不早问我？他不过追述了一段往事。这往事并不见诸史册，也许是史官遗漏了，也许根本不存在，只是郭隗编造的寓言。总之，他说出了这样一段话：

先王召公遣人以千金购千里马，那人寻访数年，毫无着落，正彷徨无计之时，看见路边一群人围着一匹死马叹息不已。死了一匹马有什么好叹息的？那人问。嗨！你不知道，这匹马生前可是能够日行千里呀！叹息的人七嘴八舌地说。真的？那人问。可不！围观的人异口同声。那人于是解开革囊，掏出五百金来，买下了那匹死马的骨头回去向召公复命。召公不悦，说：你这人怎么这么傻？人家说那死马生前能够日行千里，你就信以为真？况且就算不假吧，马已经死了，骨头能有什么用？那人说：主公请息怒，主公既然肯以五百金买一匹死千里马的骨头，这消息传出去之后，还怕没有人把活的千里马送上门来？召公当时并不以为然，挥挥手，把那人打发走了。岂料果不其然，不出一年，召公就购获千里马十有余匹。

燕昭王听了郭隗这一席话，沉吟半晌，不解其意，问道：你的意思是？郭隗说：郭某不才，请主公就以郭某为死千里马之骨。原来如此！燕昭王幡然醒悟，于是不惜重金，大兴土木，营造了这座黄金台。台之宏伟，殿之壮丽，当时并称天下第一。台成之日，四方之人，不远千里，赶来观看落成典礼者数以千计。奏乐、升旗、擂鼓、鸣金、检阅仪仗之后，燕昭王恭请郭隗登台升殿，入座上席，自己南面而立、北面而朝，拜郭隗为师，执弟子之礼。燕昭王求才似渴的消息于是不胫而走，不出一年，韩赵魏秦楚的能人智士闻风而来、甘心为燕昭王效力者不下数十百人。其中以魏人乐毅最为杰出，燕昭王以国事相托，言听计从。乐毅忠心尽力，经数年精心筹划，终于统领五诸侯国之众，大破齐师，下齐七十余城，一律收编为燕国的郡县。可就在齐国国破王死，只剩两座城池即将全面覆灭之际，燕昭王突然死了，太子即位为燕惠王。燕惠王自为太子之时就与乐毅有隙，即位伊始便听信谗言，不顾兵法之大忌，临阵换将，用将军劫骑取代乐毅。乐毅担心见杀，不敢回燕，转而投奔赵国。于是，燕军将士离心，劫骑又恰好是个草包，齐人趁机反击，燕军一败涂地，乐毅所下七十余城一概倒戈，重新归顺齐国。如果燕昭王早一年问计于郭隗呢？岂不是可以早一年用乐毅？如果早一年用乐毅，岂不是这时候燕昭王还没死？燕昭王既然还没死，能不是另一种结局么？无奈在历史上，"如果"两字没有任何意义，有意义的只是事实。事实是：燕昭王死了，乐毅走了，燕军全军覆没，齐国反败为胜。

黄金台从此走上厄运，任凭风吹雨打、鼠偷狗窃，不出十年而沦为废墟。有生必有死，有死未必有重生。死而复活、枯而复荣，除去原上的野草，还能有什么？黄金台！太子丹在心中如此这般自问自答，嘴上却只发一声叹息。

"如果我没猜错，你的意思是想重修黄金台，以我为死马，招来乐毅那样的能人？"鞠武问。

"想重修黄金台，不错。想以先生为死马，也不错。"太子丹说，"不过，我想要物色的人嘛，却并不是像乐毅那样的人。"

太子丹想要物色什么样的人，鞠武其实早已了如指掌，否则，他怎么会私下遣人去邀请田光？不过，他并不希望太子丹选取行刺那条路，他以为那是万不得已的下下之策，如今还不到万不得已的时候。为什么行刺是万不得已的下下之策？因为行刺只会有三种结果。其一，行刺失败。秦王政必然兴师伐燕，那绝对不是燕国之福。其二，行刺成功，新秦王顺利登基。新秦王能不兴师问罪？由此可见，那也并非燕国之福。其三，行刺成功，秦国公子王孙为争夺王位继承权而发生内战，这当然就是燕国之福了。三种可能，机会孰大孰小？鞠武以为机会均等。换言之，行刺之计，利与害，是一与二之比，能不是万不得已的下下之策么？为什么说还不到万不得已的时候呢？因为赵国虽然残破，还没有灭亡，燕国多少还可以依之以为拒秦之屏障。年前赵将李牧不是还曾大破秦军吗？说明只要有人才，秦军并非百战百胜之师。鞠武把他的这些想法同太子丹讲过，无奈太子丹不听。凭什么不听？太子丹反问：你这机会均等之说，有什么凭据？鞠武说不上来。太子丹又问：以你之见，赵国还能维持多久？鞠武也说不上来。于是太子丹一笑置之，不再同他深谈这话题。

可鞠武依旧不死心，于是，他就假装吃了一惊，说："说起纵横捭阖之士，向来'管乐'并称，'管'，指管仲；'乐'，就是乐毅。当年要不是惠王误中间谍的反间之计，如今称霸天下的还能不是咱燕国？像乐毅这样的人才，你怎么还嫌不够好？"

太子丹不以为然："乐毅为纠合五国之众，费时三年；率众破齐，又费时五年。费时如此长久，我等不及，也忍不了。"

"如今秦国的实力超过当年的齐国，如今燕国的不振，不在当年的燕国之下。孔子说：'欲速则不达'，'小不忍则乱大谋'。由此可见：急，不能成事；不忍，只会坏事。"

"孔子?"太子丹嗤之以鼻,"孔子是什么东西?老子不就笑话孔子是书呆子么?书呆子的话也能听?"

"不错,老子是笑过孔子呆。不过,老子不也鼓吹以柔克刚么?不急,是柔;忍,也是柔。"

太子丹听了大笑,说:"谁说我的意思不也是柔呢?"

太子丹这话令鞠武一愣,什么意思?他想。不过,他没有问,他不急,他知道太子丹自己会把答案说出来。

果不其然,太子丹只是略微一顿就接着说道:"先生方才提起管仲,正好令我想起一个我想要的人。"

"你是说曹沫?"鞠武试探着问,他想不出还可能是谁,可也想不出曹沫能与"柔"有什么相干。

"不错,正是曹沫。曹沫是什么人?刺客,对吧?用乐毅兴师问罪,是阳谋;用曹沫持刀行刺,是阴谋。阳刚,阴柔。行刺既是阴谋,难道不正好是以柔克刚之什么?"

鞠武摇一摇头,可又想不出合适的话来反驳,于是从太子丹的话里挑出一个小毛病,说:"曹沫其实并没有行刺,只不过拿刀劫持齐桓公,逼令齐国归还侵吞鲁国的领土而已。"

"曹沫虽然没有杀死齐桓公,却比杀死了更成功。"太子丹说,"能够刺杀秦王政,固然不错。如果能够模仿曹沫,劫持秦王政,令秦国归还侵吞各诸侯的领土,岂不是更好?"

太子丹这话又令鞠武一愣。你不想刺杀秦王政?你不是一心一意要替胜胜报仇的么?鞠武这么想,不过,他没有这么问。这问题多少牵涉太子丹的隐私,鞠武觉得不便启齿。可他那一愣已经令太子丹识破了他的心思,太子丹诡秘地笑了一笑,说:你不信,你以为我一心要杀秦王政是要替一个女人报仇,对吧?既然太子丹自己把问题挑破,那也就没什么不便启齿的了,于是鞠武反问道:难道不是?太子丹又笑了一笑,诡秘之中还增添几分得意。诡秘,因为涉及秘密。得意,因为是杰作。什么秘密?什么杰作?那个女人根本没有死。笑完了,太子丹咳嗽一声,郑重其事地宣布。没有死?鞠武大吃一惊,那她是失踪了?也没有。也没有?不错。你昨天还见过她。昨日鞠武见过谁,鞠武清楚得很,用不着回忆,因为昨日他只见过两个人,一个是太子丹,另一个是太子的如夫人可儿。难道可儿就是那个女人?可不。换个名字还不容易?况且她本来也不叫胜胜,胜胜不过是个艺名。改名换姓并不见得都这么易如反掌,庆轲改称荆轲,不就是既要先杀人,又还要做些别的手脚么？不过，胜胜的情形不同，她只是换个名字，不是顶替别人的名字。再说，在燕国见得着可儿的人，都没见过秦国的胜胜；在秦国见过胜胜的人，都无缘在燕国见着可儿。谁能猜出胜胜就是可儿？可儿就是胜胜？

那么，胜胜死了，胜胜失踪了，胜胜就是秦王政的如夫人赵姬那些流言呢？难道都是太子丹制造的谣言？死了，被秦王政娶走了，那是太子丹放出去的谣言。失踪了，不是谣言，是事实。不过，那是太子丹一手炮制的事实，所以，对太子丹而言，胜胜从来没有失踪过。玩这一招的目的呢？为了让秦王政以为你是个沉迷酒色的废物？所以，你跑了，他不以为意，甚至懒得派人去追？鞠武试探着问。太子丹听了一笑，说：也为了省钱。什么意思？鞠武没听懂。胜胜这么一失踪，不是省了胜胜的赎身费么？太子丹说完，哈哈大笑，好像这才是杰作中的精华之所在。

一阵风来，鞠武不禁打了个冷战，他觉得该是言归正传的时候了，于是，他说："既然你要找的是个刺客，用我当死马恐怕不成。"鞠武说的是事实，不过，也反映出他的心境。什么心境？他忽然觉得他的才干不足以辅佐太子丹，连当死马的资格都没有。

"先生的意思是？"

"你得找个杀手。"

"这我也想过，不过，干杀手这一行的，行踪都诡秘得很，咱上哪去找一个杀手来？"

"我凑巧认识一个。"鞠武说出这句话来，心中增添了几分自信。毕竟，我鞠武能够未雨绸缪，他想。

"谁？"

"田光。"

"田光？我记得好像邯郸南市有个卖卦的人也叫田光。"

太子丹怎么会记得田光？因为他在邯郸的时候，不止一次去田光那儿占卦。因为田光的卦灵验？也许。不过，不如说太子丹希望田光的卦灵验，因为田光开出的卦总是称心如意，大吉大利，即使不怎么灵，田光也总能左右逢源地说出一番道理来，令买卦的人听了心里舒服，下次有什么心事，一准还想着往田光那儿跑。

"就是那个田光，卖卦不过是他的幌子，杀人才是他的真正行当。可惜田光老了，否则，他就是千里马。"

"的确可惜。"太子丹附和着说，神情有些迷惘。可惜什么呢？可惜田光不再是千里马？太子丹没有说，因为他自己也说不清。鞠武没有问，因为他不知道太子丹上过田光的当。

"田光是什么人，你打听到了？"秦王政问樊於期。

樊於期是什么人？有人说是魏人，有人说是赵人，还有人说是楚人，大有来历不清的意思。不过，他肯定不是秦人，这一点不容争议，因为他在秦国的身份是"客卿"。所谓客卿，就是外籍官员的意思。他的官职呢？人人都称他樊将军，不是阿谀之词，他的确有个将军的头衔，不过，他从没来有带过兵、打过仗。他也没有衙门、没有下属，而且还经常不知去向；在咸阳的时候，他也并不上朝，却时常出入秦王政的书房，倒是像个侍从或者郎官。秦王政同他谈些什么呢？外人无从得知，因为秦王政总是单独召见他。

"一个在邯郸卖卦的老先生。"樊於期说。

燕太子丹重修黄金台，第一个被请上台去人的就是田光。这人能是个卖卦的老先生那么简单？绝不可能。樊於期知道他的答复会令秦王政大失所望，作为秦国负责搜集情报的最高长官，他樊於期应当知道得更多。可他偏偏只知道这么多，这该死的田光！居然隐藏得滴水不漏，他心中暗骂。怎么办？他不敢少说，也不敢多说，只敢如实以对。隐瞒与言之不实，那是重罪。知道得不够，那是失职。虽然失职也是犯罪，毕竟可以从轻发落。避重就轻是人的天性，留下这么一条轻路给人走，还有谁会欺瞒他？"他"，就是秦王政。处欺瞒以重罪，处失职以轻罪，就是他秦王政的发明。

"将功赎罪。"听了樊於期的回答，秦王政不动声色地说出这么四个字，没有做任何解释。

听不懂？那就说明你不称职。不称职，你就得走人，没什么好商量的。这是秦王政的御下之道，樊於期清楚得很。

"臣已经拟定了一份将功赎罪的方案，请主公审批。"樊於期一边说，一边从衣袖里取出一卷帛书来，可见他不仅对于秦王政的御下之道清楚得很，而且对于如何应付秦王政的御下之道也清楚得很。

秦王政接过帛书，仔细阅过，点一点头，然后把帛书伸到蜡烛的火苗上点着，投入几案前的香炉。

那天夜晚，咸阳城中火光冲天，喊声震地，出了什么事？失火了？没有，不是失火，只因数百名御林军手持火把将樊於期的宅邸围个水泄不通。喊的什么呢？休要走了反贼樊於期！樊於期居然敢在秦王政的鼻子底下造反？那还不是死路一条？可樊於期居然走掉了。这坏消息秦王政当然是当夜就知道了，老百姓却是第二天早晨才知道的。第二天一早咸阳东西南北四个市场的告示栏上都悬挂着一条白幡，白幡上面用黑墨写着几行斗大的秦篆。围观的人众大都不识字，不过，那并不要紧，因为每幅白幡下都立着一个识字的刀笔吏，每隔一刻钟就把白幡上写的告示大声宣读一回。于是，不到半天的功夫，整个咸阳城就都知道了樊於期是个叛徒、特务、内奸、里通外国分子，十恶不赦，罪该万死，也都知道了昨夜执行任务的御林军竟然都是些饭桶，因为告示的最后几句话是什么"有敢藏匿、或者知情不报者，与之同罪"云云。

樊於期既为客卿，在他头上加上这些罪名不仅易如反掌，而且有例可援。十年前，客卿郑国被发现是韩国派遣的间谍，一些秦籍官僚于是趁机怂恿秦王政下了一道逐客令，要把客卿统统轰走。那意思同如今一些国家的政客反对移民如出一辙，古今中外，人与人之争，名目繁多，骨子里无非是争权夺利四个字。幸亏客卿李斯上了一封"谏逐客书"，力陈逐客之非，秦王政幡然悔悟，即时收回成令，未曾付诸实行。十年后的今日，会不会因樊於期案而再次引发一场逐客运动？在秦国混饭吃的客卿一个个提心吊胆，噤若寒蝉，只有李斯处变不惊，一副稳坐钓鱼台的样子。你是不是又上了一封"谏逐客书"？有几个同李斯关系不错的客卿私下里问。李斯摇头一笑，说：主公英明伟大，怎么会重复错误！秦王政当真英明伟大到能够"不贰过"的地步？也许未必。不过，李斯既然敢于说秦王政犯过错，说明秦王政已经够英明伟大的了，历史上有几个英明伟大的领袖能够容忍手下的人说这种话？

李斯对秦王政的评价也许言过其实，不过，李斯对局势的判断却显然准确无误。十天半个月之后，只见到处张贴悬赏捉拿樊於期的告示，并没有半点逐客的风声。客卿们的惊，不过是一场虚惊。待到尘埃落定之后的某一日，秦王政在偏殿单独召见李斯。众客卿惶惶然不可终日的时候，听说你却处之泰然，行若无事？秦王政问李斯。秦王政问这话的时候，偏殿里没有别的人，宫女都被秦王政支走了，卫士立在殿外的石阶之下，听不到殿里说话的声音。卫士立在阶下，不立在廊上，没有秦王的命令不得擅自登阶上殿，违犯者杀无赦，这是秦法的规定。这法令是谁制订的？有人说是商鞅，有人说是秦王政。制订这法令的动机呢？有人说是担心卫士行刺，有人说是防止卫士窃听。还有些别的说法，也都各自成理，不知道该信哪一说。不过，这法令的确存在却不容置疑。

秦王政当着李斯的面把宫女支走，用意明显得很。这么明显的用意，李斯当然不会不懂，他立刻就领悟到今日的谈话必定涉及机密。涉及机密的谈话不必含蓄、不必拐弯抹角，以单刀直入、一针见血为宜。于是，李斯并不回答秦王的问题，却说：樊於期想必逃到燕国去了。听了这话，秦王政心想：这家伙果然厉害！算我没看错人。让我再试他一试。为什么？难道只有燕太子丹肯收留他？秦王政反问。那倒未必，李斯说，不过，那是他应该去的地方。好一个"那是他应该去的地方"！秦王政大笑，既然你对樊於期了解得这么透彻，樊於期留下的空缺，非你莫属，从今日起，樊於期的事情，就由你管。秦王政说罢，从几案底下提出一个锦囊来，隔着几案扔给李斯。锦囊里装的是什么？一卷卷的帛书。帛书上写的是什么？秦国在各诸侯国的间谍名单和联络方式。

"你别小看了这锦囊，"秦王政说，"胜过十万雄师。"

"岂敢！"李斯说，把锦囊在手上掂了一掂，好像当真重似千钧。"不过，我觉得我可以令间谍活动的作用翻三番。"

翻三番？那岂不是胜过雄师三十万？好大的口气！秦王政想。不过，他没有问，他知道李斯不敢信口开河，必定已经有了可行的计划。

果不其然，李斯略微一顿，接着说道："据我所知，咱目前的间谍活动止于搜集情报。我想扩充两项任务。其一，收买各诸侯王的宠臣和能臣。以赵国为例，宠臣莫过于郭开，能臣莫过于李牧。如果咱暗中将这两人收买过来，拿下赵国，还能不易如探囊取物吗？"

李斯说到这儿，把话停了，因为他看出秦王政有插话的意思。秦王政果然有问题，他说："这计划不错，不过，如果有人不接受咱的收买呢？"

"那正是我计划扩充的第二项任务。"李斯说，"但凡不接受收买的，先遣间谍施反间之计，离间其君臣的关系，令其自相猜忌、自相残杀。倘若反间之计不奏效呢？再遣刺客。"

收买、离间、行刺，这些活动不仅秦国早就搞过，其他诸侯国也都早就搞过。不过，从来没有人像李斯那样予以系统化、政策化。秦王政听了，满意地点点头。于是，秦国就凭空增添了二十万雄师。

7

　　樊於期出走的最终的目的地应当是燕都蓟城，至少，李斯是这么猜想，秦王政是这么相信。樊於期自己呢？他好像有些犹疑不决，至少，他并没有马不停蹄地往蓟城赶路。出了秦境，他就放慢了行程，过了十天方才到达邯郸。他进邯郸城的那一日，逍遥游不巧正好客满。不过，樊於期用不着到别处去投宿。同高渐离一样，他也在逍遥游有一间长期套房，不同的是，他的这一间不是免费的，不仅不是免费的，而且价格高昂，非腰缠万贯者莫敢问津。他并不常来邯郸，来了，也不久留，长不过十天，短只有三五日，长期包一间豪华套房纯属铺张浪费。可他在邯郸的身份是经营跨国生意的大腕，姓郑名安。古今中外的大腕虽然各有其特色，也都有一个共同点。什么共同特点？都有的是钱。既然有大把的钱在手，不这么铺张浪费反倒会引人怀疑：你也配称大腕？出手这么不大方！当然，樊於期其实并不是大腕，他并没有钱，他用的也不是他自己的钱，叫他这么做，是秦相吕不韦的主意，经费也是吕不韦亲自从朝廷的公帑中秘密调拨的。吕不韦从政之前，本是名副其实的大腕，他自己就在邯郸逍遥游长期包租，所以，这主意在他根本用不着想，原本是他的生活方式中的一部分。五年前吕不韦因事得罪，自杀身亡，门客、下属大都遭受株连，樊於期却因祸得福，越过丞相一级，成了少数几个直接向秦王政汇报工作的朝臣之一。秦王政比吕不韦更加重视间谍工作，拨给樊於期的活动经费有增无减，樊於期来邯郸的次数因而也更加频繁。

　　以往樊於期来邯郸当然都是公务，这一回呢？名义上是叛逃。实际上呢？当然也还是公务。他对秦王政献的将功赎罪之计，是到燕国去卧底，彻底查清燕太子丹、田光等人的计划与行动。在邯郸停下来，不过是歇歇脚，不过，他心里并不很清楚他是否应当这么做，难道他还有什么别的选择？也许有，虽然有些渺茫，樊於期想。他为什么会这么想？因为他不仅是秦国的间谍，而且也是魏国的间谍。说得更确切些，他本是魏公子无忌的门客，奉公子无忌之命，在秦国潜伏。十八年前公子无忌大破秦军于河外，令秦军经年不敢东出函谷关，史册上的记载都是说公子无忌如何如何料敌如神，其实，樊於期提供的军事情报起到关键的作用。三年之后公子无忌死了，樊於期于是像断了线的风筝，同魏国失去了联系。知道樊於期暗中替魏国服务的只有两个人，一个是公子无忌，死了，当然无法再联系。另一个是谁？樊於期不知道，他只间接听说那人神出鬼没、专替公子无忌干些别人干不了的勾当。公子无忌一死，那人恐怕同樊於期一样，也成了断了线的风筝？很可能如此。如果没有呢？找着那人，不就能恢复联系么？怎么找着那人？公子无忌只给过他一个联络的暗号，却从来没有向他透露过那人是谁。也许，公子无忌的意思是要樊於期等那人来找他？如果真是这样，那人为什么迟迟不来？难道那人死了？叛变了？洗手不干了？公子无忌还给过樊於期一个锦囊和另一个接头暗号，嘱咐他不到万不得已，切不可打开锦囊。为什么这么神秘？是为应付这种困境么？十五年来，樊於期不止一次想拆开锦囊看个究竟，却终于忍住了，没有打开。我面临万不得已的处境了吗？没有。虽然从双面间谍变成了单面间谍，不免少了些刺激，也感到一些忧虑和空虚，毕竟并没有什么危机感。他每每这么自问自答一番，然后就把已经攥在手中的锦囊重新放回枕箱。

这一回，樊於期终于把锦囊拆开了，那是在他下榻逍遥游的第七个夜晚。他在席上翻来覆去，不能成寐。是北上燕都蓟城，还是南下魏都大梁？他要做个决断了。他不能再这么在邯郸耗着不走，再不走，秦王政必定会起疑心。他知道秦国在邯郸潜伏的间谍不少，如果秦王政起了疑心，想要他的命，虽然不能说是易于反掌，也同打死一两个苍蝇差不了多少。他觉得他这回当真是面临万不得已的危机了，于是他小心翼翼地打开锦囊，拿到灯下一看，哈！里面竟然空空，什么也没有。公子无忌同他开了个玩笑？不可能吧？他把锦囊翻转过来，正想看看衬里之中有什么奥妙，有什么东西弹射出来，掉在地板上，轻轻地，像一颗小石头子儿。他捡起来一看，是一颗梧桐树的种子。什么意思？他琢磨了半天，琢磨不出。转念一想：这种子有什么用？种下去，长出一棵梧桐树来？有了！樊於期不禁失口喊了一声，然后大笑，笑够了，把那颗梧桐种子抛到空中，再伸手去接时，却没有接着。种子掉在地板上，三弹两弹，竟然不知去向。樊於期懒得去找，兴冲冲吹灯就寝。反正那颗梧桐种子已经完成了它的使命，何妨就让它在地板缝里呆上一辈子？

"长梧子呢？"次日一早，卯时时分，樊於期问门厅里的掌柜。

"老板这会儿照例在后花园散步。"掌柜的说。

这回答正是樊於期所期待的，他不急不忙地出了门厅，迈着迟缓而稳重的步子穿过连接门厅与后花园的回廊，跨进通向后花园的月亮门。这是一个阴天，空气凉飕飕，石径有些湿，不是露水，是昨夜的雨水还没有干透。这种天，不是散步的天，这种地，也不是散步的地。可长梧子不仅在散步，而且在认认真真地散步。从月亮门走到水榭，一百零三步；绕水榭一周，五十一步；从水榭走到花厅，七十四步；从花厅折回月亮门，二百八十九步。每日走十个来回，每一段路程绝不多走一步，也绝不少走一步，三百六十五日如一日，一十五年如一年。为什么是一十五年？因为公子无忌死了一十五年了。

"我死后，可能会有个人来找你。如果那人来，必定在卯时，所以，每日你卯时必定要在，最好是养成每日卯时在后花园散步的习惯，免得引人怀疑。办得到吗？"公子无忌问长梧子。

那是十八年前，公子无忌离开邯郸返回大梁的前夕，两人面对面坐在这后花园的水榭里。那一晚没有月亮，不是因为有云，只是因为不该有月亮。水榭里没有水的反光，黑黑的，气氛有几分沉闷，也有几分沉重。公子无忌为什么会谈到死？因为秦军围攻大梁已经一年多了，他这次回大梁，先要冲破秦军的重围，然后要组织和率领一只敢死队进行反击。这一出一入，都是名副其实的出生入死。死，固然是不幸；不死，却得靠万幸。

听了公子无忌的这话，长梧子没有开口，只点了点头，他觉得点头比开口更能表现他的决心。每天按时散散步有什么办不到的？谁都办得到。但凡办不到的，不是办不到，是没有决心去办。

"有那么几句接头的暗号，你要记在心里，不能写下来。办得到吗？"公子无忌又问。

这就不关决心了，得有记性。长梧子又点点头，他向来记性好。公子无忌那次回大梁并没有死，不仅并没有死，而且大破秦军，威震天下。不过，三年后却突然死了。不死于金戈铁马的厮杀，却死于女人的怀抱。真所谓"英雄难过美人关"，古今中外皆然！从公子无忌的死讯传来的第二日起，长梧子就开始了他的散步。公子无忌并没有规定散步的路径，更没有规定每一段必须走多少步。那是长梧子自己的主意，反映出长梧子的性格。什么性格？坚持不渝，始终如一，这性格早已被公子无忌看在眼里，否则，他怎么会想到把这任务托付长梧子？

"你还真会挑日子散步。"樊於期立在月亮门边，看看长梧子走近了，慢慢地迎了过去。这句话就是接头的暗号？不错。天好，听起来就像是句不着边际的废话；天不好，听起来就像是开玩笑的反话，都不会引起旁人的疑心。当然，那是说如果有旁人在场的话。那一天，并没有外人在场，除了长梧子，有谁会在那样的天气、那样的地面散步？没有。

"天好天坏，是天决定的，我管不了。散步不散步，是我决定的，天也管不着。"长梧子从樊於期身边走过时，丢下这么一句回答，豁达开朗、意味玄妙，好像深得庄子真传。其实，当然也是公子无忌安排好的暗号。

如果当时有旁人在场，樊於期就应当邀长梧子去雨中花喝酒。雨中花的包间隔音良好，最宜密谈。不过，既然没人在场，就犯不着这么拐弯抹角了。于是樊於期压低嗓门问：你知道苏大去哪儿了吗？所谓苏大，当然是个虚拟的姓名，就像张三或者李四。长梧子说：听说跟荆轲走了。"荆棘"的"荆"？"车"旁一个"可"字的"轲"？樊於期问。他虽然不跑江湖，对于江湖上的名人，他了如指掌，荆轲这名字他耳熟得很。他之所以问，只是想确证长梧子所说的荆轲，就是他听说过的那个荆轲。长梧子点点头。"苏大去哪儿了"，这问题当然也是公子无忌事先安排好的。长梧子只需在回答中透露出荆轲的名字就算是完成了公子无忌交代的任务。至于樊於期去不去找荆轲？怎么去找荆轲？找不找得着荆轲？那就与长梧子无关了。这一点，樊於期明白，所以，看见长梧子点了点头，他就扭转身，准备折回月亮门，让长梧子继续散他的步。可就在他转身之际，他听到身后传来长梧子的声音说：他这会儿想必在蓟城，据说是田光把他叫走的。听了这话，樊於期略微一怔，不过，他既没有回头，也没有停步，依旧跨出了后花园的月亮门。他的步伐依旧迈得稳重迟缓，同他进来时一模一样。心境呢？依旧同进来时那么激动，还是更加激动了？怎么又是田光？看来，我是非去蓟城不可啦。他想。

长梧子怎么知道荆轲可能去了燕国？而且还知道是被田光叫走的？难道他也有他自己的间谍网？没人知道。不过，即使他有，也用不着动用，因为这些消息都是荆轲自己告诉他的。难道荆轲没有马上去蓟城，却留在邯郸同长梧子混熟了？不错，荆轲是在逍遥游住了四个多月之后才走的。为什么迟迟不行？原因不止一个。首先，荆轲口头上虽然说去说得很坚决，心里头多少有些犹豫。毕竟，去了，那是名副其实的玩命。玩得好，花天酒地、吃喝嫖赌的日子有得过。玩不好，一命呜呼，能不犹豫么？其次，荆轲以为即使去，也不宜去得太快。去得快了，田光说不定会以为我荆轲走投无路，非去投靠他田光不可。荆轲这么想。其实，田光绝不会这么想。荆轲要真是荆轲，也绝不会这么想。荆轲既是天下第一剑客，怎么会没有别的出路？只有庆轲才会有这种担心，虽然他庆轲无时无刻不在想着设他荆轲的身，处他荆轲的地，他毕竟不是荆轲。剩下的原因属于高渐离，高渐离要在逍遥游演出三场击筑才能脱身。演出的广告、请柬早就送出去了，门票也早就卖光了，他不能撒手不管，就这么一走了之。跑江湖的人，靠的是信用，他要是就这么走了，往后还怎么在江湖上混饭吃？别的不说，逍遥游这间免费套房是别再想有了。高渐离的演出日期早就安排好在四个月之后，这日期是无法更改的。高渐离不能脱身，正好给了荆轲一个台阶。他对高渐离说，他当然不能把高渐离撂在邯郸自己一个人先走。轻描淡写这么一句话，既掩盖了自己的犹豫和担心，又讨好了高渐离，他心中不禁得意地笑了一笑。那一瞬间，他显然忘了他是在扮演荆轲那角色。真正的荆轲既不会犹豫、担心，也不会讨好别人。

"打算在这儿长住？"长梧子问荆轲。那时候高渐离在逍遥游的演出已经圆满结束，田光也恰好派人来催过，本来是可以动身了，可高渐离还有几个应酬非去不可，所以，还没走得成。那一晚，高渐离就是到某个江湖名流家里应酬去了，那名流当然也请了荆轲，荆轲借故推辞了，一个人在逍遥游的酒厅里独酌。长梧子看见了，便走过来同他闲聊。

"哪儿的话！我在这儿不过替朋友捧捧场。"荆轲一副不屑的神情。

"是吗？"长梧子说。

长梧子也许只是随便这么一问，也许连问都不是，只不过顺口这么一说，可荆轲却觉得长梧子的口气透出几分怀疑。荆轲最担心被人怀疑，于是他说："可不。我倒是想在邯郸多住些时候，无奈燕国、齐国都有事情等着我。"

荆轲本来只想说有事去燕国，"齐国"两字是话到嘴边才临时蹦出来的。燕国不是最弱小、最没劲么？倘若只有燕国有事情在等我，岂不被人小觑了？他想。

"原来你是个大忙人。"长梧子听了大笑，"我真是老眼昏花了，竟然没看出来。"

什么意思？荆轲白了长梧子一眼，想看看长梧子是不是在挖苦他。可长梧子一脸的慈祥，或者说一脸的傻气，叫他什么也看不出来。

"那你是先去燕国呢，还是先去齐国？"长梧子接着又问，对荆轲的白眼好像浑然无觉。

"先去燕都蓟城。"

"也是去捧朋友的场？"

"可不。"

"怎么？高渐离要去蓟城击筑？我怎么没听他说起？"

"我说去捧高渐离了吗？"荆轲从案上端起酒杯，凑到鼻子跟前嗅了一嗅。

"不是高渐离？那还能是谁？"长梧子问，还是一副傻里傻气的样子。

"田光。听说过田光吗？"荆轲把酒干了，显出一副踌躇满志的神气。

那时候，燕太子丹重修黄金台、请田光登台的消息刚刚传到邯郸，正是热门的话题，长梧子当然听到了。不过，他却装傻，问："怎么？田光也是击筑高手？我怎么没听说过。"

"可捧场的事情多了，谁说非得是击筑？"荆轲说，不耐烦地摇一摇头，然后伸出食指向柜台后的伙计一勾，那意思当然是要伙计添酒，不过，长梧子识趣，他知道那意思也是告诉他：他荆轲没心思再同他长梧子废话了。于是，长梧子悄然而退，让荆轲重新品尝独酌的滋味。

这荆轲能是那荆轲？回到自己的房间，长梧子陷入沉思。长梧子并不知道有一个死了的荆轲，他心中的"那荆轲"，指公子无忌向他交代的那个人。公子无忌门下食客三四千，鱼龙混杂，并非个个都是人物。这一点，他长梧子心中有数。不过，他不怎么相信公子无忌会把如此重大的使命交给一个像"这荆轲"这样的人。为什么？因为他觉得"这荆轲"浅薄平庸。什么是如此重大的使命？他并不知道，因为公子无忌根本没同他说起过，这只是他自己的猜想。公子无忌叫他手下深藏不露的人物在他死后去同荆轲接头，"那荆轲"能不身负重大的使命么？他相信他这猜想不会错。难道公子无忌看错了人？不可能，绝对不可能。善于取人，善于用人，那正是公子无忌不可企及之处。难道是我长梧子自己看错人了？想必如此。荆轲一定是故意显得浅薄平庸。为什么呢？他必定有他的原因。大智若愚？大深沉若浅薄？这么一想，他的心情平静了。心情平静下来的长梧子忽然感觉到累，很累。很累的长梧子没有去洗澡，甚至也没有吹灭榻前的蜡烛，就这么和衣斜倚在睡榻上睡着了。

樊於期是以樊於期的身份在燕都蓟城亮相的，不如此，燕太子丹不会收留他，因为太子丹对叫做什么郑安的商人不会有兴趣。自从把田光推荐给太子丹，鞠武就自行隐退，不仅不再参与太子丹的谋划，基本上是杜门谢客，不与外人往来。可听到太子丹收留樊於期的消息，他还是忍不住跑去见太子丹。

"你这不是捋虎须么？"他对太子丹说。

"他既然来投奔我，我还能怎么办？把他送回秦国去？那我这重修黄金台的用意不就统统白费了？"太子丹反问。

"你难道不能送他去匈奴？"鞠武想了一想，提出这么个建议。匈奴是燕国北边的紧邻，经常有些在华夏呆不下去了的人取道燕国逃往匈奴。

"不行。"太子丹摇头，"夷狄一向见利忘义，只要秦国多给点钱，匈奴一准把樊於期给卖了。"

"你就不怕秦王政利用樊於期一案作为入侵咱燕国的借口？"

"我从秦国逃回来，难道不是一个更好的借口？他怎么没有兴师动众来问罪？他不是不想来，是因为他得先解决了赵国才能对咱燕国下手。你不是说过，只要有李牧在，赵国就还能支撑得住么？"

鞠武不仅的确这么说过，而且的确这么相信，所以，他想不出什么话来反驳，于是，他换个话题，问道："田光这死马还管用吗？"

"怎么说呢？"太子丹把话顿住，捻一捻颔下胡须，好像是在琢磨如何措辞。"不到一个月就招来二十多人，都是干杀手这一行的，一个个手段都很出色，我看都成，可田先生却说都不成。其中有一个叫秦舞阳的，年纪不过二十刚出头，功夫尤其凶狠，我觉得最好，可田先生却说绝对不可用。"

"他没说为什么吗？"

"田先生说秦舞阳杀气外露，而且不够成熟。用这样的人，成事不足，败事有余。"

"田光没推荐什么人吗？"

"田先生推荐了一个叫荆轲的，他说只要荆轲肯干，他田光胆敢担保绝对万无一失。"

"荆轲这名字我倒也听说过，江湖上的人都称他为天下第一剑客。"

"田先生也这么说。不过，他说他对荆轲是不是肯干还没有把握。"

那时候荆轲与高渐离来蓟城已经一个多月了，荆轲还在田光府上做客，因为他还没有答应田光他肯替太子丹效死。你得先告诉我是件什么事儿，我才能给你答复。荆轲对田光这么说。是件什么事儿，只有太子丹知道，你得先答应了，他才肯见你。田光这么回答。荆轲当然知道是件什么事儿，他装傻，是因为他想拖。反正在田光府上做客，有的是酒喝，有的是肉吃，况且，除去酒与肉，还有别的好处。能拖且拖，何乐而不为？田光也当然知道是件什么事儿，他之所以不说，是因为太子丹再三嘱咐他：切不可对外人走漏半点风声。什么人是外人？但凡未肯替太子丹效死的，太子丹一概视之为外人。

外人也可以是太子丹的宾客，不过，像荆轲那样的人不成。什么样的人成呢？高渐离成。太子丹在邯郸时看过高渐离击筑，听说高渐离来了蓟城，不仅立即延为上宾，而且还赏了高渐离一座府第。高渐离安顿停当，便叫荆轲搬到他那儿去同住，荆轲婉言谢绝了。他之所以不肯跟高渐离走的真正原因，在于留在田光府上做客的那点"别的好处"。什么别的好处？田光有个使女，名叫真真，眉眼俊俏、曲线玲珑。荆轲见了，不禁一惊，因为这真真酷似那青青。

"怎么样？我说燕赵多佳人，这回信了吧？"看见荆轲那副魂不守舍的样子，田光大笑。

那是一个夜晚，风清月白。酒醉饭饱之余，田光与荆轲对坐在书房外的走廊上，真真送茶过来给两人醒酒。听见田光这么说，真真"扑哧"一笑，腰肢一扭，差点儿把手上的托盘打翻。荆轲见了，赶紧出手相援，趁机在真真腰上捏了一捏。真真又"扑哧"一笑，偏着头向荆轲抛过去一个媚眼。

"怎么样？神魂颠倒了吧？"田光问。

荆轲笑而不答，借着酒意，直勾勾地盯住真真不放。田光接过茶杯，一饮而尽，笑道："真真本是太子丹送给我的，既然你喜欢，我就把她转送给你使唤啦！"

田光说罢，站起身来，踱进书房，顺手带关房门，把清风与明月一并让给真真与荆轲。田光所谓的"使唤"，当然不止于端茶倒水。这一点，荆轲明白得很，真真也明白得很。听了田光这话，两人相对一笑。荆轲迫不及待地把真真搂到怀里，上下齐手，一通乱摸。真真先是"咯咯"乱笑，然后便是喘息不已。月光依旧白，晚风依旧清，只可惜无人享受，好端端地给糟蹋了。

8

田光为什么会如此轻易就把真真转手送给荆轲？毕竟老了，对于女人早已力不从心，面对真真这样的尤物，如何招架得住？于是，乐得让贤，做个顺水人情。至少，荆轲是这么猜想。这猜想对错参半。对于真真，田光的确力不从心、招架不住。不过，他之所以把真真转送给荆轲，其意却并不在让贤，也不是做什么顺水人情。那田光他图的是什么呢？荆轲不知道。至少，在那会儿他还不知道。所以，他同真真如鱼得水，如胶似漆。如果他知道田光见过了鲁句践呢？他还能这么惬意么？

荆轲死后的第六日，鲁句践登上了黑风岭的舍身崖。鲁句践是荆轲的朋友，如果说朋友要推心置腹，毫无隐瞒，那么，鲁句践并不能算荆轲的朋友。他不如田光，不知道荆轲干过杀手这一行，他甚至也不如长梧子，不知道荆轲曾是魏公子无忌的门客。他同荆轲很少见面，见面的时候也并不交心，只是杀几个回合，不是用剑，是用棋子儿。如果说朋友是能够以后事相托的人，那么，鲁句践就是荆轲唯一的朋友了。

"从这儿去黑风岭，一往一返，不过四天，打上两天意外，你在这儿等我六天，如果我不回，你去趟黑风岭。"

说这话的是荆轲，听这话的是鲁句践。那是在荆轲赴黑风岭之约的前夕，两人对坐在青云客栈的一间客房里，隔着一张白木几案，案上一盏油灯，把两个人影放大在对面的粉墙之上，模糊飘忽，仿佛两个幽灵。那客栈很简陋，不是因为荆轲缺钱，也不是因为鲁句践想省钱，是因为那地方已经够偏僻，再往前走就没有下榻之处了。去黑风岭干什么？荆轲没有说，鲁句践没有问，名副其实地心照不宣。换成别人，大概也不会问，因为实在没什么好问的。不过，换成别人，也许就会说："你怎么会不回！"或者说："你当然会回啦！"荆轲当然但愿能回，可他不喜欢听这些华而不实的废话，他觉得但凡会说这些废话的人都靠不住。鲁句践朴实无华，不会这些华而不实的虚招，他只是点点头，表示他一定会去。荆轲见了，满意地笑了一笑，既满意鲁句践没有废话，也满意自己没有看错人。

鲁句践登上黑风岭舍身崖的时候，太阳正好从地平线上的云气中跳出来，红光照到光秃秃的石头上，把石头也变成了红色。不过，这并没有掩盖住石头上的血迹，血迹已经是黑的成色多，红的成色少了。一阵晨风吹过，并不夹杂血腥，至少，人的鼻子闻不着，血迹已经干透了。见到血迹，鲁句践并不感到意外。令鲁句践略感诧异的是，地上有两摊血迹，相距四五步。一深，一淡；一浓，一稀。属于两个不同的人？鲁句践不敢肯定。不过，不要紧，他带了一条狗，一身纯黑的狗，四腿细长，两耳高尖，一望而知是条经过训练的猎狗。那狗在两摊血迹上分别嗅了一嗅，嗅出了人的鼻子嗅不出的不同，然后冲着主人叫了两声。一声表示相同，两声表示不同。两人都中了剑？是一死一伤，还是两败俱死？鲁句践想。为什么不可能是两败俱伤呢？因为他确信荆轲已经死了。他环顾四周，什么也没有。舍身崖上光秃秃，没有树，没有草，甚至也没有尘土，什么也藏不住。崖上既没有活人，也没有死人。这一点，鲁句践敢于肯定，用不着靠狗的鼻子帮忙。

　　鲁句践随着猎狗下了山，没走多远，迎面一个三岔路口，猎狗站住了，摇摇尾巴，不是乞怜，是表示无所适从，因为东西两边都有它方才闻过的血腥味儿。残留在哪儿？草丛？树梢？还是被泥土吸收了，时不时散发一点点儿？人不知道，狗说不出。不过，鲁句践没有犹豫，他踏上了西去的羊肠小道，因为荆轲说过他会在黑风岭西南的庙峰山过夜。太阳略微偏西的时候，鲁句践到了应该看得见山脚下的那座破庙的地方。他当然没有看见庙，看见的是一片废墟，一堆灰烬，一棵被雷一劈为二的柞树，同五天前路过的镖师所见略同。不过，鲁句践不是那镖师，他没有自作聪明地根据那棵柞树的命运判断庙的命运。他跳下马，把马在柞树上拴了，伸手向前一指。猎狗得了主人的指示，一头窜到灰烬堆里。鲁句践从地上拾起一根枯枝，远远地站着，好像在看狗扒灰，又好像并没有看，眼神迷惘，无所适从，恰如他的心境。他希望狗从灰烬堆里找出什么证据来？还是希望什么也找不出？他想把这问题想清楚，可偏偏理不清楚。他不自觉地摇了摇头，叹了口气，不是因为理不出头绪，是为荆轲惋惜。就为一把剑，值得么？既然理不出个头绪，他就放弃了细节，直接追源溯始。这一切不都是那把剑惹的祸么？他想。鲁句践虽然不乏跑江湖的朋友，自己却不是跑江湖的人。他以为他懂什么叫做"人在江湖，身不由己"，其实，他的"懂"，毕竟有如隔靴搔痒。

　　鲁句践叹气的时候，猎狗跑了回来，嘴里叼着什么，吐在鲁句践面前。鲁句践用树枝挑起来一看，是一块断裂的骨头。兽骨，还是人骨？这就不能靠狗的鼻子了，得靠知识。鲁句践恰好有这方面的知识，他断定是人的小腿骨无疑。不过，尺寸太小，形状也太秀气，绝不可能是荆轲的。鲁句践摇摇头，猎狗会意，把骨头刁起，重新跑回灰堆。那块骨头虽然不是证据，却加剧了鲁句践心中的不安。他觉得烦躁，不能再安于充当主使者的角色。于是，他拖着树枝，走到灰堆边缘，用树枝在猎狗找出那块骨头的地方把灰烬慢慢拨开。灰烬堆里除了灰，还是灰，偶然显露一块什么没烧透的东西，却只能叫它东西，因为看不出是什么东西。忽然，阳光一闪，什么东西在灰烬里发亮？他看到了一个曲扭了的金镯子。鲁句践感觉到自己松了口气。金镯子证实了他的想法：那小腿骨果然属于一个女人。作案的动机呢？显然不是谋财害命，也不大可能是奸杀，强奸犯少有不贪财的，怎么会舍得撂下那金镯子不管？那是为什么呢？鲁句践没来得及琢磨，因为猎狗在灰堆的另一边叫了起来。"汪汪"的叫声中透出几分兴奋，说明那狗找着了什么它熟悉的东西。那狗能熟悉什么呢？荆轲的气味？鲁句践的心顿时往下一沉，赶紧撂下金镯子，仓惶奔了过去。那狗正从灰堆里叼出一块烧焦了的头盖骨来，大小与形状皆属于男人无疑。鲁句践不是人类学家，叫他从一块头盖骨的碎片复制那人的头型，他办不到。不过，他深信那块碎片就是荆轲的头骨的一部分。凭什么？凭对朋友的信任：荆轲绝不会叫他白跑这趟路。

虽然自从离开青云客栈的那天起，鲁句践就相信荆轲一定已经死了，可看见这证据，他仍然不禁打了个冷战，倒吸了一口凉气，也增添了几个疑团。荆轲为什么不死在黑风岭的舍身崖而死在庙峰山下的庙里？难道是盖聂把荆轲的尸体从舍身崖搬到庙峰山来的？应当不会，盖聂没有必要多此一举。谁放的火呢？更不会是盖聂，他绝无毁尸灭迹的必要。刺死荆轲是可以引以为自豪的成就，不是什么见不得人的谋杀。那个女人又是谁？戴金镯子的女人绝不属于这荒山僻岭，她来这儿干什么？她为什么会同荆轲死在一起？巧合？有这么巧吗？狗又叫了，叫声中透出的不是兴奋，是警觉。不是因为又在灰堆里有了什么新的发现，是因为林外传来了马蹄的声音。鲁句践用树枝把灰一拨，把头盖骨重新掩盖了，把手放到剑柄上。他知道这里时有强人出没，警惕为要。两匹马闯了过来，看见有人，骑马的人立刻把马兜住了。

"嗨！那不是鲁公子吗！"其中一人喊。

那人是谁？鲁句践想不起来。他把剑柄攥紧了，他不想上当。

"怎么？鲁公子不认识我了？我是栖霞山庄的总管张雨。"那人就在马上对鲁句践拱一拱手，并没有滚鞍下马，正式施礼。

听见这话，鲁句践把剑柄放松了，勉强笑了一笑。"怎么会不认识？只是没想到张总管有这份闲情逸致来这荒山僻岭里溜达。"

"鲁公子还真会讲笑话，我张雨又不是什么游闲公子，哪有这种闲工夫？"

"这么说，张总管是来这儿替庄主办事？栖霞庄主什么时候把这庙峰山也纳入山庄的地盘啦？

"如果庄主想要，十座庙峰山也跑不了。无奈我们庄主对这穷山沟没有兴趣。"张雨一笑，"荆大侠与盖大侠联名邀请江湖各派掌门腊月十五与会徐陵。盖大侠一人派请柬派不过来，请栖霞庄主帮忙，这差事自然是落到我头上，我因要送几份请柬，抄近道才打这儿路过的。"

鲁句践并不是什么货真价实的公子，只因他既不跑江湖，又不走诸侯公卿的门径，整日游手好闲，除去下棋，无所事事，于是江湖上有人送了他一个"游闲公子"的绰号。他不喜欢别人称他为"公子"，尤其不喜欢"游闲公子"这绰号。他的这个"不喜欢"，并不是什么秘密，但凡认识他的人都知道，而这张雨却不仅称他为"公子"，而且还拿"游闲公子"这绰号取笑，分明是没把鲁句践的"喜欢"或者"不喜欢"放在眼里。张雨凭什么敢于如此目中无人？凭的是栖霞山庄在江湖上首屈一指的地位。连盖大侠那样的人物私下里都同我深相交结，你鲁句践是什么东西？也配在我面前装大？每逢看见鲁句践，张雨心中就不禁这么暗自恨恨地想一回。不过，他从来没有把这"暗自"的、"恨恨"的想法公开地表现过，因为他以往总是在山庄里见着鲁句践。鲁句践是庄主的客人，他是庄主的下人，下人不得对客人无礼，这道理他懂，也懂得应该恪守不误，否则，他张雨早就不是栖霞山庄的张总管了。鲁句践是什么东西？在张雨心目中，不过是他主子的棋客，一个同下人的身份差不到哪儿去的棋客。每同他主子下一盘棋，得了赏金，居然敢于不同他这做总管的分享，这难道还不是"装大"么？这就是张雨之所以讨厌鲁句践的来由。他并不知道鲁句践之所以每年去栖霞山庄下一两次棋，并不是鲁句践想去，是他主子求鲁句践去。他也不知道鲁句践与他主子不是"下棋"而是"赌棋"，鲁句践拿的不是"赏金"而是"赌金"，只因他主子总是输，他只看见他主子掏钱，从来没见过鲁句践掏钱，所以他才有那样的误解。

张雨一反常态的失礼，并没有令鲁句践生气，不是因为他懒得与下人一般见识，是因为他先有些沉痛，后来又有些激动，有些兴奋，所有没有觉出张雨的失礼。这么说，难道荆轲没有死？张雨的话点燃了一线希望。不过，这希望并未能维持。转念一想：这绝不可能！如果荆轲没死，他肯定会去青云客栈找我。

"你见着盖聂啦？"鲁句践问张雨。

他没有称盖聂为"盖大侠"，并没有什么敌视盖聂的意思，他只是不喜欢"大侠"这说法。"侠"是什么意思？有谁说得清楚？"侠"是什么已经说不清了，再加个"大"字，岂不更加荒唐可笑。他鲁句践一向不喜欢使用荒唐可笑的说法，他之所以不喜欢人称他为"公子"，或者"游闲公子"，也是出于类似的原因。

"不错。"

"也见着荆轲了？"

"没有。"

"荆轲没同盖聂一起去栖霞山庄？"

"没有。"

"请柬上没说是为什么事吗？"

"没有。"

张雨说罢，摇了摇头。这摇头不表示"没有"，是表示不耐烦。这人今日怎么这么啰嗦？他懒得再同鲁句践多废话，于是，冲着灰烬与废墟看了一眼，说："哈！怎么？庙给烧了？我本是想在庙里方便一下的，既然方便不成了，咱走！"

"咱走"这两字，是对他的跟班说的。说完，张雨就掉转马头，背对着鲁句践口喊一声"后会有期"，扬鞭拍马，绝尘而去。

这时候鲁句践才感觉到张雨的失礼，他忿忿然张嘴骂了声："混账！"可惜已经晚了。扑进他嘴里的尘土已经不是张雨的坐骑踢起的尘土，是张雨的跟班的坐骑踢起的尘土。

夕阳在山的时候，鲁句践踏进了山顶上的那座破庙。靠狗鼻子的帮忙，他在石铺地板下找着了荆轲的腰带，一条薄如蝉翼的绢带。那时候的人都学过几招剑法，所以鲁句践虽然不是剑客，一看那腰带上的图像，立刻就辨认出那是荆轲的独家剑式，也立刻就知道荆轲绝对死了。就算他荆轲不把我当回事，他难道能把这从不离身的剑谱也不当回事？那么，与会徐陵又是怎么回事呢？一个骗局？一个阴谋？谁是谋主？荆轲既然已经死了，只可能是盖聂。他想。目的呢？他琢磨不出。谁去扮演荆轲呢？他更无从推敲。只有等，等到腊月十五，必然水落石出。

腊月十四日，鲁句践到了徐陵，使几个铜钱买通了看墓的老头儿。十五日那一天，徐陵的墓道上没有残雪，有人扫过了，扫帚不到，雪花儿照例不会自己跑掉。扫雪的是个驼背的老头儿，比那看墓的老头儿还显得老，背也驼得更厉害，因为那人不是看墓的老头儿，是鲁句践。应邀的和没应邀的杂沓而来，这些人中本来就没几个认识本来的鲁句践，变成驼背老头儿的鲁句践自然更加没人理睬。虽然他一直就站在墓庐旁边，谁也没有看见他，包括栖霞庄主，包括盖聂，包括高渐离，当然也包括荆轲。一墓庐的人一个个心怀鬼胎，所以，没法儿看得见鲁句践这么个人。

荆轲与高渐离得意离开邯郸道的时候，背后多了个尾巴。高渐离没有觉察，荆轲也没有觉察，两人都太得意，太得意的人只会想着瞻前，不会想着顾后。鲁句践决定跟踪荆轲与高渐离，因为他看出盖聂充其量不过是个胁从，绝不可能是谋主。这荆轲还真是像得很，如果不是神气有那么点儿俗，有那么点儿庸，有那么点儿邪，几乎可以乱真。这人可能是谁呢？鲁句践想不出，他从来没有听见荆轲提起过有一个孪生兄弟。

鲁句践在邯郸跟踪荆轲跟了三个多月，没看见荆轲有任何动静，他有些不耐烦了。骗局也好，阴谋也好，总得有行动，不可能就为了把那纯钩宝剑归还徐陵吧？

"嘿！你老实说，你究竟是什么人？"鲁句践冲着荆轲吼，一边把剑拔出鞘来。

那是一个夜晚，荆轲与高渐离一同步出逍遥游的大门。

"他是什么人？说出来会吓破你的胆。你也配在他面前拔剑！"说这话的是高渐离。

高渐离一边说，一边用胳臂肘拱拱身旁的荆轲。荆轲会意，打个哈哈，说："咱走，咱犯不上跟这疯疯癫癫的人一般见识。"

荆轲说完，拽起高渐离的衣袖，两人一同退入逍遥游的大门。鲁句践想要跟进去，被立在门边的两个彪形大汉挡住了。逍遥游是什么地方？能容得了不三不四的人来捣乱？

"你别发酒疯了。"两三个好心的过路人把鲁句践拖开，"你不知道他是谁？他就是天下第一剑客荆轲！你想跟他斗剑，那不是找死吗？"

"狗屁！他是什么荆轲？荆轲早已死了！"鲁句践一边挣扎，一边喊。

回到房里，荆轲依然心神不定。"他怎么知道他死了？"他问高渐离。

"你杀他的时候，肯定没人在场？"高渐离反问他。

"绝对没有。"

"那你操什么心？这人也许真是发了酒疯。"

"但愿如此。"荆轲说。

不过，他不敢相信如此，从此很少出门，高渐离不在的时候，他就一个人在逍遥游的酒厅里消磨时光。鲁句践没再去寻衅。这人虽然不是荆轲，我可能照样打不过他，妄自送了性命且不说，从此岂不是没人知道他不是荆轲了？他想。他也没有再跟踪荆轲。自己已经暴露，再跟踪是不可能有什么结果的了。不过，他并没有放弃。他买通了逍遥游门厅的一个跑堂，打听到荆轲应田光之邀去了燕都蓟城，他也就跟着去了。

鲁句践抵达蓟城的时候，田光已经是蓟城内外家喻户晓的人物，打听到田光的府第所在易如反掌。既找着田府的大门，见着田光其人也是易如反掌，因为田光吩咐过门房，只要年纪在成丁以上，但凡是腰带上挂着剑的，不问男女，一概引见，不得拒绝。"你自认为你的剑法堪入第几流？"客人进了客厅，田光照例先问这么个问题。如果客人的回答不是"一流"，那么，田光就会喊一声"送客"。那时候就会有两个使女捧着两个托盘走过来，一盘盛酒一盏，一盘盛肉一片，叫客人吃了喝了走人。如果客人的回答是"一流"，或者甚至以上，那么，田光就会盘问师承、流派等等的细节。倘若问出破绽，照前例送出门外。倘若谈得投机，就会请客人到后园草地上表演一场。剑法不中看的，打发铜钱一贯走人。剑法中看的，问清楚姓名、住址，自会有太子丹手下的人请去晋见太子丹，由太子丹面试人品、决定取舍。舍，好说，就是落选。取，是什么意思呢？不怎么清楚。至少，对被录取者而言是如此，因为太子丹只说是用之为他的左右随从。太子丹要那么多武功高手左右随从干什么？担心遇刺？武功高的人大都头脑简单，没多少人去仔细思索。况且，一旦中选，有好酒喝，有大肉吃，有风骚女人陪着睡觉，管他那么多干什么？

"几流？"鲁句践踏进田光客厅的时候，田光闭着眼睛，只说了这么两个字。他已经懒得说"你自以为你的剑法堪入第几流？"那么长的句子，甚至懒得说"第几流？"这么三个字，因为那一天他已经接连打发走十五个来访的客人了，他有些疲乏，猜想这一个也是来蹭吃蹭喝的。

"超一流。"鲁句践说。

听见这三个字，田光睁开眼睛问："怎么讲？"

"打遍天下无敌手。"

田光把眼睛睁大了，对鲁句践的双手一扫，然后摇头一叹，说："年纪轻轻，怎么说大话都不带脸红的？"

"你凭什么不信？"鲁句践反问。

"凭你那双手。"

"我的手怎么啦？"

"手腕太细，手指太尖，手掌无茧，手背无筋，这哪是使剑的手？下棋还差不多。"

"我说的本是下棋。"

田光听了一愣，他本想说："我问下棋了吗？"话到嘴边却噎下去了，因为他想起来他只说了"几流"这么两个字。于是他改口说："听说有个绰号'游闲公子'的人，棋道高超无匹，难道他也是你手下败将？"

"从来没同他下过。"

"那你这'打遍天下无敌手'从何说起？难道还不是句大话么？"

"我不是不敢同他下，也不是没机会同他下，只是没法儿同他下。"

"什么意思？"田光翻了鲁句践一眼，心中想：你这小子再油嘴滑舌，我就叫人来把你给赶出去。

"因为他就是我，我就是他。"

听了这话，田光大吃一惊。不是惊讶的惊，是惊喜的惊。原来他田光也深好棋道，苦于没机会同游闲公子杀过一盘，一直引以为憾。

"来人！"田光喊。当然不是叫人来把鲁句践给赶出去，是叫人来把棋局给摆上。

不过，棋局虽然摆好，鲁句践却令田光大为扫兴，他说他不是来下棋的。那你是来干什么的呢？难道你真以为你的剑道也是超一流的不成？田光心想，不禁又对鲁句践的双手打量一番，唯恐刚才看走了眼。鲁句践见了一笑，说：手是不用再看了。不过，我这儿有件东西你非看不可。说罢，从衣袖里取出荆轲的腰带，递给田光。田光接过，看了一眼，眼睛睁大了，再看一眼，眼睛睁得更大了。

当日夜晚，田光把真真叫到他的卧房，不是睡觉，是面授机宜。他当初把真真转让给荆轲，本来只是一步灵空的虚棋，并没有什么确定的实意。把真真送出卧房，他笑了，他因他那步灵空的虚棋终于有了确定的实意而得意。那一夜，田光睡得特别沉。因为没有女人，还是因为那是最后的一觉？

9

庆轲从梦中惊醒，他梦见荆轲拿剑抵着他的腰，睁开眼睛一看，果然有一个人站在身边，已经惊醒了的庆轲又以为自己还在梦中，直到听见一声笑，女人的笑，这时候他才看清楚站着的人穿一身绣花睡袍，一只手还在摸他的腰。原来不是荆轲，却是真真。庆轲不由得又惊又怒，伸开五指，给真真一个结实的大嘴巴。

"你在干什么？"

挨了个大嘴巴，真真没有哭出声来，只是静静地掉下几滴眼泪。一脸委屈地分辩说："我怎么啦？不就是想看看你腰上有没有一条腰带嘛！"

会讨男人喜欢的女人都懂得把哭声忍住。号啕大哭，那是泼妇骂街的丑态，只会令男人火上加油，再挨几个嘴巴都在所难免。静静地淌眼泪，那是楚楚可怜，令男人举起的手掌又缩回去都说不定。荆轲是哄女人的高手，他的反应更加完善，不是把手缩回，是把出击的手掌变成安抚的手掌，他把真真搂到怀里，在真真脸上亲了一亲。

"算我打错了，成了吧？不过，下次别再这么吓我了！

"你腰上没有那条腰带啊？"真真噘着嘴，一脸的不高兴。噘嘴，是卖俏。不高兴，是撒娇。真真也是哄男人的高手，真是棋逢对手将遇良才！倘若有旁观者在场，必定失口叫绝。

"谁睡觉还系着腰带？"荆轲不假思索，顺口这么一说。话说出口，忽然警觉，就又把真真的脸扳过来，对着真真的嘴亲了一亲。

"有人说我身上有什么腰带？"

"没有。"

"没有？没有你怎么去摸我的腰？老实说，是不是老家伙要你来看的？"

第一次同真真干完了，荆轲问：我比老家伙怎么样？真真吃吃地笑。从此以后，"老家伙"在他两人中间就成了田光的代名词。

"你这人怎么这么多疑！是不是做贼心虚？"

冒名顶替算是做贼吗？好像没听人这么说过。其实，盗窃钱财与盗窃名姓有什么不同？至少，荆轲是这么看，真真这话于无意之中揭了荆轲的疮疤。

荆轲忿忿然把真真推出怀抱，说："走，走，走，去找你那老家伙！"

真真伸出双臂，把自己重新搂进荆轲的怀抱，连嗔带笑地说："看你急的，好像还真是个贼。是老家伙说你睡觉都会系着一条丝绢腰带，让我看看是不是，我也是好奇！"

真真出于好奇？也许不假。田光能是好奇那么简单？不可能。田光一定是起了疑心。荆轲想。因为什么呢？难道是鲁句践那混账追到蓟城来了？荆轲怎么会知道在邯郸逍遥游大门外拦住他的那人叫鲁句践？会使钱买消息的不止一个，鲁句践会，荆轲也会。更巧的是，他两人买通的居然还是同一个人，都是逍遥游门厅的那个跑堂。那跑堂于是就如樊於期一般，做起双面间谍，两边收钱，两边交货。于是，鲁句践能知道荆轲应田光之邀去了蓟城，荆轲能知道鲁句践绰号"游闲公子"，是个棋道高手。

"昨日可有什么客人来访？"荆轲问真真。

"老家伙哪天不见一大堆蹭吃蹭喝的？"

"嗨！那些人怎么能算客人？"荆轲摇头，"没什么正经的客人？"

"你不说，我倒忘了。"真真笑，"正经的客人没有，怪客倒是有一个。"

"怪客？什么意思？"荆轲立即嗅出不祥之兆，显出点儿紧张。

"老家伙遣人到书房来问我要棋局，说有客人来下棋。没一会儿工夫又把棋局给送了回来，说那客人不肯下。你说这客人是不是有些怪？"

荆轲听了一惊。还真让我猜着了，这怪客不是鲁句践还能是谁？他想。

"你打算怎么说？"荆轲问。

"什么怎么说？"

"你就说我是有条腰带，睡觉时都不解下来。明白了？"

"为什么呀？"真真撇嘴一笑。

荆轲没心思同真真逗笑，一本正经地说："这你就不用管了。你肯这么说，咱俩就是一条船上的人。你不肯这么说，我现在就走人。"

听了真真的汇报，如果田光不再追究，那条船上也许能容得下三个人。可田光偏偏是个认真的人，叫真真去验证荆轲腰上有无腰带，只不过是调查的第一步。如果没有，这第一步也就是最后一步。如果有，那就还有下文。什么是下文呢？田光从袖子里取一条腰带来，对着真真的面抖弄开。

"你看他的腰带是这样么？"他问。

"不都是一条腰带么？"真真心虚地笑。

"你知道这是谁的腰带？"

"我怎么会知道？"

"荆轲的腰带。"

"荆轲的腰带？上面有荆轲的名字？"

"名字倒没有。不过，有比名字更加可靠的东西。"

真真睁大眼睛对那腰带一扫，说："不就是一些图画么？怎么就更可靠啦？"

"不是图画，是一套剑谱。"

"一套剑谱？什么剑谱？"

"荆轲的独家剑谱。"

"这么说，这腰带应当在他身上啦，怎么会在你这儿？"真真问。

"这就得问他啦。"田光说，"你去把他叫来。千万别走漏了半点风声。"

真真走漏了半点风声吗？那要看是对谁说了。对荆轲来说，滴水不漏。她把她同田光的对话一字儿不漏地转告了荆轲。

"你说咱该怎么办？"说完了，真真问。

"一起走吗？"荆轲自问。

"离开这儿？"

"离开这儿？离开这儿咱上哪儿去混饭吃？"

真真听了一愣。从小她就是燕王宫中的奴婢，然后转到太子丹府上充当使女，再往后就来到田光的府上供田光使唤，外面是个什么样的世界，真真一无所知。

"那咱怎么办？"真真没了主意。

"那就得看你肯不肯干了。"荆轲说。

"你想干什么？"

"我想干什么，你就干什么？"

"咱不已经是同一条船上的人了么？"

"那就好办。"

"怎么就好办？"

"田光不是患了消渴症么，他时不时要喝水饮浆，对吧？"荆轲说到这儿，把话顿住，诡秘地笑了一笑，从怀里摸出个小巧的绣花荷包来，交给真真。然后接着说："你去告诉他，说我这就来。等他叫你上浆汤的时候，你把这荷包里的粉末儿都倒进去。"

"你要下毒？"真真问，语气之中透出一点儿胆怯。

"无毒不丈夫嘛，你没听说过？

真真略一迟疑，把荷包揣在怀里走了。荆轲故意拖延了一刻，然后不慌不忙地踏进田光的书房，看见书案上有一个空碗，他知道真真得手了，于是轻轻扣上书房的门。听见荆轲踏进书房的脚步声，田光依旧背着手，依旧仰着头，依旧背对着门。田光在看什么？他其实什么也没在看，不过假装在看。对面墙上悬挂着一条腰带，荆轲的腰带，鲁句践留下的腰带。

"你见过这东西么？"田光问，依旧没有回头。

"我的腰带我怎么会没见过？"荆轲反问，不屑地笑了一笑。

"你的腰带？你的腰带怎么会在我这儿？"田光转过身来，仓促之间，说出这么一句不怎么聪明的话。显然，荆轲的反问出乎他的意料之外，令他措手不及。

"这问题我正想问你。"荆轲说，"你既叫真真找我腰带，又叫真真偷我的腰带，我想不明白你究竟想搞什么名堂？"

"胡说！我什么时候叫真真偷你的腰带了？真真！"田光喊。

"你想干什么？叫她出来对质？你嗓子喊破了她也不会出来。再说，即使出来了也没用。"荆轲说。

"什么意思？"

"什么意思？我看你是搞了一辈子女人，还没把女人搞明白。意思再明白不过，跟别人睡过觉的女人，难道还能是你的女人？"

听了这话，田光一愣，难道真真背叛了我？把我的话都告诉了他？田光这么想着的时候，他听见他的心在"怦怦"地跳。怎么？难道我心慌了？怎么可能？我田光一生出生入死，什么惊心动魄的场面没经历过？我田光什么时候心慌来过？他觉察出不对，立即用手去摸腰下的剑。还好，剑还在。可这"还好"的感觉没能持续，他很快就发现很不好。什么很不好？他的手在发抖，不是轻微的抖，是哆哆嗦嗦的抖，手指接连碰了几下剑柄，都没能把剑拔出来。

荆轲看在眼里，嘲弄地笑了一笑，说："我记得你好像说过这么一句话：手都抖成这样了，还怎么使孤飞剑？你的确是使不成了。你知道为什么吗？你喝多了水，饮多了浆。"

荆轲一边说，一边从衣袖里抽出一把匕首来，冲那书案上的空碗指了一指。

"你，你，你……"田光接连说了三个"你"。

田光究竟想说什么？"你不是荆轲"？还是"你在浆里下了毒"？没人知道，因为在他说出第三个"你"字的时候，一把匕首刺穿了他的咽喉。躲在屏风后的真真听到的是："你什么时候成了结巴？"不过，这句调侃当然不是田光说的。然后她听到"扑通"一声响，是田光倒地的声音。再往后，她听到这么一句话："孤飞剑，飞廉剑，有什么用？不都死在我手上了？"

司阍进来禀告说荆轲求见的时候，太子丹正在书房里揣摩姜太公的《阴符》。谁？荆轲？荆轲是谁？太子丹皱起眉头，信口这么一问。看书的时候，他不喜欢被人打搅，看《阴符》的时候，他尤其不喜欢被人打搅。专心致志，这《阴符》上的话还字字费解，更何况被人打搅！也许是因为太专心，也许是因为绝没想到荆轲会不请自来，那一瞬间太子丹竟然没想起荆轲是谁。等他想起来的时候，他自然也想到了田光。于是他问：田先生领他来的？司阍摇头，说：没有。没有？大子丹略微一怔，怎么可能？他稍微犹豫了一下，然后挥挥手，吩咐司阍赶快把荆轲请到客厅里去。

"田光死了。"

这是荆轲对太子丹说的第一句话。第一句话？难道没有寒暄一类的废话？没有。太子丹匆匆步入客厅的时候，荆轲从客席上站起来，劈头就是这么一句。不是因为荆轲惊慌失措，也不是因为荆轲不懂晋见太子之礼，因为什么呢？荆轲的诡计。荆轲也读过姜太公的《阴符》，是陪着盖聂一起读的，比太子丹一个人关在书房里独自揣摩，更加容易有所心得。先把太子丹震惊，然后什么话都好说。这诡计，他在刺死田光之前早就想好了。凡事都得想着怎么收场，不想着怎么收场就开场，必定以失败收场。这话，《阴符》上没有，是盖聂揣摩出来的，荆轲记住了。

"田先生死了？怎么可能？"太子丹说，像是反问，又像是自言自语。他甚至怀疑那是他自己在说话，怎么声音有些怪怪的？他果然被震惊了。

"他不死，我怎么会来？"荆轲反问，清清楚楚地反问，绝对不是自言自语。他要让太子丹还没来得及从震惊中清醒过来的时候，就又面对另一个悬疑。

"此话怎讲？"太子丹仓惶失据地问。

"田光三番五次问我肯不肯替太子效劳。我说：你不说出是什么事情，叫我怎么能说肯还是不肯？刚才他又来问我，我还是那句回答。他说：既然如此，那我就只好以死明志了。"

"什么意思？"

"什么意思？"荆轲听了大笑，"问得好。我也不懂，我也这么问来着。他说：你去问太子便知。说罢，就用匕首在他自己的咽喉上扎了个窟窿。"

不说"自杀"，不说"自刎"，不说"自刺"，却说什么"扎了个窟窿"，好像很孩子气，好像很女人气，也好像很外行。其实，这说法当然也是精心设计过的，目的在于让太子丹感觉到"生"、感觉到"奇"、感觉到"新"，从而增添震惊的威慑。

"问我便知？"太子丹一脸的惊慌，"难道是我说错了什么，让田先生误会了？"

"你也不必如此自责，我看是他自己多心了。"

"田先生多心了？他多什么心？"

"他说你再三叮嘱他：绝不可以把这事儿说给外人听。他觉得这说明你对他不够信任，令他左右为难。"

"田先生真的是这么说的？"

"可不。"荆轲说，"要不，他怎么会死？我怎么会来？"

"我这人真是该死！"沉默半晌之后，太子丹懊恼地说。

"我看该死的恐怕是我吧？"荆轲笑，冷冷的笑，一副视死如归的神态。

这冷冷的笑，这视死如归的神态，令太子丹从震惊中清醒过来，他回想起田光说过的那句话："只要荆轲肯干，他田光胆敢担保绝对万无一失。"真正的刺客，难道不正是应当有这样的笑法，有这样的神态？他想。于是他问："田先生终于把事情告诉你了？"

"怎么会？"荆轲摇头，"他怎么会辜负太子对他的信任？不过，他虽然不曾说，我难道还猜不着？我是什么人？我能干什么？我自己还不知道？你是什么人？你有什么心事？你还能瞒得了？"

瞒不了谁？当然是"我"。不过，荆轲没有把"我"字说出来，留给太子丹自己去体会。自己体会出来，那意思就比听别人说出来，印象深刻多了。荆轲要的，正是太子丹把他荆轲这个"我"深深地刻在心坎上。

荆轲这一席话把太子丹说得目瞪口呆，不知如何是好。荆轲见了，知道是该做总结的时候了，于是咳嗽一声，清清嗓子，郑重其事地宣称："如果我荆轲有幸，能够像曹沫那样名垂千古，也不枉为人一世！"

听了这话，太子丹连拉带拖把荆轲请到上席，自己纳头便拜。荆轲假意谦让了两三回，然后做出一副勉为其难的样子受了太子丹三拜。

田光自刎的消息传开，蓟城内外，知与不知莫不叹惋，皆以为田光为国捐躯，可敬可佩、可歌可泣。只有五个人例外。荆轲与真真心里怎么想？有内疚吗？没有。有悔恨吗？更没有。有什么呢？如释重负的轻松。没有后顾之忧了，两人的夜间生活从而更加丰富、更加疯狂、更加绚丽多彩。鲁句践吃了一惊，悔恨与恐惧兼而有之。他后悔不该把荆轲的剑谱留给了田光，这剑谱如今当然是传错人了，田光当然是栽在那冒名顶替的混账手上，他担心他自己是那混账的下一个目标。田光都不是对手，我还成？他有自知之明，于是匆匆离开蓟城，从此下落不明。高渐离也吃了一惊，所不同的是，高渐离的"惊"，惊喜的成分超过"惊恐"的成分。难道高渐离的感受之中也有些"恐"？不错，多少有一点儿，他从此不敢再在荆轲面前使小脾气。

第五个例外是樊於期。他在田光府上见过荆轲两面，这两面都是他精心策划的"不期而遇"。见第一面时，有三四个其他的客人在场，樊於期乐得有机会静静地旁观，看荆轲怎么接人待物。结果颇为失望，同长梧子一样，樊於期觉得这荆轲浅薄、庸俗、猖狂。公子无忌怎么会看中这么一个人？不过，樊於期别无选择，总得试一试，于是就有了第二面。怎么试？当然是按照公子无忌安排好的联络暗号试探着接头，结果荆轲毫无反应。既然如此，这荆轲绝对不会是那荆轲，不容置疑。那么，这人是谁呢？冒名顶替的目的何在？那荆轲呢？死了，还是隐姓埋名了？樊於期正在琢磨怎么去查个水落石出的时候，传来了田光的死讯。他立即想到"他杀"与"谋杀"。他建议太子丹找个名医来好好检验一下田光的伤口，看看有没有问题。太子丹婉言拒绝了，这么做，岂不是会令荆轲多心？田光本来不过是死千里马，荆轲是活千里马，因死马而令活马多心，能是明智之举么？绝对不可能是。况且，既然荆轲已经答应了替我效死，就算田光死得不明不白，又有什么关系呢？田光的历史使命已经完成，不是么？可以用"生得伟大，死得光荣"这么八个字盖棺论定了，何必还追究那些不相干的细节？

太子丹这么想，没好意思这么直说。可樊於期是什么人？要是连太子丹的这点儿心思都猜不出来，还怎么在秦王政的鼻子底下当双面间谍？于是，樊於期就提醒太子丹说：我担心的不并是田光，是荆轲。担心什么呢？太子丹摇摇头，表示不明白。

"你确信这荆轲能成事？"樊於期问。

"如果天下第一剑客还不成的话，还有谁能成？"太子丹反问。

"如果这荆轲不是那荆轲呢？"

"你以为我没调查过？"太子丹听了一笑，"高渐离是荆轲的朋友，这是江湖上公认的事实，对吧？高渐离能认错人？高渐离不可能也是假的吧？假的，能有那击筑的功夫？再说，我还特地找了两个参与徐陵大会的人物来从旁观察，两人都肯定地告诉我说：这荆轲，就是那与会徐陵的荆轲，这还能有错？"

太子丹说的这些都是确凿的事实，不容争辩。樊於期还能说什么呢？把他自己的底亮出来？他不敢冒这风险。再说，即使如此，那也只能说明这荆轲不是樊於期的接头人。樊於期并无任何切实的根据证明他的接头人一定得是被人尊称之为"天下第一剑客"的那个荆轲。

　　可樊於期还不想就此撒手，他为什么在乎荆轲有没有真本事？因为他猜测公子无忌之所以叫荆轲同他接头，也无非是想叫荆轲通过他去行刺秦王。一个剑客，除此之外，还能干什么别的？如果这荆轲能成功地行刺秦王，那么，管他是真是假，也无论是不是通过他樊於期，总算是了却了公子无忌的心愿。如果这荆轲不能成事呢？虽说不是他樊於期的责任，九泉之下与公子无忌相对之时，能不无遗憾？

　　于是他说："其实，最好的法子是叫他跟你手下的高手比试比试。如果他手段高超，不是荆轲也没关系。如果他手段低下呢，是荆轲也无济于事。"

　　"我也很想看看他的剑法究竟有多神奇，"太子丹说，"不过，我担心他会多心，田光已经因多心死了，我不敢再冒这个险。"

10

田光是死千里马，荆轲是活千里马，两人的待遇总得有些高下之分才成吧？太子丹叫鞠武去试探荆轲的口风，看看荆轲有什么要求。换座更大的府第？鞠武问荆轲。荆轲对于太子丹赐给田光的府第其实很满意，不过，真真有些担心田光的鬼魂作怪，所以他就点头说：那当然很好。不过，重要的倒不是府第。重要的是什么呢？鞠武猜了一猜，说：太子考虑到田先生上了岁数，所以，不曾多送几名使女。荆大侠正当壮年，一个真真怎么会够使唤？太子正亲自替荆大侠挑选二十名美女，不日当可送上。荆轲淡然一笑，说：太子想得周到。不过，我荆某对这些事情也都看得淡。什么意思？鞠武想，还想要什么？其实，鞠武心中不是完全没有数，不过，这一回合，他决定采取以退为进之策，于是，他就假做沉思之状，看看荆轲怎么启齿。

荆轲见鞠武装傻，心中暗笑：你以为你难得倒我？暗笑够了，这才不急不忙地咳嗽一声，郑重其事地说："女人嘛，只是一种调剂、一种休息。一个人要是整天想着女人，那还能够有所成就？我荆某夙夜思考的，是怎么才能不辜负太子对我的信任。田光生前的职位是上将，这职位不能说不高，不过，太刺眼。"

"太刺眼？太刺眼是什么意思？"鞠武问，这回不是装傻，他的确没明白荆轲的意思。

"将的职能是什么？"荆轲说，"当然就是负责征战。咱燕国的假想敌国是谁？除了秦国还能是谁？如果也用我做上将，那么，针对性岂不是太明显了么？太明显，就是太刺眼，秦王政能不格外防着我？"

"言之有理。那么，荆大侠的意思是？"

"当年燕昭王任命乐毅为亚卿，'卿'这官称就比'将'要好多了。不过，燕昭王也犯了个不小的错误。什么错误？'亚'字用坏了，这说明燕昭王对乐毅还不够信任。如果燕昭王用乐毅为上卿，结局就会不一样了。上卿，那是一人之下、万人之上的职位，谁还敢小觑他？当年的燕太子就是因为小觑了乐毅，两人之间才会构成嫌隙，也是因为小觑了乐毅，太子即位为惠王之后，才会想着叫劫骑替换乐毅。一失足成千古恨！这覆辙，咱是不能再重蹈的了。"

鞠武听了，不禁白了荆轲一眼。哈！好大的胃口！他想。不过，他只能止于这么想一想。来前太子丹再三嘱咐过他：无论荆轲要求什么，都绝不能表示反对。为了咱燕国的存亡，他要什么，咱都得同意。明白吗？想起太子丹的叮嘱，鞠武慌忙堆下笑脸，说："没问题。这上卿之位，本来一直虚设，就是为了等待荆大侠这样的人物。"

三日后，太子丹同荆轲交换了府第，太子丹贴身的二十名使女，也统统留下来供荆轲使唤。第四日晨，早已不过问政事的燕王喜亲临黄金台，在一片欢呼与金鼓声中，策命荆轲为上卿。第五日晚，荆轲在府上大宴宾客。太子丹不仅立在府门之外替荆轲迎接客人，而且还请燕王赐太牢一具。所谓太牢，就是烤全牛一只。这排场，照例只用在宴请诸侯的场合，为人臣而得以享太牢，令与会宾客惊羡不已。酒阑兴隆之时，高渐离自请献技，击筑三通，阖座大喜过望。客人走后，荆轲留下高渐离。

"这日子过得怎么样？"荆轲踌躇满志地问。那时候荆轲与高渐离对坐在书房之内，品茶醒酒，贴身的使女都指使走了。

"得看能过多久了。"高渐离一副不以为然的神态。他本不想浇这一瓢凉水，可忍不住有那么几分嫉妒，这话、这神态也就没遮拦地呈现出来了。

"嗨！这种日子，哪怕只过一天也就够了。对吧？"荆轲大笑，他看出高渐离的妒意，故意夸夸其谈。

"那你还不趁早想出一条脱身之计来？据我所知，太子丹没耐心得很，说不定明日就请你上路。这日子，岂不当真就只能过一日了么？"

"笑话！"荆轲嗤之以鼻，"明日就叫我上路，有那么容易吗？我已经跟他说了，我得有凭借，得有利器，还得有个助手。差了一样，事情办不成，叫我去只是白送死。"

"叫你白送死又怎样？你以为他在乎你死不死？"

"你怎么这么傻？我白死了，秦王政还饶得了他？所以，我那话的意思是：你怕死吗？怕，就别叫我去白送死。"

荆轲一向称道高渐离聪明，心里究竟怎么想且不说，至少在嘴上是如此。如今却公然大言不惭地说高渐离傻，这叫高渐离听了极不自在。于是他反唇相讥："凭借？利器？助手？这不都容易得很么？我还以为你有什么了不起的妙计！"

"容易不容易，不由你说，得由我说。"荆轲轻蔑地一笑，"拿什么做凭借？我叫他给我督亢防御工事的地图，外加一颗人头。我说：没有这两样东西，秦王政恐怕不会见我，不见我，叫我怎么下手？"

"人头？谁的人头？"听了这话，高渐离吃了一惊。

"秦王政悬赏捉拿谁？"

"你要太子丹杀樊於期？"

"不错。"

"他肯吗？"

"他不肯不正好吗？他一日不肯，我不就是可以一日不走么？"

"还真有你的。"高渐离说，"利器呢？你要他把你那纯钩宝剑给找回来？"

荆轲摇头，说："那宝剑现在落在谁手上都不知道，叫他上哪儿去找？况且那宝剑是我自己放弃的，这会儿又叫人去找回来，那是太过分了。太过分就会露出马脚，什么事情都得适可而止。"

"那你的意思是？"

"我要他去请徐夫人定做一把匕首。"

"高！"高渐离忍不住喝了一声彩。为什么"高"？徐夫人并不是姓徐的男人的夫人，徐夫人谁的夫人都不是，因为徐夫人是个男人，只是姓徐，名夫人。徐夫人精锻的匕首一向号称天下第一，既要刺秦王，没有理由不用最好的匕首吧？可是要徐夫人精锻一把匕首，没有一年的时间绝对交不了货。为什么要那么久？因为徐夫人的匕首要淬火十二次，每次要间隔至少一个月。

"等匕首来了，还得涂上毒药。这道工序由我自己动手，什么时候能做完，当然也就由我说了算。拖一年也许有点儿不好意思，拖个半年不成问题。"

"助手呢？你想叫谁去充当助手，该不是叫我去陪你死吧？"

"谁说我要去死？"荆轲不屑地一笑，"我不是跟你说了我要学曹沫么？"

你真以为你有那本身？高渐离心中这么想，不过，他没有这么说。不是因为不想泼凉水、扫荆轲的兴，是因为他觉得他与荆轲之间已经有了一堵墙。那堵墙，是荆轲如今的身份与地位。想到这儿，他就放下茶杯，起身告辞。

醉生梦死的日子究竟是快活，还是无聊？荆轲应当比谁都知道得清楚，因为自从他搬进太子府，他每一日、每一夜都在当真地醉生梦死。不过，应当的事情往往并不当真发生。当太子丹把徐夫人锻造的匕首送到荆轲手中的时候，荆轲如梦初醒。怎么这么快？荆轲不假思索，脱口而出。快，是荆轲的唯一感受。一年之中他究竟做了些什么？他苦苦地想了一想，居然想不出来，只有一片模糊的印象，既没有快活的感觉，也没有无聊的感觉。唯一记得比较清楚的，是他搬进太子府后那第一次大宴宾客的排场。往后呢？往后的事情不再有新鲜感，也就不再存在于他的记忆之中。

荆轲接过匕首，在手上把玩了一回，对着刃尖吹了口气。

"徐夫人的匕首就是与众不同，拿到手上就感到一股杀气。"荆轲说。

跟荆轲一样，太子丹也是个外行，不知道"杀气"存在于杀手之心，并不存在于刀剑之身。所以，他就附和了一句："可不，要不要试一试？"

"现在就试？"荆轲摇头一笑，"现在试有什么用？等我淬以毒药之后再试不晚。"

荆轲磨蹭了两个多月，说是毒药已经淬好，可以初试了。

"初试？"太子丹听了一愣，"那得试几次？"

"几次？"荆轲笑，"还没试怎么知道？"

太子丹不悦，不过，没敢把那"不悦"透露出来，赔着笑脸问："怎么试呢？"

荆轲说：先用狗来吧。狗牵来了，荆轲在狗屁股上扎了一刀。那狗狂蹦狂吠了两三分钟，七窍流血而死。

荆轲见了，摇摇头，叹口气，却并不说话。

"怎么？不成？"太子丹恐慌地问。

"可不！你没看见它死得太慢了么？"荆轲说，"据樊於期说，秦王见客，照例有御医在场。一条狗况且耗这久，他秦王政体格魁伟，正当壮年，又有医师及时抢救，你不怕他死不了？他死不了，咱燕国不就遭殃了么？"

"不错。"太子丹想了一想，只想得出这么两个字。

一个月后，荆轲说可以再试试了。怎么试呢？还是找来一条狗，如法炮制，结果那狗只叫唤了两声、蹦跳了一下就栽倒在地。差不多了吧？太子丹问。差不多了。荆轲说。不过，两人说的"差不多"，并不是一个意思。太子丹的意思是"成了吧"，荆轲的意思是"还得再加工"。怎么还不成？太子丹问。还不够快。荆轲说。于是，一个月又过去了。这一回，用来做试验的狗比较幸运，没来得及叫唤就断了气，显然是死得及时、死得没有痛苦。

"这回是成了！"太子丹见了，失口喊了一声，一脸的兴奋。

"成是成了。"荆轲说，"不过，还得用人再试一回。"

"用人？"太子丹吃了一惊。

"不错。狗毕竟不是人。只有拿人试过，才能绝对放心。"

"用谁呢？"太子丹踌躇不已。

"嗨！死牢里的死囚犯不是多的是么？"荆轲不屑地笑了一笑。

"这你荆大侠就不懂了。"太子丹说，"处决死囚，照例在冬至后的第三日。如今刚过中秋，岂不是又得等？"

荆轲听了，心中暗笑：我不懂？究竟是我不懂呢，还是你不懂？荆轲暗笑，因为他的目的正在于再拖三四个月。

"何必用死囚？拿我开刀不就成了？"

谁？听见这话，太子丹与荆轲两人都吃了一惊，扭头一望，原来是樊於期从门外走了进来。

"你不是正等着用我这颗头，送给秦王做见面礼的么？"樊於期指着自己的脑袋，脸上挂着笑。假笑，苦笑，还是冷笑？荆轲看不出，太子丹也看不出。

"哪儿的话！"太子丹不好意思地笑了笑，"你听谁说的？"

"我知道这不是你的意思，"樊於期说，"不过，这难道不是荆大侠的意思？"

荆轲应当怎么回答才好呢？他用不着想。不是他预先就想好了，是樊於期出手了，令他来不及去想。樊於期用什么出手？用剑，还是用刀？都不是，出的是一双空手，来夺荆轲手中的匕首。看见樊於期张开双臂扑过来，荆轲本能地往后一跳，可竟然没有跳起来。一年花天酒地的日子在荆轲的小肚子里增添了二十斤脂肪，往后的跳跃于是变成了往后的跌倒。在跌倒的时候，荆轲的手腕被樊於期抓个正着。多日不练功夫，荆轲腕上的肌肉少了四两，肥肉多了半斤，被樊於期这么一攥，他觉得疼不可耐，五指松开，匕首落地。不过，不是直接落地，是先在樊於期的左腿上划了一道，然后方才落地。血渗出来，樊於期一声不响地倒下了。一切都在一瞬间完成，太子丹恰好在这一瞬间眨了一下眼，什么都没看着，包括荆轲向后跌倒的狼狈在内。等他眨完眼睛，他看见荆轲倒在地板上，樊於期倒在荆轲身上，徐夫人的匕首在地板上左右摇摆，还没找着平衡的位置。樊於期究竟想要干什么？试试荆轲的武功，还是当真像他说的那样，用他自己试刀？他在生前没对人说起，死后再也说不出来，谁都没法儿知道了。

"怎么回事？"太子丹惊慌失措地问。

"邯郸城破，赵王被俘。"

说这话的当然不是樊於期，当然也不是荆轲。是谁呢？太子丹慌忙扭转头，外面匆匆跑进来一个使者。荆轲趁机爬起来，太子丹于是又没看着荆轲挣扎着爬起来的那副狼狈。如果他既看见了荆轲跌倒的狼狈，又看见了荆轲起来的狼狈，他会怀疑荆轲的本事么？也许。不过，也许来不及怀疑了。三日后，秦国的先头部队抵达易水南岸，与燕国的边防守军隔河相望。警报传到蓟城，全城戒严，人心惶惶。

过了两天，太子丹来催荆轲：该动身了吧？再不走，恐怕就走不成了。这两天之内，太子丹督促手下的人办完了三件事。第一件，把樊於期的头切下来，浸泡在药水中。第二件，把督亢防御工事的地图装裱成册，置于锦匣之内。第三件，在卷轴之中挖一个暗槽，把徐夫人的匕首在暗槽中藏好。于是，凭借已经有了，利器也已经有了，荆轲还能有什么理由不走？我的助手不是还没来么？荆轲说，勉强地笑了一笑。太子丹没有以笑回应，只伸出三根手指头，在荆轲面前晃了一晃，斩钉截铁地说：再等三日。你的助手不来，就叫秦舞阳陪你走这一趟。太子丹说完，不等荆轲回答，甩甩衣袖，扬长而去。

太子丹那断然的口气，连用两个"你"，而不用"荆大侠"的措辞，以及一反常态的失礼，令荆轲吃了一惊。他正在发愣的时候，高渐离走了进来。

"你以为他真把你当他的祖宗？"高渐离说，撇嘴一笑，有一点儿得意。"我叫你早点儿想法子脱身，你不听，现在怎么样？晚了吧？"

"什么叫晚了呀？"荆轲不屑地一笑，"我要是想开溜，什么时候走都来得及。"

"怎么？你还不知道？"高渐离说，"你已经被保护起来啦。替你把门儿的都换成了太子的随从，一个个都是武功高手，为首的就是那个一脸杀气的秦舞阳，你还想开溜？"

"真的？"

"我骗你干什么？不信？你自己去看。"

荆轲没有去看，他知道高渐离不会骗他，也不是在逗他。

"小觑了他吧？"高渐离说，"你老说他是废物。结果呢，自己栽在这废物手上了。"

"小觑了他？我看你是小觑我！"荆轲说，装出一副气愤的样子。

"什么意思？"

"什么意思？你以为我当真想开溜？要想开溜我还不早就走了，还等到今日？"

高渐离瞟了荆轲一眼，他知道荆轲这话不过是打肿脸充胖子，令他吃惊的是，荆轲居然充得很像。

"你真想去送死？"高渐离问。

"你这人怎么老是说死？"荆轲说，这回他是真的有些生气了，"我不是早就跟你说过，我要效仿的，是曹沫，不是专诸！"

"效仿曹沫，那就得是生劫。你这匕首淬了毒，见血就要命，万一不小心碰着了秦王政，你这曹沫还怎么学？"

"这你就是只知其一，不知其二了。"荆轲说，捋须一笑。真正的笑，不是假装的笑。

"什么意思？难道你还有什么花招？"高渐离问。

荆轲笑而不答。他有什么花招？涂在匕首上的毒药，过了五日就会失效。只要他不重新淬毒，等他到了秦都咸阳的时候，那把匕首还不早就还原为无毒的匕首了么？

一年的时光都是一晃而过，三日三夜，名副其实不过一弹指顷。荆轲的助手本是虚拟，一年之内变不出，三日之内当然更变不出，就叫秦舞阳跟我走一趟吧！第四日一早，不等太子丹来催，荆轲自己请行。荆轲的自告奋勇，令太子丹大喜过望，当即跪下来，对荆轲磕了三个响头，感激涕零地说：燕国的社稷就全靠荆大侠了。怎么又是"荆大侠"了？混账东西！荆轲心里这么恨恨地骂了一句，嘴上却只是不动声色地说：不过，我不能就这么走。太子丹仰起头来看着荆轲，一脸的恐慌。难道还有什么条件？他想。荆轲见了，不屑地一笑，说：用不着紧张。我的意思不过是说，就这么走，难道你不觉得是师出无名么？太子丹听了，稍一琢磨，后悔刚才实在是操之过急，慌忙赔下笑脸来说：嗨！可不，还是荆大侠想得周到。我这就去请燕王修书一封，说燕国愿为秦之藩属，比之郡县。荆大侠呢，就作为下书的特使。不知荆大侠以为如何？荆轲摇头一笑，说：就这主意？你也太笨了吧？太笨？太子丹站起身来，吃了一惊，长这么大，他还从来没听人说过他笨。那荆大侠的意思是？太子丹掸一掸衣襟，忍气吞声地问。我的意思嘛，荆轲说，是这样：我同秦舞阳乔装成苦力，今夜逃出城外，明日一早，你叫人到处张贴告示：捉拿反贼荆轲、秦舞阳。罪状呢？谋杀樊於期，盗走机密文件。记住了，只能说是机密文件，千万不要说出督亢地图的名目来。说清楚了，那就是傻；含糊其辞，才是不傻。明白了？

太子丹不由得白了荆轲一眼，心中暗骂道：这混账居然如此做大！荆轲为什么要做大？为了争一口气。一口什么气？三日前太子丹不该对他忽然变脸。都到什么时候了，还争这种闲气？自以为聪明的人，也许会这么想。其实，人在世上，不就是为了争一口饭，或者争一口气么？不信？掂量掂量你自己，掂量掂量你爹你妈，掂量掂量你的亲朋仇敌、上司下属，有谁不是为争一口饭，或者为争一口气？荆轲自知事的年龄起，就在有钱人家为僮为奴，衣食不愁，要争的人，就是一口气。能够既不为一口饭，又不为一口气而活着的人，少而又少，出奇的少。太子丹就属于这少之又少的一小撮，因为他是一国之太子，他活着的意义，在于保全祖宗传下来的社稷。至少，他自己是这么以为。于是，他就又忍下气来，赔着笑脸说：荆大侠说的是，我这就照荆大侠的意思去准备。

11

蒙嘉走进来的时候，秦王政正在练剑，或者，不如说，正在赏识一把宝剑。人受赏识，被主人用；剑受赏识，被主人练。这把剑是十天前由一个叫做郑安的商人派人送来的。郑安？郑安不就是樊於期么？不错。不过，世上知道这秘密的人不多，除去秦王政与李斯，已经没有第三者。樊於期死了，长梧子也死了，魏公子无忌不仅是死了，连骨头恐怕都已经朽了。长梧子知道郑安就是樊於期，这一点，秦王政当然并不知道。公子无忌知道郑安就是樊於期，这一点，秦王政当然也并不知道。樊於期已经死了，这一点，秦王政也还不知道。不过，与前两点不同，这一点，他不会永远不知道，他立刻就要知道了。

"有事？"秦王政一边攻出一剑，一边问蒙嘉。

"没事。"蒙嘉支吾其辞。

没事？要是换成别人，没事敢来打搅秦王政？不过，蒙嘉不是别人，是秦王政的宠臣。宠臣本来无所事事，所以就有这种别人不可能有的特权。

"燕国上卿荆轲叛逃到咱这儿来了。"犹疑了一下，蒙嘉终于透露出一条消息来。

"荆轲叛逃了？听说燕太子丹把他侍候得跟祖宗差不多，他怎么会叛逃？"秦王政漫不经心地问，全神贯注在剑上。

"他不仅杀了樊於期，而且还盗窃了燕国的机密，看样子是想来领赏。"蒙嘉说。

"什么？他杀了樊於期？"秦王政听了，大吃一惊，立即立住脚，把剑插回剑鞘。

"今日就练到这儿？"看见秦王忽然变了脸色，蒙嘉小心翼翼地试探着问。

秦王政不答，只挥挥手，示意蒙嘉可以走了。怎么啦？这樊於期不是你要捉拿的头号反贼么？怎么听说他死了，反倒郁郁不乐了？是因为没能生擒，所以遗憾？不像。蒙嘉心中纳闷。不过，他没有问。不仅没有问，连这纳闷也隐藏得很好，不动声色、若无其事地退了出去。没这点儿深藏不露的本事，还怎么当宠臣？

蒙嘉退下之后，秦王政又把宝剑从剑鞘中拔出来，摇头发一声叹息。这把剑是十天前送来的。郑安叫你传什么话了吗？秦王政问送剑的人。郑安说这剑是请徐夫人锻造的，比一般的剑要长出三寸。送剑的人说。就这么两句话？就这么两句话。打赏走送剑的人，秦王政走下庭院，把剑拔出来对着日光仔细端详。不知道是因为一阵风，吹动一片云，令阳光抖动了一下，还是因为秦王政的手腕不自觉地抖动了一下，秦王政忽然发现剑身上放射出"秦王之宝"这么四个字来。刚才我怎么没看见？看花了眼？秦王政把剑凑到眼前再看时，四个字又忽然消失不见了。他再对着太阳把剑身一抖，四个字又重新跳出来。

真是件宝贝！徐夫人的手段果然不同凡响。秦王政想。长三寸又是什么意思呢？三个月前樊於期送来谍报，叫我小心刺客。这超长的宝剑莫非是他专为我对付刺客而打造的？刺客大都用匕首，匕首短小，有这把超长的宝剑在手，刺客还没近身，不就早成了剑下之鬼了么？秦王政这么一想，心中大喜。举头一看，面前武器架上插着矛、戟、斧、钺各一件，秦王顺手挥剑一砍，只听得"乒乒乓乓"一阵乱响，矛头、戟头、斧头、钺头，一齐被砍到地上乱蹦乱跳。秦王政失口喊一声"好！"从此每日拿出这宝剑来操练三十回合。

好端端一个樊於期，怎么就死了呢？荆轲这混账！你想来领赏？赏你娘的骨头！秦王政正在心中暗骂的时候，他听见脚步声。他以为是蒙嘉又回来了，举头一看，却是李斯。

"荆轲这混账杀了樊於期，你听说了？"秦王政问。

李斯点头。

"这混账要是敢到来领赏，立刻处斩。"秦王政把剑插回剑鞘，忿忿地说。

"这混账已经来了。"

"来了？你怎么知道？在哪儿？"

"暂在蒙嘉府上作客。"

"暂在蒙嘉府上作客？蒙嘉这混账刚才怎么不说？"

"蒙嘉本来想说，见王脸色不大好，所以没敢开口。"

"所以，这混账就叫你来传话？"

"蒙嘉不知底细，我看还是让他不知道的为好。"李斯说，"不仅是让他不知道的为好，而且是让所有的人都不知道的为好。"

秦王政把剑在腰带上挂好，沉吟片刻，点一点头："你的意思我明白了，咱不能暴露樊於期叛逃的真相。"

"不错。"李斯说，"不过，还不止于此，咱也不能自己坏了自己的法令。咱悬赏千金购求樊於期的人头，如今荆轲提着樊於期的人头来了，咱如果不仅不赏，反而处以死刑，以后还会有谁相信咱的话？"

"言之有理。"秦王政说，"只可惜便宜了荆轲这种卖主求荣的小人！"

"卖主求荣的小人虽然可恶，可咱还用得着。韩、赵两国虽然已经成了秦国的郡县，燕、魏、楚、齐四国不是还在么？"李斯说。

"哈！依你这么说，我不仅仅是要赏他，还要把他树立为投诚的模范啦？"秦王政说罢，发一声笑。那笑有点儿冷，也有点儿阴。

对于秦王政的这个问题，李斯没有正面答复，或者，他并没有视之为问题，所以，他也就没有答复。他只是说："据蒙嘉说，荆轲带来的秘密文件，正是咱求之不得的督亢防御工事地图。有了这地图，拿下蓟城，我想是可以易如反掌的了。"

"督亢地图？那混账倒是识相得很。"秦王政又笑了一笑，那笑不再冷，也不再阴，让人感到一种和蔼可亲。"你这去告诉蒙嘉，叫他明日一早把那混账带到咸阳宫来见我。"

"是不是有点儿……？"李斯说到这儿，把话顿住了，想不出合适的字眼儿来。有点儿什么呢？太匆促？不怎么合适。不够谨慎？也不怎么合适。

"什么意思？"秦王政不耐烦地抢过话头，正好救了李斯的急。

"我的意思是：不如由我先去看看他这人，也看看他带来的地图是真是假？"

"不必了。"秦王摇头，"这混账是什么样的人，我已经很清楚，用不着担心。至于地图吗，谅他也不敢作假。"

荆轲是什么样的人？秦王政为什么会很清楚？因为樊於期的谍报有过这样的描述：庸鄙无能，狂妄自大，绝对不是号称天下第一剑客的那个荆轲。难道李斯没见着这谍报？不错。李斯虽然接管了樊於期的间谍网，樊於期自己的情报却经由另一条途径传到秦王，不由李斯过问。樊於期为什么继续向秦王提供情报，究竟是为秦国服务呢，还是恰恰相反？这问题樊於期自己也想过，可他自己也想不清，别人就更无从知晓了。据说，但凡双面间谍，做到后来都难免不如此。伪装得太深、伪装得太久，真的变成了假的，假的也就变成了真的。樊於期警告秦王小心刺客，这好像的确是为秦王着想，由此而送上一柄长剑，于是乎顺理成章。可剑长真的有利于对付刺客么？也许是，也许不是。揭露荆轲的假象呢？那绝对是货真价实的情报，可这情报的价值，究竟是正面的，还是负面的？也不好说。

次日一早，荆轲捧着锦匣，匣中装着督亢地图，秦舞阳捧着漆盒，盒内盛着樊於期的头。两人一前一后，迈着谨慎的步伐，踏进咸阳宫的大门。举头一望，两行卫士夹道而立，从宫门一直排到殿前的陛下。左边的执斧，右边的执钺，看见荆轲二人来了，司仪的一声令下，左右卫士将斧钺一齐举起，形成一道斧钺交叉的拱门。晨曦射下，寒光逼人，这排场，荆轲并不陌生。燕王接见外国使臣，也搞这一套。不同的是，在燕国，身为上卿的荆轲当然是高高地立在正殿之上，看着别人胆战心惊地钻过斧钺交叉的拱门。这一回轮到自己钻，能做到面不改色心不跳么？荆轲这么一想，不禁扭转头看看身后的秦舞阳。不好！怎么不好？秦舞阳平常就是一脸杀气，如今更是凶相毕露。这凶相，叫秦王见了，怎能不起疑心，荆轲正想递个眼色，叫秦舞阳收敛点儿，两名使者从殿上下来，一个叫秦舞阳随他去廷尉验交樊於期的人头，另一个传荆轲携督亢地图上殿晋见。

荆轲听了，心中暗暗叫苦。这么一来，不就是不能按既定方针办事了么？什么是荆轲的既定方针？两人一齐上殿，秦舞阳首先打开漆盒，只等秦王凑过来看时，一把将秦王抱住，荆轲于此时取出地图卷，从卷轴的暗槽中取出匕首来，架到秦王的脖子上。这就是荆轲的既定方针。再往下呢？必定万事大吉，就像曹沫之劫持齐桓公。除此之外，还能有什么别的结局？荆轲本来是这么想。可如今秦舞阳被带走了，只剩下他一个人，会是个什么结局呢？他不敢肯定。他忽然觉得后悔了，不是后悔没有及早脱身，要比那更彻底，后悔不该冒充荆轲？比那还要彻底，他后悔不该不安安分分地做盖聂的书童。跟在盖聂身边，撑撑绢，磨磨墨，陪着主子读读老庄、兵法，那日子不是挺潇洒挺自在的么？虽然不是茶来伸手、饭来张口，名副其实的丰衣足食。太牢的味道又有什么特别好？其实还不如狗肉香。二十个女人轮番供使唤，艳福不浅吧？其实，那刺激还没有一次比得上与青青的偷欢。

准备好了？使者的催促声把荆轲从神游中惊醒。他咳嗽一声，清清嗓子，却没有说话，只点点头。他还能说什么？说什么都晚了。使者把荆轲引到殿前的陛下，自己收住脚，叫荆轲拾阶升殿。石阶不过三层，每层不过九级，手上的地图匣不过八两，可荆轲却觉得登上这三九二十七级石阶，要比登上黑风岭的舍身岩还要艰难不知道多少倍。心情不同了，体力也就不同了。甚至对时间的感觉也不同了，他觉得登上这二十七级石阶，比在燕都蓟城太子府上住的那一年半载都要长久不知道多少倍。

殿上空空荡荡，只有一个人，还有几根比一个人还粗的铜柱。深黑色的花岗岩地板打磨得贼亮，令殿堂显得更空、更荡。秦王政孤零零地站立四根铜柱的中央，昂着头，背着手。站着？不是坐着？不错。不过，不是为了迎接荆轲，是因为腰带上挂着的那把超长的宝剑，剑太长了，坐不下去。看见荆轲踏进殿堂，秦王政两眼朝天，厉声问道：燕王待你不薄，你为何叛逃？回音在空荡的殿堂里转了几个来回，让荆轲听到一连串的"逃"、"逃"、"逃"、"逃"……心中不禁苦笑：都到这会儿了，还怎么逃？他双手捧着锦匣，对秦王毕恭毕敬地鞠了三个躬，然后挺胸收腹，作不卑不亢之状，说了这么几句话：燕王国小民贫，擅作威福，妄自尊大。秦王雄姿英发，泽被四海，令天下人瞻仰之如同日月。恕荆某不才，恨弃暗投明之晚。听了这话，秦王政把朝天的眼光放下来，对荆轲一扫。长得还不错嘛，难怪深得燕太子的欢心。锦匣中盛的可是督亢防御工事地图？秦王问，不知不觉中缓和了语气。荆轲点头说：正是。一边说，一边把锦匣打开。

秦王政举起右手一招，口喊一声："夏无且！"

荆轲扭头一看，右边屏风后转出一个老者来，肩上斜挎着一个药箱，口称："夏无且在。"

"你来帮着荆轲把这地图卷撑开。"秦王政吩咐夏无且。

夏无且走过来，从荆轲手中接过地图卷头上的丝带，荆轲双手抓着卷轴两端，两人各奔东西，缓缓地将地图卷拉开。那卷子颇长，等到完全拉开的时候，夏无且与荆轲之间已有十尺之遥。秦王政大步走过来，从头仔细看起，看看就要走到卷末，离荆轲只有一步之隔了，荆轲用左手拇指在卷轴左端一顶，匕首的把柄从卷轴的右端弹出，正好落入荆轲的右掌。荆轲撒开地图，右手如弯弓，把匕首攥紧了，左手伸出，直扑秦王。孰料脚下一滑，一个踉跄跌倒在地。是因为地板打磨得太光，还是因为荆轲太紧张了？这问题，当时没人追究，后来也无人考证，大概都以为无关紧要。

紧要的是什么呢？荆轲跌倒了。等他挣扎着爬起来的时候，秦王政已经在荆轲伸手够不着的地方站着。站着干什么？把系在腰带上的那把超长的宝剑给解下来。还解什么剑？立在陛下的卫队虽然不敢冲上殿来护卫，为王的难道就不能自己跑下去向救兵靠拢？不成，荆轲正堵着下殿的道路。樊於期不是送来了这把专门对付刺客的宝剑么？不派上用场，将来九泉之下与樊於期见面的时候，岂不是见笑？好吧，那就拔出宝剑一用！

拔剑有那么容易吗？秦王政一时手忙脚乱，把个活结解成个死结。结既解不开，那就把干脆把丝带给拽断吧，无奈是真正的纯丝，不是坊间的假货，结实得很，怎么拽也拽不断。那就从腰上把剑拔出来吧，何必解下剑鞘？不成，剑太长了，差那么一寸，就是拔不出。

　　荆轲见了，微微一笑，哈！天赐良机。这回他把步子踩稳了，再次扑过来。秦王慌忙躲到一根铜柱之后。两人围着铜柱跑了几圈，然后是隔着铜柱东躲西闪，好像是在捉迷藏。卫兵没有秦王的命令不敢登殿，在场的大臣呢？也有类似的禁令。只有夏无且一人，拿药箱当武器，朝着荆轲的头上甩，这虽然管不了什么用，却也多少分散了荆轲的注意力。几个回合之后，终于有一个为臣的看出怎么就能把剑拔出来的奥妙。把剑推到背上！那人喊。此言一出，犹如石破天惊。聪明的，不那么聪明的，都猛然醒悟，以为是自己琢磨出了这一高招。于是，没有创造性的，就跟着喊：把剑推到背上！有那么一点儿创造性的，就喊：把剑背到背上！更有创造性的，就喊：从背后拔！从背后拔！一下子喊声四起，分不清哪个是原音，哪个是回音。总之，一片"背"、"背"的声音，贯穿秦王的左右两耳。

　　听了那么三四遍，秦王政终于听个明白，把剑推到背后一拔，果不其然！一剑在手，秦王政顿时精神百倍，不再捉迷藏，从铜柱后跳出来，照着荆轲胸前一剑刺来。怎么？难道秦王政也会"一剑穿心"？荆轲见了一惊，慌忙举匕首护住心口，岂料秦王那一剑不过是个虚招，剑到荆轲胸前，往下一斜，荆轲"啊哟"一声，仰天一跤，左腿上早中了一剑，再也爬不起来。当真再也爬不起来？非也。荆轲在做假，在做最后一次假。他想哄骗秦王政不在意地走过来，他就把手中匕首掷出。也许，能打个正着？他想。不过，他这想法落空了。秦王政懂得什么叫狗急跳墙，他不仅没有走过来，反而谨慎地退后了几步，用剑尖指着荆轲说：樊於期没说错，你果然不是那个荆轲！说完，冲着殿下喊：来人！把这混账给我拖下去！

　　什么？你说我不是荆轲？荆轲勃然大怒。谁说我不是荆轲！你以为我杀不了你？要不是太子丹叫我模仿曹沫，你早就是我荆轲手下的死鬼了。荆轲喊。喊完这句话，他就投出了手中的匕首，名副其实的孤注一掷。匕首砸到铜柱上，火花四溅，跌落在地，丝毫无损。秦王政从地上拾起匕首，在手上掂了两掂，说：不错。徐夫人锻造的匕首，的确不同凡响。不过，要杀人嘛，那还得看是落在谁的手上。说罢，反手将匕首一甩，不偏不倚，正中荆轲的咽喉。

12

荆轲的尸体在秦都咸阳车裂示众的那一日，燕都蓟城失守，燕王喜逃奔辽东，杀太子丹，函首送秦谢罪。这当然是无异于饮鸩止渴，秦王政一笑纳之，却并无撤军之意。六年后，秦王政扫荡四海、一统天下，自称秦始皇帝。六国末代诸侯韩王安、魏王假、赵王迁、楚王负刍、齐王建、燕王喜，一个个都不免为阶下之囚，当年燕太子丹与荆轲的门人、宾客，也都在通缉不赦之列。

高渐离既是太子丹的上宾，又是荆轲的死党，自然是名列通缉令的榜首。亏得交游广阔，数次化险为夷，几经流离颠沛，终于逃至赵国故地，化名张十三，在一家庄园充当佣作。可怜击筑之手，如何堪任苦力之活？吃惯了山珍海味的肠胃，如何能消化糙米与杂粮？没过几个月，高渐离就受不了啦。受不了又怎么样？多少人受不了，不是还得受么？偏偏高渐离有运气，一日从堂下过，听见堂上一片掌声。原来是主人在堂上大宴宾客，请来当地一名击筑高手表演助兴。当地是什么地方？小地方。小地方的击筑高手，能有多高？高渐离侧耳一听，不禁摇头一笑说：这也叫好？话音刚落，冷不防有人从背后拍了他一掌，说：你是什么东西？你也敢信口雌黄？高渐离扭头一看，不是别人，正是主人的恶少，慌忙赔下笑脸说：实不相瞒，这击筑的玩意儿，我也会一两手。你也会一两手？呸！你从哪儿会起？说罢，举起手来，要给高渐离一记耳光。高渐离的功夫如何？在行家看来，不过是不管用的花拳绣腿，可行家眼里不管用的花拳绣腿，用来对付乡间的恶少，却也还绰绰有余。不出三个回合，那恶少就被高渐离飞起一脚，踢翻在地。

主人闻声，走下堂来，喝道："你又在惹事？"

"爹！你不帮我，却帮这混账！"

"怎么回事？"主人问高渐离。

"我不过说了声这筑击的玩意儿，我也会一两手，他就动手打人。"

"打得好！"主人说，"这小混账就是欠揍。你说你会击筑？"

"约略会一两手。"

"那你何妨露一两手，叫咱开开眼？"

高渐离有点儿犹疑，会不会因此而走漏风声？

"爹！你别听这家伙胡说！他从哪儿会起？"

主人抬眼对高渐离一扫，既像是相邀，也像是相逼。高渐离无可奈何，只有往堂上走，他知道他不去露一手，这地方也是呆不住的了。他跟着主人走到堂上，早有人把筑递将过来，一堂宾客都瞪着眼睛看着他。看他出洋相，还是看他表演？高渐离把弦略微调了一调，将筑高举，双脚一蹬，腾空而起，一个鹞子翻身，筑声如潮似水，汹涌澎湃，自空而降，一座大惊。从此，高渐离就成了主人的上宾，不再干苦力自不在话下，隔三间五，少不得被邻庄请去表演。

不出三月，张十三的名声就飞出了宋子县的县界，传入太守之耳。太守如夫人生日将至，太守正愁没法儿给她讨个惊喜，忽然想起张十三，立即遣人到宋子相邀。主人说：你这一身素绢衣裳，去见太守恐不相宜，我送你一身织锦长衫吧。高渐离一笑：衣裳，我自己有，你这筑，也不大中用。怎么？难道筑你也自己有？可不。高渐离的筑、高渐离击筑时最爱穿的锦袍，高渐离视之如同性命，哪舍得扔？高渐离回房，脱下素衫，换上锦袍，携筑而出，一庄皆惊。主人有眼力，摇头一叹，说：这人绝不可能是什么张十三。

是谁呢？主人虽有眼力，毕竟是乡间的乡绅，没听说过高渐离的大名。太守府上的宾客就不同了，高渐离在太守府上一曲未终，就有人喊：这人哪是什么张十三，分明是高渐离！太守闻言大惊失色。高渐离？高渐离不是通缉令上的第一人么？太守不敢失职，宴会终了，将高渐离扣下，验问属实，将高渐离押入囚车，送往咸阳。车到咸阳，高渐离以为必死无疑，下了囚车一看，却不是刑场。这是什么去处？高渐离问。咸阳宫。押车的说。咸阳宫？把我拉到咸阳宫来干什么？押车的摇头。这事他不知，也没兴趣问。

谁知呢？蒙嘉知。蒙嘉劝秦始皇帝网开一面，刀下留人。否则，他说，连环筑就会成为绝响，可惜之至！高渐离在主人堂上露的那一手，就是所谓"连环筑"的第一节。全套连环筑共有六十四节，据说动作、拍节、音响，与《易经》上的六十四卦遥相呼应，变幻万千、意味无穷，秦始皇帝也有击筑之好，听了这话，略一沉吟，说：这高渐离既已名列不赦之榜首，叫我如何赦免他？蒙嘉说：这还不好办？虽不能"赦"，难道还不能"特赦"？秦始皇帝听了大笑，说：好！就照你这说法去办。不过，多少要处以刑罚，否则，不能示天下以公。怎么处刑呢？蒙嘉想，砍手？断足？割耳？都不行。手足残缺，耳朵失灵，还怎么击筑？切鼻子也不行，太难看了，还怎么演出？充军？黔为城旦？那就更不成了，流放千里之外，难道叫他表演给囚犯与难民看？有了！把他的眼睛熏瞎怎么样？他问。这主意不错。秦始皇帝点点头说，上古的乐师本来都是瞎子。眼睛瞎了，耳朵就会比常人灵敏。熏瞎他的眼睛，说不定会令他的演奏技巧更上一层楼。

高渐离也会这么想么？当然不会。不过，不仅免他一死，而且还让他长住咸阳宫的乐坊，饮食起居有人侍候，他应当没什么可以埋怨的吧？至少，秦始皇帝对此深信不疑。刚开始的几个月，高渐离自己也的确曾有些感激涕零的意思。后来，这份感激的心情渐渐没了，不过，也并没有因此而对秦始皇帝产生什么敌意。如果说高渐离心中有什么恨，那也只是"悔恨"的"恨"，恨他自己知机太晚。早知如此，当初还真不该去邯郸，后来更不该去蓟城，那时候就来投奔咸阳该有多好！有时候他会这么想。这么想的时候，他就会叹一声气。

有一天，高渐离正叹着气的时候，听到一声冷笑。你笑什么？他生气地问。他知道是谁在冷笑，他的房间里除去他自己，只有一个侍候他的男仆。我笑你不知人间尚有"羞耻"二字！仆人说。你是什么东西？你也配说我？高渐离不由得大怒。我是什么东西，你先别管。你倒是先说说你自己是什么东西？你不曾经是燕太子丹的座上客么？你不曾经是荆轲的知己么？太子丹身首异处，荆轲五马分尸，你不能以死相报也倒罢了，你自己被他熏瞎眼睛，当条哈巴狗这么养着，居然还舍不得死，居然还心甘情愿为他献技。你说：你究竟是什么东西？仆人的这番话，正是高渐离白天小心翼翼地埋藏心底，夜间从梦中惊醒时又无可奈何地涌上心头的东西，如同被人揭开即将痊愈的疮疤，高渐离既感觉到恨，又感觉到痛。

你究竟是什么人？高渐离问，他不相信一个下贱的仆役能够说得出这样的话来。我是谁？仆人又发一声冷笑，你也曾经是我的朋友。我是你的朋友？高渐离听了一愣。谁的冷笑声有这么尖刻？有这么傲慢？他想不起来了。甚至有谁对他冷笑过，他也想不起来了。他能想得起来的，都是捧场的欢笑。

你还记得谁提起"鼻涕龙"这绰号么？什么？你是公子迟！你怎么会……高渐离本想说：你怎么会沦落为仆？及时收了口。你担心我生气？公子迟大笑，覆巢之下焉有完卵？国破家亡，不沦落为仆为婢，还能有什么别的下场？既然公子迟说得这么坦然，高渐离也就不客气了，他问：既然如此，你怎么不死？你难道不也是在苟且偷生么？我在等待机会。机会？什么机会？荆轲复生。荆轲复生？什么意思？公子迟不答。高渐离想了一想，他明白了。你能有那机会？高渐离问。一个侍候他高渐离的仆人，连秦始皇帝的影子都捕摸不着，怎么可能有！你我加在一起不就有了么？公子迟说。

机会来了，机会又失去了。

那是一个月后，冬至到了。秦人过冬至，就像如今的人过年。咸阳宫中少不得载歌载舞，大开宴席。这种场合当然少不得高渐离，否则，特赦他干什么？高渐离进来了，双手抱着他的筑，步子迈得沉重。是不是有些过于沉重？没人注意，人人都沉浸在欢快的心情之中，一切都看得轻快，包括高渐离沉重的步伐在内。从宴会厅的大门到演出的场地，一共三十步，虽有使者引领，其实用不着，高渐离走这条道，早已走得滚瓜烂熟。秦始皇帝的席位在观众席的正中，离开演出场地的边沿不过三步。这距离，高渐离虽然看不见，但他听得出。秦始皇帝没说错：眼睛瞎了，耳朵就会比常人灵敏。

开场的锣鼓敲响了，开场的锣鼓静止了。高渐离把筑高高举起，像往常一样。如果继续像往常一样，那么，他的下一个动作应当是双脚一蹬，腾空而起。他蹬了蹬双脚，接下来也是一个腾空而起，不过，不是他的身子，是他高高地举在头顶上的筑。"砰"的一声巨响，沉重的筑砸在观众席的正中，一个人应声倒地，脑浆迸裂。高渐离哈哈大笑，不过，笑声突然终止，因为他听到一个熟悉的声音厉声喝道：还不把他拿下！他听出这是秦始皇帝的声音。怎么可能没砸着他？被砸死的是谁？高渐离想不出，带着这问题下了黄泉。

高渐离想不出的，是这么一个意外：当开场锣鼓敲响的时候，蒙嘉匆匆走到秦始皇帝跟前，对着秦始皇的耳朵悄悄地说了些什么。当开场的锣鼓静止的时候，蒙嘉的话恰好说完了，却还没来得及走开。如果开场的锣鼓没那么响、没那么闹，如果开场的锣鼓静止了的时候，蒙嘉的话还没说完，高渐离能听得出有人挡在秦始皇帝前面了么？也许能。如果他听出来了，他也许就会等一等。如果他等了一等，那么，秦始皇帝就不可能死里逃生，蒙嘉也就不会成为秦始皇帝的替死鬼。

高渐离的筑躺倒在地板上纹丝不动，破了，裂了，不再是筑，不再是乐器，只是一堆碎片，一堆垃圾，垃圾的旁边却有什么东西在滚动，圆圆的，黑黑的，像打鸟的石弹。不是像，本来就是打鸟的石弹。谁把石弹塞进了高渐离的筑？高渐离一个瞎子，上哪去弄来这些石弹？快去把侍候高渐离的那混账给抓来！秦始皇帝喊。不过，已经晚了。因为公子迟逃走了？不是。任他逃到天涯海角，秦始皇帝都可能把他抓回来。目送高渐离出了乐坊的大门，公子迟就用菜刀割了脉。我不会叫你一个人去死。公子迟这么对高渐离说过。君子一言，驷马难追。

秦乱纪

1

风在怒吼，马在嘶鸣，鹿在狂奔，德水在咆哮，赵正在咳嗽。

所谓德水，就是如今的黄河。黄河在先秦之时本来称之为河，谁将河改名德水？就是那个正在咳嗽的赵正。赵正是什么人物？居然能把黄河改名？自然不是草民，甚至也不是一般的皇帝，正是中国历史上的第一个皇帝，自称始皇帝，后人称之为秦始皇。

秦始皇不是姓嬴名政么？嗯嗯，那是后人的误解。远古之时，姓氏有别，"嬴"是秦国王室之姓，"赵"是秦国王室之氏。后世姓氏混同为一，而后世所谓的姓氏，皆相当于古时之氏而不相当于古时之姓。所以，就后世的称谓而言，秦始皇帝姓赵而不姓嬴。

据史册记载，秦始皇帝因生于正月初一而得其名，所以，其名的本字，当是"正"而不是"政"。但凡写作"政"者，皆因避讳所致。如今正月的"正"，读作"争"，亦正因避秦始皇之名讳所致。这么明显的误会，怎么会误会两千多年居然没人醒悟？死者如果有知，想必赵正为此而纳闷两千多年，百思不得其解。不过，当时赵正还没死，只是在咳嗽。

有时候咳嗽是为镇定自己，有时候咳嗽是为提醒别人，有时候咳嗽只是为了清清嗓子，别无他意。赵正的咳嗽，是病，是在死亡线上做垂死挣扎。十天前，赵正还在芝罘海滨弯弓射鱼，精神抖擞，体力充沛，岂料两日后驻跸德水北岸沙丘平原津之时，突然痰涌如潮，随行的御医们面面相觑、束手无策。赵正多次陷入昏迷，倘若不是命大，估计早已魂飞魄散，奔赴黄泉。

"赶快去咸阳为朕祈祷山川。"三日前，赵正好不容易咳出一口浓痰，从昏迷中清醒，匆匆吩咐蒙毅。

赵正一向藐视鬼神，怎么忽然一反常态，要去祈祷山川？蒙毅没有问，因为蒙毅知道一年前发生过一件怪事。

一年前的秋末，使者从关东返回咸阳，夜间路过华阴县平舒镇，冷不防碰到一个⋯⋯怎么说呢？当时使者以为碰上一名劫道的强人，正欲拔刀相向，一阵凉风吹过，月光下看清那人手里拿的并不是什么利器，而是一片玉璧。没碰上打劫的不足为奇，怎么碰上个奉献宝器的？使者接过那人递过来的玉璧，心中纳闷。

"烦使者将玉璧转交滈池君，顺便告诉他：明年祖龙死。"递过玉璧，那人说了这么一句莫名其妙的话。

"滈池君是谁？祖龙又是谁？"使者一边低头观看玉璧，一边问。

不见回答，使者抬头一望，却只有清风明月，哪儿有什么人！那人呢？难道见鬼了不成？可玉璧分明在手不假，绝不是使者的臆想。回到咸阳，使者不敢隐瞒，将玉璧的来龙去脉以及"明年祖龙死"五字如实禀告赵正。

赵正接过玉璧一看，觉得有些眼熟。不过，贵人毕竟多忘事，想不出什么时候见过。于是，赵正把司库唤来一问，原来那玉璧竟然是八年前赵正南渡长江时不慎失手堕入江中者。怎么可能？赵正问左史、右史，以及博览群书、无所不该不知的博士们，岂料众说纷纭，莫衷一是。好在这问题并非关键之所在，赵正也就没有进一步追究。至于滈池君何所指，咸阳宫中恰好有个滈池，所谓滈池君者，难道不就是我赵正么？赵正心中这么猜测。所以，这问题，赵正也没问。既然如此，就只剩下一个问题了。

"祖龙指谁？"赵正问。

一片沉默。其实，谁都猜得出八分、九分，甚至十分，只是无人敢于置喙而已。

"哼！都不敢说？"看看在场的都怯场，赵正打个哈哈，"既是祖，又是龙，除去朕这始皇帝之外，还能是谁？不过，使者碰见的，想必只是个山鬼。山鬼能有多少见识？怎能逆料朕的天命！"

话虽这么说，赵正依然吩咐司卦为此占了一卦。心虚？想必如是。司卦受命，不敢怠慢，斋戒三日，打点精神，开出卦来，占得"游徙吉"这么三个字。赵正见了，龙颜大悦。所谓"游徙"，就是出游的意思。自从九年前赵正灭六国、并天下起，游兴大发，每年都没少离京出游。七年前在博浪沙险遇刺，险些丧了性命。因此而扫兴或者胆怯了么？没有，往后赵正出游依旧。不过，"明年祖龙死"这五个字还是令赵正多了一分谨慎。临出行前，赵正把长公子赵扶苏从上郡召回咸阳。用意何在？赵正没有明说，为何不明说？不是因为用意十分明显，无须明说，而是因为赵正一向不愿向臣下透露其心声，即使那臣下是其子女亦不例外。

扶苏为人老实而宽厚，时时以民生为忧，见始皇帝年年出游，劳民伤财，颇不以为然。无奈远在边陲上郡，为蒙恬的监军，没有进谏的机会。这次奉诏进京，遂趁便道："匈奴有意窥边，臣以为陛下不宜频繁外出。"

这说辞虽然不算高明，却也算个说法。自从秦灭六国、四海一家之后，内地郡县不过留些散兵游勇以维持地方治安，真正的部队皆分布于北方边陲。这不说明匈奴是始皇帝心中的唯一隐患么？

"匈奴？匈奴早就叫蒙恬打怕了。"赵正似乎并不以匈奴为意，"你该不是放心不下蒙恬吧？"

放心不下蒙恬？这话令扶苏一愣。蒙恬、蒙毅兄弟，一个掌军权，一个主内政，不是皇上最宠信的人么？难道皇上对这两人也有提防之心？

扶苏的发愣，被赵正误会猜个正着。于是笑道："有何难哉？朕把你从上郡召回，原本是想叫你留守咸阳，替朕处理朝廷日常事务。你既有此心，很好，不妨明日一早就返回上郡，依旧为蒙恬的监军。"

"这合适吗？"这改变来得突然，令扶苏不知所措。

"有什么不合适！"赵正不耐烦地挥挥手，表示事情就这么定了。

扶苏不敢分辨，惶惶然退出。倘若当时扶苏没多这句嘴，听任赵正走赵正的，自己成为咸阳留守，历史会改写么？想必会。结果将如何？秦恐怕不会不出二世而亡。既亡之后，未必有汉。更遑论"汉族"、"汉字"、"汉语"这类因汉代而衍生出来的说法。不过，那是后话不表。

赵扶苏退出之后，门传来一声嗲声嗲气的"爹"。赵正有子二十三人，除去少子赵胡亥一人之外，都只敢称赵正为"陛下"。随着那声"爹"蹦进门来的赵胡亥冲赵正咧嘴一笑，敢在赵正面前这么笑的，也只有赵胡亥一人，连后宫最得宠的妃子都不敢如此放肆。

"什么时候能长大？"赵正皱眉发一声长叹，可语气之中透露出来的，并不是谴责而是疼爱。

"爹，带我去吧！"

架不住赵胡亥的死缠烂打，赵正出游之时，带上了赵胡亥。如果赵正不曾偏爱少子，未曾偕赵胡亥同行，历史会改写么？肯定会。不过，那也是后话，也姑且按下不表。

咳出一口浓痰，赵正从昏迷中惊醒。所谓昏迷，其实只是外人的印象，对赵正本人来说，昏迷与梦并没什么不同。赵正在昏迷或者说梦境之中，听到风的怒吼、马的嘶鸣、德水的咆哮，也看到一只硕大的雄鹿在河滨狂奔。醒来之后，赵正依然听到风在怒叫、马在嘶鸣、德水在咆哮，只是鹿却消失了。究竟是因为惊醒而失鹿，还是因为失鹿而惊醒？赵正没有琢磨，惊醒后的赵正忽然产生一种紧迫感，他觉得留给自己时间不多了，不能无端浪费在这梦境之上。

"蒙毅！蒙毅！"赵正急促地喊了两声。

声音不大，因为赵正已经没有多大的力气，也不能算小，因为赵正毕竟使出了最后的力气。不过，无论赵正的喊声有多大，蒙毅都不可能听见。当时赵正斜倚卧榻，卧榻在平原津。蒙毅跪倒乾坤殿，乾坤殿在咸阳。秦时的平原津，在如今山东德州。秦时的咸阳，在如今陕西咸阳，两地相去将近两千里，蒙毅如何能听得见？不过，有人听见了。

　　"臣在。"

　　蒙毅虽然听不见，却有人应了这么一声。这人是谁？是中车府令兼符玺令赵高。中车府令，执掌皇帝的车马；符玺令，执掌皇帝的印信。中车府令与符玺令的职位虽然并不高，却是非皇帝的亲信莫能为。赵高凭什么获得赵正的信任？首先是凭他的姓氏。《史记·蒙恬列传》里有这么一句话："赵高者，诸赵疏远属也。"改写成今日的白话，就是"赵高这人，是他们赵家的远房本家"。"他们赵家"究竟何所指？指的就是赵正他们家。原来赵高乃是秦朝皇室的远房本家，难怪日后他不仅敢于指鹿为马，而且还想成为三世皇帝！后人替《史记》作注解的，误以为秦始皇姓嬴，于是而把这句话误读为"赵高这人，是赵国王室的远房本家"。不过，这误会堪称歪打正着，因为秦与赵，虽然后来是死敌，原本却是一家。赵国源于晋大夫赵衰，而赵衰正是秦嬴之后。

　　"赵高？"听见赵高的回应，赵正反问。

　　赵正的这一反问令赵高着实吃了一惊，他原以为赵正已经糊涂，分不清谁是谁了。否则，岂敢冒充蒙毅，应那一声"臣在"？

　　"是，是。"

　　"蒙毅还没回？"

　　"还，还，还没有。"赵正的追问，令赵高更加着慌，一向口齿伶俐的他，竟然成了结巴。

　　"快取帛书笔墨，替朕起草一道诏书赐长公子扶苏。"

　　"我？"赵高听了，不禁又吃一惊，因为这起草诏书的事情，一向都由上卿蒙毅执掌，从来不曾轮到他。"不等蒙毅回来？"

　　赵正摆摆手，看着赵高取出笔墨，把帛书在书案上铺开，连呛带咳，断断续续地说出十二个字来。十二个什么字？

　　"以兵属蒙恬，与丧会咸阳而葬。"

　　赵高写毕，赵正没再说话，只伸出右手的手掌。赵高心领神会，慌忙解下悬在腰带上的玉玺，在书案上的印泥上摁了几摁，连同诏书一起递将过去。赵正欠身接过，正要把玉玺盖上诏书，忽然往后一倒，眼睛翻白，手指松开，玉玺滑落。赵高慌忙趋前，伸手在赵正鼻前一摸，没有摸着鼻息，赶紧攥住赵正的左腕，又没有把着脉搏。

难道就这么走了？人终究得走，谁能不走？每逢看到赵正分遣方士四处寻求长生不老的灵丹妙药，赵高都在心中这么窃笑。不过，看见这么一个不可一世的人物竟然这么匆忙走了，赵高不仅嘴上没笑意，心中也没有笑意。他的第一个反应，是大喊一声："来人！"可偏巧这时一声霹雳自天而降，把他的喊声淹没，连他自己都没听见。他下意识地又喊了一声，还是被淹没了。这回淹没赵高呼喊的，不再是霹雳，是紧随霹雳而至的一阵密集的冰雹。接连两次呼唤皆被天籁所没，令赵高忽发奇想：难道冥冥之中另有天意？赵高这么一想，也就没有再喊第三声。

2

赵高推门而入的时候，赵胡亥正斜倚在枕头上发呆。

"嘿嘿，小主公！可喜可贺。"赵高冲赵胡亥行礼。

"爹都快死了，喜从何来？"赵胡亥不为所动，没好气地顶了这么一句。

"主公"二字，本是臣下对主子的尊称，可前面冠个"小"字，就不仅是有失尊敬，而且是颇有轻薄之意了。赵高怎么敢于如此放肆？不仅因为赵胡亥年纪小，而且还因为赵高是赵胡亥的师傅。

两年前，赵胡亥满十周岁的那一日，赵正赐给赵胡亥一把宝剑。当爹的以为儿子会大喜过望，没想到当儿子的只把宝剑从剑鞘里抽出来看了一眼就依旧插回剑鞘，连比试一下的兴趣都没有。

"怎么？不喜欢？"

"爹！我不是说过我要个师傅的么？"

赵正听了大笑："嗨！你还当真了？你大字不识一斗就想学吏治，也不怕师傅笑话？"

"找个老实的师傅不就成了？"

"有能耐的，大都不老实。老实的，大都无能。"

"真的？"

赵正要回答，谒者进来禀报道："赵高前来谢恩。"

赵高前来谢什么恩？那得从两月前的一封密奏说起。据秦律，密奏本当由皇帝亲自审阅，实际上赵正却通常假手蒙毅。但凡琐屑小事，皆由蒙毅酌情处理，只有事关重大者，赵正方才亲自定夺。那一日，蒙毅打开承受密奏的锦囊，滑落到几案上的帛书只有一卷。正庆幸清闲之际，猛然一惊，因为奏章的标题上赫然跳出"赵高受贿"这么四个字。赵高是皇帝身边的宠臣，受贿非同小可。蒙毅赶紧翻到末尾查看检举人的署名，却一无所见，原来竟然是一封匿名的密奏！上密奏还要匿名，说明检举的人极其谨慎。蒙毅不敢怠慢，匆匆阅过，立即上呈赵正。

"这事先不交廷尉，就由你负责调查。"看过密奏，赵正这么吩咐蒙毅。

廷尉是朝廷司法机构的最高主管，避开廷尉而叫蒙毅负责处理，可见赵正对这件事的态度也是极其谨慎。蒙毅下朝，没有直接回府，而是赶往蒙恬府上。不过，不是去请教蒙恬怎么处理赵高这案件，只是去同蒙恬话别。蒙恬当时在咸阳归省，明日一早即将返回上郡。兄弟二人寒暄既毕，蒙毅顺口提起赵高一案。

"赵高这混账经常在皇上面前打小报告，十足的小人。这回可好，叫别人逮住尾巴了。"

"赵高这家伙虽是个贱种，却颇得皇上宠信。"蒙恬提醒蒙毅，"依我之见，不如睁只眼闭只眼，能放他一马时，就放他一马。"

赵高既然是皇上本家，怎么又会是贱种？因为赵高之父以罪见杀，其母没为官婢，赵高乃遗腹所生，也没能逃过株连，从小就惨遭阉割，搞成个不男不女，不仅止此，还有谣言，说赵高其实是个野种，并非当真是什么遗腹。

蒙毅听了蒙恬的话，嘴上勉强应承着，心中却不以为然。皇上对咱兄弟信任得无以复加，如此这般，难道不是为人谋而不忠么？为人谋而不忠，非君子所为，蒙毅这么想。既然这么想，蒙恬走后，蒙恬的警告自然也就如同蒙恬鞋底的尘土，跟着蒙恬一起去了上郡。蒙毅认真调查，一丝不苟，然后奏明皇上：检举属实。

"据律，当如何处置？"赵正问蒙毅。

"当处斩，除宦籍。"

既然都要处斩了，还除什么宦籍，难道不是多此一举么？一般人也许会这么想。不过，古今中外的法律一向如此不厌其烦。比如，今日死刑犯兼判剥夺政治权利终身的例子也并不罕见。今日的剥夺政治权利，就有如古时的除宦籍。

听了蒙毅的回答，赵正沉吟半晌方才开口："这混账竟敢在朕鼻子底下搞腐败，简直胆大包天，的确该死。不过嘛，上次朕在博浪沙遇刺，多亏这混账方才幸免。当时朕答应免他一死，虽是信口之言，朕一言既出，驷马难追，算这混账走运。"

五年前，赵正东巡，车队行至阳武博浪沙时，刺客的铁锥误中副车，把副车砸个稀巴烂。倘若击中的不是副车而是赵正的御驾，赵正自然早已魂飞魄散，既然赵正捡回性命的原因在于刺客的失误，赵高有何功劳可言？原来赵正出游来本无正车、副车之说，只有御驾一座。用三辆御驾同时出行以防不测，出这主意的不是别人，正是赵高。

"算这混账走运"是什么意思？赵高不仅得以免死，而且得以保留官职。

这时候蒙毅方才回想起蒙恬临走前留下的警告，可惜已经晚了。

"爹！就叫这赵高当我的师傅吧？"谒者退下之后，赵胡亥冲赵正喊。

"你怎么偏偏看上他了？"

"爹不是经常夸他不仅精通律例，而且写得一手好字么？再说，这赵高既然是个该死的囚犯，还能不老实听话？"

"原来如此！"赵正听了，哈哈大笑，笑声之中透出欣赏的喜悦。

秦代与后代不同，皇帝之子并无爵位。充当赵胡亥的师傅，对赵高而言，只是额外的负担而已，并非是什么加官。不过，赵高却干得极其来劲。当年公子子楚落魄邯郸，吕不韦视之为可居奇货，倾家荡产以相交接，终成相业，更何况胡亥是当今皇帝的宠爱之子！赵高心中这么盘算。公子子楚是谁？就是赵正之父，史称秦庄襄王。心中既然有如此盘算，赵高对于如何扮演师傅的角色自然格外小心，几经思索之后，他决定既保留师道尊严的成分，又注入爱护与关照。赵胡亥生母早已去世，虽得宠于赵正，赵正毕竟是个忙人，难得有亲近的机会。赵高于是乘虚而入，没多久就成了赵胡亥少不了的感情依托。

当赵正魂飞魄散，赵高连喊两声"来人"却皆被天籁淹没之际，赵高忽然心动：难道两年前无意囤积下来的奇货，到了该发的时候？装着这门心思，赵高推开赵胡亥的房门，说出了"嘿嘿，小主公！可喜可贺"那句挑逗性十足的开场白。往下该怎么说？赵高还真没想好。不过，赵胡亥的那句回话"爹都快死了，喜从何来？"给了他灵感。

"皇上不死，喜从何来？"赵高立即接着来了这么一句反问。

"此话怎讲？"赵胡亥不明白，而正因为不明白，顿时来了兴致。

"怎么？难道小主公不想当二世皇帝？"

"师傅就别气我了，怎么轮得到我！"听见赵高的这句话，赵胡亥又泄了气。

"怎么就知道轮不到？如今不是还没立太子么？"

"立不立，早晚是大哥的。"

"小主公既然想到这一层，有没有想到下一层？"

"什么下一层？"赵胡亥摇头，一脸的狐疑，兴致又被赵高重新吊起。

"皇上一日在，小主公一日贵为皇子。一旦长公子即位，小主公可就立刻贱为黔首了。"

秦时的"黔首"，就是如今的草民百姓。

"是吗？"赵胡亥似乎吃了一惊。

"怎么不是？"赵高嘿嘿一笑，"无官职者，不得有俸禄；无功劳者，不得有爵位。这条秦律，师傅不是前几天刚刚教过小主公的么？难道小主公这就忘了？"

这条例，赵胡亥其实并没忘记，只是没能把这条例同他自己的处境发生联想。经赵高这么一点拨，心下顿时茫然。

"那怎么办？师傅快帮我想个办法！"

"办法嘛，师傅已经有了。不过嘛，"赵高说到这儿，把话顿住。不仅是卖个关子，也是予对方一个冷静下来的机会。这种效用，会说话的，都懂。

"不过怎样？"赵胡亥想了一想，没想出个所以然。

"你先看看这个。"赵高不答赵胡亥的问题，却从衣袖里掏出始皇帝的遗诏。

"以兵属蒙恬，与丧会咸阳而葬。"赵胡亥一字一顿地读完这十二个字，哭丧着脸道："师傅骗我。这不分明是要大哥即位么？还能有什么办法？"

"别急！只要小主公肯听师傅的，何愁没有办法？"

"什么办法？"

"就当这诏书不存在，重新改写一份不就成了？"

"爹怎么会肯！"

"只要小主公肯，皇上肯不肯也就无所谓了。嘿嘿"

"什么意思？"赵胡亥急切地反问。赵高笑声透露出的诡异，赵胡亥有所觉察。

"皇上嘛，已经走了。"

"走了？"赵胡亥卧席上跳将起来，显然是大吃一惊。

"嘘！"赵高一边示意赵胡亥小声，一边把赵胡亥按下。

"我爹真的走了？"赵胡亥挣扎了几下，终于回归平静。

赵高不语，只是平静地点点头。

一阵沉默过后，赵胡亥问："那道遗诏该怎么改？"

赵高不答，又从衣袖里又掏出一卷帛书来，摊开到赵胡亥面前。赵胡亥趋前一看，但见帛书上写的是："朕巡天下，祷祠名山诸神以延寿命。今扶苏与将军蒙恬将师数十万以屯边，十有余年矣，不能进而前，士卒多耗，无尺寸之功，乃反数上书直言，诽谤我所为，以不得罢归为太子日夜怨望。扶苏为人子不孝，其赐剑以自裁。将军蒙恬与扶苏居外，不匡正，宜知其谋。为人臣不忠，其赐死，以军属裨将王离。"

"不成！"赵胡亥看罢，摇头道，"这事办不得！"

"怎么？害怕了？"

赵胡亥不语，只是摇头。

赵高道："难道是不忍？小主公不忍，长公子可是个忍人。小主公得宠于皇上，长公子早已嫉火如焚。长公子一旦即位，小主公必定第一个遭殃！"

"真的？"

"那还假得了？师傅亲耳听长公子说过：'一朝得志，必杀胡亥这小子而后快。'"

赵扶苏当真说过这话么？没人知道。不过，即使说过，也绝不会入于赵高之耳。这话从赵高嘴里说出来，纯属胡诌，意在恐吓赵胡亥就范而已。赵高真正担忧的，当然并不是赵胡亥的安危，而是他自己的安危。自从两年前蒙毅审理赵高受贿之案始，赵高对蒙毅一直怀恨在心，多次在始皇帝面前给蒙毅下套，无奈始皇帝是个驾驭臣下的高手，深谙豢养两条狗，远比豢养一条狗更能得狗力之道，对于赵高的谗言，既不制止，也不追究，时不时还透露些许令蒙毅知道，令蒙毅感恩不已。赵扶苏与蒙恬的关系究竟如何，赵高其实并不十分清楚，不过，他以为宁可信其密切，不可以为有隙。如果赵扶苏即位为二世皇帝，蒙恬、蒙毅兄弟还不立马就拿他赵高开刀？这才是赵高心中真正的担忧。

赵高以为胡诌出这句赵扶苏要杀赵胡亥的话，必定会令赵胡亥吓得乖乖儿就范，却不料赵胡亥想了一想，依然摇头道："不成。废兄立弟，不义。篡改遗诏，不孝。我对治国一无所知，此之谓不才。不义，不孝，不才，如何能服众？臣民不服，难道不是杀身亡国之道么？"

赵高听了这话，略微一愣：这小子居然没我想的那么傻！不过，他赵高已经把伪造的遗诏抖弄出来，他赵高还能有退路么？没有。

"小主公这就是只知其一，不知其二了。"赵高说罢，咳嗽一声。这咳嗽，是镇定自己，倘若游说不下赵胡亥，他赵高真是要死无葬身之地了，能不紧张么？

"此话怎讲？"赵胡亥问。

"商汤杀夏桀，周武杀商纣，听说过么？"

赵胡亥点点头。

"汤、武杀桀、纣，都是以臣杀君。以臣杀君，罪莫大焉。不是么？"

赵胡亥又点点头。

"可天下人怎么评说，异口同声称之为义举嘛！连孔子都视之为圣贤。

可见，嘿嘿。"

"可见什么？"

"成大事者，不拘细节。顾小失大，狐疑犹豫，后悔莫及！"

赵高说到这，又把话顿住，重施方才使过的那一招。片刻之后，看看赵胡亥仍无接过话茬之意，进而又道："较之以臣杀君，篡改遗诏算得什么？还有什么可犹豫的？"

赵胡亥听了，依然不语。不过，沉默片刻之后，终于开口问道："这事怎么瞒得过丞相？丞相会肯么？"

秦朝廷有左右丞相二人，右丞相冯去疾留守咸阳，自然是瞒得了，令赵胡亥担心的，是陪同赵正出巡的左丞相李斯。

听见赵胡亥说出这句话，赵高大喜。既然是担心丞相李斯了，那还不就等于是说他自己已经同意了么！怎么对付李斯，他赵高胸有成竹，他拍拍胸脯大笑："丞相嘛，小主公就不用操心了，包在师傅身上！"

3

　　李斯是个什么人物？一言以蔽之曰：一个被历史忽略了的人物。有人一旦被历史忽略，就等于不存在了。不过，李斯不属于这一类。为什么不属于这一类？因为李斯的历史地位不容抹杀，虽遭忽略，依然不得不予以一席位置，只是席位的高低与作用的大小过于不相称而已。

　　李斯起过什么历史作用？简言之，没有李斯与赵正，上自秦代下至如今的中国历史，都得改写。秦朝中央集权的郡县制出自谁？同样出自李斯的设想与赵正的实行。中国目前使用的汉字，源出隶书，隶书基本上是秦篆的简体。秦篆出自谁的手笔？李斯为主要创设者与书写者。换言之，所谓"汉字"，其实是"秦字"，而李斯正是所谓"汉字"的创始人。

　　如今说起中国文明，大都首推孔子。其实，历代的儒学，并不代表孔子的思想，只是打着孔子的旗号而已。孔子憧憬的社会，也从来不曾在中国实现过。真正与中国的历史及现状有关的东西，其实皆与孔子无关，却都与李斯脱离不了干系。这么一个重要的历史人物，却落得如今几乎被人忘却的地步，因为什么？很可能因为李斯死得不怎么光彩。

　　无生则无死，有生才有死。李斯的生平如何？《史记》有传。据《史记·李斯列传》的记载，李斯是上蔡人，上蔡如今属于河南省，当时属楚国，曾经是蔡国的国都。李斯自称"上蔡之布衣，闾巷之黔首"，换成今日的白话，就是"上蔡胡同里的串子"。由此可见，李斯出身平民，不是什么贵族。李斯少年之时，曾在上蔡郡衙门里充当小吏，与这类出身正相吻合。

　　一件小事改变了李斯的命运。什么小事？李斯看见了耗子。既在衙门里供小吏使用的厕所见过，也在粮仓的库房里见过。看见耗子有什么稀奇？稀奇不在看见耗子，在于李斯看见耗子之后产生的心得。看见耗子也能有所心得？不错。厕所里的耗子，一个个鼠目寸光，胆小如鼠。或问：既是耗子，还能不鼠目寸光、胆小如鼠？未必如是。李斯所见粮仓里的耗子就一个个肥头硕耳、大摇大摆。同是耗子，为何如此不同？因自处之地不同所致也。这就是李斯看见耗子之后的心得之一。耗子如此，人又何尝不如此？这就是李斯看见耗子之后的心得之二。

　　得了这么两条心得，李斯于是辞吏不干，拜荀卿为师，钻研帝王之术。

荀卿又是什么人物？不是什么三家村的私塾先生。战国之末，齐国的都城临淄设立稷下学宫，一时诸子百家的领袖人物荟萃于此，盛况空前绝后，而荀卿在稷下"三为祭酒"。所谓"祭酒"，原意为典礼酒会的首席，之后成为朝廷首席学官。由此可见，荀卿当时为学术界领军人物无可置疑。荀卿尔后出仕楚国，终老于楚之兰陵令之职，留下著作一部，世称《荀子》，是先秦时代的重要思想著述之一。

李斯出生晚，没赶上诸子百家争鸣于稷下的风光，其师从荀卿，在荀卿仕楚之时。所谓"帝王之术"，就是如今所谓的政治经济之学。李斯学成之后，环顾天下七国，以为除了去秦国之外，一个个都不足以施展其才，于是辞别荀子去楚之秦。李斯来到秦国之时，适逢秦庄襄王死，年方十三的赵正即位为秦王，政权基本上操在号称"仲父"的相国吕不韦之手。想出仕于秦者，莫不奔走于吕不韦之门，李斯亦不能例外，投在吕不韦门下，为吕不韦之舍人。三年之后，经吕不韦举荐，任为郎。所谓舍人，就是亲随顾问之类；所谓郎，依然是亲随顾问之类。不同之处仅在于，"舍人"是吕不韦的亲随顾问，而"郎"则是秦王的亲随顾问。既为秦王的亲随顾问，李斯于是趁便进言秦王，劝秦王消灭六国、一统天下。

"以秦国如今的实力，破灭关东诸侯，直如摧枯拉朽。不过，当年先君穆公之世，不也雄踞一方么？怎么不走这步棋？"听了李斯的建议，赵正如此反问。

"此一时也，彼一时也。"李斯道，"秦穆公之世，周朝廷虽然早已大权旁落，虚名尚在。况且，秦虽雄踞一方，而关东诸侯并不残弱。晋国尚未一分为三，欲灭强晋而东，谈何容易？如今周室已经灭亡，信陵君新死，关东六国诸侯将相皆为庸才，机不可失，时不再来。"

赵正原本野心勃勃，听了李斯这一席话，顿生相见恨晚之感，当下击掌称快，旋即擢升李斯为长史。长史是丞相属下参赞帷幄、权势最重之职。任命李斯为长史，就是令李斯进入秦朝廷的权力中心。李斯感激涕零，随即献上收买与刺杀之策。所谓收买，就是出重金贿赂诸侯的重臣、宠臣，令其为秦国的奸细。所谓刺杀，就是倘若有不从者，即遣刺客送之赴黄泉。嗯，这计策不错。赵正听了，点头称善，吩咐李斯首先在赵国试行。为何首选赵国？因为赵国是秦国东进的主要障碍，破赵，则攻取东方诸侯之道大开。

当时赵国名将廉颇因与赵王不睦，出奔魏国。在魏国不得志，又想返回赵国，赵王也颇有重新起用廉颇之意。谍报传到咸阳，李斯对郭开下达了务必阻止廉颇回赵的指令。郭开是谁？赵王身边的宠臣，李斯收买的奸细。如何阻止？李斯不曾吩咐，他相信郭开自有主意。但凡能够博得主子宠信的，虽然未必有治国之才，挑拨离间、挖坑下套、搬弄是非、颠倒黑白这类把戏还能不玩得精通？果不其然，郭开得了李斯的指示，立即塞给赵王使者黄金百镒。

使者问："郭君有何赐教？"

郭开道："廉将军与郭某有点儿私人过节，一点小意思。嘿嘿。"

郭开这一招，看似简单，其实高明得很。即使使者不干，甚至到赵王面前予以揭发，大不了挨顿训斥。谁没仇人？谁不想破坏仇家的好事？琐屑私事一桩，绝对不会令人疑心到里通外国。

廉颇见到赵王使者，一心逞能。如何逞能？据《史记》记载，廉颇"为之一饭斗米，肉十斤，被甲上马，以示尚可用"。一顿饭吃下一斗米？十斤肉？想必是文学的夸张。要不，就是当年的斗与斤不可与今日的斗与斤相提并论。无论如何，廉颇肯定是吃多了。吃得过多，难以消化，结果大约是当着使者的面去了几趟厕所，很可能只是去放屁，以免在使者面前难堪。使者是个见机而作的高手，回报赵王时轻描淡写地说了这么一句："廉将军虽老，还挺能吃。不过嘛，与臣坐，片刻之间就上了三趟厕所。"赵王听了，摇头一叹，从而彻底打消了召回廉颇的念头。

收买郭开之计旗开得胜，李斯以功拜为客卿。所谓卿者，大臣的通称。所谓客卿者，也就是外籍大臣的意思。可是好景不长，李斯拜为客卿之后，不旋踵即出了纰漏。难道李斯本人犯了什么差错？又或者是赵正与李斯的关系出现了摩擦？皆不是。纰漏由一件于李斯本无关系的间谍案子而引发。秦国能在六国搞间谍活动，六国何尝不能在秦国搞间谍活动？捅出篓子的间谍，是韩国派往秦国的间谍。这间谍姓郑，名国。但凡有些水利常识的，想必听说过一条称之为郑国渠的灌溉渠道。这渠道之所以如此得名，正因为设计与监修，皆由郑国一手包办。郑国既为间谍，怎么不搞间谍活动，却替秦国兴修水利？原来兴修水利就是韩国的间谍计划，目的在于消耗秦国的人力与物力，从而给予韩国苟延残喘的时间。

郑国在秦国兴修水利，一搞十年。秦国因此而放慢东进的步伐了么？无从追究。秦国因此而大获灌溉之利却有案可稽。郑国在秦国开工的第十个年头，李斯在韩国收买的间谍出卖了郑国身为间谍的秘密。李斯以为自己又立了一功，正等着领赏之时，忽然接到驱逐出境的通知。怎么会因功而获罪？因为秦国本国贵族大都得了红眼症，眼看外籍人士在秦国蹿红，一个个妒火如焚。郑国间谍身份的暴露，给了这帮人一个天赐良机。一窝蜂抢着向赵正进言道："外来的，没有一个是好东西！无论是干什么的，都可能是间谍，郑国不就是最好的证明么？"架不住这帮人的疲劳轰炸，赵正于是下一道逐客令：但凡客卿，一律递解出境。

如果李斯这时候负气一走了之，秦灭六国之计会受阻么？想必不会。不过，如果李斯走了，秦灭六国之后很可能只会建立一个类似周代的封建王朝。如果李斯这时候负气一走了之，李斯能落得个好死么？很有可能。不过，成就一番大事业的机会就渺茫了。当时李斯一心惦记的，只是事业。当初他向荀卿辞行之时，曾经夸下海口："弟子此番入秦，必获重用。扫荡六国，一统天下，直如灶头吹灰耳！"荀卿听了，只回答了四个字。四个什么字？"物禁大盛。"什么意思？李斯没问，他懂。不就是说：别得意过了头么？

师傅既然以"物禁大盛"四字为临别赠言，不正说明师傅对我李斯必然马到成功并无异议么？就这么灰头土脸地被人家赶出去，怎好意思再见师傅之面？想起师傅荀卿，李斯忽然联想到从荀卿那儿学的帝王之术。什么是帝王之术的核心所在？他曾经问过荀卿。荀卿当时一笑，也是回答了四个字。四个什么字？"时至自知"。呵呵！难道不正是揣摩帝王的心思从而诱导帝王顺着你自己的思路推理么？怎么到这时候才幡然醒悟？还好，还不太晚，还在被押送出境的途中。想到这儿，李斯笑逐颜开，抖擞精神，奋笔疾书，写下千古传颂的名作《谏逐客书》一文。

"谏逐客书"这标题，是后人编辑文集之时加上去的，当时李斯所写，只是一封上呈赵正的奏章。这篇奏章着实写得好，遣词造句如行云流水，说理辩难似入木三分，即使苏秦、张仪再世，也不过如此。赵正看罢，赞不绝口，立即下令停止逐客。令下之日，李斯恰好行至函谷关口，尚未出境，当即被使者追回，官复原职。

见逐，自然不是什么好事。既见逐而复召回，应当是好事。可被召回的不止李斯一人，同为客卿，同样见逐，自己没写什么《谏逐客书》，却因李斯的《谏逐客书》而获召回的，有姚贾其人。姚贾，魏国人，大梁监门之子、大梁监门之孙、大梁监门之曾孙。大梁，魏国的国都，如今河南开封。监门，就是看守城门的小吏。世世代代为这么一个小吏，其出身，自然是微贱之至。

不过，监门的身份虽然微贱，大梁监门可是出过赫赫有名的人物。魏公子信陵君引为上客、终于得其力以破秦军的侯嬴，就曾经做过大梁的监门。姚贾在后世没有侯嬴出名，可当时的社会地位却高出许多，不像侯嬴止于为公子的门客，姚贾在秦国官拜上卿，居李斯之上。因何能如此？李斯替赵正出的主意，是不能见光的阴谋诡计。姚贾替赵正立的功劳，在于出使楚、齐、燕、赵，令四国散伙与秦结盟，是光明正大的外交。

姚贾因李斯上谏逐客书而同被召回，复居李斯之上，令李斯心里极不痛快。不久，韩非为韩国出使秦国，李斯计上心来，对赵正道："韩非是个千载难逢的人才，主公切莫放他走脱。"

"何以见得？"赵正反问。

李斯道："韩公子与臣，皆曾师从荀卿，臣是以知其学识渊博。"

赵正问："与你比，如之何？"

李斯道："绝非臣能企及。"

李斯称韩非为公子，不是虚文客气，韩非的确是韩国的公子。李斯当真认为韩非才能远出自己之上么？那就只有天晓得了。不过，即使李斯由衷佩服韩非的才干，这绝对不会是李斯把韩非推荐给赵正的缘由。已经有个能人姚贾挡道，怎么还会再找个能人来挡道？李斯之所以推荐韩非，因为韩非一向鄙视出身微贱之人，姚贾不仅出身微贱，而且言行嚣张，这样的人，韩非如何容得下？留下韩非，必然会上演一场鹬蚌之争。如此这般，他李斯方能收渔翁之利。

赵正是个认真的人，听了李斯的推荐，并没有立即认同，他要看证据。这个不难，韩非有著述在。写书，得有时间，执政的人往往没时间著书立说，所以既执政而又有著述传世者极少。韩非渴望从政，可惜韩国国君视之为书呆子，弃之不用，所以韩非有大把时间在琢磨与抒发从政与谋政之难。结果就是写下了一本后世称之为《韩非子》的著作，其中《说难》一篇尤其脍炙人口。李斯具眼，单把这一篇挑出来呈送赵正，赵正一看之下，果然大为欣赏，于是留下韩非，拜为客卿，正中李斯下怀。

接下来的事态，亦如李斯所料。韩非既为秦之客卿，旋即攻击姚贾不遗余力。韩非怎么不攻击同样出身微贱的李斯？因为李斯不如姚贾那么红得发紫，也因为李斯是韩非的引荐者。第一点，就战术而言，无懈可击。至于第二点，那就说明韩非还真是书呆子气十足了，根本没看出李斯在把他当枪使的意图。韩非首先攻击姚贾出使诸侯时夸大自己的地位，用钱铺张浪费等等，这类攻击不怎么高明，更加说明韩非之呆。姚贾轻而易举就反驳成功：出使者身份不重，怎么能取信于诸侯？出手不大方，怎能笼络得住诸侯左右亲信？

输了第一招，韩非不懂得急流勇退之道，继而进行人身攻击。"姚贾出身卑贱，世代为大梁监门。在魏国曾犯偷盗之罪，出仕赵国而见逐。任命这么一个无赖的贱货为秦国之使，实为秦国之耻，何足以激励群臣、延揽天下贤能之士？"

韩非这席话，令赵正心中暗笑。不过，既是暗笑，当然没有表露出来，不仅没有表露出来，赵正还原话照搬过去质问姚贾。目的何在？在于看看姚贾如何反驳。

姚贾道："太公望、管仲、百里奚都出身寒微，也都见逐于其旧主。结果如何？太公望辅佐周武王创立周朝，管仲与百里奚分别辅佐齐桓公、秦穆公称霸诸侯。能人难得无垢。洁白无瑕如卞随、务光、申屠狄，未必有能。即使有能，为人主者又岂能驱使之？是故虽有污垢而能者，明主用之以存社稷；虽有高世之名而不能立咫尺之功者，明主弃之而不赏。"

赵正听罢姚贾的辩护，转而问李斯以为如何。李斯善于察言观色，明白赵正心中早已有了不利于韩非的判断，问他李斯如何，不过是试探他李斯的心意而已。于是，李斯及时调整战略目标，故作丧气之态，道："姚贾这样的人，才是秦国需要的人才！臣不善于察人，虽与韩非同学数载，竟然未曾识破其真实面目。韩非对姚贾的攻击，不仅是狂妄自大、华而不实的表现，而且也显见其挑拨是非、议人短长的卑劣个性。恐怕是个成事不足、败事有余之徒。"

赵正听了，道："与寡人之见略同。"

怎么处置韩非？拖出去砍了。可怜韩非白写了那篇《说难》，依旧因不会说话而枉自送了性命。

没能把姚贾整下去，固然是李斯的不幸。不过，吉人自有天助，姚贾不久就因病而亡故，李斯于是成为赵正唯一信任的运筹帷幄之士。不出十年，赵正的秦国吞并关东六国，完成一统天下的大业。既成一统，如何统治？以当时的丞相王绾为首的大臣，大都主张效仿周代的分封制度，请赵正分封诸子、功臣以为诸侯王，分天下而治，唯独时任廷尉的李斯力排众议，列举春秋战国诸侯纷争不已的事实，指出分封制度无助于国家之稳定与团结，还很可能适得其反。始皇帝赵正赞同李斯之议，把全国分成三十六郡，郡下设县，郡县大小官职，皆由朝廷统一任免，不得世袭，分封制度从而在制度上彻底灭亡。李斯之议既获施行，不久便由廷尉升为丞相。

郡县制行之六载，相安无事。六年之后，博士淳于越却忽然从理论上挑起分封制度与郡县孰优孰劣之争。所谓博士，以讲授诗书礼乐等儒家经典为执掌。或问：秦不是搞什么"坑儒"么？怎么会有这类官职？秦朝确有"坑儒"之事，不过那是后话，当时尚未发生。而且，后来之所以会有"坑儒"事件发生，正是因为秦代其实乃是尊儒之始祖。因"坑儒"事件被后人大肆渲染，致令这一点彻底掩埋于历史的尘埃之下，至今未能真相大白。

战国之末、秦兴之前，儒学本来已经近乎绝迹，实因秦之兴而获再生。何以会如此？原因很简单。战国之时诸侯之间斗得你死我活，儒家鼓吹的礼乐仁义不救生死存亡之急，如何能够有人问津？什么学派在战国之末最受欢迎？纵横家、法家与术家。所谓纵横家，就是说客。纵横家大都并无固定的见解，见机而作，因势利导，奔走各诸侯之廷，替诸侯办外交、搞阴谋。法家主张法制，术家琢磨驾驭与迎合之道，后世误会，混称之为法家，概括管仲、李克、商鞅、慎到、申不害、韩非等等等等。其实只有管、李、慎才是法家，申、韩乃是术家。至于商鞅，则介乎法、术之间，因推行法而成，因术而败。

秦始皇帝一统天下之后，纵横家首先亡，因为用不着了。法家、术家相继没落，因为没那么多主子供奔走。当然，纵横家、法家与术家的消亡与没落，未必替儒家的复兴铺设道路，只是说明令儒家的弱点暴露无遗的时代与环境已经不复存在。秦一统天下，不仅灭了六国，终止了一个历时九百年的周代，而且史无前例地终止了一个为时更加久远的分封制度。如此崭新的政权急需搞一套新的礼乐、服饰以显示新纪元的开端。秦始皇自以为功高盖世，不可不封禅勒石，以告天地。如何把封禅勒石、歌功颂德做到尽善尽美于是成为当务之急。设计礼乐、服饰、封禅仪式等等，本是儒家的正统本行，阴阳五行一派更把这一套搞成神秘莫测、非阴阳五行家莫知所措的把戏。由此可见，秦之所急需，正中儒家之所长。弱点既不复存在，长处又恰为时运所需，故儒家随秦之兴而复兴，正如水之走下，势必如此。

荀卿是出身儒家，兼通法家、名家各派的通人，李斯既然师从荀卿，对于儒术自然不是外行。不过，李斯并不曾参与秦朝礼乐、服饰的制定与封禅勒石的歌功颂德。这些事，在李斯看来，纯属可有可无的把戏，他宁可躲过一边，让博士这类在他心目中的腐儒去主持。不过，一旦听到博士们非议郡县制这一由他设计的制度，李斯终于沉不住气，对赵正进言道："淳于越自以为得孔子真传，其实是个十足的腐儒。孔子是什么人物？孟子称之为'圣之时者也'。如何方能为'圣之时者也'？生今之世、仿古之道，如何能？审时度势，与时俱进才能嘛！陛下废封建、立郡县，实乃万世不朽之伟业，非腐儒所知，万不可中道而止！"

"丞相所言甚是。无奈黔首无知，迂腐者众。为之奈何？"赵正听罢，问策于李斯。

李斯道："黔首之所以敢于抨击朝政，无非引经据典。陛下不妨下令：非秦国之史记，一律销毁。《诗》《书》《礼》《乐》，仅得存于朝廷，由博士负责讲解。民间所藏，限三十日送郡县烧毁。违者，发配边疆为戍城之卒。有敢私自探讨诗书百家之言者，弃市。以古非今者，族。吏知情不举，同罪。"

所谓弃市，就是处以死刑。古时执行死刑，于闹市斩首，弃尸示众，所以得弃市之名。所谓族，就是处死父、母、妻三族亲属。李斯这一招，够狠。正合狠人赵正心意，始皇帝于是下诏，著为法令。史称此案为"焚书"。

早在一统天下之始，始皇帝就开始寻求长生不老之术。既经焚书而一统舆论，始皇帝对长生不老的追求更加执着。这类事情，李斯也从不插手，同样留给他心目中的腐儒。钻营这机会的腐儒不乏其人，先有徐市、韩终，后有卢生、侯生等等皆是。秦时"市"、"芾"皆写作"巿"。徐市的"巿"读若"芾"。也有写作"福"的，恐是后人在"巿"旁用"福"字注音，又被更后的人误会为正文，取代了原文的"巿"字。徐市哄骗赵正：求长生不老之术，得问神仙。神仙何在？东海之中有瀛洲、方丈、蓬莱三岛，虚无缥缈，那就是神仙居停之所。赵正吩咐使者去山东半岛一打听，还真有人时不时瞥见海中仙境，从而信以为真。仙境怎么去？徐市自告奋勇，率数千童男童女乘大船出海而东。一去却杳如黄鹤，再不见其踪影。葬身大海，还是去了东瀛？实无从考实。

韩终与徐市一样，得了大笔赏赐之后，往而不返，莫之所终。卢生与侯生大捞一把之后，也如徐、韩一样逃之夭夭。不过，这两人不像徐、韩那么厚道，临走之前散布谣言称：始皇帝这人，刚愎自用，刑杀为威，图利贪权，这种人怎能与长生不老之药有缘？

这话传到赵正耳中，令赵正气冲牛斗。有善于溜须拍马又嫉妒儒生受宠的人，乘机进谗，说什么咸阳城里的儒生没几个好东西，大都像卢生、侯生一样，整日以诽谤朝廷与皇帝为务。当时云集咸阳混饭吃的儒生究竟有多少？确切数字无从考核。据史册记载，仅仅在观象台替始皇帝望气的就有三百人之多。由此估计，在咸阳混饭吃的儒生总计不会少于数千之众。

人在气头容易听信谗言，赵正也不能例外，立即令御史对儒生的言论进行彻底调查。御史把众儒生唤来，搞个背靠背式的人人过关。这帮儒生还真没种，经不住御史的恐吓，忙不迭相互检举揭发，最终揭发出犯禁令者四百六十人。赵扶苏听到消息，心生恻隐，上书始皇帝，称"诸生皆诵法孔子"，望始皇帝看在孔子的面子上从宽发落，减死一等。赵正得书，掷之于地，道："孔子曰：'朝闻道，夕死可矣。'这帮家伙贪生怕死，自相揭发，猪狗不如，哪是什么孔子之徒！"不允赵扶苏之请，全数坑于咸阳，以收杀鸡儆猴之效。史称此案为"坑儒"。

"焚书"与"坑儒"两案，往往被后人征引为儒家在秦代挨整的铁证。其实，"焚书"与"坑儒"，恰好是秦代尊儒的铁证。不尊儒，把儒家经典烧掉不就成了么？为何还要藏之朝廷、设博士执掌之？可见焚书的目的，并不在禁儒，而在于垄断对儒家学说的讲解权。如此的目的又何在？唯一合理的解释，只能是尊奉儒家学说为秦代的官学。不尊儒，儒生何得聚之于秦都咸阳以千百计？赵扶苏又何能试图以"诸生皆诵法孔子"为说辞以解救儒生？据《史记》，秦始皇死后，陈胜起兵之时，秦二世还曾"召博士诸儒生"问计。参与这次会议的博士，有叔孙通其人，感觉局势不妙，与会之后弃官而逃，跟着他逃奔的儒生数以百计，可见在相互检举揭发出四百六十余人被坑之后，依然有大把的博士、儒生在秦朝廷备顾问、当参谋、混饭吃。由此可见，儒家之备受尊崇，并不曾因坑儒事件而终止。

坑儒事件虽与李斯无关，李斯还是因此打了个冷战：别搞不好哪天也叫主子给坑了！怎么防备？李斯重施当年收买六国宠臣的故技，不惜重金买通了赵正身边的一位亲随。一日，赵正登山远眺，望见一队车骑从山下路过，旌旗招展、尘土飞扬、人马杂沓。

"很威风嘛！谁的车队？"赵正问左右。

有知道的回答道："丞相斯。"

过不几日，赵正再次登山，又见李斯从山下过，却仅有寥寥三五随从。怪了！李斯怎么会突然精车简骑？难道是……想到这里，赵正勃然大怒，吼一声："谁走漏了风声？"

没人回答，没人敢回答。不回答就能躲得过么？当然不能。赵正吩咐廷尉：但凡那一日站在赵正身边、有可能听到他那句"很威风嘛"的，统统弃市。

听到这消息，李斯持着酒杯的右手不由得一抖，把半杯酒洒到席上。如果是一人在喝闷酒，洒了也就洒了，有什么相干？可偏偏是在大宴宾客的场合！有什么大事值得庆祝么？其实没有，不过是官居三川郡郡守的长子李由回咸阳省亲而已。自从精车减骑之后，李斯凡事格外谨小慎微。对于李由的归省，也极力低姿态处理，谁也没通知。无奈消息依然不胫而走，百官皆来道贺，门庭车马数以千计，府前府后、府左府右，数十来条街衢都为之水泄不通。既来之，李斯如何能不设宴款待，总不能叫客人吃闭门羹吧？

幸亏当时已经酒过三巡，有些客人已经醉了，无从注意到主人的失态，没醉的，误以为主人的失态不过因为主人醉了。谁没喝醉过？小事一桩，何足挂齿？等客人都走了，李斯退回书房，嗫下两口茗茶，发一声叹息：物禁大盛！他以为他懂了荀卿的这句教诲，所以每逢遇到这种时刻，就能回想起来。他真懂么？真懂的人，怎么会遇到这种时刻？即使遇到，充其量只会有一次，怎么会每逢遇到？

4

听到赵正的死讯，李斯悲喜交集。悲从何来？没有赵正的赏识，他李斯不过一上蔡小吏，难免猥琐终身，能有今日？今日的李斯，一人之下、千万人之上，这是何等的威风！今日的李斯，一门儿媳清一色公主，一门女婿清一色皇子，这是何等的荣华！这么一个知音死了，能不悲从心起？然则喜从何来？令他李斯提心吊胆、唯恐因犯"物禁大盛"之忌而不得好死的人物终于走了，李斯顿时感到如释重荷的轻松，既感受到这般轻松，能不喜从心起？

不过，无论是悲还是喜，李斯都没有表露出来。喜怒不形于色是李斯从荀卿那儿学到的帝王之术的核心之一，李斯从来不在任何外人面前表露自己的情绪，更不会在这人面前露出任何蛛丝马迹。这人是谁？这人就是替李斯带来赵正死讯的赵高。赵高是赵正的亲信，但凡赵正的亲信，李斯一概敬而远之，无论是蒙毅还是赵高皆不例外。

"皇上的遗诏何在？"听罢赵高的报告，李斯不动声色地问。

赵高并不回答，只是从衣袖里取出赵正的遗诏，趋前一步，递予李斯。

李斯阅毕，问："怎么还不赶紧盖上御玺，遣使者送往上郡？"

赵高伸手摸一摸空空的下巴，微微一笑，然后不紧不慢地说："皇上已经驾崩，不知该谁吩咐符玺令盖印？"

"那你的意思是？"赵高的回答显然出乎李斯的意料之外，李斯仓皇之下问了这么一句。

"不就盖个印嘛，举手之劳。好说。不过嘛……"赵高说到这儿，把话顿住，不是因为对于下面该怎么说还没想好，该说些什么，该怎么说，早在进来见李斯之前，赵高就已经周密计划过。说到这儿停下来，正是其周密计划的一部分，目的在于增强其即将说出的阴谋的神秘性。，"咱千万不能让外人知道皇上已经驾崩。否则，人心惶惶，搞不好，变生肘腋。"

如果李斯予以拒绝，结果会如何？估计秦朝不会不旋踵而亡，汉代不会产生，成为华夏文明招牌的不会是孔丘而会是李斯。可惜，李斯是个喜欢权术的人。喜欢权术的人无不钟情于秘密，赵高的保密建议因而正中李斯之怀。

"嗯，言之不为无理。"李斯点头，表示赞同，"不过，照目前的行程，至少得十五日才能回到咸阳。眼下天气炎热，尸体不出三日即将腐败，尸气四散，如何隐瞒得住？"

"这个嘛，丞相就不必操心了，我已经有了主意。"

"什么主意？"

"皇上好食鲍鱼，我已经遣人连夜赶往海滨，明日就会有三车鲍鱼加入皇上的车队。"

赵高说到这儿，把话停下。不过，是卖关子，他相信李斯是明白人，不用说破，点到即止就够了。赵高所谓的"鲍鱼"，即"鳆鱼"的别称，为海产珍贵贝类。贝类易于腐臭，赵高的目的就是要以鲍鱼之臭掩盖尸体之臭。后世腐儒不明赵高之意，竟有误以为赵高所谓的"鲍鱼"指"咸鱼"者。咸鱼为防腐而腌制，如何能及时发臭以致掩盖尸臭之效？况且，既至海滨，则当食海鲜，焉有满载咸鱼同行之理？能不令人疑心有鬼么？

"嗯，这主意不错。"李斯果然是明白人，立即明白了赵高的意思。"不过，皇上的遗诏还是要尽早发出去，否则，长公子不能及时赶回咸阳，夜长梦多，难免不出问题。"

"难道长公子及时赶到咸阳，就没问题了么？"赵高一边说，一边从李斯手中接过始皇帝的遗诏，塞入衣袖之中。

"一俟长公子抵达咸阳，便可登基发丧，还能有什么问题？"李斯反问。

赵高听了，哈哈一笑道："就天下而言，此话不错。就丞相而言，窃以为未必。"

"此话怎讲？"

"窃以为长公子一旦登基，丞相就会罢黜。"

"笑话。"李斯不信。

"丞相不妨扪心自问：能力、功劳、得众人之心，这三样之中丞相能有一样赶得上蒙恬么？此外，蒙恬与长公子自幼相识，情同手足，丞相同长公子什么关系？不就是点头之交么？"

赵高这番话，令李斯陷入沉默。当然，沉默只是外表。在沉默的外表之下，李斯的内心经历了由忿恨到平静、由平静到恐慌的转折。说李斯能力、功劳、得众人之心皆不如蒙恬，李斯不服。倘若如此，丞相怎么会是我李斯而不是他蒙恬？李斯首先这么想，这么想的时候，不胜气愤，以至手指失控，不由自主地在几案上敲打了几下。不过，李斯毕竟是理智中人，不是性情中人。他很快就冷静下来，他不得不承认赵高指出他与赵扶苏关系不如蒙恬这一点的正确性与重要性。此外，李斯还想到赵高遗忘了的一点。哪一点？蒙恬与李斯的出身判若天渊。

蒙恬是个什么出身？简言之，将门之子，将门之孙。蒙恬之祖蒙骜，自齐至秦，事秦昭王，累积战功，官至上卿。秦庄襄王即位，起用蒙骜为主将。蒙骜先攻韩，取成皋、荥阳；又攻魏，取两郡；再攻赵，下三十七城，可谓战功赫赫。赵正即位为秦王，蒙骜继续为秦之主将，先后出兵蚕食韩、赵、魏、燕等四国。赵正七年，蒙骜有幸而死。何谓有幸而死？因蒙骜死不旋踵秦国就接二连三发生内乱。倘若蒙骜不曾死，卷入内乱的可能性不是很小而是很大。倘若蒙骜因卷入内乱而不得好死，身为蒙骜之子的蒙恬想必也会因牵连而见杀，如何能有今日？所以，蒙骜之死，实有幸而死得其时。

内乱因何而生？追源溯始，那还得从二十一年前发生于赵国都城邯郸的一桩风月说起。二十一年前的六月初十之夜，有星、有月，唯独缺风。时近午夜，邯郸夜市依然人马喧哗。吕不韦昂首走进樗园酒楼，咳嗽一声，一屋子的客人，除去一个之外，都扭过头来同他打招呼。所谓一屋子客人，其实也就这二十来人。怎么这么少？不是因为生意清淡，而是因为贵，贵得在邯郸有钱光顾樗园的客人总共也就这二十来人。吕不韦是这儿的常客，其他的客人，除去一个之外，也都是这儿的常客。吕不韦冲那例外的人瞟了一眼，面生，肯定没见过。吕不韦这人过人的本事不少，其中之一就是过目不忘。所以，但凡面生，他就敢肯定没见过。

"这位是新近来邯郸的秦王孙子楚。"

说这话的人是魏国的太子魏增，秦王孙赵子楚是他带来的，所以他觉得有义务向吕不韦介绍。

"来赵国为质子？"寒暄过后，吕不韦问赵子楚。

"可不。同我一样。"赵子楚还没开口，魏增抢先替赵子楚做了回答。

所谓质子，指诸侯之间为担保外交条约生效而相互交换的人质。充当质子的，大都是王子，间或有王孙。这种做法是战国之时的惯例，不足为奇。不过，同样为质子，身份与处境未必相同，甚至可以判若天渊。比如，赵魏两国关系密切，唇齿相依，相互派遣的质子通常是太子，倘若不是太子，至少也是备受宠信的王子，不仅本身地位重要，所在国也必然礼遇甚隆。秦赵为宿敌，战事频繁，和谈只是缓兵之计，质子差不多就是塞进虎口的羊，能苟全性命就不错了，什么礼遇、享受，那就只有在梦中方才见得着了。

当时的秦王，史称秦昭王，秦昭王的太子封为安国君。安国君有子二十三人，都是庶出。赵子楚的生母出身微贱而无宠，赵子楚孤立无援，派往赵国充当质子这等劣差，自然就是在所难免的了。

"同你一样？"听了魏增的话，赵子楚发一声冷笑，"我倒是想同你一样。嘿嘿！"

"其实，想同魏太子一样有何难哉？"吕不韦道，"只要舍得花钱，什么事情办不成？"

"你怎么还没喝就醉了？以为什么事情都像做买卖，有钱就得！"赵子楚不屑地顶了这么一句。什么东西？他心中暗骂，不就一个什么都不是的贱货么？以为有了两个臭钱就配在我的面前充老大？

吕不韦的确已经有那么七八分醉意，不过，并不是还没喝就醉了。来樗园之前，吕不韦已经先去过三家酒楼，每一家都没少喝。像他这种手上大把钱的主儿，来邯郸夜市照例是这种连喝几家的喝法。赵子楚一则刚来乍到，二则手头拮据，对这种阔绰的惯例一无所知。

商场如战场，知己知彼才能百战不殆。吕不韦久经商场、屡战不败，自然是个善于观察对方的高手，赵子楚呈现在脸上的不屑，甚至于藏于心中的暗骂，都叫吕不韦觑个正着。因此而忿忿然了么？没有。倘若因此而忿忿然，焉能成为商场上的高手？吕不韦没有忿然，只在盘算。盘算什么？盘算赵子楚是不是个有利可图的对象。

秦昭王年事不轻，太子安国君随时可能接班。安国君也已经早过中年，而且据说身体极差，一旦接班，就得赶紧立太子。安国君的正妃华阳夫人无子，如果能令华阳夫人收养这赵子楚为子，安国君一旦即位，这赵子楚不就是新太子了么？安国君一旦去世，这赵子楚不就是新秦王了么？

吕不韦如此盘算之后，早将赵子楚对他的蔑视弃之如弃弊履。"这儿说话不方便，咱去堆云喝几盏？"吕不韦向赵子楚发出这样的邀请。

"堆云"是吕不韦在樗园的长期包间，租下包间的目的，既在于与陪酒女郎搞些上下其手的动作，也在于同商场上的朋友或对手磋商商业机密。赵子楚对吕不韦的邀请显然感到意外，如果不是魏增从旁怂恿，他拒绝接受也说不定。魏增为何怂恿？理由简单之至。赵子楚是他魏增邀来的客人，原本得由他魏增买单，如今半路杀出个吕不韦，他魏增自然就是可以不必替赵子楚解囊了。

进了堆云，酒过三巡，吕不韦挥挥手，把陪酒女郎打发出去，这才切入正题，对赵子楚道："我吕不韦自信能光大公子的门户。"

赵子楚没好气地一笑，回应道："你且先光大你自己的门户吧，说什么光大我的门户！"

"公子这么说，那就不是明白人了。"吕不韦也一笑，"我吕不韦的门户要因公子的门户而大。"

"什么意思？"

"据吕某所知，公子兄弟二十多人，公子本来就无宠于安国君，如今又为质子于外。一旦今秦王去世，安国君立为新秦王，公子能有机会与留在咸阳的兄弟们争夺太子之位？"

"没机会争，难道我赵子楚还不懂得放弃？"

"公子深谙不能胜而争之道，佩服！佩服！不过，如果公子手上有钱，机会未必就无有。"

赵子楚问："此话怎讲？"

"华阳夫人有宠而无出，公子倘若肯出重金孝敬华阳夫人，嘿嘿……"

吕不韦嘿嘿一笑之后，把下面的半句话咽下咽喉，端起酒壶，先后给赵子楚与自己的酒杯斟满。

"喝酒！喝酒！"

吕不韦把话说到半截停下来，只是想观察下赵子楚是否是个值得下注的对象。赵子楚没有聪明的名声在外，这并不令吕不韦担忧。太聪明了，难以驾驭，反倒不是上乘的货色。货色？不错。在吕不韦眼中，一切都是货，货物是货，人物也是货。不过，赵子楚也不能太傻。太傻，则无论投下多少资本，只能如同打水漂，有去无回。有去无回的买卖，吕不韦绝不为。不太傻的标准定在哪儿？如果赵子楚不能自己琢磨出吕不韦没说出口的那下半句话，喝完酒，吕不韦就会起身送客，从此在其心中不会再有赵子楚其人。

赵子楚先赞了声"好酒！"然后道："想要华阳夫人收养我子楚为子，那可不是黄金百镒、白璧数双就能办得成的买卖。"

赵子楚这话令吕不韦精神一振，嗯，不傻，是块投资的好料。吕不韦心中这么想，嘴上赶紧说道："钱的事情，公子就不必操心了，全包在我吕不韦身上。如何？"

赵子楚听了，放下酒杯，问道："此话当真？"

吕不韦深谙此时无声胜有声之道，只是点点头。赵子楚看得真切了，就地磕下头来。

"从今以后，我的就是你的。我子楚一旦得为秦王，吕先生就是秦国之执政。如有反悔，有如此袖。"

赵子楚说罢，跳将起来，右手拔剑，左臂把衣袖一抖，手起剑落，早把左袖砍去一截。

次日，吕不韦馈赠赵子楚黄金千镒，叫赵子楚用以交游宾客。声誉靠人捧，不给人好处，谁捧？交友之时，出手得务必大方，交付黄金之时，吕不韦这么指点赵子楚。又次日，吕不韦动用黄金千镒，在邯郸采购珍奇玩好，自己携带，前往咸阳，以赵子楚门客的身份求见华阳夫人之姊奉阳君，声称奉赵子楚之命赠奉阳君金镯一对、白璧两双，并请奉阳君为赵子楚转赠华阳夫人银狐大氅一领、金镯十双、玉珥十对、镶金玉带一条。礼品件件贵重，不由得华阳夫人不欣喜而笑纳，喜欢过后，当然也没忘记请奉阳君转问吕不韦："子楚究竟何所求？"

华阳夫人这一问，令吕不韦大喜。是个明白人，好做买卖！于是不答所问，却反问道："难道华阳夫人一无所求么？"

"什么意思？"奉阳君一愣。

"以色取悦于人者，色衰之后将如何？奉阳君不会不明白吧？"

奉阳君点头，但凡是女人，没有不明白这道理的。奉阳君不仅是女人，而且是熟女中的熟女，自然不只是明白，而且是明白得很。

"华阳夫人若不趁如今得宠之时树下根本，一旦色衰，后果不堪设想。"

"吕先生有何妙计？"奉阳君问。

"子楚愿为华阳夫人养子，如果华阳夫人不弃，求安国君立子楚为世子。将来子楚登基为王，华阳夫人以太后之尊，何愁富贵之不保？"

华阳夫人早有色衰失宠之恐，只是没有主意，听了吕不韦这番话，不禁喜形于色，当即应承了。安国君为人慎重，派人到赵国一打听，居然全是溢美之词。赵子楚何以能获如此美誉？自然是吕不韦指使赵子楚散财交友所致。安国君万没有想到这一层，于是尽释前疑，确立赵子楚为嗣。

好消息传到邯郸，赵子楚同吕不韦一起在赵姬宅中举杯同庆。赵姬是谁？吕不韦在邯郸包养的一名舞女，风流兼丰润，是男人见了，罕有不垂涎三尺、心跳加速者。赵子楚是个登徒子，第一次见赵姬就差点没能按捺得住，无奈自己的前途捏在人家手中，得罪不起，只得强行抑制。如今既为安国君的世子，他觉得自己可以在吕不韦面前挺起腰板了。

"咱两人不分彼此，我的就是你的，你的就是我的。对吧？"赵子楚借着三分酒劲，说出这么一句话来。

什么意思？吕不韦想不出这句话从身为秦国准太子嘴里说出来，能有什么不利，顺嘴答道："可不。"

"当真？"

"那还假得了。"

"既然如此，今晚借嫂夫人陪我一宿如何？"

"什么话！"吕不韦万没料到赵子楚会说出这番话来，不禁勃然大怒，不假思索，一掌拍下，把面前几案一拍两断。

赵子楚见了，大吃一惊，跳将起来，赔笑道："千万别当真，只是开个玩笑。算我没说！成吧？"

掌声与几案折断的声音也令吕不韦惊出一身冷汗，冷汗出过之后，人，清醒了。我吕不韦已经倾家荡产、把赌注押在这混账身上，能为个女人同这混账闹翻，致令前功尽弃？绝对不能！如何挽救眼前的尴尬局面？吕不韦是随机应变的高手。

"君子一言既出，驷马难追。你的就是我的，我的就是你的。如有反悔，当如此案！"

说罢，哈哈一笑，又道："借一晚算什么事？只要你喜欢，赵姬就是你的人。"

"这……这有点儿不合适吧？"赵子楚大喜过望。

"有什么不合适的？"吕不韦反问。

吕不韦的反问本来只是加重语气的肯定句，可说出口之后，忽然想到：如果赵姬不肯呢？这事可是勉强不得。想到这，吕不韦起身，对赵子楚道："我这就去问她一问。"

"不行。"赵姬一口回绝。

赵姬这断然拒绝的态度多少令吕不韦一惊。女人嘛，难道不都是些趋炎附势之徒？更何况欢场出身的女人！赵子楚眼看就要飞黄腾达了，难道赵姬看不出？不至于这么傻吧？吕不韦心中这么琢磨。

"有什么不行？人家子楚转眼就要贵为秦王了，你跟了他，少不得是个夫人，说不定还会成为王后。跟着我有什么好？充其量不过有吃有喝。"

话说到这份上，吕不韦觉得绝对应该够分量了，可看看赵姬，脸上依旧没有欣喜的表露，于是又道："为把子楚捧到如今这地位，我吕不韦可已经倾家荡产，同他闹翻了，你我都得喝西北风。"

听了吕不韦的话，赵姬沉吟半晌，方才开口。

"我好像已经有了。"她说。

"什么有了？"吕不韦听了，为之一愣。

"每月该来的，这个月没来。"

原来如此！难怪她断然拒绝，吕不韦恍然大悟。

263

"那不是更好么？倘若为男，那你这王后就当定了！"

生个男儿，就能肯定当上王后？赵姬知道并非如此。不过，吕不韦这话，依然令她兴奋。况且，生个男儿会大大增加为后的机会，乃是无可争议的事实。这个，她也明白。既然吕不韦不在乎我带种跳槽，我还在乎什么？她想。

倘若赵姬不曾转念，赵姬不会由富商的姬人摇身一变而为王孙的夫人自不待言，中国的历史恐怕也会改写。因为赵姬带过去的种，降生之后，不是等闲的王子、王孙，正是后来自称始皇帝的赵正。

赵正登基为王之时，赵姬正当虎狼之年，按捺不住欲火中烧，重新投入吕不韦的怀抱。当时的吕不韦已经年逾知天命，心思已经不全在女人，想得更多的是如何流芳百世，日理万机之外，忙于招揽门客编写《吕氏春秋》。况且，当时赵正已经十三，不再懵懂，万一让赵正觉察，却如何是好？心中怀着这样的忧患，干起那事情来，更是力不从心，并且索然无味。

某一夜，吕不韦那话儿竟然不举，这令赵姬顿生疑窦。有了风骚小妞？看不上我了？赵姬这么盘问。哪儿的话，只是近来政务太忙，累了，有些不舒服。吕不韦这么应付着。怀着几分羞怯，吕不韦披衣而起，忧心忡忡地离开太后的寝宫。

羞怯，好理解。但凡是个男人，在女人面前坚挺不起来，没有不羞怯的。为何忧心忡忡？因为吕不韦不敢失宠于赵姬。这时候的赵姬，早已不是他吕不韦的女人，而是大权在握的太后。一旦失去太后这座靠山，他吕不韦的权势还能不土崩瓦解？

嗨！如何是好！吕不韦回到书房，摇头叹息。立在他身后的亲信舍人某甲见了，小心翼翼地问道：主公因太后而忧？吕不韦回头瞟了某甲一眼：这家伙怎么知道？简直就是我肚子里的蛔虫嘛！不过，吕不韦并未因此而怒，恰恰相反，吕不韦十分得意。因何而得意？得意自己有眼光，没看错人，看中的亲信果然善察人意。

"你有办法？"吕不韦问。

"听说隋园从邯郸请来个新角，名唤嫪毐，那话儿奇大，准能令太后满意。"

隋园是咸阳著名的杂耍场，不但男人爱去，女人也常去。

"你去看过？"吕不韦一笑。

"不错。我只是出于好奇。"

"好奇？那话儿还能有什么不同？"

"那人的绝活儿，是用那话儿拨动车轮。主公想想：那话儿得多粗大多有力？"

"真有这本事？"吕不韦不敢相信。

舍人甲点头称是。

"当真如此，那还怕不能博得太后的欢心！"吕不韦听了，顿时转忧为喜。

果不其然！太后微服去隋园亲自观赏鉴定过后，立即吩咐吕不韦将嫪毐冒充宦官，遣送秦国故都雍城后宫供太后驱使。自从得了嫪毐，赵姬如鱼得水，日夜遨游，乐不思蜀，早把吕不韦撇到一边，正中吕不韦之怀。

俗话说：纸包不住火。从二十一年前邯郸的旧事，直到赵姬豢养嫪毐为面首，一点一滴，都有人看在眼里，记在心中，不胫而奔走于闾巷之间。赵正即位为秦王的第八年，赵正之弟、长安君赵成蟜统军侵赵。赵国通过间谍，令吕不韦才是赵正之父的秘密传入赵成蟜之耳。

这么说，秦王难道不应该是我么？听了这秘密，长安君先是大惊，接着是大喜。他一向同长他一岁的长兄格格不入，如今他身处前线，大军在握，分明是天赐良机嘛！这么琢磨着，他把手下亲信三将军、七校尉召到帐下，面授机宜。什么机宜？潜军回咸阳，杀他个措手不及。"他"是谁？赵成蟜没有说，与会者皆不问，两下心照不宣。

赵成蟜及其手下自信行动绝对机密，却不料行至屯留而陷入秦军的包围。谁叛变了？谁也没有。把消息泄露给赵正的，不是赵成蟜的手下，同样是赵国的间谍。赵国的目的，并非支持赵成蟜取代赵正。鹬蚌相争，赵国才能扮演渔翁的角色。不过，赵国小觑了赵正，高估了赵成蟜。赵国指望的鹬蚌相争并没有出现。赵成蟜一旦遭遇秦军的伏击，顿时溃散。赵成蟜君自杀，手下的三将军、七校尉，或自杀，或遭斩首。

赵成蟜的造反虽然不旋踵而归于平静，赵正的心情却久久不能平静。吕不韦真是我亲爹？从有记忆起，赵正就经常见到吕不韦同他妈在一起，尤其是当赵子楚逃归咸阳，他妈与他独自留在邯郸的日子里，吕不韦几乎无时无刻不在，对他的关照几乎无微不至。还真是有可能！越想，赵正就越觉得真；越觉得真，赵正的方寸就越乱。不过，赵正并没有太多时间琢磨他与吕不韦的关系，因为不久就有一条令他更为震惊的消息传来：嫪毐不是什么宦官，竟然是他妈包养的面首，竟然还同他妈生了两个野种！

是可忍，孰不可忍！赵正决意下手。可冷静下来一想：如何下手？还真不容易。当时嫪毐的权势早已越过吕不韦，河西重地太原郡改成嫪国，成为嫪毐的根据地。掌禁军的卫尉、京城行政长官内史，都是嫪毐的党羽，甚至赵正身边的随从，也大都是嫪毐的耳目。

在赵正身边安插耳目，本是嫪毐的一步好棋，可是让赵正觉察了，就成了致命的死棋。赵正故意当着嫪毐耳目之面召来昌平君与昌文君两人一起协商对付嫪毐之策。嫪毐中计，以为探得赵正的行动计划，遂于四月清明前夕，盗用御玺与太后玺，发兵围攻蕲年宫。嫪毐轻易攻入蕲年宫中，发现宫内空空如也，哪有赵正的踪影？这才明白上当，仓惶退出之时，昌平君与昌文君率领精骑不知多少，从四面八方包抄而来。嫪毐手下一哄而散，嫪毐单枪匹马，夺路而逃。没能跑出一箭之地，早被绊马索绊倒，就地生擒。跟随嫪毐谋反的卫尉、内史、左弋等二十余人，没有一个逃脱，统统处斩，五马分尸。

嫪毐因吕不韦的推荐而进宫，嫪毐事发，吕不韦自然难逃干系。赵正旋即免去其相国之职，令吕不韦"就国河南"。河南是吕不韦的封地所在，所谓"就国河南"，换成如今的白话，就是"回河南原籍安置"之意。不过，秦时的"河南"，并不指如今的河南省，而是专指如今的洛阳地区。吕不韦既遭贬窜，吕不韦的亲信又如何能逃脱牵连？如果蒙骜不曾先死，想必会同遭贬窜。

可巧蒙骜先一年死了，躲过这一劫难。好几名高级将领因卷入这场混战或死或贬，职位空缺出来，蒙骜之子蒙武恰好顶上。赵正二十三年，秦军侵楚失利。赵正起用老将王翦为帅、以蒙武为副，再次兴师伐楚。赵正亲自送至灞桥，王翦临别，再三向赵正请赐良田美宅。赵正大笑道："将军得胜归来，还愁几亩地？几幢房子？"王翦赔笑道："可不。"

大军逼近武关之时，王翦又三番五次遣使者返回咸阳请赵正别忘了答应他的赏赐。

"将军这么贪图小利，难道不怕叫秦王小觑？"蒙武看了，禁不住嘲笑。

"这你就不懂了。"王翦哈哈一笑，"秦王为人，多疑寡信。如今秦国精骑劲卒，尽在我掌握之中，不叫他小觑，他能不疑心我？"

"原来如此！"蒙武恍然大悟。

蒙武临死，把这故事告诉蒙恬、蒙毅兄弟。兄弟两人铭记在心，谨小慎微，刻意效仿王翦所为，从而皆得赵正的信任。秦灭六国、一统天下之后，蒙恬握重兵在外，蒙毅典机要于内，兄弟两人成为秦朝廷炙手可热的人物。李斯虽居丞相之位，也不得不退让这两人三分。

且说李斯听了赵高那番不如蒙恬的话之后，由忿然转入平静。平静之后呢？不能不给个答复吧？正想启齿，却被赵高抢先。

赵高道："以我赵某之见，长公子一旦登基，必然立蒙恬为相。"

李斯道："荀子曰：'物禁大盛。'我李斯正好趁此机会告老还乡。"

"没那么容易吧？"

"此话怎讲？"

"君不见自文信侯以降，但凡罢黜的丞相都遭诛死么？所谓'骑虎难下'，此之谓也。"

文信侯就是吕不韦，贬窜之后，被逼自杀，接替吕不韦为相的王绾也遭贬死。

"文信侯等咎由自取，我李斯扪心自问，并无过失。"

"欲加之罪，何患无辞？况且……"

"况且怎样？"

"焚书一案，由丞相发起。据我所知，长公子与蒙氏兄弟对此皆极其不满。坑儒一案，虽然原本与丞相无干，长公子上书进谏之时，指望丞相援之以手。丞相不仅不曾出手相援，反倒落井下石。这难道不是罪状？"

"长公子何曾反对过焚书？至于坑儒，我李斯又何曾落井下石？分明是谎言嘛！"

"长公子反对焚书之意，亲口对我说过，只是没敢向始皇帝启齿，丞相所以不知。至于坑儒嘛，倘若我赵高一口咬定丞相曾在始皇帝面前落井下石，长公子即使不尽信，能不疑心？倘若蒙氏兄弟也说如此，长公子想不信都难！"

李斯听了赵高这番话，一股怒气从脚心直奔脑门，他抖抖衣袖，本来准备拂袖而去，可冷不防一个机灵的念头一闪而过。大多数时候，机灵能救命，可有时候偏偏是傻能救命。李斯当时如果当真拂袖而去，结局会如何？赵扶苏顺利即位为二世皇帝？很可能会如此。李斯的下场呢？绝不会比后来实际发生的结局更坏。可那机灵的念头偏偏闪过，李斯只是拂袖而起，不曾拂袖而去。

起身之后，李斯一笑，道："你若真心坑我，怎会预先告知？葫芦里究竟卖的是什么药，还不如实招来？"

"丞相果然料事如神！丞相一向不把赵高当贱人，赵高心怀感激都来不及，怎么会坑害丞相？赵高的意思嘛，不过是想请丞相帮赵高一个忙，整整蒙氏兄弟那两个混账而已。"

赵高与蒙氏兄弟不和，并非是什么秘密。赵高想整蒙氏兄弟，李斯相信不假。赵高当真没有觉察李斯对他的厌恶从而心怀感激？李斯觉得也应当不假。否则，赵高怎么会来请他李斯出手相助？不过，蒙恬既是赵扶苏的亲信，赵扶苏就要即位为皇帝了，还怎么整蒙恬、蒙毅？

看见李斯面呈疑惑之色，赵高将胳臂一抖，从衣袖里抖出另一条帛书来，递到李斯面前，笑道："两卷帛书，都出自赵高之手笔。始皇帝既已驾崩，丞相吩咐赵高将玉玺盖在哪卷之上，哪卷就是始皇帝的真遗诏。"

李斯阅毕，心中大吃一惊。我还真小觑了这赵高，居然敢于篡改始皇帝的手谕，胆大包天嘛！

"你的意思，打算叫谁继承皇帝之位？"吃惊之后，李斯恢复理智，问了这么一个急切需要解决的问题。

"以我之见，知道秘密的人越少越好。眼前摆着的这一个，没法瞒，叫他上就好。"

"知道秘密的人越少越好，这话不错。不过，胡亥合适吗？"李斯问，显然有些犹豫。

"有什么不合适的？嫌他年幼，还是嫌他不够聪明？"赵高反问。

当时赵胡亥年方十二，的确年纪小。不过，赵正即位之时，不也就十三么？不够聪明？也许。不过，小时懵懂，成人之后，未必不佳。再说，赵胡亥就在跟前。立赵胡亥，简单易行。不立赵胡亥，又没法瞒他，必须杀之然后方能成事。多杀一人，就多一层风险。况且，幼而不聪，不正好便于操纵么？

转念这么一想，李斯于是点头道："成。就是他。"

"就是他"三个字，李斯说得极轻，轻得只有他自己与近在咫尺的赵高能够勉强听得清楚。可这三个字的意义，却是重过千钧。这三字既从李斯口出，中国的历史于是而偏离本来应当遵行的轨道。

5

以上关于赵高、赵胡亥、李斯三人合谋篡改赵正遗诏的描写，以《史记》为据。如果有人问：撰写《史记》的司马迁又以何为据？合理的解答只有一个：道听途说之辞。如此说，绝非信口开河，推之以常理，只可能如此。

何以言之？秦国的国史绝不会有这样的记载，不仅绝不会有这样的记载，蛛丝马迹恐怕也不会留下。赵正死在路上的秘密可能泄露，因为知道这秘密的不可能只有赵高、赵胡亥与李斯三人，贴身的妃嫔、宫女、宦官、侍卫都可能会知道。人多嘴杂，泄露势在必然。赵正的遗诏则不然，应当只有赵高、赵胡亥与李斯三人见过。如果见过的人多，赵高岂敢篡改？如果确有篡改遗诏之事，三人达成协议之后，势必立即销毁原件。原件的措辞，司马迁从何而得以窥见？至于赵高与赵胡亥、李斯两人的两轮密谈，外人更是无从知悉，而司马迁的记叙，言之凿凿，宛如亲历其境，何足以信？

史实究竟当如何？可能性有三。其一，赵高的确篡改了秦始皇帝的遗诏，并与赵胡亥、李斯策划了一场政变。虽然司马迁记叙的细节出于想象，却与事实大致不差。其二，秦始皇帝死得突然，并没有留下任何遗诏。赵高、李斯合谋，捏造遗诏以赐赵扶苏、蒙恬死、立赵胡亥为二世皇帝。其三，赐赵扶苏死、立赵胡亥为二世皇帝，乃是秦始皇帝的本意。《史记》的记载，纯属子虚乌有。

无论属于哪一种，都不能改变赵扶苏与蒙恬的命运。赵正死后不出五日，使者携带赐赵扶苏与蒙恬死的诏书至上郡。使者发书而两人相顾愕然，不敢置信。赵扶苏不胜悲愤，当即便想自杀成仁。蒙恬心下疑惑，劝道：别忙。始皇帝令臣将三十万众守边，令公子为监，天下之重任莫过于此，怎生忽然遣一使者来令咱俩人俱死？谁知其中无诈？不如请使者回复始皇帝，请始皇帝给个解释再死不迟。

蒙恬这话，目的显然在于赢得时间。使者一往一返，至少也得八九日。有这几天作准备，当真有第二道诏书来赐死时，蒙恬会从容就死，还是会拥兵造反？难说。无奈赵扶苏不听劝阻，稍事犹豫终于拔剑自刎。失去赵扶苏这靠山，蒙恬孤掌难鸣，却依旧不肯自杀，宁可下狱，这就暴露出蒙恬其实只是个饭桶了，既失兵权而为阶下之囚，还能有什么好下场。自然是难逃一死，只不过是晚死数日而已。

据史册记载，替始皇帝寻觅长生不老之药的卢生，不曾找着灵丹妙药，却找着一册预言，上面写着"亡秦者胡也"这么五个字。胡是什么？当时称匈奴为胡。始皇帝于是而遣蒙恬将三十万众北逐匈奴，并于如今蒙古境内修建长城。史册又称：岂料所谓"胡"者，并非明指匈奴，乃是暗射"胡亥"。考之以史实，赵胡亥即位为二世皇帝之后，昏庸凶残，倒行逆施，无疑促成秦之亡。不过，倘若没有陈胜其人，秦朝未必就亡在赵胡亥之手。

陈胜，字涉。阳城人。秦时的阳城，大约在今河南汝南。古人不仅姓与氏有别，名与字也有别。一般闲杂人等有名而已，有字的，皆有来头。陈胜有什么来头？翻阅史册，却并无记载，竟然是来路不明。缘何而来路不明？推之以理，当是六国贵族之后，说出来唯恐招惹麻烦，不如干脆隐去。

"你又不是文盲，还写得一手好字，怎么不去县衙门里当差？却跟俺们这等泥腿子混一块儿？"

问这话的人叫葛婴，当时正同陈胜、武臣等一帮泥腿子在地里干活。当时是何时？二世皇帝元年七月初七。陈胜听了这话，撇下手中镐，从腰间扯出汗巾来，把额头上的汗擦了，仰头望天。当时阳光灿烂，白云纵横。也许是受了自然景致的刺激，陈胜忽发奇想，道："什么时候咱哥们儿几个有谁先发了，可别忘了相互提携。"

"嘿嘿，真是大白天做梦！"武臣也撇下手中镐，不过没擦汗，只往地里吐了口吐沫。"咱们是什么人？四处流窜的短工，长工都不如，还想着发！"

"燕雀安知鸿鹄之志！"陈胜把汗巾掖回腰里，掉出这么一句雅言反唇相讥。

"什么意思？"葛婴问。他是货真价实的泥腿子，这话他听不懂。

"什么意思？就是你听不懂的意思。嘿嘿！"武臣说罢，重新拿起镐，继续刨地。同陈胜一样，武臣也是个身份不明的外来流民。不过，他的城府比陈胜深，不像陈胜会时不时冒出一两句雅言来。

武臣的话，葛婴也没听懂。他摇摇头，叹口气，表示放弃了。正要举镐，却见陇头一前一后走来两个穿制服的人。

"谁是你们这儿的头儿？"走在前面的老远喊了这么一嗓子。

谁是咱们这儿的头儿？咱们这儿有头儿吗？十来个打短工的泥腿子一起放下手中镐，面面相觑。原本不相识，只因受雇于同一地主而相聚，名副其实的乌合之众，哪来什么头儿！

"谁叫陈胜？"走在前面的那人问。

这时候那人走近了，泥腿子们看见那人手上捏着一份帛书。

"嘿！这不是俺们签的合同么？"有个眼尖的喊了这么一句。

不错。那人手上捏的，正是这帮短工与地主签订的合同。那人之所以问"谁叫陈胜"，是因为合同上只有陈胜一人的签名，别人都是按的手印。

"有何贵干？"陈胜问。

"你就是陈胜？"那人反问。

"不错。"

"把你手下的人都召齐了，明日一早去县衙门报到。"

"我手下的人？我手下有人吗？"陈胜一笑。

"我说有就有。好意抬举你，别不识相！"，那人瞪了陈胜一眼，"但凡在这合同上的人，从现在起，就都是你的手下，走丢了，惟你是问。听明白了吗？"

丢下这么一句话，那两人掉头走了。留下一伙泥腿子站地里发愣。等那两人走远了，泥腿子们七嘴八舌地议论开来：叫咱去县衙门干啥？咱犯什么罪了？胡说！犯罪还不早就把你铐去了？说不定是叫咱去领赏。

"头儿，你说呢？"葛婴问陈胜。

"谁是你的头儿！"陈胜没好气地顶了这么一句。

"嘿嘿，你想不当都不成了。"武臣插嘴道。

陈胜不答，他明白武臣说的是实话。那两个穿制服的人是县吏，县吏说的话，对于草民百姓而言，就是法律。不仅止此，陈胜也明白这次去县城，凶多吉少。所以葛婴叫他"头儿"，令他气冲牛斗。凶多吉少的猜测因何而来？半个月前陈胜去县城的澡堂子泡澡，听人说起朝廷即将"发闾左戍渔阳"。

秦时城镇居民如何择邻而居，由不得居民自己做主，朝廷有规定。无资产者居闾巷之左，有资产者居闾巷之右。所谓"闾左"，于是而为穷困户的代名词。秦时的渔阳，在如今京郊密云一带。所谓"发闾左戍渔阳"，就是征穷困户为兵，戍守渔阳之意。先秦之世，征战戍守本是贵族的义务，平民不予。秦废封建爵位，以资产定身份，征战戍守为有资产者的义务，闾左不予。

"发闾左戍边，岂不是坏了祖宗的法度么？"陈胜有些不信。

"祖宗？"那人听了大笑，"祖龙不是已经死了么？这是新皇帝的新法。"

陈胜没有再问。新皇帝登基不过半年,新法令已经颁布不下十道。以陈胜之见,没有一道不是馊主意。怎么好像是唯恐天下不乱呢?他想不通。不过,陈胜并未因为想不通而懊恼。恰恰相反,陈胜心中窃喜:天下不乱,我陈胜岂不是要当一辈子泥腿子么!

可陈胜期望的骚动,并未因为发闾左而引发,县城里的闾左们虽然一个个口出怨言,却还是一个个乖乖儿地听凭发遣了。怎么这么没种呢?陈胜也想不通。这个想不通,却没法儿令他窃喜,只令他发慌:城里的闾左都发配光了的时候,还不就会轮到乡下的泥腿子们么?

虽然心中恐慌,虽然窃笑闾左没种,陈胜自己也未尝敢于怠慢,他赶紧把人找齐,在地头上发表了生平第一次演讲。

"县吏方才来过,叫我陈胜当大伙儿的头儿。"

下面的话本来会怎么说?没法儿知道了,因为人群里有几个人开始起哄:你陈胜当大伙儿的头儿?凭什么呀?就凭你这点儿本事也想当咱们的头儿?做梦!就是!面对这样的蔑视与挑战,如果陈胜显得慌张、怯场、气愤,或者不知所措,这头儿想必就当不成了。一帮泥腿子的头儿都当不成,焉能充当灭亡秦朝的角色?绝对不可能。所以,陈胜当时的反应想必是捋须微笑,一副满不在乎的样子。这样子令起哄的主儿心生疑窦:陈胜这小子葫芦里究竟卖的什么药?这么一分心,起哄的声浪就戛然而止。

等待嘈杂过后,陈胜咳嗽两声,先嘿嘿一笑,然后道:"这话问得好。我陈胜扪心自问:一无所长,一无所能。凭什么当头儿?再说,这头儿有什么好当的?有油水可捞?没有!有责任要担?没错儿!你们以为我陈胜想当这头儿?方才县吏点名叫我当头,我当即推脱。不是我瞎说,武臣、葛婴都在场亲耳听见。对吧?无奈县吏非叫我当不可,我陈胜没种,不敢违抗县里的意思,这才接下这头儿的苦差。你们谁有种,赶紧去把县吏追回来,叫他换你上,我陈胜巴不得撂下这挑儿!"

陈胜这番话,显然出乎那几个起哄的主儿的意料之外,一个个把头别过一边,装作没听见。

"怎么?都不敢去追?都同我陈胜一样没种?"

"行了。谁当头儿其实还不一样?"看看没人搭腔,武臣接过话茬,"不过,县吏既然叫你陈胜当,你陈胜想不当不成,别人想当,也不成。"

"这才像句公道话。既然你们几个跟我陈胜一样没种,就都给我放老实点儿!"

"就是。你们几个都给头儿放老实点儿。"葛婴从旁附和。

葛婴身材高大、膂力过人，那几个起哄的主儿一向怕他三分，听见葛婴附和陈胜，一个个讪笑道："嗨！不就开个玩笑么？千万别认真。这当头儿的事情，得会写字，咱还真当不来。"

陈胜发表生平第一次演讲之时，五十里外的张集，也有一帮人聚集在地头上，听一个也是被县吏指定为头儿的人在讲话。那人姓吴名广，因为排行第三，人都唤他作吴叔。与陈胜不同，吴广就是本地人，不是外来流民。本地是何地？秦时称阳夏，如今为河南的太康县。县吏指定吴广为头儿，也与吴广会写字无关，虽然吴广的确会写几个字。吴广同县吏稔熟，但凡县里派下来的差，一向都由他吴广负责经手。乡下的人，无论是长工、短工，还是雇主，也都觉得他吴广可靠。有这样的人脉，吴广站在地头上讲话的时候，自然是没人起哄。

吴广传达过县吏的通知后，有人问："吴叔，你说明日去县城究竟为啥？"

"这个嘛，据我猜测，是叫咱们去戍守渔阳。"

其实，吴广放出的消息并不是他的猜测，是县吏透露漏给他的。他故意说成是自己的猜测，乃是一箭双雕之计。倘若明日的事实证明果不其然，大伙儿必定佩服他吴广料事如神。倘若县吏透露的消息不准，没人会去找县吏的麻烦，不过是吴广猜错了而已，谁能不猜错？如此左右逢源，正是吴广之所以上下皆得人缘的原因。

吴广透漏出的这消息引起一阵骚动：叫咱们去戍守渔阳？咱们哪儿供得起？这样的骚动早在吴广的意料之中，等大伙儿七嘴八舌议论完了，吴广道："大伙别急。征发闾左的时候，甲、马、刀、矛、弓、箭等等，一律由朝廷派发。咱们比闾左还穷，这些家伙肯定不会叫咱们自备。"

"哦，原来如此。"有人松了口气。

"这么说，是件好差事？从此不用愁衣食了！"有人听了大喜。

"好个屁！那可是卖命的活儿，天下哪有白吃白喝的好事！"有人不以为然。

"吴叔，你说呢，是凶，是吉？"终于有人问吴广。

"这个嘛，说不好，各人头上一块天。不过嘛……"

不过怎样？吴广把说到嘴边的话顿住，用眼光四下一扫，等到各人都聚精会神地望着他，这才从新开口道："哥儿们都给我记住了：从今往后，一切都得听我的指挥，千万别乱来。否则，军法从事可不是闹着玩的！"

军法从事是什么意思？一帮泥腿子们其实都不懂。不过，虽然不懂，却没人问。一个个都从吴广的神色得出了正确的答案：如果吴叔不高兴的话，后果势必很严重。

阳夏县从周边农村总共征得民工一千出头，经过十天集训，淘汰老弱病残，留下九百人，整编为两个屯。叫谁为屯长？决定权操在渔阳派来的两位校尉之手。阳夏县令推荐吴广为屯长之一，县令的面子校尉自然得买下。剩下一名屯长由谁充任？

校尉甲说："那个叫陈胜的好像不错。"

"哪儿不错？"校尉乙问。

"看着不错。"

"说不定只是个绣花枕头。"

绣花枕头是什么意思？难道不正好说明你也觉得这人长相不错么？校尉甲想。不过他没戳破这一层，只是顺着校尉乙的意思说道："不过叫他管管那些泥腿子，又不是叫他当咱们的头儿。就算是个绣花枕头，能坏什么事？"校尉乙听了，不置可否，陈胜于是成为另一个屯长。

陈胜当真是个绣花枕头么？倘若以成败论，不错，只是个绣花枕头。不过，并不是坏不了什么事的绣花枕头，而是个能坏大事的绣花枕头。这就不是琐屑如校尉甲或者校尉乙所能知的了，甚至也不是才高八斗如孟轲所能知的了。或问：此事与孟轲何干？孟轲曰："天时不如地利，地利不如人和。"古往今来，贤哲叹为至当不移之论。而陈胜之所以能坏大事，却因天时而起。倘若不是一场大雨，陈胜纵有鸿鹄之志，难免不为燕雀之死。

两千二百年前的那场雨，连续下了多少天？没人能够记忆。只知道淮、泗、沱、德四水，微山、洪泽两湖一齐涨水，陈胜、吴广等九百人行至蕲县大泽乡时，因北上道路断绝，不得不在村中扎营暂住。

"百年不见的大水，偏偏叫咱赶上了。"吴广摇头一叹，"真是飞来洪福！"

吴广感叹时运不齐、命途多舛之时，与陈胜对坐在福来酒馆之内。

"可不。"陈胜举盏仰头，一饮而尽，喊一声，"再来二两！"

"你还真喝得来劲。"吴广有些不解。凭他的感觉，陈胜不是个糊涂虫。既然不糊涂，怎么还能有心思喝得这么畅快？

"咱已经晚了。前面的路什么时候能修复？咱什么时候才能到渔阳？"看看陈胜不搭腔，吴广说出他心中的隐忧。

"你还真想去渔阳？"陈胜一笑，然后顺手端起店小二送过来的酒。

"什么意思？"吴广想了一想，没想明白，"难道咱还能不去？"

"咱已经误期了。你知道误期是什么罪吗？"陈胜不答，却反问了这么一个问题。

"依法，无故误期，罚甲一套、杖三十。如今咱是因道路断绝而误期，何罪之有？"

"不对。"

"怎么不对？秦法分明如此。"

"什么秦法！你说的那是始皇帝的法。如今是二世皇帝的天下。倘若二世皇帝依旧遵守始皇帝的法，怎么会征发闾左与咱这帮泥腿子？既然可以叫闾左与咱这帮泥腿子戍边，怎么就不能因咱误期而处斩？"

"你别吓唬我，二世皇帝能这么不讲道理？"

"不是我想吓唬你，还真说不定。皇帝是同你我这号泥腿子讲道理的么？"

陈胜一口一个泥腿子，令吴广听了发烦。同陈胜一样，他也并非泥腿子出身，颇以沦落为泥腿子为耻。

"因道路断绝误期而处斩？当真如此，嘿嘿，还不如……"

还不如怎样？吴广及时收口，没有说出来。毕竟，他与陈胜只是萍水相逢，还是谨慎些为好。

陈胜见了，嘿嘿一笑，道："就是。与其死法，何如死国？"

吴广听了，心中一惊。"死法"，是因犯法而死的意思。"死国"呢？因谋国而死？因窃国而死？作为国士而死？后世的书呆子们琢磨不定。其实，怎么解释都无所谓，反正吴广明白了陈胜的用意。明白了，所以心中不禁一惊。方才他吴广自己差点儿把"造反"两字说出口，怎么听了陈胜说出"死国"两字反而一惊？因为方才吴广不过一时冲动，并未仔细思量。陈胜也是出于一时冲动么？吴广认真盯了陈胜两眼，不像。是开玩笑么？也不像。

既然是认真之言，吴广也不得不认真想一想。自从二世皇帝登基，新政频出，荒谬者十居其九。不问青红皂白、误期一概处斩的法令可能颁行么？还真不好说。即使陈胜的说辞纯属虚声恫吓，渔阳一去能有什么结果？老死边陲？那还得命大。否则，曝尸荒野在所难免。想到这些，方才的一时冲动就演变而成理性的思维。于是，吴广问："就咱俩？"

"咱不是有九百人么？"

"这帮人会跟咱走？"

"只要你不犯傻，怎么不会？"

"什么意思?"

"这帮泥腿子不识字,不知道什么秦法不秦法。我把误期当斩的谣言散发出去,只要你不点破,一准信以为真。一旦信以为真,还能不铤而走险么?"

听了这话,吴广又认真想了一想,觉得陈胜所言,言之有理。不过,造反这事儿毕竟风险极高,搞不好还没动手就先掉了脑袋,那就不是什么死国,而是死得窝囊了,吴广不敢造次。

"对面有个龟策先生,咱去问问吉凶如何?"吴广这么建议。

别笑吴广优柔寡断,当时的龟策,就是如今的科学。当年吴广的信任龟策先生,正如今人的信任科学家。

"这个主意不错,这事儿是得格外慎重。"陈胜略一迟疑,表示同意。"不过,今日为时已迟,恐龟策先生精力不济,明日一早再去讨教不晚。"

吴广的酒量不及陈胜,虽然喝得远比陈胜少,却已经感到酒后的困乏,于是顺水推舟道:"此言甚是。"

当下两人道过晚安,吴广先退,回到营帐,架不住酒劲涌上来,倒头便睡,一夜无话。所谓一夜无话,自然是仅就吴广而言。至于陈胜,则不仅有话,而且那话还至关紧要,忽略不得。

话说陈胜目送吴广走后,起身步出酒馆,疾步跨过石铺的小径,消失在黑夜之中。

来福酒馆斜对面有三间东倒西歪的草房,草房里一灯如豆,一个老者静坐灯下,面色憔悴,形容枯槁。有谁猜得出这人就是魏公子信陵君手下四大高手之一的逍遥子,四十年前大败秦师、令蒙骜闻风丧胆的逍遥子?没有。甚至连他自己都差不多把他那可歌可泣的生涯忘记得一干二净。如今他姓张,张三的张。名字呢?无人问津。因为他驼背,大泽乡一带的人都叫他张驼。他当真驼背吗?每当他吹灭案上的油灯,他的背就直了。不过,那时候屋子里黑黢黢,谁也看不见,所以,张驼不驼的秘密,只有他张驼自己知道。

隐姓、埋名、装驼背,都不是件容易的事情,不是逼不得已,谁会自找麻烦如此?谁也不会。张驼之所以如此,因为逍遥子是秦灭六国之后悬赏通缉的十大要犯之一。不如此,说不定早就身首异处了。穷老而驼背,何以为生?张驼善龟策。至少,大泽乡一带的村民对此深信不疑。张驼因而可以凭借占卦测字苟延残喘。

风声中传来二更,张驼张嘴,正要吹灭案上的油灯,结束一天的生意,突然听到拍门的声音。这时候还会有买卖上门？张驼不禁警觉，一边伸手从席下摸出匕首，一边问："谁？"

"是我，陈胜。"

张驼怎么会认识陈胜？十天前陈胜找张驼算过命，张驼说他阅人无数，还没见过像陈胜这样洪福齐天的。但凡过路的客人，张驼一概如此这般信口胡吹，反正客人不会回头，无论事后证明他的胡吹如何不着边际，也不会破坏他在本地的信誉。

"什么时候飞来洪福？"陈胜追问。

张驼掐着指头算了一算，道："不出十日。"

"当真？"

"倘若说得不准，加倍奉还算金。"

张驼掐指头，不是装模作样，真的在数数。不过，数的自然并不是几日之后陈胜能发，数的是这场雨已经下了几日了。不多不少，已经整整下了十日。还能再下几日？充其量再下五日。雨停之后，最多再等一、两日，陈胜这帮人还不就得上路？换言之，十日之后，陈胜早就该在七八百里以外了，还能返回大泽乡来找他张驼算账么？张驼在给出"十日"那个期限时，心中这么盘算。可是人算不如天算，如今十天过去了，雨停了，可前面的路断了，陈胜还没走。

哈！真来找我算账了？张驼把匕首重新塞到席下，从腰包了摸出两枚铜钱来，捏在手掌心，准备一开门就递交过去，打发陈胜走路。

张驼没猜错，陈胜的确是来算账的。不过，陈胜的算法却大出张驼的意料之外。看见张驼递过钱来，陈胜嘿嘿一笑，将张驼的手推开，直径走到案前，不请自坐，用主子吩咐奴才的口吻道："把门关上。"

还想要多少？说好是加倍奉还的嘛！陈胜的举措令张驼不解。不过，张驼还是不动声色地遵命关上房门。对于他这种隐姓埋名的人来说，无论发生什么，关起门来不让外人窥见，总是上选。

"看见了吗？这是两枚大钱。"陈胜用手指夹着两枚大钱，在张驼眼前晃了一晃，然后拍到几案之上，推到张驼面前。"事成之后，少不得再给你两枚。"

不问我追讨，反倒要给我钱？天下有这等好事？张驼不禁对陈胜仔细审视了两眼。油灯虽然昏暗，张驼依旧看清陈胜宽额高颧，眼神精彩。上次这人来时，我怎么就没留意，只把他误当个一般的泥腿子了？

"钱嘛，不急。"张驼并不接钱，"你倒先说说是什么事儿。"

"其实，并没你什么事儿，只要你听我的吩咐说几句话而已。"

"几句什么话？"

来前陈胜虽然已经反复琢磨过怎么措辞，事到临头还是不禁紧张非常，以至嘴张了几下，竟然没吐出半个字来。这不能怪陈胜胆小，面对这样的事情谁能不紧张？但凡窃笑陈胜胆小的，倘若不是从没设想过干大事，就一准是轻率得绝对干不成大事。张驼不是这种人，所以陈胜的紧张，未曾令张驼窃笑，只令张驼更加严肃认真。他猜想陈胜要说的，绝非小可。难道是……？

果不其然！陈胜说出来的，正是张驼深藏于心的。可惜垂垂老矣，力不从心。听见陈胜说出自己深藏于心，只是偶尔发自梦中的话，张驼不胜激动，差点儿振臂挺胸，忘了自己应该是个振作不起来的驼子。

"嘿嘿，有种！有种！"张驼一边说，一边把陈胜推过来的两枚铜钱推回到陈胜面前。"陈王吩咐的话，张某敢不从命。至于这钱嘛，则绝不能收。"

陈王？不错。称陈胜为王，正是陈胜吩咐张驼的话的一部分。另一部分呢？另一部分，吴广领教了。

"阁下可是吴将军？"次日一早，吴广踏进张驼的草房之时，张驼劈头就来了这么一句。

本来陈胜走在吴广的前面，临到张驼的草房门口，陈胜执意让吴广先行，吴广不知是计，踏进房门就堕入陈胜、张驼昨夜商量好的圈套。

"吴将军？你怎么知道他姓吴？"吴广正纳闷，陈胜跟着踏进房门，抢先问了这么一句。

看见陈胜进来，张驼作大惊失色之状，拱手相迎，似问非问道："陈王？"

"陈王？"吴广听了，着实吃了一惊，"谁是陈王？"

"实不相瞒，张某昨夜梦见周公对张某道：'赶紧把屋子收拾干净，明日一早有两位贵人降临。'张某问：'两位贵人为谁？'周公道：'先进门的是吴将军，后进门的是陈王。'张某又问：'吴将军与陈王是何方圣神？'周公道：'祖龙已死，大楚将兴，吴广为将，陈胜为王。'张某不甚了了，正待细问，猛然惊醒。"

吴广与陈胜听了，面面相觑。

"你当真做了这梦？"吴广问。

"怎么，难道二位不是陈胜、吴广？"张驼反问。

"哈哈！真是天助你我！"吴广扭头望着陈胜，喜形于色。

"先别高兴得太早。"陈胜故作犹疑，"梦话岂能当真？"

"周公托梦，岂可与寻常之梦相提并论？如果不真，张驼怎知你我名姓？"吴广反驳。

"这倒是不错。"陈胜趁机顺水推舟。

"不过，只有张驼知，于事无补。咱得令大伙儿都知道，大事方才得济。"

"不错。"陈胜没料到这一层，沉吟半响却拿不出个主意来。

看看陈胜、吴广都没了主意，张驼道："这个嘛，不难。"

"哦？你有主意？"陈胜问。

张驼点点头。想当年信陵君大破秦军，运筹帷幄之功，逍遥子十居其九，如今虽然老了，搞点儿糊弄泥腿子的把戏，他张驼还不能？

当日夜晚，湿热难当。陈胜、吴广手下九百人大都在营帐之外光着膀子纳凉，对面土地祠旁的草丛中忽然冒出鬼火。大伙儿正发愣之际，忽明忽暗的鬼火之中猛然窜出一条狐狸，口中连呼三声："大楚兴！陈胜王！"转眼不见踪影，鬼火亦随即熄灭。

"狐狸怎么会说人话？"有人问。

"那当然是狐狸精了！"有人这么回答。

"那狐狸精叫唤什么来着？"

"好像是什么'大楚兴，陈胜王'。"

"真的？"

"没错！我耳朵好。"

"什么意思？"

"什么意思？不就是说陈胜当为王了么？"说这话的是吴广。

"陈胜当为王了？"葛婴瞪大眼睛反问。

"那还有错！"吴广说罢，不屑地一笑。

"快别瞎说，想叫我砍头？"陈胜假作惊慌。

"千年狐狸方能成精，成精的狐狸能通天。通天狐狸精嘴里透露出来的消息，那就是天意，如何假得了？天意令你陈胜为王，谁能砍得了你的头？"吴广装模作样地反驳。

"嗨！都听见了吗？陈胜要当大王了！陈胜要当大王了！"听了吴广的反驳，葛婴深信不疑，于是扯开嗓门冲着大伙儿一通乱喊。

鬼火是张驼用磷粉做的手脚，狐狸是张驼从土地祠放出来的，狐狸精的叫唤是藏在土地祠内的张驼装的。从主意到施行，都由张驼一手包办。世上没有狐狸精，只有狐狸，狐狸不可能说人话。这道理，如今的人大都明白。倘若换作如今，再搞这么一套装神弄鬼的把戏，绝对算不上什么高招。两千年前就不同了，那时候的人大都对鬼神的存在深信不疑，一字不识的泥腿子们尤其如此。即使这一招过后，还有人将信将疑，那也不打紧，张驼还有一招。

次日时近晌午，甲乙两校尉在来福酒馆午膳，酒过三巡，正愁没什么好菜下酒之时，一个渔夫挑担从门口走过。

"德水鲤鱼！活蹦乱跳的德水鲤鱼！"渔夫边走边喊。

黄河鲤在两千年前就出名了？想必不假。甲乙两校尉当即把渔夫叫住。

"怎么卖？"校尉甲问。

"小的一个铜板一条，大的三个铜板一条。"

"给我这条。"校尉乙凑近一看，看见后面的担子里有一条金色的锦鲤。

"这条得六个铜板。"

"胡说！"校尉乙道，"你分明说好大的三个铜板一条，怎么又成了六个铜板？"

"我说的那是黑鲤的卖价，这可是锦鲤，照例加倍。"

"活的加倍，死了怎么卖？"校尉乙问。

"死的减半。"渔夫答。

渔夫的话音刚落，校尉乙抽出朴刀，手起刀落，就担子里把锦鲤砍成两段，把刀插回腰下，双手将两截锦鲤鱼从担子里捞出。

"死了。嘿……"

校尉乙本来是要"嘿嘿"两声，然后说一句"就值三个铜板了。"可是只"嘿"一声就张口结舌，没了下文。

怎么了？校尉甲趋前一看，也不禁大惊失色。出了什么事？鱼腹里掉出一条白绢，白绢上写着六个鲜红的篆字。六个什么篆字？"大"、"楚"、"兴"、"陈"、"胜"、"王"。

昨晚狐狸精叫唤的时候，两校尉皆不在场，后来听人说起，校尉甲将信将疑，校尉乙嗤之以鼻。如今白绢红字，写得分明，不容争辩。怎么回事？难道那狐狸精云云果然不假？两校尉面面相觑，口不能言，呆若木鸡。

"怎么了？"吴广走过来，假作关心，看见鱼腹垂下的绢条，一把抢在手中，大声念道："大楚兴，陈胜王！"

"去去！这没你的事儿！"校尉乙伸手夺走绢条，推开吴广。

"大楚兴！陈胜王！既有狐鸣，又有鱼书，分明是天意，还想掩盖得住么？"

　　"妖言惑众！你想找死？"校尉乙顺手抄起渔夫的扁担，照吴广脑门打过来。

　　吴广一边躲闪，一边道："我找死？你我都得死是真！"

　　"胡说！"校尉乙又一扁担打过来，可还是落了空。不仅因为吴广身手敏捷，也因为校尉乙已经有了三分醉意。

　　"谁胡说？咱已经失期，失期当斩。我该死，你也跑不了。"

　　"失期当真会处斩么？"围观的人群中有人问。

　　"吴叔说的，那还能有错！"好几个人这么回答。

　　"那咱们就这么等死？"不知是谁问了这么一句。

　　"干吗等死？难道没听说'大楚兴、陈胜王'么？跟陈胜造反，就是一条活路！"吴广一边说，一边抢过校尉乙手中的扁担。

　　"你好大的胆！竟敢煽动造反！"校尉乙一个踉跄，几乎跌倒，站稳之后，从腰下拔出剑来，觑准吴广心窝，全力刺出一剑。

　　吴广闪开，回手一扁担打过去，不偏不倚，恰好打在校尉乙握剑的手腕。校尉乙"啊哟"一声，手指松开，长剑落地。吴广抢前一步，拾起长剑，顺势向前一刺，校尉乙待要躲闪，无奈咽喉早中一剑，血如泉涌，一头栽倒。

　　校尉甲见了，大吃一惊，慌忙拔剑。不过，他并没有把剑拔出来。不是因为临时改变了主意，是因为有人用一把匕首刺穿了他的后心。这人是谁？除去陈胜，还能是谁？

6

围观的泥腿子们，有杀过牛羊的，有屠过犬豕的。有谁杀过人？没有，更别说杀官了。看见刚才还威风凛凛的两个校尉就这么被宰了，一声不响，连牛羊犬豕都不如，一股莫名的振奋与刺激骤然冲昏众人的头脑。一阵欢腾的喧哗过后，不知哪个胆小鬼喊了声：杀人可是要偿命的呀！这一声喊，令一干人立时清醒：可不！况且杀的还是个官人！

"嘿嘿！你就知道杀人要偿命？秦法，见死不救与杀人者同罪。你们方才有谁想救人来着？"吴广挺剑向四周一指，发一声冷笑，反问道，"不仅不曾救人，见人死了，还拍手称快，不是同谋，是什么？"

前排有几个人本来已经往后挪了挪脚步，想必是要开溜，听了吴广这么一问，又站住了。

秦法当真如是么？在场的泥腿子们其实谁也不知道。不过，既然身为屯长的吴广这么说，有谁敢怀疑？没有。

"那咱该怎么办？"葛婴问。

"怎么办？这不写着嘛？大楚兴！陈胜王！"吴广一手仗剑，另一手高高举起从鱼腹中取出的白绢，当众走了两个来回。

其实，泥腿子们大都并不识字，不过，这也并不妨碍一个个对此深信不疑。这就不仅是因为身为屯长的吴广这么说了，昨天夜晚大伙儿不是分明听见狐狸精这么叫唤来着的么？

"可不。咱这地方本属楚。'大楚兴，陈胜王'天经地义！"

说这话的是武臣。冷不防蹦出武臣这么个帮手，令陈胜与吴广两人皆吃一惊。其实，先令武臣吃了一惊的本是陈胜。昨晚那鬼火狐鸣的把戏哄得过葛婴这类货真价实的泥腿子，却没能哄得过武臣。当真是有鸿鹄之志嘛！咱还小觑了他。不过，很好。他先起，咱跟着上，复兴赵国，在此一举。当时武臣这么想。武臣究竟是什么人？对复兴赵国这么热心？可惜史册并无记载，想必是赵国贵族之后。

虽说武臣的插嘴出乎意料，陈胜懂得顺水推舟之妙，立即接过话茬道："复兴楚国，楚人有责。大丈夫不死则已，死当留名。王侯将相，咱难道就不能当？"

"就是。"吴广跟着说道,"想死秦法的,站左边!想跟陈胜、吴某复楚国、取富贵的,站右边!"

吴广说毕,率先向右迈开一步。武臣紧随吴广,口喊一声:"谁会自寻死路?"

武臣这声喊得好,好像除去造反之外,就当真只有死路一条了。谁会自寻死路?谁也不会。于是,陈胜、吴广手下两屯士卒一窝蜂般涌向右边。待到尘埃落定之时,陈胜举目一望,左边一个人影也没有。

陈胜、吴广见了,大喜过望。吴广把两校尉的首级割下,指挥葛婴等用酒店的桌椅就地搭台。等台子搭好了,陈胜纵身一跳,跳到台上,脱去右边的袖子,挥剑砍断,口中喊道:"灭秦复楚!右袒!"看看台下众人都照做了,又喊一声:"如有反悔"。下半句呢?陈胜顿住了,没有说出来,却用眼光向下一扫,确定众人都聚精会神了,这才喊出下半句来:"有如此头!"喊毕,挥剑一通乱砍,直至两校尉的首级被砍成肉酱而后止。

怎么看待陈胜的如许举动?血腥?狂躁?小人得志?也许。不过,倘若因此而预测陈胜之败,则未见其是。举大事之时,搭个台子,祭颗人头,发个毒誓等等,本是古人的惯例。如今虽然不复如此,不是依然保留"誓师"这说法么?什么叫誓师?陈胜搞的这一套,就是名副其实的誓师。

誓师既毕,陈胜没好意思称王,自称将军,令吴广为都尉。两人骑上本属校尉甲、乙的战马,率领九百人杀奔大泽乡乡衙门所在。连同乡长在内,乡衙门里总共只有七八条汉子,还没搞明白是怎么回事,早已化作陈胜、吴广等人刀下冤魂。

首战告捷,士气大振。陈胜、吴广趁势率众杀奔蕲县县城。当时天下无事,县城并不设防,只有数十巡卒以备鼠窃狗偷,如何抵挡得住陈胜、吴广两屯人马?蕲县城破之后,蕲县治下各乡望风归降,邻县流民纷纷响应。不出十日,陈胜、吴广手下乌合之众竟然多至数万,邻近郡县莫不为之震动。

"以你之见,咱该如何应对?"听说邻近各县守尉即将前来围剿,陈胜问吴广。

"声东击西如何?"吴广想了一想,反问。

"什么意思?"

"叫葛婴打着将军的旗号,虚张声势,率五千人向东急进,各路兵马势必领兵往东追击。将军与我乘虚直捣陈县,何愁陈县不下?陈县钱粮充裕,原名楚郡。夺取陈县,以为据点,实为复兴楚国大计之本。"

各县守尉果然中计,陈县守尉亦倾其精锐东追葛婴,县城只留代理县丞率领三百老弱病残把守。陈胜、吴广统领战车七百、步卒三万杀到县城之下，三百老弱病残一哄而散，代理县丞以身殉职，陈胜兵不血刃，轻而易举拿下陈县。

陈胜攻取陈县的消息不胫而走，临县豪强纷纷纠合恶少杀其长吏以相呼应。下一步该怎么走？陈胜召集陈县所辖三老、豪杰，征求其意见。所谓豪杰，无非就是一方之霸。至于是恶霸还是善霸，那就得看判断者的立场而定了。至于三老，是个确定的称谓。据史册记载，西汉之初，各乡推选年龄五十以上、众望所归者一人，为一乡之三老；更于各乡三老之中挑选一人为一县之三老。西汉初年的制度大抵效仿秦代，由此推测，陈胜召集的三老，想必也是如此产生的县政府的顾问。

众豪杰与三老怎么说？异口同声曰："陈将军被坚执锐、伐秦复楚，功莫大焉。此时不称王，更待何时？"

陈胜听了众豪杰与三老之说，咳嗽一声，问道："敢问张、陈二位前辈意下如何？"

谁是张、陈二位前辈？众豪杰与三老面面相觑。窃窃私语过后，顺着陈胜的眼光望去，但见末座之上站起一老一中两个人来。嗨，我道是什么前辈，这不就是陈县太平里看守里门的胡三与赵四么？有认识的，心中不禁纳闷。

不错。这两人就是陈县太平里看守里门的胡三与赵四。不过，陈胜并没有说错。胡三其实就是张耳，赵四其实就是陈余。听见陈胜道出胡三与赵四的真名，一座宾客莫不大惊失色。为何如此？因为张耳、陈余两人皆是秦朝廷悬赏通缉的逃犯：拿到张耳，赏千金；拿到陈余，赏金五百。或问千金值几何？那得看问谁。落在公子王孙之手，千金或许能买一笑；落在草民黔首之手，千金足够四口之家一辈子不愁衣食。张、陈究竟两人犯了什么重罪以至朝廷悬此重赏？其实，两人都不是什么现行犯。张耳早年曾为信陵君之门客，尔后任魏之外黄令。至于陈余，之所以也遭通缉，只不过因为是张耳的死党。陈胜如何得知张耳、陈余的底细？陈胜离开大泽乡时，请张驼复出。张驼以年老力衰为由推辞了，推辞之余，向陈胜推荐了张耳、陈余。

陈胜本来请张耳、陈余首席就座，张耳婉言谢绝，只肯奉陪末座。

"什么意思？"陈胜走后，陈余问张耳。

"到时候你就会知道。"张耳一笑，没作解释。

"到时候"是什么时候？陈余没有追问。人家不说而继续追问者，大都是傻帽，陈余不是傻帽。看到一屋子的人都朝末座转过头来，陈余心中的疑窦豁然开朗，不仅明白了张耳所谓的"那时候"就是这时候，也明白了张耳坚持奉陪末座的意图：如果这时候他两人坐在首席，如何能产生这种轰动的效应？

待骚动回归平静，张耳一笑，道："将军若听各位方才之言，大事去矣！"

张耳之言一出，堂上顿时一片哗然。陈胜连连用拳击案，喝令众人住口。

"此话怎讲？"等嘈杂之声过后，陈胜问。

"据张某所闻，秦二世已免骊山之徒三十万为军，不出十日便可抵达陈县城下。陈居四战之地，无山川之险可守，秦军四面围攻，将军孤立无援，成败之势，遂三尺童子亦可知！"

陈胜听了这话，想了一想，想不出反驳之说，于是问道："然则计将焉出？"

"将军不如立楚国之后为楚王，建都陈县以为根本；另遣使者北上，更立赵、魏、齐、韩、燕五国之后为诸侯王，令其各自树党募兵与秦为敌。如此，则秦军既出关，必然先与山东诸侯混战，未遑南下陈县。将军于此时亲提精兵三万，乘虚直捣秦都咸阳。咸阳既下，何愁六国诸侯不服？如此，则将军必能称王天下，取秦而代。"

陈胜原本已经拿定称王的主意，请教张、陈只不过是虚晃一招，意思仅在博得崇尚贤能之誉，岂料张耳说出如此一番话来，令陈胜一时失了主意，仓惶用眼光向众人席上一扫，问道："诸位以为如何？"

吴广咳嗽一声，正待答话，却被一人抢了先手。这人姓蔡，名赐，上蔡人，蔡国末代国君蔡齐侯之后。

蔡赐道："立五国之后为诸侯王以分秦军之势，这主意绝对不错。至于立楚国之后嘛，那就是画蛇添足了。将军起兵，不旋踵而得陈县，所谓陈县，本称楚郡。可见将军据楚郡称楚王，实乃天意。天意不可违，违之者不吉。"

蔡赐的话博得堂上一片喝彩，陈胜转忧为喜，顺水推舟，笑道："既然诸位皆作如此想，寡人也就不故作谦虚。至于国号嘛，寡人不敢窃取楚国之名，权且号称'张楚'，以示张大楚国之意，俟攻取咸阳，再从长计议。"

不是还没举行登基典礼么，就迫不及待地称孤道寡了？吴广白了陈胜一眼，暗自庆幸方才被蔡赐抢了先手。为何而庆幸？因为吴广的意思与张耳不谋而合，咳嗽一声之后，本想补充这么一句："割据区区一县之地称孤道寡，徒示天下以志气短小。"幸亏没有机会说出口!庆幸之余,吴广也略微有些心慌。为何而心慌?因为吴广遣葛婴东进之时,曾如此吩咐葛婴:"倘若遭遇楚国之后,急奉之为王。如此,则不愁没人响应。"这是他自己的主张,并没同陈胜商量过。万一葛婴不巧真的遭遇楚国之后,真的按照他的吩咐奉之为楚王,陈胜能不迁怒于他么?

吴广走神之时,陈胜宣布散会。别人都走了,蔡赐与吴广被陈胜留下共商开国之大计。吴广毕竟只是泥腿子中的佼佼者,懂什么开国大计!且别说当时吴广心不在焉,即使全神贯注也未必能够说出什么四五六来。于是每逢陈胜发问,吴广便沉吟不语,故作谨慎,幸亏蔡赐往往抢先发言,吴广的不知所云方才得以掩盖。

陈胜都问了些什么?陈胜首先问该设置什么官员?蔡赐说:秦置左右丞相,执掌协调阴阳。楚有柱国之职,大抵相当,咱既然号称张楚,自然当按楚制设置柱国一职。陈胜点头称善,吴广随声附和。柱国之设立,就这么定了。

"柱国之下呢?"陈胜接着问。

"柱国之下的属官多了去了。"蔡赐一笑,"咱如今不必一一皆备,只需设立中正、司过与博士三职即可。"

"为何如此?"

"中正主刑法,司过主检举。跟随主公举义的大都是好勇斗狠之徒,难得不犯法。所以嘛,主公不得不预先为之备。"

"中正、司过,不错,必须得有。至于博士嘛,难道不是粉饰太平的闲差么?咱也用得着?"

"怎么会是闲差?"蔡赐摇头一笑,"主公明日的登基大典不就用得着么?没有博士,谁能把庆典搞得中规中矩?"

"嗯,言之有理。接着说!"

"然后嘛,"蔡赐略一思量,道,"眼下当务之急在于攻城略地,但凡主公亲信而又能征战者,皆可予以将军的头衔,令其招募兵马、筹集钱粮,待命出征。"

"再往下呢?"陈胜又问。

"眼前只须顾这么多,再往下的事情,待拿下咸阳再作计议不迟。"

"言之有理。吴叔以为如何?"陈胜表示赞同过后,扭头问吴广。

吴广识相,明白陈胜的意思不过是恐怕冷落了他,并不是当真咨询他的意见,假作思量一番之后,道:"吴某亦以为言之有理。"

"既然吴叔亦以为可，那就这么定了。"陈胜说罢，用眼向蔡赐、吴广两人一扫，看看二人皆无再开口的意思，于是接着说道："以寡人之见，柱国之职，非蔡兄莫可当。至于将军嘛，可以先授予武臣、周文、田臧、李归、邓说等五人。"

武臣既是陈胜打短工时的同伴，又是陈胜、吴广起事之时最早的推手，陈胜对武臣的倚重，不在吴广之下，陈胜首先想到任命武臣为将军，自在意料之中。至于周文、田臧、李归、邓说四人，都是获悉陈胜攻取陈县的消息之后，聚众相应的主儿，手中自有兵马，不用之为将军，何以安抚其心、令为己用？陈胜这心思，吴广与蔡赐也都明白，所以，对于陈胜如此安排，两人皆无异议。

"中正、司过、博士三职，都要是知书达理之人，眼下兵荒马乱，叫寡人上哪儿去找？"确定柱国与将军的人选之后，陈胜问。

"踏破铁鞋无觅处，得来全不费功夫。蔡某这儿正好有。"

"哦？有这等好事？"

"蔡某有两个朋友，一个姓朱名房，一个姓胡名武，两人皆精通法令，可以分任中正与司过之职。"

"这两人人品如何？"。

"请主公放心，绝对公正不阿。"

"那就好。博士呢？"

"蔡某来时在路上碰见一人，姓孔，名鲋，字子慎。"

"难道同孔子有些瓜葛不成？"吴广插嘴问道。

"岂止有些瓜葛而已，正是孔子嫡传八代之孙。"

"既然如此，那这博士就用孔鲋了。"陈胜说罢，扭头问吴广，"还有什么要安排的么？"

"张耳、陈余，是不是也该拜为将军？"吴广试探着问。

"两个腐儒，也配将军！"陈胜不以为然地摇摇头。方才张耳劝陈胜不要急于称王，令陈胜耿耿于怀，怨恨之气挥之不能去。

"腐儒嘛，也许不错。不过，这两人外有贤能之名，况且又是咱们请来的，总不好不予理会吧？"

"蔡某倒是有个主意。"看看陈胜犹疑不定，蔡赐接过话茬。

"什么主意？"

"遣使北上，封韩、赵、魏、燕、齐五国之后为诸侯，这想法是张耳提出的。主公何不顺水推舟，就遣张耳、陈余为北上之使者？"

陈胜想了一想，道："这主意不错。不过，北上事关重大。这两人未必靠得住，不如以张耳、陈余为左右校尉，各统兵马五千，辅佐武臣北上。"

吴广道："张、陈盛名远播，恐不甘心屈居校尉之职，更遑论供武臣之驱使？倘若他两人拒不受命，岂不是令主公处于进退两难之尴尬局面？"

蔡赐听了吴广之言，笑道："有何难哉！此事主公不必亲自出面，只需叫武臣把这意思传过去。他二人倘若肯时，自然大好。倘若不肯，必定会识相走人。主公不必挽留，听其一走了之，万事大吉。"

"柱国高见！就这么办。"

陈胜说罢，接连打了几个哈欠，鼻涕眼泪一起流出。

精神怎么如此不济？吴广白了陈胜一眼，难道是昨夜跟那几个妖精轮番混战来着？我说这庄贾不是什么好东西，果不其然！吴广所谓的"妖精"，指的是庄贾献给陈胜的几个女人。庄贾何人？本来是陈县的帮闲，除去善于驾车跑马之外，一无所能。陈胜攻下陈县，庄贾毛遂自荐，充当了陈胜的车夫。当年的车夫，就是如今的司机，罕有不善于同领导建立亲密关系者。庄贾上任伊始，就替陈胜物色到几个尤物。"以将军之尊，后房没几个人侍候着怎成体统？"庄贾献美之时，伴之以冠冕堂皇之说。陈胜虽然并无好色之名，却也架不住"英雄难过美人关"之说。况且庄贾献上的，都是风月场中的高手，个个深谙轻颦浅笑之道。陈胜不仅当即笑纳了，而且从此对庄贾信任有加。

陈胜的疲态令吴广发慌：可不能就这么散会，我吴广的官职不是还没着落么？于是，吴广接连咳嗽三声，既是镇定自己，也是意在振作陈胜。然后，郑重其事、一字一板道："柱国之计，委实高明。不过，咱不能因人废言。张耳那厮西袭咸阳之策甚好，主公切不可不从。"

蔡赐道："不错。不过，张楚新建，根基未稳，主公恐不宜亲征。蔡某以为可遣周文、田臧、李归、邓说各统本部人马一齐奔袭咸阳。"

吴广不以为然，摇头道："主公不宜亲征，不错。不过，诸军分头并进，无人统领，成了乌合之众，那可是犯了兵家之大忌！"

陈胜想了一想，觉得有理，于是问道："那吴叔的意思是？"

"吴某虽然不才，愿领军令都督诸将西征。"

陈胜听了，心中暗道：这家伙很刁嘛，名为效劳，其实还不是为自己讨个升官的机会。再转念再一想：倘若众将军没有统辖，的确会成乌合之众，自己既不能亲征，这统帅之职，还真没有别人比他吴广更加合适。既然都督诸将，总得封他个高于将军的头衔才成，封他个什么称号合适？

大将军？大司马？似乎都不够崇高。于是陈胜说道："吴叔肯督诸将西证，那是再好不过。诸将皆已有将军之号，吴叔不称假王，不足以统辖，不知吴叔可肯屈就这假王之职？"

"假王"？当时的"假"，没有"伪"的意思，也不含贬义。所谓"假"，只是"临时""代理""权充"的意思。所谓"假王"，大抵相当于后世的"九千岁"，下真王一等。

吴广听了，大喜过望，立即起身，拱手称谢道："吴某敢不尽力！"

7

　　秦时的酒楼，大抵分为两类。一类叫做花酒楼，门首照例张灯结彩，进门一律是天井回廊，廊侧皆为小阁，浓妆陪酒女郎聚于回廊顶端，恭候酒客召唤入阁。另一类叫做清酒楼，清一色黑漆木门，进门无非也是天井回廊，两侧廊下则皆是酒坛，从青砖地一直码到不施油漆的原木天花板。清酒楼既有大厅散座，也有单间雅座。不过，无论是散座还是雅座，一概皆无陪酒女郎的踪影。

　　武臣踏进春晖酒楼的大门，疾步趋前，仓惶四顾，几个花枝招展的陪酒女郎凑过来，皆被武臣挥手曰"去"。这是武臣踏进的第二十三家花酒楼，据武臣所知，这陈县总共就只有二十三家花酒楼。既然都不在，这两个好色之徒还能去哪儿？能去清酒楼消遣？武臣怀着这样的悬念，走出第二十三家花酒楼，抬头一望：前边路口挑出一幅素锦酒旗，上面用黑丝绣着"风月"两字。

　　武臣要找的，是张耳与陈余。这两人真是好色之徒么？据史册记载，年轻的时候张耳、陈余都是泡妞的高手，不过，那日夜晚，张耳、陈余对女人提不起兴趣，武臣满花酒楼找他两人的时候，他两人正在风月酒楼二楼一间名曰"无名"的雅座里相向而坐，案上的酒尊已经告罄，蜡烛的火苗已经接近烛台，可见两人来的时候已经不短。不过，自始至终，两人还不曾交一言，只顾喝闷酒。

　　好不容易有机会能从隐姓埋名的困境中跳出来，没想到遭遇这么个庸才！刚刚据有数县之地便急于称王，十足的井底之蛙嘛，与信陵君相比，简直判若天渊！张耳一边喝酒，一边这么想。自从昨日陈胜拒绝张耳暂不称王的建议起，这想法一直在张耳耳边嗡嗡作响，挥之不去。以后事观之，视陈胜为井底之蛙，未尝不是有先见之明。不过，以为陈胜远出信陵君之下，就未必言之成理了。信陵君贵为诸侯王之公子，陈胜贱为佣作，社会地位不可同日而语；信陵君虽然功成身退、寿终正寝，不过是个难得的将才，陈胜虽然有始无终、败死他乡，毕竟是个创时势的豪杰；两人之间，其实并不存在可比性。

　　《诗》不云乎："大直若诎，道固委蛇！"昨日如果你张耳能够略微识相，附和众议，怂恿陈胜称王，今日你我能在这儿坐冷板凳？陈余脸上一副泰然、安然、坦然的样子，心里却满怀一腔抱怨。自从二十年前陈余追随张耳以来，二十年如一日，一直事张耳如父，但凡张耳所言，无不洗耳恭听，今日是陈余头一回觉得张耳迂腐可笑，甚至可恨，这样的感觉令陈余不禁越过手中的酒杯瞟了一眼张耳。老了，当真老了。不是"老谋深算"的"老"，也不是"老成持重"的"老"，而是"老眼昏花"的"老"、"老朽昏庸"的"老"，陈余对自己直到如今才看清楚这一点感到惊讶不已。

"咚！咚！咚"三下清脆的敲门声打破无名雅座的寂静，也打断张耳、陈余两人各自的思绪。

"进来！"张耳、陈余不约而同喊了这么一嗓子，接着各自吃了一惊：进来的竟然不是酒保，是武臣。

"嗨！两位前辈原来在这儿享清福，叫我武臣找得好苦！"

以往陈余照例等张耳先开口，自己满足于充当陪衬的角色，这次却破例，抢先答道："武将军真是会讲笑话，我二人身为白丁，何清福之有？"

"怎么会是白丁！"武臣笑了一笑，双掌一击，口喊一声，"上酒！"

两个酒保应声而入，一个捧着一坛陈年老酒，另一个捧着一盘白切肥鸡。待酒保安置停当、退出雅座之后，武臣捧盏齐眉，对张耳、陈余道："武某奉陈王之命，拜张、陈二位前辈为左右校尉，各统兵马五千，随武某一同北上。"

左右校尉？你们这帮泥腿子一个个都成了将军，叫我们给你们打下手？呵呵！陈余差点儿失笑。不过，这回他没有抢先，他决计重新退居二线，听凭张耳去发落这不知高低的武臣。

出于陈余的意料之外，张耳不仅欣然接受了校尉之职，不仅甘愿充当辅佐武臣的角色，而且还说什么："假王吴叔率大军西征之后，陈县必然空虚，那一万人马嘛，还是以留守陈县为宜，拨给咱们三千士卒即可。"

"什么意思？"武臣走后，陈余忍不住问张耳。

"你我的身份都已经暴露，不上这条贼船，难道还别有他路可走么？"张耳反问陈余。

"这意思我懂。"

"我看陈胜这人，志大才疏，你我跟着陈胜留在陈县，早晚成为瓮中之鳖。瓮中之鳖，有什么出路？死路一条。有此机会出走，实乃天幸。"

"这意思我也懂。"

"既然如此，你的意思：是我不该辞退那一万人马？"

"不错。"

"秦军三十万即将东出函谷，咱率一万人马北上，万一遭遇，足以应敌么？"

"自然不能。"

"迂回骚扰，截其粮道，断其后路呢？"

"这个嘛，应该不成问题。"

"坏就坏在不成问题上。"

"此话怎讲？"

"秦军不敢小觑一万人马，倘若遭遇，必然赶尽杀绝方才罢休。如今咱只带士卒三千，一则目标小，不易被秦军发现；二则即使遭遇，秦军见咱兵力薄弱，必然小觑；既然小觑，必然不会穷追；既然不会穷追，咱不就容易逃脱么？"

原来如此！难道我方才小觑了他？难道他那老态竟然是"老奸巨猾"的"老"？这么一想，陈余不禁对张耳重新折服。重新折服之后的陈余，诚心问道："那么，北上之后呢？有什么打算？"

"武臣是赵人，一俟抵达邯郸，你我就拥立武臣为赵王。"

"嗯，这主意好！这主意大好！到时候你我分任丞相、大将军之职，也好出出今日屈就校尉的鸟气！"

陈余少时曾在赵之苦陉为盗，一想到能够衣锦荣归，精神不觉为之大振。连喊过两声好之后，略一思量，忧虑又起，问道："既想成就这番大事，三千士卒是不是太少了？"

"三千当然不够。不过，你我难道就不能沿途招募么？况且，人家调配的人马，毕竟是人家的人马。自己招募的人马，才是自己的人马。不是么？"

陈余道："不错！那咱什么时候启程？"

张耳道："事不宜迟，愈早愈好。"

三日之后，武臣在张耳与陈余的催促下，赶在秦军东出函谷关之前自白马津渡过德水北上。临行之前，陈胜增派邵骚为其护军。所谓护军，就是监军，所谓监军，就是上司的耳目。武臣对陈胜此举颇为不悦，张耳看在眼里，嗤之以鼻道："疑人不用，用人不疑。这么简单的道理，陈王怎么都不懂！"

武臣问："咱该怎么应付？"

张耳道："以不变应万变。"

以不变应万变？这也太玄了吧？就不能说具体些？武臣心中这么想，不过，他不想让张耳觉得他是傻帽，所以，嘴上却道："高！高！就这么办。"

渡过德水之始，一切顺利，沿途豪强纷纷响应，所经各县的县令措手不及，一个个化作豪强恶少刀下冤魂，武臣不费吹灰之力连下十城，招募所得，不数日而至十万。

张耳趁机进言道："将军之号显然已不足以昭彰足下之尊，足下不如另择尊号。"

"还能有什么更好的头衔？"

"魏公子无忌号称信陵君，何不效仿之，以'武信君'为号？"

武臣听了，不无犹豫，问道："这改称头衔之事，咱还得先请示请示陈王才成吧？"

张耳发一声冷笑，反问道："陈胜称王，又请示过谁？"

还真是。嘿嘿。武臣于是笑纳张耳之请，弃将军之号而改称武信君。对于张耳的信任，从此有增无减，自不在话下。张耳与武臣的这类对话自然有意避开邵骚，不过，有意避开邵骚并不等于邵骚就一无所闻。邵骚既是陈胜的耳目，邵骚既有所闻，陈胜也就有所闻。陈胜既有所闻，自然不胜忿恨，无奈鞭长莫及，只得忍了。

令陈胜不胜忿恨的，还不止于武臣与张耳。吴广自离开陈县西进之后，事无巨细皆自作主张，概不请示陈胜。柱国蔡赐提醒陈胜道："天无二日，国无二主，长此以往，将不利于陈王。"可陈胜能拿吴广怎么办？也是鞭长莫及，也是只能忍了。

不过，凡事都有个度，隐忍亦不能例外。忍到一定程度，必然爆发。鞭长莫及的，虽然依旧无可奈何；近在眼前的，谁赶上了谁倒霉。

最先赶上的是陈胜在阳城乡下的一帮旧相识。听说陈胜自立为楚王，这帮人结伴跑到陈县来找陈胜，陈王哪来你们这帮泥腿子相识！宫门令不信，正要喝令门卫用乱棒将这帮泥腿子赶走之时，陈胜的车队恰好自外返回。这不就是陈涉么？你小子还当真发了！你还记得你说过"苟富贵莫相忘"吧？泥腿子们大呼小叫，蜂拥而上。陈胜无可奈何，皱着眉头令门卫放这帮泥腿子们进去。

如果这帮泥腿子们忠厚老实，相安无事亦未可知。不过，这"如果"当然不能成立，因为如果这帮泥腿子们忠厚老实，根本就不会找到陈县来。既然不是忠厚老实之辈，在宫里呆不过几天就闷得发慌，于是每日出宫，到外面去招摇。这帮泥腿子能如何招摇？无非是说些不相干的鸡毛蒜皮，诸如陈胜曾经偷过邻居的瓜，跟对门寡妇有过一腿之类。目的何在？无非是吹嘘自己跟陈胜的关系如何牢不可破，如何亲密无间。陈胜得悉，自然是极不自在，更架不住庄贾从旁进谗，说这帮泥腿子分明在恶意造谣，不予严惩，必然有损陈王的尊严，而庄贾的谗言又来得不早不玩，恰好是武臣自称"武信君"的消息传来之时，于是陈胜大怒，令司过胡武予以严办。胡武既得严办之旨，遂以阴谋造反的罪名，将这帮泥腿子统统砍了。

接下来适逢陈胜之怒的是葛婴。葛婴奉命东进，本是陈胜鞭长莫及者。不巧行至东城而遭遇楚王之后襄彊，葛婴想起临行前吴广的叮嘱，立即立襄彊为楚王，奉之为主。消息传到陈县，陈胜大怒：这不分明是与我对抗么？立即遣使召葛婴回陈县述职。葛婴得悉陈胜已经自立为王，感觉不妙，问使者：陈王叫我咋办？使者说：陈王叫你自己看着办。葛婴又问：看着办是啥意思？使者不答。葛婴于是诛杀襄彊，然后方才随使者返回陈县。

"你以为你是谁？"陈胜责问葛婴，"楚王是你这种泥腿子想立就能立、想杀就能杀的么？"

葛婴不知高低，分辩道："立楚国之后为楚王，那是吴叔的主意，我不过是遵吴叔之计而行。"

"遵吴叔之计而行？你怎么就不知道该听寡人的？就算立楚王是吴叔的主意，难道杀楚王也是吴叔的主意？"

"我猜那正是陈王的意思。"

"你猜那是寡人的意思？"陈胜勒须冷笑，"寡人的意思是你这种泥腿子猜得着的么？"

如果葛婴就此闭嘴，再趴下去给陈胜磕几个响头，陈胜放葛婴一马也说不定。可葛婴继续不知高低，反问道："我是泥腿子？难道你我原本不都是泥腿子么？"

陈胜闻言，怒不可遏，大喊一声："把这混账拖下去给我砍了！"

殿下立着几个如狼似虎的爪牙，听得陈胜一声令下，不由分说，早把葛婴拿下，推出陈县城门之外斩首。什么罪名？经司过胡武拟定的罪名，依旧是阴谋造反。

杀阳城的老乡，基本上只是泄愤。杀葛婴，则除去泄愤之外，另有杀鸡儆猴之意。所以，除去将葛婴的首级悬于城门示众之外，陈胜更遣使者，将诛杀葛婴的消息正式通知吴广与武臣。

使者离开陈县的时候，武臣正在邯郸城下亲自督战。当时围攻邯郸已经不下十日，士卒伤亡惨重而邯郸却依然固若金汤。

"继续强攻，还是稍作修整再作道理？"武臣问计于张耳、陈余。

张耳之长，在于战略，实战一窍不通，面对武臣的问题，除去假作沉思之状外，束手无策。

眼见张耳半晌拿不出个主意，陈余出面解围："咱人马虽多，毕竟是乌合之众，久攻不下，恐上下离心，不是办法。退而修整，则必作鸟兽之散，更加使不得。"

"然则为之奈何？"

"以我之见，不如令护军邵骚领兵一万继续围城；足下亲提主力北袭范阳。既下范阳，然后挥师南下，南北夹击。邯郸得悉范阳失守，后援无望，必然军心涣散。如此，则拿下邯郸，指日可待。"

"嗯，这主意好。"武臣想了一想，表示赞同，虽然心中不能无所疑虑。

"这主意的确不错。"张耳亦随之附议，虽然心中亦不能无所疑虑。

为何两人皆不能无所疑虑？因为两人都明白陈余之计，其实不过是铤而走险之策，并非万全。万一范阳亦如邯郸之难下，结果会如何？

倘若不是出现个姓蒯名通的人物，结果还真难说。蒯通有什么来历？史册不载，无从考核。仅知武臣兵临城下之时，蒯通忽然现身，求见范阳令，说是有重大机密相告。司阍不敢阻挡，立即禀告，县令不敢迟疑，立即传见。

蒯通有什么重大机密？蒯通说：听说范阳令将死，故特来吊。这叫什么话？倘若范阳令是个俗人，立即把蒯通拖下去砍了也说不定，幸而范阳令不俗，所以，范阳令只是一笑，道："愿闻其详。"

蒯通道："足下任范阳令十有余年，对吧？"

范阳令道："不错。"

"经足下处死、黥配、劓鼻、刖足的囚徒，数以百计，对吧？"

"不错。"

"这些人的家属早已想致足下于死地，只不过没机会而已。对吧？"

"不错。"

蒯通接着道："如今武信君即将围城，这帮人无不摩拳擦掌，准备为武信君之内应。范阳城破之日，就是足下断头之时。没错吧？"

听了这话，范阳令不再点头称是，反问道："先生之所以求见于我，难道就为说这几句谁都明白的废话？"

蒯通听了大笑，道："窃闻范阳令是个明白人，果然名不虚传，可喜可贺！"

范阳令一笑，道："愿闻其详。"

蒯通道："足下若使蒯某往见武信君，蒯某必能令足下高枕无忧。"

蒯通如何游说武臣？蒯通说：武信君知道邯郸为何坚守不降么？因为武信君每下一城，但凡秦之官吏，一概诛杀无赦。范阳令本有降意，因恐见杀，故欲效邯郸之死守。窃闻秦军主力三十万，即将东出函谷，届时武信君倘若依然徘徊于邯郸、范阳两地之间，前无去路，后无退路，危乎殆哉！

蒯通的话正中武臣之心病，武臣不觉两膝前移，拱手施礼道："还请高人指点迷津。"

蒯通道："有何难哉！《孟子》曰：'不嗜杀人者能一之。'武信君只需下令，禁杀秦朝官吏，并刻侯印一方，封范阳令为归义侯，范阳令必定大开城门，恭迎武信君。武信君既下范阳，然后拜范阳令为使者，悬侯印，乘朱轮，为武信君游说燕赵。燕赵之令长见范阳令如此风光，能不望风归顺么？"

武臣闻言大喜，旋即传下军令：但凡归降秦朝官吏，一概赦免留任如故；有敢擅杀者，立即斩首。范阳既下，赵三十余城皆望风归顺。邯郸令见大势已去，亦开城归降。武臣既下邯郸，置酒高会，正踌躇满志之际，却接连获悉两个坏消息。坏消息之一，西征先锋周文始入函谷即遭遇秦军主力，大败于戏亭，退守曹阳，军情危急。坏消息之二，葛婴见杀。

周文失律的消息先到，武臣心里虽然吃了一惊，表面依旧平静。败绩虽然可忧，胜败乃兵家常事；况且，武臣与周文素不相识，别说周文还没死，就是死了，武臣也未必能掉下眼泪。葛婴就不同了，武臣与葛婴虽然并无深交，毕竟在一起刨过地，在一席地铺上睡过觉。所以，葛婴的死讯传来，武臣不胜悲愤，宴会于是不欢而散。

张耳起身离席之时，假作一个不留神，滑倒在地。陈余会意，一边扶起张耳，一边叫众宾客先行退下，待众人都散尽了，张耳说出这么一番话来：

"周文失律，外势见削之兆；葛婴枉死，内乱将起之征。内忧外患接踵而至，陈王败亡之日，屈指可数。足下兵不血刃而下赵三十余城，气势如虹，何必复听命于即将败亡之张楚？"

武臣问："然则奈何？"

张耳道："不如自立为赵王。"

"合适吗？"武臣虽然心中窃喜，亦复不能无所疑虑。

陈余道："陈胜仅得数县之地便迫不及待自立为楚王，如今足下已据全赵之地，立为赵王，名副其实，有何不可？"

武臣于是顺水推舟，道："既然两位前辈都以为可，武某也就不故作谦虚了。武某既为赵王，丞相与大将军之职，望两位前辈勿辞劳苦，勉力为之。"

　　张耳道："军旅之事，非我张某所长。大将军之职，恐非陈余莫属。"

　　武臣问陈余："陈公意下如何？"

　　陈余拱手称谢，道："陈某敢不尽力！"

　　张耳又道："护军邵骚，不宜冷落，冷落了，恐节外生枝。不如效秦之制，分设左右两丞相，以邵骚为左丞相，张某为右丞相。"

　　武臣点头称善，遣谒者唤来邵骚。邵骚既得左丞相之职，大喜过望，表示绝对效忠武臣。于是，武臣顺利自立为赵王。

8

武臣自立为赵王的消息传到陈郡，陈胜自然是怒不可遏，本要拿武臣、张耳等人家眷处斩，柱国蔡赐劝道："倘若如此，则是一秦未灭，又生一秦，绝非良策。"

陈胜问道："然则奈何？"

蔡赐道："不如迁武臣家眷于宫中，名为荣宠，实则软禁。然后遣使者北上，以大王之命，立武臣为赵王。同时责令武臣尽快发兵西进，武臣敢不为大王效力！"

陈胜听了，沉吟半晌，别无他策，只得从蔡赐之计。

陈胜使者北上的那日夜晚，陈郡东北三百里外沛县南郊一所民居的厨房里，一个女人用饭勺把饭锅刮得"铿""铿"响。

难道就剩锅底了？刘季"嘭"的一声把手中陶碗砸到饭案上，跳将起来，掀开席后的门帘，一头扎进厨房。

刘季伸长脖子越过女人的肩头朝饭锅瞟了一眼，道："这不还有的是饭么？刮什么锅底？"

女人扬起手中饭勺指着刘季鼻子骂道："你自己有家有室，外面还包养着二奶，竟然好意思来老娘这儿蹭饭吃！自己来也罢了，还带着一帮狐朋狗友！"

刘季听了一愣。这女人说的句句属实，叫他无从反驳。无言分辨之时，火气往往就越发猛烈。换上刘季的女人，刘季早就左右开弓，两耳光子抽过去了。无奈这女人不是他刘季的女人，是刘季的长嫂。刘季鼻子里恨恨地"哼"了一声，反手撩起门帘，退出厨房。

"他奶奶的！走！此地不留人，自有留人处。"

七八条汉子跟着刘季迈出柴门。地上的落叶被践踏得哗哗作响，一阵凉风吹过，破云而出的月光显得格外冷清。刘季干咳两声，打了个冷战。

刘季是谁？谁是刘季？据史册记载：刘季者，沛县泗水亭长也。所谓"沛县泗水亭长"，套用一句现在的术语，就是"沛县泗水街道办事处主任"的意思。不过，那一晚的刘季，已经不再是亭长，而是逃犯。七八日之前，刘季受县令之命，押送三十名囚徒赴骊山工地，途中叫一伙囚徒逃脱。出于看管不慎，还是有意纵走？无论属于前者还是后者，即使刘季把剩下的犯人如期押至骊山，刘季自己也难逃惩罚，轻则遣为骊山徒作，重则黥为城旦。刘季该怎么办？刘季选择了另一条路。

"你们还不走？傻不傻呀！"刘季挥挥手，叫没逃的统统各奔前程。

剩下的二十来人一哄而散，有那么七八个往前走了几步，又站住了，转过身来问刘季："亭长你呢？难道你不怕给逮着？"

"我？"刘季嘿嘿一笑，"老子是赤帝子下凡，能跟你们这帮混混一样？"

吹牛是刘季自幼养成的习惯。说"养成"，也许有些失诸准确，因为并没有谁培养他这恶习，属于无师自通，或者说实乃是天赋的本能。称之为"恶习"，那是别人的看法，刘季自己并不这么看。刘季视吹牛为本事，以善于吹牛而沾沾自喜。这不难怪，除去吹牛，刘季似乎别无所长，连老婆都是靠吹牛混到手的。

老婆怎么能靠吹牛而得？简而言之，事缘沛县的县太爷家里来了个贵客，贵客姓吕，名字缺如，史称"吕公"。吕公为何来沛县作客？因遭仇家追杀。所谓作客，其实只是个婉转的说法，实为避难。吕公全家仓惶逃出之时，不动产完全丧失自不在话下，随身携带的细软亦无多，更兼一路花费，逃抵沛县之时，已经一贫如洗，名为县太爷之"贵客"，实为县太爷之"负担"。

"你得想个法子替吕公筹点儿款。"县太爷感觉到"负担"的压力，如此吩咐主吏萧何。

所谓"主吏"，就是县吏之首，大抵相当于如今的县委秘书长。

"没问题。"萧何一口应承了。

萧何用什么办法替吕公筹款？萧何以县太爷宴请贵客吕公的名义在县衙门里大摆宴席。都邀请谁为陪客？来者不问身份，但凡纳贺仪过千钱者，皆可入堂下之席；超越五千，即可登堂入座；多至一万，则延请上席，与县太爷、吕公同席就座。堂上设十席，堂下设五十席，每席十人，菜肴酒水之费用，每席不过千钱。六十席所得，轻易破百万。

"收费这么高，不怕冷场？"听了萧何这计划，县太爷不无担忧地问。

"怎么会！"萧何拍拍胸脯。

萧何怎么会如此这般胸有成竹？因为沛县的巨商大贾，没有一个不曾偷税漏税，县太爷并不事必躬亲，把柄都攥在萧何手上。萧何去请这帮巨商大贾，有谁敢不来？不过，虽说萧何胸有成竹，宴会当日，当他吩咐手下开门揖客之时，还是吃了一惊。为何而吃惊？因为等候在门外的第一人竟然不是沛县的巨商大贾而是刘季！区区一个寒酸亭长，有什么资格？

刘季看出挂在萧何脸上的惊愕，不无挑衅地笑了一笑，道："在你的账簿上替我记下贺仪一万。"

刘季说罢，昂首挺胸，抬腿就要进门。

萧何伸手一把拦住，问道："钱呢？"

刘季瞪起一双小眼，反问："不是叫你记账么？没听明白？"

"什么话！"萧何发一声冷笑，"你以为这儿是王婆、武负开的酒店？"

王婆、武负的酒店就开在泗水亭办事处的旁边，刘季每日傍晚从办事处回家之前务必在那酒店喝上两盏，喝完了，照例吆喝一声"记我账上！"就这么走人，从不付钱。别以为亭长微不足道，在泗水亭，刘季就是大爷。他说"记我账上"，王婆、武负就从来没敢说出一个"不"字。

"你不是王婆、武负，没错。不过，你有你的账，我刘季都帮你记着呢！"

什么意思？刘季这话令萧何顿时心下发毛。沛县的巨商大贾怎么能够偷税漏税而不被发觉？大抵都给过萧何好处费。虽说这未必是什么秘密，萧何自以为手脚干净，没落下任何把柄，难道刘季手中攥着什么证据？其实，刘季一无所有，不过虚声恫吓而已。无奈萧何拿不准，正狐疑不决之际，几个与萧何有那勾当的巨商大贾到了，萧何无心继续与刘季纠缠，说一声："你的账我记下了。"接着就让到一边，与巨商大贾们作揖打拱。

刘季踏进县衙大门，直奔正厅首席，选在主客席位的紧邻就座。县文工团的吹鼓手们一阵吹吹打打过后，筵席正式开张，刘季趁与吕公紧邻之便，不时与之攀谈，得悉吕公是魏人，刘季于是大肆吹捧信陵君如何神如何高，吹捧之间还夹杂一些不为外人所知的逸闻轶事，吕公原本对身边这油头滑脑的后生不怎么感冒，听了这些话，渐渐对刘季刮目相看。

"你怎么会对信陵君之事了如指掌？"吕公问刘季。

"我曾为张公之客，张公曾为信陵君之客。"

"你所谓的张公？莫非是魏国外黄令张耳？"

"可不。除去张耳，还能是谁！"

刘季虽然喜好吹嘘，这回说的倒是实话。刘季的确曾为张耳的门客，秦军杀到外黄城下之时，方才仓惶逃回沛县老家。

筵席散后，吕公独留刘季，说是有私话要同刘季单说。

"该不是有什么发财的机会，得靠我刘某助一臂之力吧？"

每逢刘季结交的那帮不三不四的人物要同刘季单独谈话，照例是有些不义之财要靠他这做亭长的上下打点。打点当然不能是惠而不费的义务劳动，必然如雁过拔毛，少不得要分给他刘季些许好处。听见吕公有话跟他单独谈，刘季自然而然作如此联想。

"发财嘛，那不过商人之志，何足道哉！"

吕公这话虽然出乎刘季的意料之外，可刘季并未张口结舌，他及时调整心态，笑道："人生在世，所谓得志，非富即贵。吕公之意既然不在发财，难道吕公能令我刘季官运亨通？"

吕公一笑，道："不是我能，是你自己能。"

"此话怎讲？"

"实不相瞒，看相乃吕某之所长，平生所相贵人，早已不下数百，还从来没见过有谁能与你相提并论。"

刘季不怎么相信看相之说，不无调侃地追问："这么说，我刘某有朝一日也能贵如县太爷？"

"岂止。"

"能够贵如郡守？"

"更往上。"

更往上？这不分明是拿我寻开心么？刘季白了吕公一眼，打个哈哈，说道："高人所见略同！"

刘季这话令吕公一愣："什么意思？"

"当年家母在泽畔假寐，梦与神相接，家父往寻家母，远远望见有蛟龙盘踞家母之身。家母回家遂有身孕，于是而生我，我出生之时，有异人不知从何处来，指着我的额头说道：'隆准而龙颜，贵不可言。'言毕顿时不见。"

"有这等奇事？"

"可不，自幼听说如此，不敢有半点虚假。实不相瞒，本来不敢确信，今日闻吕公之言，自然是不得不信以为真了！"

刘季是否当真信以为真，无从考核。吕公信以为真，则似乎不假。何以知其然？因为吕公听了刘季的这般解释，说出下面这番话来：

"小女雉，其相亦贵不可言。早先县太爷向吕某求为婚姻，吕某未曾许诺。倘若刘生不嫌，吕某愿令小女为刘生箕帚之妾。"

所谓"箕帚之妾"，不过是"妻"之谦辞，并非真以吕雉为刘季之妾。

听了吕公的招亲之意，刘季忧喜参半。之所以喜，显而易见，倘若得为县太爷贵客之婿，则往后必能得县太爷之格外提携，取代萧何为沛县之主吏亦未尝不可指望。然则忧从何来？因为刘季风闻吕雉长相凶狠、性格泼辣，娶之为妻，势必不能作温柔乡之想。想起温柔乡，刘季不由得想到阿凤。阿凤原本是王婆酒店卖酒之侍女，刘季爱其妖媚风骚，包养之为外室，外面既然已有温柔乡，何必在乎家里来只母老虎？如此一想，刘季当即应承了吕公之请。

岂料人算不如天算，刘季迎娶吕雉之次年，秦即灭楚。沛县县太爷逃之夭夭，萧何长袖善舞，居然获取新任县令的信任，依旧为沛县之主吏。刘季贿赂萧何，依靠萧何的举荐，方才得以保全泗水亭长之职。原来的县令走了，吕公失去靠山，不敢再侈谈什么"贵不可言"，听凭刘季的安排，草草把吕雉之妹、小女吕须嫁予王婆酒店隔壁狗肉铺的屠夫樊哙。

那一晚，刘季被其长嫂轰出门外，口喊一声"此地不留人，自有留人处"之时，心中想的那个"留人处"，就是樊哙之处。樊哙之家虽然不如刘季长嫂之家干净整洁，好歹能有些狗头肉下酒，况且吕须一向惧怕刘季，绝对不敢在他刘季面前要什么刮锅底的花招。

刘季一行来到樊哙家门口，与跨出大门的樊哙撞个正着。

"呵呵！踏破铁鞋无觅处，得来全不费工夫。"

"你有事找我？"

"不是我找你，是萧何找你。"

"萧何找我？该不是……"刘季顿时警觉，把话顿住。难道是他放走囚犯的消息已经泄漏了？这几天他一直躲在芦苇荡里，既不敢回家，也不敢去阿凤之处，就是唯恐在这两处撞见拿他归案的差人。

"你听说那陈什么造反的消息了么？"

"你是说陈胜？"

"对！对！就是他。自打陈胜占据陈县，周边各县豪强恶少都把县太爷给砍翻了入伙。消息传到咱这儿，咱县太爷急了，问萧何怎么办。萧何说，看来秦的气数已尽，想要保全性命，恐怕只有追随陈胜造反这一条路可走。咱县太爷犹豫不决，萧何担心咱县里的恶少先下手为强，搞不好砍翻县太爷之时把他也给砍了。他听说你躲在芦苇荡里做贼，叫我赶紧去找你，叫把你的同伙都带出来。县太爷肯造反，咱就跟他一起干，倘若县太爷不肯，咱就把县太爷砍了自己干。"

听了樊哙这番话，刘季转忧为喜。放走囚犯的消息虽然泄漏，已经无关宏旨。

"萧何这小子总算识相，没我刘季，他哪能成事！我说跟我走没错吧！"

刘季最后那句话是对跟在他身后的七八条汉子说的，那七八条汉子听了，一个个点头如捣蒜。

次日午后，刘季带领藏身芦苇荡的同伙数十百人顺林间小路奔到沛县城外，远远望见城门紧闭，吊桥高悬。正纳闷时，路旁灌木丛转出三个人来，走在前面的不是别人，正是萧何，跟在萧何身后的是狱掾曹参、史掾夏侯婴。所谓狱掾，就是如今的典狱长；所谓史掾，大抵相当于如今的机要秘书。萧何与曹参，都是刘季拉拢、勾结的对象。夏侯婴原本是沛县马厩管理员，通过刘季打通萧何的关节而混进县衙门，对刘季死心塌地。

"怎么？县太爷反悔了？"刘季在城外看到这三人，心中猜到八九分。

"可不。"萧何道，"县太爷听说你带来数十百人，疑心你我勾结，夺他的权柄，要拿我与曹参。幸亏夏侯刺探得消息，否则，曹参与我这会儿叫他给砍了都说不定。"

萧何的话引起一阵骚动，惊慌的骚动。蠢材！当着这帮乌合之众说这些话，这不是鼓动散伙吗！刘季扫了萧何一眼，立即转身冲着身后的人群喊道："兄弟们！形势大好！不是小好，是大好！"

"此话怎讲？"有胆大的，反问刘季。

"县太爷是多大的官？芝麻绿豆大的小官。咱们跟着县太爷造反，能有多大出息？充其量不过给芝麻绿豆大的小官提鞋。你们没听说陈胜已经称王了么？跟着陈胜造反的，不是将军，就是校尉。有种的，跟我刘季杀进城去，一个个少不得赐爵封侯！"

刘季的话也引起一阵骚动。不过，不是惊慌的骚动，是雀跃的骚动。刘季见了一笑，对自己安抚众人的本领感到十分满意。

"怎么杀进城？咱有攻城的云梯吗？"雀跃的骚动过后，头脑清醒的，提出这么个问题。

"好！问得好！"刘季又一笑，连喊两声"好"。这回这笑是装出来的。不过，装得很好，没人看出假来。为何要装？必须先顺从众人之意，然后方能得众人之力。这道理，刘季深谙之。因何而深谙之？无师自通，并非熟读《老子》"将欲夺之，必固予之"尔后方才有所领悟。称道过"好"之后，刘季话锋一转，道："要云梯干什么？用云梯攻城，那叫强攻。强攻，少不得有所伤亡。谁愿意有所伤亡？谁都不愿意。对吧？所以嘛，强攻，那是下下之策。咱不用。咱用什么？《孙子》曰：'上兵伐谋。不战而屈人之兵，善之善者也。'什么意思？意思就是要用计谋，兵不血刃，那才是上上之策。"

其实，刘季并未读过《孙子》，只是从张耳门客们的闲谈之中旁听到几句而已。不过，能够征引这么几句，足以令当时在场的乌合之众为之折服，从而巩固了刘季的领导地位。

刘季有什么妙计能令沛县不攻自破？刘季叫萧何起草一篇檄文，大意是：秦运已尽，楚运当兴。我刘季受张楚陈王之命，收复楚国故土。尔等本皆楚人，奈何听命于秦？为秦效死？顺天命、杀秦官、开城门迎接楚军者，有赏。否则，城破之日，玉石俱焚。勿谓言之不预。

萧何窃问："你刘季何尝受陈胜之命？"

刘季道："嘿嘿，兵不厌诈，狐假虎威嘛！"

萧何写毕，刘季找几个识字的在素绢上传抄多份，绑在箭上，射入沛县城中。城里的豪强见了，相与谋曰：刘季是个无赖，让他杀进城来，必定鸡犬不留。县令是个饭桶，拿下不难。于是召集恶少，蜂拥至县衙，把县令砍了，开城门迎刘季。

刘季既得沛县，自称沛公，用萧何为丞，曹参、夏侯婴、樊哙、雍齿等为将，招兵买马，蚕食周边。

9

刘季杀入沛县之时，会稽郡守在内阁召见项梁。秦时的会稽郡城，大约为如今之绍兴。会稽郡守的内阁，是会稽郡守密谋之所，非等闲之辈所能入。

项梁是什么人物？项梁原籍下相，因杀人亡命会稽。下相与沛，相距不过一百五十里，堪称近邻。不过，与刘季的出身草民阶层不同，项梁是显赫的将门之后，只可惜不是秦国的显赫的将门之后，是楚国的显赫的将门之后，不过楚国的名将大都是饭桶，比如，楚国最出名的将帅，前有子玉，后有项燕，都是名垂不朽的败军之将。项燕、项梁同姓，难道有什么瓜葛不成？不错。岂止有瓜葛而已，项燕不是别人，正是项梁之父。项燕既是饭桶，项梁能有多大的能耐？以其后事观之，项梁的确也是个饭桶。不过，既然是后事，姑置之。至少在当时，项梁必有贤能之名，否则，会稽郡守绝不会秘密召见。

且说项梁既入稽郡郡守之内阁，郡守支开贴身随从与侍女，对项梁说出这么一席话来：江西各地皆反，天将亡秦。咱若再不动手，必定受制于人。我意已决：以你与桓楚为将，立即起兵响应。

古人所谓"江西"，不指如今的江西省，指如今称之为"江北"之地。为何称"江北"为"江西"？难道古人不辨东西南北？翻开地图一看，长江自九江以东其实折向东北，可见古人"江西"之称，并不有失精确。

项梁听了会稽郡守之言，心中冷笑：你意已决？你要是自以为能成事，还会叫我来么？既然要借我之力，至少也该有个商量的口气吧？况且还不肯专任我为将，还要叫什么桓楚。桓楚是什么东西？芦苇荡里的鼠偷狗窃，能与我项某相提并论！不过，项梁既是心中冷笑，那冷笑的意思自然并没有表现到脸上。项梁脸上的表情是一副受宠若惊的样子，这是项梁每逢郡守召见之时的一贯表情。如果项梁不是一贯如此，那一日在郡守内阁接受郡守召见的是别人而不是项梁也未可知。对于这一点，项梁深悉不疑，所以，冷笑之后，立即觉得庆幸：机不可失，时不再来，咱切不可把这时机错过。

如何把握这机会？项梁沉吟片刻，故作凝重之态答道："足下所言甚是。不过嘛，有一点小麻烦。"

"什么小麻烦？"

　　"桓楚在芦苇荡里流窜，上哪儿去找他？"

　　"难道就没人知道桓楚的动向？"

　　"据我所知，只有项籍知道。"

　　项籍何人？就是鼎鼎大名的项羽。当时之人，名与字有别，不像今人之合二为一。"籍"是项羽的名，"羽"是项籍的字。项籍是项燕之孙、项梁之侄，其父早死，自幼由叔父项梁抚养。项梁初令项籍学书，非其所好，半途而废；项梁又令项籍学剑，亦非其所好，复半途而废。项梁责问项籍：书剑皆不好，你究竟想干什么？项籍道：学书成，不过为刀笔小吏；学剑成，不过匹夫之勇，何足道哉！我想学万人敌。

　　呵呵！口气还不小嘛！项梁听了项籍之言，不禁想起其父项燕兵败自杀之前留给他的那卷《兵法》。"熟读此卷，楚虽三户，亡秦必楚！"项燕把那卷《兵法》交到项梁手中之时，同时还交待项梁这么一句话。项梁遵命带走了那卷《兵法》，却并不以项燕的话为然。倘若这《兵法》真那么神，楚军怎么会一败涂地？当时项梁这么想，尔后自然也就并未熟读。不过，既然项籍想学万人敌，除去这卷《兵法》，项梁别无教材。项梁于是起身，从书架顶上取出那卷《兵法》来，抖去多年积下的灰尘，递到项籍手中，叮嘱项籍道：这卷《兵法》成于信陵君门客之手，荟萃信陵君战略、战术之精华。你既想学万人敌，非得熟读此卷不可。

　　据史册记载，项籍初得《兵法》，大喜过望。不过，热忱不逾月而亡，满足于知其大概，并不肯熟读深思。以后事观之，项籍几乎战无不胜、攻无不克，最终虽败，而失败之因其实与战无关，可见那卷《兵法》还委实了得，可惜不传于世。

　　听了项梁的回答，会稽守道："我道是什么麻烦！项籍不是你侄儿么？他难道不听你的吩咐？"

　　项梁道："足下有所不知。我在项籍眼中，不过一昏庸老朽，想要叫项籍去找桓楚，恐非足下亲自吩咐不可。"

　　会稽守不知是计，道："有何难哉？你这就去把他唤来。"

　　项梁有何计？项梁回到私邸，遣人唤来项籍，摒去左右之后，问项籍："你整日不务正业，只跟一帮恶少胡混，知道我为何不加阻拦么？"

　　项籍摇头，表示不知。

　　项梁道："只为等候今日这时机。"

时机？什么时机？项籍不明所以，不过没问，他相信项梁必然会自己道出下文来。果不其然，项梁咳嗽一声，接着说道："郡守方才找我，谋划起兵响应张楚，你以为如何？"

项籍道："大人的意思，难道是想叫我率领那帮人入伙？"

项梁道："入伙，不错。不过，不是入他人之伙，是入咱自己之伙。"

"什么意思？"

项梁微笑不答，招手示意，等项籍靠近了，这才对着项籍之耳，说出下面这番话来：

"郡守是什么东西？秦之爪牙，家国之仇敌也！我之所以一向曲意奉承，实出于不得已耳。如今秦数已尽，楚运当兴。你我还不杀此仇敌以取富贵，更待何时？"

项籍听罢，并无兴奋之色，却显狐疑之情。

项梁见了，问道："怎么？为何犹豫？"

项籍反问道："郡守的卫队难道是白吃饭的？"

项梁道："方才我在内阁会见郡守之时，郡守摒去左右，身边无人，最近的卫士立在阁外石阶之下。你随我入见之时，势必亦复如此。你只等我的信号，手起剑落，把郡守砍了。等卫士闻声赶到门口之时，你将郡守首级抛出。众卫士见郡守成了死人，还有谁会卖命？再说，这不正是用得着你那帮狐朋狗友之时了么，你吩咐他们自外鼓噪而入，来个里应外合，何愁大事不济？"

接下来的事态，正如项梁所料。项梁、项籍叔侄两人不费吹灰之力，轻易杀了郡守，拿下会稽郡城。项梁自称郡守，以项籍、桓楚为将，募得精兵八千，不旋踵而据有会稽郡全境。

不过，刘季、项梁的相继成功，并无助于陈胜摆脱困境。周文败退曹阳之时，陈胜遣使者督促吴广分兵援救，吴广以围攻荥阳正急、无法分身为借口，拒不受命。周文自曹阳败退渑池之后，陈胜再次令吴广救援，吴广仍旧以荥阳未下为借口，不予理会。数日之后，周文兵败自刎。陈胜闻讯大怒，密遣使者令田臧便宜从事。田臧一向蔑视吴广，既得陈胜便宜从事之密诏，欣然大悦，立即约请李归、邓说、伍徐等密谈。

"今日田某之所以仓促邀请诸君与会，因为事关重大。周文全军覆没，秦军先锋已过渑池。以田某之见，咱如果不能及时抢占荥阳西北之敖山，扼秦军于洛水之北，不出十日必然一败涂地、身死荥阳城下。"

田臧说毕，全场鸦雀无声，看看众人皆无开口之意，李归打破沉默，问道："你这意思向假王说过未？"

田臧听了，发一声冷笑道："吴叔这人于军事一窍不通，为人又妄自尊大。三日前我劝他遵陈王之命救援周文，他嗤之以鼻，说什么将在外君命有所不听。他若肯听我的话，怎么会有今日之困境？你叫我怎么跟他说？"

李归道："军权在假王之手，不同假王说，如何可行？"

田臧不答，却从衣袖里抖出一道帛书来，双手把帛书展开，先在众将领面前晃了一晃，然后方才开口。

"各位都看见了。这是陈王给我的密旨，令我诛杀吴广，然后都督诸军与秦军决一死战！"

诛杀吴广？众将听了这话，面面相觑，不敢置信。

"怎么？难道这陈王的印信还假得了？"田臧一边说，一边把手上的帛书又在众人面前晃了一晃。

其实，包括李归在内，在场诸将皆不识字。不过，众将领都认识帛书末尾那颗鲜红的印章的确是陈王的印信不假。何以能知其然？因为诸将的将军册封玺书上都盖有同样的印信。印信不假，难道就等于诛杀吴广之令也是真的么？当时无人质疑。为何无人质疑？因为众将领的想法是：既然陈王降密旨于田臧，说明田臧是陈王最信任的人；既然田臧是陈王最信任的人，田臧的话又怎么会假？这般推理，貌似幼稚可笑；其实却极可能深得陈胜之本意。何以知其然？田臧既杀吴广，陈胜立即遣使者赐田臧令尹印信，拜田臧为上将。令尹，楚国执政之位；上将，都督诸将之职。田臧因杀吴广而两得之，如果陈胜本来并无诛杀吴广之意，田臧何能得此殊荣？

田臧既为上将，即令李归领兵五千佯攻荥阳，亲率精锐急赴敖山。可惜晚了一步，楚军赶到敖山脚下之时，敖山已被秦军先锋抢先占领，后路又被秦军主力切断。楚军腹背受敌，溃不成军，田臧见杀，章邯乘胜直趋荥阳，斩李归于荥阳城下。邓说、伍徐败走郏、许，章邯分兵追击，伍徐死于混战，邓说逃归陈。

陈胜大怒，先诛邓说，然后召蔡赐问计。蔡赐问：主公诛杀邓说，指望收杀鸡儆猴之效？陈胜道：不错。蔡赐道：周文、田臧、李归、伍徐皆已战死。吕臣南下新阳，召平东征广陵，皆一去而杳无音信。不知主公所谓"猴"者，究竟何所指？

蔡赐这话犹如醍醐灌顶，令陈胜从怒不可遏的状态中清醒过来：可不，如今又杀却邓说，还有谁能上阵？不过，陈胜心中虽然后悔，嘴上却不肯承认，不仅不肯承认，还以不屑之语气说道：吕臣、召平说不定不日就会有消息，再说，各路诸侯难道会见急不救？

各路诸侯？蔡赐不禁为之一愣。为何为之一愣？因为陈胜所谓的各路诸侯，无非指赵、魏、燕、齐等四国。当时赵国业已发生内乱，大将李良杀武臣、邵骚，叛降于秦；张耳、陈余逃至信都，自顾不暇，如何能援之以手？燕王韩广本是赵将，既得燕地而自称燕王，并一度挟持武臣令赵割地。燕王之为人既如此，如何可以指望燕国出兵相助？陈胜令周市北略魏地，周市既得魏地，请立魏国之后魏咎为魏王，陈胜原本不肯，只因周市苦求方才不得已而许之。魏咎、周市既知魏国之立有违陈胜之本意，又怎会救陈胜之急？齐人田儋杀狄令而自称齐王，与张楚素无瓜葛，张楚危急之时，又焉能寄望于齐？

蔡赐不敢点明陈胜所言荒唐可笑，只好婉转说道："主公所言甚是。不过，各路诸侯道远，即使有心援之以手，恐怕是远水不救近火。"

陈胜倒也不是傻帽，自知方才失言，听蔡赐如此说，立即顺水推舟，问道："柱国所言甚是。然则计将焉出？"

蔡赐道："主公不妨急遣使者召回吕臣与召平。不过，这两人是否能及时赶回亦不复可知。所以，咱还得靠自己。"

"怎么个靠法？"

"俗云：重赏之下必有勇夫。主公倘若尽出宫中珍宝，何愁不能募得敢死之士？蔡某不才，宁为玉碎，不为瓦全，愿率敢死之士坚守，虽不敢保城之必不破，誓与城共存亡！"

蔡赐的这一番慷慨陈词，令陈胜涕泪俱下。因感激而涕零？也许有几分感激的因素。不过，更多的恐怕不是出于感激而是出于感慨。六个月前，陈胜不过阳城乡下一泥腿子，日出而作，日落而息，风雨无阻，好不辛苦！忽一日而南面称孤，叱咤风云，高下在心，生死在握，好生得意！正叹人生在世不如此便属枉过之际，岂料大难忽又临头？

蔡赐不曾失言，果然与城共存亡，只可惜是共亡而不是共存。陈县城破之日，蔡赐死难，陈胜侥幸逃脱，先走汝阴，再走城父，属下亲信悉尽散走，唯有车夫庄贾在。危难然后见人心呀！陈胜不胜感慨地发一声叹息。发给谁听？他自己，还是庄贾？他没有机会想清楚。叹息的余音尚在空中回荡，一把匕首已经扎进了他的后心。庄贾把匕首抽出来，听凭陈胜扑倒尘埃，也发一声感慨：成者为王，败者为寇！

庄贾没有称王，投降章邯，成为陈县代理县令。不过，庄贾并未因此而不被吕臣视之为寇贼。吕臣自新阳会师北上，攻克陈县，割下庄贾首级以祭陈胜，葬陈胜于砀山之下，谥之为隐王。所谓隐，就是不曾成功之意。章邯得悉庄贾败死，遣两校尉反攻吕臣。吕臣不敌，弃城遁走，陈县于是再次落入秦军之手。

当时消息传递远不如今日灵通，陈胜见杀、吕臣败走之后，召平在广陵听到的传闻依然是陈胜败走汝阴、生死不明。不过，这样的消息已经足够令召平相信大势已去，倘若不别求生路，恐只有死路一条。何处别求生路？项梁占据会稽的消息恰于此时传到广陵。召平于是率领十数亲随渡江南下，直奔会稽，谎称自己为陈王使者，奉陈王之命特邀项梁共图亡秦之大业。

项梁得召平之请，大喜过望，当即亲率八千精锐渡江，既渡江而闻陈胜败死，正犹疑惶惑、不知何去何从之际，得陈婴与英布、蒲将军加盟，军心从而复振。

陈婴本是广陵郡所属东阳县之令史，所谓令史，大抵相当于如今县委书记的秘书。召平进入广陵境内之时，东阳县豪强恶少杀其县令响应。召平既弃军渡江南下，东阳豪强恶少失去投靠对象，有识时务者曰：群龙无首，何以成事？陈婴长者，不如推陈婴为主。陈婴深谙欲擒故纵之道，再三推辞之后方才勉强从众人之请。既为主，立即募兵，得二万之众。豪强恶少大喜，共推陈婴为王。陈婴犹疑不决，其母道：陈家向无贵人，岂能一旦称王？不如有所投靠。事成，可望封侯；事败，可望逃脱。陈婴以为然。可投靠谁呢？项梁不早不晚，恰于此时渡江。陈婴于是召集豪强恶少，说出这么一番话来：亡秦，大业也，非有大将之才，难以成事。陈某文吏，不堪大任。项梁者，将门之子、将门之孙，恰于此时渡江入东阳之境，此乃天助我等。机不可失，时不再来，咱不如一同投靠项梁为是。豪强恶少从陈婴之计，项梁于是兼并东阳之兵，北渡淮水。

项梁既渡淮水而遭遇英布、蒲将军之众。英布，六县人。当时的六县，即如今安徽六安。英布自小不安分，人越大、越不安分，终于在秦二世接班之时闯下大祸，刺配骊山徒作。骊山徒作，十去九死，别人刺配骊山，无不悲戚涕零，英布却呵呵大笑。吓傻了？押送英布的亭长嗤之以鼻。傻？我英布还从来没这么清醒过！英布一边说，一边往亭长手里塞进一块石头。石头？不错。亭长是受贿的高手，石头一上手，立刻就知道是块货真价实的玉石。亭长白了英布一眼，心中冷笑道：你小子也配有这种东西？不是偷的就是抢的，不义之财嘛！每逢对方行贿，亭长照例如此冷笑一回，好像别人的不义之财天经地义就该是他的财产。

既然是块货真价实的玉石，说明英布真的没吓傻，既然真的没吓傻，英布貌似傻笑之中难道暗藏文章？亭长心安理得把玉石往兜里揣好，问道："何事值得如此大笑？"

英布道："小时候遇见一异人，预言我英布日后'当刑而王'。如今果然被处以刑，想必为王之日不远矣。既然如此，能不大笑？"

亭长听了，也哈哈一笑，道："你日后能否为王，不关我事。你如今能否走脱，却全在我的掌控之中。"

英布道："不错。不过，今晚你不叫我走脱，恐怕不免吃一碗板刀面。"

所谓板刀面者，是江湖的黑话，意思就是一刀砍下水去喂鱼。亭长之流，素与盗贼同流合污，焉能不懂江湖黑话？听了这话，自然是吃了一惊。

"什么意思？"亭长问。

"听说过蒲将军么？"英布反问。

所谓蒲将军者，既不姓蒲，也不是朝廷委任的将军，不过是经常出没于六县周边菖蒲水湾中的强盗头子的绰号，身为六县属下的亭长，怎会没听说过蒲将军的大名？

看见亭长点头，英布接着说道："前面不远就是七里濑，船到七里濑时，如果不是我英布在船头举火为号，蒲将军少不得就会上船来请你吃一碗板刀面。"

"我凭什么信你这话？"

"买路钱我已经留下，剩下的就有性命一条，你敢拿你的性命与我的性命相赌么？我可是亡命之徒。嘿嘿！"

亭长的手在兜里把石头捏了一捏，跟这亡命之徒赌命，还是带着这石头走人？答案不难。别说有这块石头，就是没这块石头，亭长敢同英布赌命？结果自然是正如英布所料：亭长带走石头，一船囚犯跟着英布投奔蒲将军为盗。

蒲将军爱英布骁勇善战，招之为女婿。英布劝说蒲将军：在水泊为盗，绝非长久之计，不如从陈胜反秦。蒲将军以为然，自己坐镇水寨，令英布领精锐赴陈县。岂料英布兵临陈县城下之时，不仅陈胜已死，吕臣亦复为秦军所败。城中秦军以为可以高枕无忧，守备懈怠，忽遭英布围攻，无心恋战，弃城而逃。英布虽得陈县，知悉陈胜业已败死，不敢久留，仓惶退回菖蒲水湾。恰逢项梁北渡淮水，英布于是与蒲将军一起奉迎项梁为主。

项梁以英布、蒲将军为前锋，挺进彭城，与秦嘉遭遇于彭城之东。秦嘉又是何等人物？本是出没于如今山东、江苏交界处的流寇，趁陈胜造反之势，纠合朱鸡石、董绁等另一拨流寇攻取郯郡，自称大司马，为免树大招风，遣使称臣于陈胜。陈胜不解其中之意，以为秦嘉真心投靠，遣其亲信武平君赴郯郡充任秦嘉之监军。秦嘉大笑，问朱鸡石、董绁：武平君是什么东西？乳臭未干的小子！咱能听他的？朱鸡石、董绁自然不欲屈居武平君之下，秦嘉于是谎称得陈胜密令，诛杀武平君。得悉陈胜败亡，秦嘉寻得楚国之后景驹，立为楚王，率众北上兖州，遣使者召齐王田儋共击定陶。田儋责问秦嘉使者：陈王生死尚不分明，秦嘉如何能擅立他人为王？使者道：齐王自立为王，又何尝请陈王之命？田儋大怒，立诛杀秦嘉之使者。秦嘉不改流寇习性，挺进西北既然受阻，旋即南下彭城，与项梁不期而遇。

秦嘉遣使令项梁归顺楚王景驹。项梁大笑：景驹是什么东西？不就是你秦嘉的傀儡么！传令英布、蒲将军进击秦嘉。秦嘉不敌项梁，与景驹一同见杀，朱鸡石以军降。项梁令朱鸡石领秦嘉旧部进击章邯，朱鸡石大败而归，项梁杀朱鸡石，令项羽兵攻克襄城，乘胜进据薛城，在薛城召集了一次政治会议，讨论陈胜死后的去向，与会者除去刘季之外，还有一个人物值得一提。

这人姓范，名增，庐江人，当时已经年过七十。与刘季一样，范增与会的目的，也不外是入伙。与刘季不同的是，范增既无地盘，亦无人马。凭什么入伙？三寸不烂之舌。范增既见项梁，劈头就问：将军可曾想过陈胜为何败死？项梁一笑，道：败亡之道嘛，无非是用人不当，才干不足。范增摇头，道：非也。陈胜之所以败死，盖因自立为张楚之王。张楚是什么东西？先秦之时，只有七国争雄，哪儿有什么张楚！项梁反问道：难道先生的意思是：倘若陈胜自称楚王，就不会败死了么？范增继续摇头，道：非也。陈胜是什么东西？不就一泥腿子么？泥腿子也配称王！以鄙人之见，倘若陈胜寻觅楚王之后以顺民意，何至于落得如此下场！范增这话令项梁大笑，大笑过后，反问道：景驹不正是楚王之后么？秦嘉立景驹为楚王，不旋踵而亡。敢问先生作何解释？范增道：景氏不过是楚国王室的庶族，舍正宗而立分枝，其愚不可及也，不旋踵而亡，如水之走下，势所必然，何足为疑！

项梁召集政治会议的意图，本在试探自称楚王的可能性，听了范增这话，以为得了机会，赶紧接下话茬，说道：先生所言，极其有理。非楚国王室正宗，奉之为主，成事不足、败事有余，秦嘉就是前车之鉴，不如择贤而立，能者为王，各位以为如何？项梁说罢，眼光四下一扫，然后停留在英布身上。项梁对英布透露过自立为王的意思，虽然说得极其拐弯抹角，他相信布英是个明白人，绝不会会错意，他也相信英布是个善于投机的人，绝不会错过这种邀宠的机会。

　　项梁对英布的看法准确么？无法证实。不是因为史册失载，是因为即使英布有见机行事的意图，也没有见机行事的机会。范增抢在前面说出这么一句惊人的话来：楚怀王之嫡孙熊心，眼下就在薛城城外替人牧羊。楚怀王之死，至今已经百有余年，而楚人依然哀叹不已。倘若将军尊奉雄心为楚怀王，楚人必然欢欣鼓舞以从将军。如此，则何愁天不亡秦！

　　范增所说的楚怀王，就是那个因放逐屈原、被张仪玩弄于股掌之中、客死秦国而留名史册的楚怀王。那么一个饭桶的嫡孙，能不是饭桶？尊奉这么一个饭桶之嫡孙真能有助于灭秦兴楚？换了别人，也许就会这么想，可项梁正是饭桶之子，所以，项梁就没有这么想，而是认真追问道：当真如此？范增一笑，道：军中何来戏言！

　　于是，薛城郊外少了一个羊倌，中国历史上多了一个楚怀王。第二个楚怀王建都盱眙，以陈婴为上柱国，项梁自称武信君，总领兵权。

10

陈胜败死的战报传到朝廷，秦二世大喜，当即降旨大开筵席。赵高问：不知陛下喜从何来？秦二世听了，不禁一惊，反问道：鼠偷狗窃都死了，难道不值得庆幸？

称陈胜之徒为鼠偷狗窃，那是赵高的发明。当初陈胜造反的消息传到咸阳之时，赵高对李斯道：黔首谋反，关东震动，窃以为皆因皇上不恤下情、大兴土木所致。无奈我赵某位卑言轻，即使言之，皇上必不听从，若丞相上书谏争，我从旁规劝，或可奏效。李斯不知是计，闻赵高之言大喜道：若得郎中令相助，何愁皇上不听。于是上书秦二世，说一通自古明君无不以安民为治之本，陛下宜减税轻徭，以休养生息为急云云。秦二世看毕，递给赵高。赵高阅后，冷笑不语。秦二世再三追问，赵高这才答道：什么叫黔首？黔首者，安分守己之良民也。但凡作乱之徒，皆为鼠偷狗窃之辈，鼠偷狗窃能成什么大事？不日必将灰飞烟灭！秦二世将信将疑，问答：然则丞相何出此言？赵高道：先帝临朝之时，公卿无敢擅自上书者。臣窃窥丞相之意，无非是想试探陛下之虚实。秦二世道：然则奈何？赵高道：陛下登基日短，未谙政务，即与公卿决事，恐有失误。不如废朝见，但凡公卿奏议，皆由臣代为陛下通报决议，倘有不妥，皆以臣塞其责，如此，则陛下可以悠游安乐、高枕无忧。秦二世闻言大喜，立即令赵高草诏，宣示公卿，从此深居后宫，日夜以游乐为务。

不出一月，吴广围攻荥阳，三川守李由上书告急。秦二世责问赵高：师傅说什么鼠偷狗窃不日必将灰飞烟灭。荥阳怎会告急？赵高道：荥阳城池坚深，粮草广积，何急之有？以臣之见，李由分明谎报军情，欺君惘上，罪莫大焉！请陛下降旨诛杀，以收杀鸡儆猴之效。秦二世听了，大吃一惊，问道：师傅何出此言？赵高道：陛下难道忘了李由乃丞相之子么？其父上书为鼠偷狗窃请命，其子上书为鼠偷狗窃造势。父子两人一唱一和，唯恐天下不乱！秦二世道：丞相功高，三川守位重，无有明证，何可杀之！说罢，摆摆手，示意赵高走人。赵高白了秦二世一眼，心中暗道：这小子乳臭未干，居然还懂杀人需要证据，我还当真小觑了他！往后要格外小心，不可轻易行事，须伺机而动方可。一边这么想，一边赔笑道：陛下圣明。说毕，作恭敬之状而退。

听到秦二世反问：鼠偷狗窃都死了，难道不值得庆幸？赵高大喜：机会终于来了！什么机会？将李斯以及有碍赵高独揽大权者一网打尽之机会。如何把握这机会？赵高重施故技，冷笑不语。经秦二世再三追问，方才说出这么一番话来："荥阳，朝廷重兵把守之地。章邯所统，不过特赦之骊山徒作。李由手握精兵数万而不能却敌，章邯领一帮乌合之众却能大获全胜。陛下可知原因何在？"

秦二世摇头，表示不知。

赵高道："上回臣说丞相父子欺君罔上、养寇自资，陛下以为证据不足。这回陛下看到证据了吧？鼠偷狗窃生不足忧，死亦不足喜。丞相与三川守谋图不轨，这才是陛下心腹之患！"

秦二世道："丞相为此，动机何在？"

赵高道："丞相与臣共预沙丘之谋，陛下登基之后，独擢臣为郎中令，丞相则依然不过是丞相，并无迁升，能不心怀怨望么？"

所谓沙丘之谋，指的就是窜改秦始皇帝遗诏之事，因事发当时秦始皇帝驻跸沙丘，故赵高、秦二世皆借用之为隐语。

秦二世道："丞相者，一人之下，万人之上，叫朕如何升职？"

赵高冷笑道："陛下所言极是，无奈丞相觊觎的，正是陛下之位。"

秦二世狐疑不决，沉吟半晌，方才说道："丞相或当不至于此？"

赵高道："臣亦但愿如此。不过，丞相究竟有无此意，须试探方确知。"

秦二世问："师傅有何高招？"

赵高道："外面风传鼠偷狗窃通过三川守与丞相私相勾结。如今陈胜、吴广皆死，章邯移师北上。陛下只需降旨一道，令三川守统兵出城，协助章邯扫荡赵魏之余寇。倘若传闻属实，则丞相必然上书力陈不便；倘若传闻属于空穴来风，则丞相必然不会劝阻。"

秦二世道："嗯，师傅这主意大好，就照师傅的意思办。"

外面确实有李斯勾结反民的流言么？其实没有。如果真有，那么赵高的下一步棋就是臭着了。赵高的下一步怎么走？赵高离开秦宫，立即前往丞相府。司阍通报赵高求见之时，李斯正在书房假寐，倘若换了别人，司阍一准挡驾。可赵高不是别人，正是李斯特别吩咐过的不得挡驾的唯一之人。李斯为何不敢怠慢赵高？因为秦二世既废朝见，整日只在后庭厮混，大臣欲见其面，非经赵高安排不可，即使丞相李斯也不能例外。

不过，虽然不敢不见，李斯并无兴趣与赵高相见。当初李斯之所以会参与沙丘之谋，虽然多少有些屈从的意思，更多的是出于对权位的贪恋与独揽大权的野心。结果却事与愿违，秦二世自登基之日起，就成完全落入赵高的掌控之中，他李斯反倒成了有名无实的丞相。早知今日，何必当初！每次见到赵高，李斯皆不免心生懊恼。既然如此，李斯自然不愿赵高久留，寒暄既过，立即开门见山，问道："不知郎中令今日相过，有何指教？"

赵高道："不敢。赵某之所以来，实有求于丞相。"

李斯道："但说无妨。"

赵高道："皇上命我草诏，令三川守领兵东出荥阳，协同少府章邯剿灭河北残匪。窃以为荥阳乃关东重镇，万不可疏忽，一旦失守，天下震动。遂力陈不可，无奈皇上不听。倘若丞相肯上书谏争，皇上或可采纳。事关社稷，恳请丞相勿辞。"

李斯听了，沉思片刻，道："郎中令所言，不为无理。不过，我李斯身为三川守之父，这件事避嫌唯恐不及，岂宜上书？"

赵高道："倘若丞相一人上书，则委实不无谋私之嫌。不过，丞相若能请右丞相冯去疾、将军冯劫联名上书，则丞相为私之说，难道不就无妨了么？"

当时朝廷政务，皆出自左丞相李斯之手，右丞相冯去疾备位而已，以至无论朝野，但凡仅称"丞相"，则皆指李斯而言。不过，赵高并没有忘记右丞相冯去疾其人，这不仅因为冯去疾毕竟是排名第二的高官，而且更因为掌控京师禁军的冯劫恰是其弟。不把冯氏兄弟一起收拾了，即使扳倒李斯，他赵高如何能成大事！他赵高究竟要成什么大事？其实，在当时不过也就是想谋取李斯的丞相之位而已，篡夺皇位那是既为丞相之后方才产生的野心。

听了赵高的建议，李斯暗中琢磨：这主意还真不错。且别说荥阳的确如赵高所说，不得有失，即使并非如此，李由也不是个将才，能守住荥阳已经不错了，叫他出征，凶多吉少。转念又一想：赵高绝对不会替我李氏父子着想，他当真这么关心社稷？该不是心怀鬼胎、设下什么圈套吧？这么一想，李斯就不禁偷窥了赵高一眼。看见赵高目不斜视、正襟危坐的模样，李斯立刻后悔了。老奸巨猾如赵高，能在脸上露出破绽么？搞不好，反倒在赵高面前泄漏了自己的心虚！

为了掩盖自己的心虚，李斯慌忙撤回斜视，咳嗽一声，然后一笑，搞完这些小动作，方才道："人说郎中令诡计多端，果不其然！"

赵高不动声色，缓缓地回了一句："岂敢班门弄斧。"说罢，起身告辞。

次日上午，一份由李斯、冯去疾、冯劫三人联名签署的密封谏章，呈送秦二世之手。秦二世阅毕，递给赵高，冷笑一声，道："丞相果然心怀叵测，不出师傅所料！"

赵高假装认真阅读一过，也假作惊讶之态，道："不料右丞相冯去疾、将军冯劫，竟然也与丞相同谋！"

秦二世道："然则奈何？"

赵高道："倘若三人深藏不露，无如之何。如今既有证据在，责以通贼之罪，何愁患之不去？"

接到关押受审的圣旨，冯氏兄弟恪守"刑不上大夫"的传统，当即自杀。李斯不肯死，宁可下狱。李斯为何不肯死？难道他还以为可以有分辩的机会？不错。当年为客卿时被逐，不就是靠他一封谏书令秦始皇帝心回意转了么！他以为历史未尝不可重演。李斯下狱不出十日，机会还真来了。两名自称秦二世特使的，带着笔墨竹简来到廷尉监狱，令李斯如实交待，当时李斯虽然已经老了，雄辩的文风依然不减上《谏逐客书》之当年。岂知写迄交予使者之后，使者当即将竹简焚毁，随后将李斯一顿痛打。蠢货！你以为你还能有机会见着皇上的使者？打完之后，那两人丢下这么一句话扬长而去。李斯如梦初醒：原来这两个家伙是赵高的亲信所乔装！

岂料十日之后，又来两人，同样自称秦二世的使者，同样带来笔墨竹简，同样令李斯如实交待。再好的计策，接连使两次，还能有谁上当？李斯冷笑一声，拒绝合作。什么计策？什么接连使两次？两使者面面相觑。难道这两人真是秦二世的使者？两使者的错愕表情令李斯不禁暗中一惊。倘若真是秦二世的使者，这机会可绝不能放过！不过，为慎重起见，李斯仍然不顾两使者的劝说，再三拒绝。直到两使者拱手告退，铁门即将关闭的那一瞬间，李斯方才喊出一声：且慢！两使者闻声，立即转身回步。可是接下来的事态，却是五日前的翻版。两使者将李斯一顿痛打之后，也丢下同样一句：蠢货！你以为你还能有机会见着皇上的使者？

从此以后李斯死了求生之心，一心等死。不觉一晃又是十日，又来了两位自称是秦二世使者的人。为免再遭一次痛打，李斯不假思索，取笔在竹简上画押。两使者见李斯如此，面面相觑。怎么？还想重施故技，令我入彀？李斯闭上眼睛，不屑一顾。如果李斯屑于一顾呢？历史能改写么？难说，因为这回来的真是秦二世的使者。据秦法，画押而无所申辩，就是对于指控供认不讳之意，既然供认不讳，那就是死路一条，既然是死，怎么不如冯丞相与冯将军之自行了断，却宁可下狱受辱？这才是两使者之所以面面相觑的原因。两使者怀着疑窦离开监狱的次日，李斯腰斩于咸阳南市，赵高如愿以偿，当上了丞相。